Linus Geschke

DIE VERBORGENEN

W0219420

Linus Geschke

DIE VERBORGENEN

THRILLER

PIPER

Mehr über unsere Autorinnen, Autoren und Bücher:
www.piper.de

Wenn Ihnen dieser Thriller gefallen hat, schreiben Sie uns unter Nennung des Titels »Die Verborgenen« an *empfehlungen@piper.de*, und wir empfehlen Ihnen gerne vergleichbare Bücher.

Von Linus Geschke liegen im Piper Verlag vor:
Das Loft
Die Verborgenen

Unser Versprechen für mehr Nachhaltigkeit
Klimaneutrales Produkt
FSC®-zertifiziertes Papier
Hergestellt in Europa

FSC
www.fsc.org
MIX
Papier | Fördert gute Waldnutzung
FSC® C083411

ISBN 978-3-492-06479-8
3. Auflage 2023
© Piper Verlag GmbH, München 2023
Redaktion: Lars Zwickies
Satz: Satz für Satz, Wangen im Allgäu
Gesetzt aus der Excelsior
Druck und Bindung: CPI Books GmbH, Leck
Printed in the EU

Für meine Mutter

Du hast mir alles an
Liebe gegeben.
Ich gab dir viel zu
wenig zurück.

EINE WOCHE ZUVOR

DU

Es ist kalt, es ist Nacht, und vor einer Stunde hat der Wind stark zugenommen. Er weht vom Meer über Dünen und Felder hinweg, biegt Gräser und Halme, bricht sie aber nicht. Du schaust nach oben. Der Himmel ist bewölkt, nur ab und zu sieht man zwischen den Wolken auch Sterne funkeln. Die Lichter ganzer Ewigkeiten.

Zwischen den Dünen und der schmalen Küstenstraße wachsen ein paar unansehnliche Sträucher, und hinter einem davon hast du dich versteckt. Regungslos verharrst du und beobachtest das Haus, das auf der anderen Seite der Straße steht. Es ist ein altes Haus, groß und würdevoll, aber in keinster Weise protzig. Seine zweigeschossige Fassade ist weiß getüncht, die Fenster sind mit grünen Läden versehen und das Satteldach mit Reet bedeckt. Es fügt sich in die Landschaft ein, als sei es schon immer ein Teil von ihr gewesen.

Das nächste Gebäude ist zweihundert Meter entfernt, der nächste Ort anderthalb Kilometer. In dieser Gegend leben Menschen, die ihre Ruhe haben wollen. Menschen wie die Hoffmanns. Obwohl das Haus viele Zimmer hat, bewohnen es die Hoffmanns nur zu dritt: Mama, Papa, Kind, eine Familie wie aus dem Bilderbuch. Der Vater arbeitet als Journalist, die Frau in einem Tourismusbüro, und die siebzehnjährige Tochter Tabea steht kurz vor dem Abitur. Abgesehen von dem Haus ist sie der eigentliche Grund, warum du hier bist.

Noch ist es zu früh, um loszugehen, die Lichter sind gerade erst verloschen. Bevor du dein Versteck verlassen kannst, müssen die Hoffmanns erst noch die schmale Grenze überschreiten, die das Wachsein vom Schlaf trennt. Sobald sie tief und fest in ihren Träumen versunken sind, kannst du dich aus ihren Albträumen erheben.

Die stundenlange Warterei macht dir nichts aus, die Einsamkeit auch nicht. Um die aufkommende Langeweile zu vertreiben, breitest du das Innere des Hauses wie eine Landkarte in deinem Kopf aus. Du kennst jedes Zimmer, jeden Winkel und jeden potenziellen Unterschlupf. In den vergangenen Tagen hast du das Gebäude bereits ausgiebig erkundet – immer dann, wenn die Hoffmanns nicht daheim waren.

Wenn dieses Haus ein Neubau wäre, könnte es in Verbindung mit der modernen Einrichtung vielleicht kalt wirken, aber das ist es nicht. Es ist alt – es lebt. Die Augen, Ohren und Gefühle ehemaliger Bewohner haben es über die Jahrzehnte hinweg in ein Lebewesen verwandelt. Es atmet durch sie, nimmt Anteil an ihrem Leben und beobachtet geduldig, was neue Bewohner in ihm anstellen. Privatsphäre ist in solchen Häusern nur eine Illusion, das weißt du. Es gibt sie nicht, zumindest nicht wirklich. Alles, was dort geschieht, kann unsichtbare Spuren hinterlassen. Angst kann in die Mauern eindringen, Freude, das Lachen eines Kindes.

Der Schmerz der Eltern, wenn diesem Kind etwas geschieht.

Um deine kalt werdenden Muskeln zu lockern, machst du ein paar Dehnübungen, dann hältst du plötzlich inne. Auf der Landstraße nähern sich zwei Lichter, die schnell größer werden. Du gehst wieder in Deckung, kurz darauf zieht auch schon ein weißer Lieferwagen mit hoher Geschwindigkeit vorbei. Du schaust ihm hinterher, bis die Rücklichter in der Ferne verschwunden sind; zwei rote Glühwürmchen auf dem Weg nach Irgendwo.

Auch du wirst irgendwann weiterziehen. Weit weg, in ein anderes Land, auf einen anderen Kontinent. Sobald du hier fertig bist und das Haus und seine Bewohner dir gegeben haben, wonach du dich sehnst.

Doch das liegt noch in der Zukunft, entscheidend ist das Hier und Jetzt, und im Hier und Jetzt leistet dir nur der Wind Gesellschaft. Er vertreibt die wenigen Wolken und zerrt an der olivfarbenen Jacke sowie an dem schweren Rucksack, der über deinen Schultern hängt. Zehn weitere Minuten geht das so, zwanzig, dann schaust du dich ein letztes Mal um. Vor dir ist nur Dunkelheit, und hinter dir ist nur Dunkelheit. Es ist perfekt. Du gehst los.

Mit gleichmäßigen Schritten überquerst du die Küstenstraße und wendest dich dem schmalen Fußweg zu, der neben dem Haus auf die dahinterliegenden Felder führt. Auf diesem Weg kommst du geradewegs an einem kleinen Anbau des Hauses vorbei, einer ehemaligen Waschküche vielleicht. Anders als die anderen Türen des Hauses wurde die des Anbaus nie ausgetauscht oder modernisiert. Ein dummer Fehler, denkst du, aber vielleicht wollten die Hoffmanns ja, dass du kommst. Möglicherweise haben sie sich heimlich gewünscht, dass ihre kleine Familie Zuwachs erhält.

Als du dein Ziel erreicht hast, bleibst du stehen und lässt den Rucksack von den Schultern gleiten. Du nimmst heraus, was du brauchst, es ist nicht viel. Nach sieben Sekunden ist das einfache Schloss bereits geöffnet, nach drei weiteren stehst du im Warmen. Du schließt die Tür hinter dir und gibst dich dem erhabenen Gefühl hin, das dich immer überkommt, wenn du in ein fremdes Haus eindringst. Dem Adrenalin, das in solchen Momenten deine Blutbahn flutet. Dieses faszinierende Hormon aus den Nebennieren sorgt dafür, dass alles an dir effizient wird. Deine Atmung, deine Instinkte, jede einzelne Bewegung.

Ab jetzt gibt es für dich kein Zurück mehr, also entscheidest du dich, voranzugehen. Durch den Anbau in den Flur und von dort aus weiter in die Küche. Das schwache Mondlicht, das durch die Fenster fällt, genügt dir. Du weißt sowieso, wo alles steht; du kennst das Haus bereits, als ob es dein eigenes wäre.

Aus einem Hängeschrank über der Spüle holst du eine Packung Cornflakes. Du isst, bis du satt bist, dann stellst du die

Packung wieder an genau die gleiche Stelle zurück. Jetzt musst du dich lediglich noch um deinen Durst kümmern. Im Kühlschrank findest du nur wenige Getränke, aber in der kleinen Vorratskammer direkt daneben stößt du auf mehrere Kisten Bier, Wasser und Apfelschorle. Das ist perfekt. Niemand wird morgen merken, dass zwei Flaschen fehlen.

Nachdem du die Getränke im Rucksack verstaut hast, bist du im Erdgeschoss fertig. Jetzt ist die Zeit gekommen, endlich deinen Unterschlupf für die nächsten Tage aufzusuchen. Um ihn zu erreichen, musst du auf Zehenspitzen die Treppe hochschleichen, die ins obere Stockwerk führt. Du setzt deine Schritte bedächtig, und die dritte Stufe lässt du aus, sie knarzt manchmal.

Am oberen Ende der Treppe schließt sich ein weiterer Flur an, von dem mehrere Zimmer abgehen. Tabeas Schlafzimmer und das der Eltern, außerdem ein Gästezimmer, eine Abstellkammer und zwei Bäder. Du legst das Ohr an die Tür des Elternschlafzimmers und lauschst, hörst ein leises Schnarchen und glaubst sogar, die Ausdünstungen ihrer Körper riechen zu können. Du lächelst. Wie einfach es jetzt wäre, sie ein für alle Mal aus ihren friedlichen Träumen zu reißen.

Doch das tust du nicht, noch nicht. Stattdessen schleichst du weiter, bis du vor dem Zimmer der Tochter stehst. Der Gedanke, dass sie hinter dieser Tür in ihrem Bett liegt, lässt dich zittern. Wenn du wolltest, könntest du die Tür jetzt öffnen, dich neben sie legen und sie mit den Armen umschlingen, aber so bist du nicht. Du willst sie, natürlich willst du das, aber nicht auf diese Weise.

Noch immer kannst du dein Glück nicht fassen, sie unter Millionen von Menschen gefunden zu haben. Tabea ist nicht Miriam, selbstverständlich ist sie das nicht, aber sie sieht aus wie sie, und das genügt. Fürs Erste zumindest.

In den letzten Jahren ist es immer nur um Miriam gegangen, auch wenn du dir das lange nicht eingestehen wolltest. Miriam ist eine Wunde, die sich tief in dein Herz gegraben hat, sich niemals schließt und ewig schmerzt. Wenn du an sie denkst, dann denkst du an Tage voller Freude und an Nächte voller Leidenschaft. Du denkst an ihre Küsse und Berührungen und an das, was ihr gemeinsam vorhattet. Du denkst an alles, nur an das Ende denkst du nie.

An die Schreie.

Das viele Blut.

Das ist zu grausam. Selbst für jemanden wie dich, der manchmal glaubt, die Grausamkeit erfunden zu haben.

Nur widerwillig löst du dich von der Tür, hinter der Tabea schläft, und schüttelst den Gedanken an sie ab wie ein nasser Hund die Wassertropfen. Du darfst nicht schwach werden, nicht jetzt. Schließlich hast du eine Aufgabe zu erledigen.

Die Rache ist dein, und jetzt, so kurz vor dem Ziel, willst du sie auch auskosten. In den nächsten Tagen wirst du dich voll und ganz den Hoffmanns widmen. Du wirst sie besser kennenlernen, ihre dunkelsten Geheimnisse sezieren und dein neues Wissen dann gegen sie einsetzen. Das bist du Miriam schuldig. Tabea ist nur ein Bonus.

Als du das Haus zum ersten Mal betreten hast, galt dein Hauptaugenmerk dem passenden Unterschlupf. Das Gästezimmer, das offenbar nie benutzt wurde, kam in Betracht. Der Keller auch. Doch der Dachboden schien dir am besten geeignet. Die dichte Staubschicht auf den Dielen und das Quietschen der Tür haben dir verraten, dass seit Monaten niemand mehr dort gewesen war. Er war perfekt, in jeder Hinsicht, und nachdem du die Entscheidung getroffen hattest, hast du die Türangeln bei deinem nächsten Besuch geölt. Natürlich hast du das, du denkst an alles.

Auch jetzt bewegt sich die Tür vollkommen geräuschlos in ihren Angeln, als du sie öffnest. Oben angekommen nimmst du den Rucksack ab und breitest die mitgebrachte Isomatte in einer Ecke auf dem Boden aus. Zusammen mit einem dünnen Schlafsack wird dies in den nächsten Tagen dein Nachtlager sein. Mehr brauchst du nicht, für alles andere sind die Hoffmanns zuständig. Sie werden dich mit Essen versorgen, mit frischer Kleidung und Getränken. Du wirst ihre Toilette benutzen und dich unter ihre Dusche stellen, wenn sie nicht da sind. Solltest du etwas brauchen, was die Hoffmanns nicht haben, kannst du das Haus jederzeit verlassen und es dir im nächsten Ort besorgen. Du hast genug Geld, über vierzigtausend Euro. Ein Hoch auf alle Hausbesitzer, denkst du, die ihre Ersparnisse nicht zur Bank bringen, weil sie eine leere Kaffeedose in der Küche für sicherer halten.

Müde kriechst du in den Schlafsack und schließt die Augen. Das lange Warten in der Kälte hat dich mürbe gemacht, der abklingende Adrenalinrausch tut das Übrige. Als der Schlaf kommt und seine Arme nach dir ausstreckt, lässt du dich hineinfallen. Es war ein guter Tag, und endlich bist du angekommen.

In ihrem Zuhause.

BUCH EINS

DIE LEBENDEN

GEGENWART

SVEN

Mein Name ist Sven Hoffmann, und schon mit siebzehn wusste ich, dass ich lieber ein anderer wäre. Ich wusste nur nicht, wie das geht.

Jetzt, mit zweiundvierzig, bin ich verheiratet und Vater einer siebzehnjährigen Tochter, die auf den schönen Namen Tabea hört. Für Außenstehende sind wir eine perfekte Familie, und dennoch frage ich mich manchmal, wie zum Teufel ich hierhergekommen bin.

Was mit mir passiert ist, mit meinem Leben.

Ich habe es nicht gewollt, nicht auf diese Art zumindest. Weder den eintönigen Job bei einem Bremer Fernsehsender, für den ich Beiträge erstelle, über deren Inhalte andere bestimmen, noch die Ehe mit einer Frau, die ich zwar auf eine geschwisterliche Art noch liebe, aber nicht mehr begehre. Die Dinge haben einfach ihren Lauf genommen, fast ohne mein Zutun. So, als hätten fremde Mächte mit meinem Schicksal Karten gespielt, und die Asse wären bei jemand anderem gelandet.

Nichts in meiner Vergangenheit hat mich auf das Leben vorbereitet, das ich heute führe. Wie auch? Ich bin als Kind einer alleinerziehenden Mutter im Ruhrgebiet aufgewachsen, die einen schlecht bezahlten Job im Supermarkt hatte. Wir konnten uns kein Auto leisten, und bis ich volljährig wurde, sind wir nur zweimal im Urlaub gewesen. Das erste Mal besuchten wir ein Feriendorf nahe der holländischen Küste, da war ich sechs, beim zweiten Mal verbrachten wir zehn Tage in Rimini. Dort, an der Adriaküste, hat es mir besser gefallen. Der Strand schien in meinen Kinderaugen endlos zu sein, genau wie das Gebilde aus dicht an dicht gestellten Sonnenliegen.

Wir hatten nur ein Hotel mit Frühstück gebucht, also gingen wir jeden Abend in einem der unzähligen Restaurants essen. Ich glaube, ich habe meistens Pizza Margherita bestellt, immer mit extraviel Käse, und Mutter hat mir jedes Mal lächelnd über den Kopf gestreichelt, während ich freudestrahlend mampfte. Irgendetwas muss sie auch gegessen haben, schon klar, aber wenn ich an diese Zeit zurückdenke, kann ich mich nur noch daran erinnern, dass sie mir beim Essen zugesehen hat.

In Essen-Rüttenscheid haben wir in einer kleinen Zweizimmerwohnung gewohnt, deren Balkon so winzig war, dass man nur zu zweit darauf stehen konnte. Von den beiden Zimmern war eins mein Reich, und in dem anderen, das auch als Wohnzimmer diente, hat meine Mutter auf einem ausklappbaren Sofa geschlafen. Abends saßen wir dann oft gemeinsam vor dem Fernseher, irgendeine Show im Fernsehen ansehend, wobei Mutter häufig parallel meine Socken stopfte, die vom Fußballspielen ganz löchrig waren. Sie hat mich auch stets ermahnt, die guten Sachen sofort auszuziehen, sobald ich nach Hause kam, damit sie geschont wurden und ich sie am nächsten Tag wieder tragen konnte. So war sie eben, pragmatisch und liebevoll. Eine Frau, die sich nur selten irgendwelchen Tagträumen hingab, und wenn, dann handelten diese bestimmt ausschließlich von meiner Zukunft. Von einem guten, geregelten Einkommen, das ich irgendwann als Dachdecker oder Mechaniker haben würde, wenn ich in der Schule nur fleißig genug wäre. Faulheit ist schon immer mein Hauptproblem gewesen, das wusste sie ebenso gut wie ich.

Umso größer war dann die Überraschung, als ich wider Erwarten sogar das Abitur schaffte. Meine Mutter konnte es nicht glauben, als sie das Zeugnis sah. Sie betonte ständig, dass ich der Erste in der Familie sei, dem dieses Kunststück gelungen wäre. Als Onkel Manfred uns kurz darauf besuchte, erzählte sie ihm freudestrahlend, dass ich jetzt Abitur hatte und eventuell sogar studieren wollte. Er sah mich daraufhin nur kritisch an und fragte, ob ich schwul sei.

Sein dämlicher Kommentar war mir egal, ich hatte meinen Weg gefunden. Wollte mit aller Macht raus aus dieser kleingeistigen Welt, in die mich ein ungnädiger Gott geschmissen hatte. Weg von Onkel Manfred und Tante Frieda, die oft sagte, dass unter dem Führer ja nicht alles schlecht gewesen sei, und die Horst Schimanski – den Helden meiner Kindheit – für einen Kommunisten hielt, der auf die Mattscheibe geschickt wurde, damit er die Jugend verderben konnte. Nur meine Mutter ragte aus dieser Familie heraus, auf sie lasse ich nichts kommen. Der einzige Lichtschein in einer verwandtschaftlich bedingten Finsternis.

Kurz darauf fand ich einen Studienplatz in Bochum und ein winziges Apartment, in dem es nur leicht nach Schimmel roch. Um mir die einundzwanzig Quadratmeter Freiheit leisten zu können, ging ich an fünf Abenden in der Woche kellnern. Immer im sogenannten Bermudadreieck, der berüchtigten Bochumer Partymeile. Das hatte zur Folge, dass ich viel zu selten für mein Studium lernte, aber die ungeheuerlichsten Sachen erlebte.

Schon früh merkte ich, dass ich anders war als meine Kommilitonen, die meist aus gutbürgerlichen Kreisen stammten. Vor allem mein unstillbarer Hunger unterschied mich von ihnen. Niemals wurde ich satt, ständig wollte ich mehr. Mehr Leben, mehr Sex, mehr Abenteuer. Ich konnte gar nicht genug davon bekommen, war geradezu süchtig danach. Vor allem nach den regelmäßig stattfindenden Studentenpartys, und auf einer dieser Partys lernte ich Franziska kennen.

Sie saß auf einem geblümten Sofa, ein wenig in die Ecke gedrückt, und wirkte, als sei sie an dem Geschehen im Raum nicht sonderlich interessiert. Ich setzte mich zu ihr, sprach sie an und ließ mich auch von ihrer einsilbigen Antwort nicht abschrecken. Wir haben dann den ganzen Abend miteinander gequatscht, später ein bisschen rumgeknutscht und anschließend Nummern ausgetauscht. Sie war schön, hatte lange, braune Haare und ein ebenmäßiges Gesicht mit Lippen, deren oberer Teil wie Vogelschwingen geformt war. Außerdem war sie reich. Das musste sie mir nicht sagen, das konnte man spüren. Sie hat einfach diese Form von Sicherheit ausgestrahlt, die nur Menschen ohne finanzielle Sorgen an sich haben. Keiner meiner früheren Freunde hat diese Sicherheit ausgestrahlt, und ich schon gar nicht.

Beim Abschied dachte ich noch, dass sie vollkommen anders war als alle anderen Frauen, die ich kannte. Alles an ihr war glatt, zu glatt; die Haare, die Haut, die Ausdrucksweise. Kein Makel, nirgends, eine fleischgewordene Mischung aus Vollendung und Langeweile. Warum ich sie dennoch ein paar Tage später angerufen habe, weiß ich nicht mehr. Vielleicht war es der Reiz, ein solches Wesen näher kennenzulernen, und ein bisschen verknallt war ich auch.

In den Wochen darauf haben wir uns regelmäßig getroffen und unseren Spaß gehabt, doch dann wurde sie schwanger, und das hat alles verändert. Im ersten Moment war ich geschockt, völlig verwirrt, aber dann hat Franziska geweint. Dieses Weinen hat einen Punkt in mir berührt, von dem ich nicht einmal wusste, dass es ihn gab. Ich habe sie anschließend in den Arm genommen, ihr über den Kopf gestreichelt und gesagt, dass ich sie liebe und dass wir das zusammen schon schaffen werden. Der erste Teil mochte gelogen sein, an den zweiten glaubte ich selbst. Ich fühlte mich ihr und dem ungeborenen Kind gegenüber augenblicklich verpflichtet, so war ich nun mal. Ein einfach gepolter Junge aus dem Ruhrgebiet, der aber instinktiv wusste, was richtig oder falsch war.

Zwei Monate später haben wir dann im Rahmen einer kleinen, aber feinen Feier geheiratet. Natürlich waren ihre Eltern auch dabei, und natürlich haben sie alles bezahlt, was sie auch jedem Gast gegenüber erwähnten. Die Höhenbergs, oder wie ich sie hinter vorgehaltener Hand spöttisch nannte: Herr Professor Doktor nebst Gemahlin.

Ich konnte die beiden vom ersten Moment an nicht ausstehen.

Zum einen, weil sie meine Mutter bei der Feier kaum beachtet haben, sie geradezu von oben herab behandelten, während sie mir gleichzeitig versicherten, dass ich von nun an wie ein Sohn für sie wäre. Trotz ihrer geheuchelt schönen Worte haben sie mir dabei stets das Gefühl vermittelt, nicht gut genug für ihre Tochter zu sein, und vielleicht hatten sie damit auch recht. Es war aber nicht meine Schuld, ich hatte mir die Situation schließlich nicht ausgesucht und tat nur, was ich glaubte, tun zu müssen.

Obwohl die Hochzeit mit Franziska keine Liebesheirat war, ist sie rückblickend auch kein Fehler gewesen. Wir sind jetzt seit siebzehn Jahren verheiratet, und es gab schlechtere Ehen als unsere, viel schlechtere. Natürlich auch bessere, aber die sind selten.

Ich bin immer davon ausgegangen, dass wir nach der Hochzeit im Ruhrgebiet bleiben würden, aber Franziska und ihre Eltern hatten andere Pläne. Gemeinsam drängten sie darauf, dass wir an die Nordsee ziehen sollten, nicht weit von dem Ort entfernt, aus dem Franziska stammt. Ihr Vater sagte, dass er sogar schon das richtige Haus für uns gefunden hätte. Teuer zwar, aber kein Problem, um die Finanzierung würde er sich kümmern. Man müsse nur schnell zuschlagen, meinte er, es sei eine einmalige Gelegenheit, außerdem wäre das Baby ja bald da.

Alles in mir hat sich gegen den Gedanken gesträubt. Ich bin ein Kind der Großstadt, und die Vorstellung, meine Zukunft in einem abgelegenen Küstenort verbringen zu müssen, klang alles andere als verheißungsvoll. Es fühlte sich einfach nicht richtig an, nichts davon, doch immer, wenn ich Franziska von meinen Bedenken erzählte, hat sie meine Aussagen abgeblockt, um dann sofort ihre Argumente vorzubringen. Irgendwann habe ich nachgegeben und mir gedacht, ich könne mir das Ganze ja wenigstens mal anschauen. Diesen Ort, aus dem sie stammte, und das Haus, das ihr Vater gefunden hatte.

Drei Stunden dauerte die Fahrt, und ich weiß noch, wie ich mich fühlte, als ich das Haus dann zum ersten Mal sah. Das hier … Das war nicht ich, nichts von alledem. Menschen wie ich wohnen nicht in solchen Palästen. Sie ertragen auch diese Weite nicht, überall nur Landschaft, brauchen andere Menschen um sich herum, das pulsierende Leben.

All das habe ich Franziska auf der Rückfahrt auch gesagt, aber es spielte keine Rolle mehr – sie hatte immer ein Gegenargument zur Hand. In den nächsten Tagen glichen unsere Diskussionen einem Boxkampf, bei dem die Treffer gleichmäßig verteilt sind und die Gegner irgendwann merken, dass es niemals enden wird, wenn nicht einer der beiden vorzeitig aufgibt. Und natürlich war ich derjenige. Vielleicht auch, weil es sich nicht gut anfühlt, mit jemandem zu streiten, der hochschwanger ist.

Stattdessen fing ich an, mir einzureden, dass Franziska mit ihren Argumenten wohl recht hatte. Für unser Kind würde es auf dem Land besser sein, für Franziska auch, so nah bei ihren Eltern. Und ich? Konnte mich ja immer noch mit dem Gedanken trösten, dass ich stets von einem anderen Leben geträumt hatte und es jetzt endlich bekam.

Glückwunsch!

Vier Wochen später zogen wir um, weitere fünf Wochen danach kam Tabea zur Welt. Mein Studium musste ich infolge des Umzugs natürlich aufgeben, aber Franziskas Vater besorgte mir eine gut bezahlte Stelle bei einem Bremer Fernsehsender, dessen Intendanten er vom Golfspielen kannte. Ein guter Job sei wichtig, meinte er, schließlich hätte ich jetzt ja eine Familie zu ernähren. Franziskas Vater lächelte, während er das sagte, aber es wirkte nicht so, als würde er Spaß machen.

Trotz des schlechten Starts liefen die ersten Jahre an der Nordsee besser als gedacht. Tabea entwickelte sich prächtig, der Job als fester freier Mitarbeiter war genau der richtige für mich, und Geld war jederzeit ausreichend vorhanden. Unser gemeinsames Leben war sorgenfrei, mein eigenes hingegen wurde fortan aber immer langweiliger. Es gab kaum noch Veränderungen, nur noch wenige Abenteuer und schon gar keine Herausforderungen mehr. Besonders bewusst wird mir das immer, wenn ich meine Tochter ansehe, die alles noch vor sich hat. Sagt man nicht, dass

Kinder der Anblick eines Landes sind, in das man nie mehr zurückkehren kann?

Einst wollte ich so vieles erleben, aber von diesem nicht zu stillenden Hunger ist nicht mehr viel übrig geblieben. Nur noch Gedankenspiele, denen ich in den wenigen stillen Momenten nachgehe, die mir noch geblieben sind. Sie alle beginnen mit den immer gleichen Worten:

Was wäre, wenn …

Vielleicht sind dies die mächtigsten Worte der Welt, weil sie Gedankenspiralen auslösen, die nicht mehr aufzuhalten sind. Man kann sich ihnen ewig hingeben, sollte aber aufpassen, weil sie in den meisten Fällen zu nichts Gutem führen.

Was wäre, wenn ich mich nicht so früh gebunden hätte?

Was wäre, wenn mein Leben anders verlaufen wäre, selbstbestimmter?

Was wäre, wenn ich der geworden wäre, der ich immer sein wollte?

Die Antwort ist stets dieselbe – ich weiß es nicht. Ich weiß nur, dass es da draußen mehr geben muss als das, was mir mein eintöniges Familienleben bietet. Eine unterschwellige Sehnsucht, die ich kaum benennen kann, ist zu meinem ständigen Begleiter geworden. Ein Verlangen nach Veränderung vielleicht, doch dieses Verlangen bleibt Jahr für Jahr unerfüllt. Das frustriert mich, und manchmal muss ich mich geradezu zwingen, die Dinge wieder wertzuschätzen, die ich habe.

Einen gesicherten Job.

Eine liebende Frau.

Eine fantastische Tochter.

Aber vielleicht ist heute ja mein Glückstag, zumindest ändert sich gerade alles. Ich starre ungläubig auf die Waffe am Boden, auf die Gestalt mit dem Messer in der Hand. Alles dreht sich, das muss das Ende sein. Ich spüre die Ohnmacht nahen und weiß nicht, ob ich jemals wieder aus ihr erwachen werde. Ob meine Frau dann noch lebt, meine geliebte Tochter.

Was wäre, wenn …

SECHS TAGE ZUVOR

SVEN

»Sven?«

Ich drehe mich um und sehe die Frau an, die ich vor siebzehn Jahren geheiratet habe. Franziska ist attraktiv, immer noch, und es vergeht kaum ein Tag, an dem ich ihretwegen nicht beneidet werde. Dank ihrer ebenmäßigen Gesichtszüge wirkt sie deutlich jünger, als sie es mit ihren vierzig Jahren ohnehin erst ist, und auch ihre Figur passt dazu. Franziska ist einen Meter zweiundsiebzig groß und wiegt achtundfünfzig Kilogramm; darauf ist sie stolz, ebenso wie auf ihre fast faltenfreie Haut. Kein einziges Tattoo befindet sich darauf, natürlich nicht, sie selbst ist das Gemälde.

Dann fällt mir ein, dass das Gemälde wohl immer noch auf eine Antwort wartet.

»Was denn?«

»Wir haben schon kurz vor zwei«, sagt sie. »Musst du nicht so langsam los? Ich dachte, die Pressekonferenz fängt bald an.«

»Entspann dich«, entgegne ich. »Ein bisschen Zeit habe ich noch.«

Sie verzieht das Gesicht, wie immer, wenn ich ihren Aufforderungen nicht mit dem nötigen Einsatz folge. So ist sie eben, unsere Familienmanagerin. Alles hat sie im Blick, jeden Termin und jede gesellschaftliche Verpflichtung. Hinter ihrer schön geschwungenen Stirn muss sich eine riesige Excel-Tabelle verbergen. Ich kenne sie so gut, nach all den Jahren vielleicht zu gut.

Ich weiß, dass sie mich gleich vorwurfsvoll anschauen wird, weil ich nicht reagiere, also wende ich mich rechtzeitig ab, um ihrem strafenden Blick zu entgehen. Schaue stattdessen weiter durch das Wohnzimmerfenster hinaus in die Weite, von der es hier so viel gibt.

Durch das Fenster kann man nicht nur die vor dem Haus verlaufende Küstenstraße sehen, sondern auch die dahinterliegenden Dünen und einen kleinen Teil der Nordsee, die sich bleigrau bis zum Horizont erstreckt. Kein Schiff ist auf dem Wasser zu erkennen, nur Möwen kreisen umher, aber die sind ja immer da. Es ist unmöglich, auch nur zehn Meter am Strand entlangzugehen, ohne in ihre matschigen Hinterlassenschaften zu treten.

Ich könnte noch stundenlang hier stehen und einfach nur aufs Meer schauen, aber Franziska lässt mich nicht. Erneut treibt sie mich zur Eile an, und das Schlimme ist, dass sie damit auch recht hat. Ich sollte mich tatsächlich beeilen, wenn ich zu der anstehenden Pressekonferenz nicht zu spät kommen will. Dabei bin ich sicher, dass die Polizei auch heute nichts Neues zu verkünden hat.

Es ist bereits die dritte Pressekonferenz in vier Tagen, die wegen des vermissten Mädchens einberufen wird, obwohl es seit ihrem Verschwinden praktisch keine Neuigkeiten mehr gab. Dennoch sind Torge – der Kameramann, mit dem ich am häufigsten zusammenarbeite – und ich derzeit mit nichts anderem beschäftigt. Wir machen das, weil der Sender es so will, und der Sender will es, weil jeder Beitrag fantastische Einschaltquoten verspricht. Alles an dem Fall ist mysteriös, und die Zuschauer lechzen geradezu nach Informationen.

Ich kann sie verstehen, die Zuschauer.

Mir geht es ja genauso, wenn auch aus anderen Gründen.

Rebecca Sandtner ist vor fünf Tagen spurlos aus ihrem Elternhaus verschwunden. Die Siebzehnjährige, deren Eltern in Aurich ein Autohaus besitzen und die von Bekannten als erstaunlich reif für ihr Alter bezeichnet wird, hat in dieser Nacht weder Geld noch Papiere mitgenommen. Sie hat auch keine

Nachricht hinterlassen, und ihr ebenfalls verschwundenes Handy ist seitdem ausgeschaltet geblieben, sodass schon bald die Möglichkeit einer Entführung im Raum stand. Die Eltern gerieten in Panik, und die Polizei wurde nervös – so, wie das bei potenziellen Entführungen immer der Fall ist.

Die anschließende Rekonstruktion der Ereignisse ergab, dass Rebecca am Vorabend ihres Verschwindens gegen 23 Uhr ins Bett gegangen war, nachdem sie mit ihren Eltern noch ferngesehen hatte. Anschließend schickte sie einer Freundin eine WhatsApp-Sprachnachricht, in der es um den Schulunterricht des darauffolgenden Tages ging. Dann schaltete sie das Licht aus. Als ihre Mutter sie am nächsten Tag wecken wollte, war das Bett leer.

Da es keine Spuren gibt, die das Gegenteil andeuten, geht die Polizei davon aus, dass das Mädchen das Elternhaus freiwillig verlassen hat. Wohin sie wollte und ob sie in jener Nacht mit jemandem verabredet war, bleibt ungewiss. Das Mädchen hat seit einem Jahr einen Freund, Yannick, der sich das Ganze allerdings auch nicht erklären kann. Er hat die fragliche Nacht in seinem Elternhaus verbracht, und die Polizei hat trotz intensiver Bemühungen keinen Hinweis darauf gefunden, dass er etwas mit Rebeccas Verschwinden zu tun haben könnte.

Das ist die Faktenlage, und sie sieht weiß Gott nicht gut aus. Die Polizei hat nichts, womit sie arbeiten kann, und alle bisherigen Ermittlungsansätze liefen ins Leere. Man kann nur eins mit Gewissheit sagen: Rebecca ist verschwunden. Einfach so, als hätte sie sich in ihrem Bett aufgelöst.

Unwillkürlich zucke ich zusammen, als Franziska ihre Hand auf meine Schulter legt. Ich drehe mich um und sehe ihr in die Augen. Ihr Gesichtsausdruck hat sich verändert. Sie schaut mich jetzt nicht mehr vorwurfsvoll an, eher unsicher, besorgt vielleicht.

»Du denkst an das Mädchen, nicht wahr?«

Ich nicke.

»Ich hoffe ja immer noch, dass sie nur von zu Hause ausgerissen ist und bald wieder auftaucht«, sagt Franziska. »Trotzdem möchte ich mir nicht vorstellen, was die armen Eltern gerade durchmachen. Ich meine … Wenn das eigene Kind verschwindet, das muss grausam sein!«

Ich gebe ein zustimmendes Geräusch von mir, was soll ich auch sagen? Ja, es ist schlimm, aber schlimme Dinge passieren nun mal – in den Jahren beim Sender habe ich genug davon mitbekommen. Das volle Programm aus Katastrophen halt, außerdem ist es auch nicht der erste Vermisstenfall, über den wir berichten. Ich weiß, was hinter den Kulissen abläuft, und ich kenne auch die Kriminalstatistiken.

Die meisten verschwundenen Menschen in Deutschland tauchen innerhalb der ersten vierundzwanzig Stunden wieder auf, der Großteil der anderen dann binnen drei Tagen. Sollte die vermisste Person auch dann nicht wieder zurück sein, nimmt die Wahrscheinlichkeit für ein Verbrechen mit jedem Tag zu, bis es irgendwann immer unwahrscheinlicher wird, dass diese Person überhaupt noch lebt.

All das weiß ich, und Franziska weiß es auch. Dennoch ist ihre Sicht auf die Welt eine völlig andere als meine. Nicht nur in diesem Fall, sondern ständig. Und das liegt vor allem an Franziskas Wesen. Sie ist ein Mensch, der geradezu zwanghaft an ein Happy End glauben will. Egal wie schlimm die Vorzeichen auch sein mögen. Wenn die Realität ihr dann hin und wieder einen Strich durch die Rechnung macht, reagiert sie auf solche Vorkommnisse völlig perplex. Überrascht, dass eine Welt wie diese tatsächlich existiert und sie darin leben muss.

»Vielleicht ist diese Rebecca ja wirklich nur weggelaufen«, wiederholt sie und sieht mich nach Zustimmung heischend an. »Manchmal machen Teenager so etwas doch. So selten ist das nicht. Warum geht jeder immer direkt vom Schlimmsten aus?«

»Vielleicht tun die meisten Menschen das, weil sie im Gegensatz zu dir Realisten sind.«

Sie zuckt zusammen, die Worte treffen sie wie ein Peitschenhieb. »Dann denkst du also auch, dass das Mädchen tot ist?«

»Keine Ahnung«, weiche ich aus und merke selbst, wie lahm das klingt. »Wir werden sehen.«

Ich habe den letzten Satz kaum ausgesprochen, als ich meine Worte auch schon bedauere. Ich sollte Franziska nicht so behandeln. Nicht so kurz angebunden reagieren, so gleichgültig. Das hat sie nicht verdient, niemand hat das, und dennoch tue ich es, ständig. Ich erzähle nichts mehr, ich berichte nur noch. Irgendwann auf unserer langen Reise muss mir der Wille abhandengekommen sein, sie vollumfänglich an meinem Leben teilhaben zu lassen. Ich glaube, dass sie das auch weiß. Zumindest hat sie sich in den letzten Wochen verändert, auch wenn ich den Grund für diese Veränderung nicht benennen kann.

Anstatt mich zu entschuldigen, werfe ich einen Blick auf die Uhr und sage, dass ich jetzt wirklich losmuss. Sie nickt nur und bleibt im Wohnzimmer zurück, während ich in den Flur gehe, um mir die Schuhe anzuziehen. Ich will gerade nach dem Autoschlüssel greifen, als ich mitten in der Bewegung innehalte. Der Schlüssel ist weg. Er liegt nicht mehr auf dem Sideboard hinter der Eingangstür, wo ich ihn immer deponiere, wenn ich nach Hause komme.

»Franziska?«, rufe ich.

»Was denn?«, kommt es aus dem Wohnzimmer zurück.

»Weißt du, wo mein Autoschlüssel ist?«

»Wahrscheinlich da, wo du ihn zuletzt hingelegt hast.«

»Da ist er aber nicht.«

»Hmm«, macht sie und kommt in den Flur. »Welche Hose hast du denn gestern angehabt?«

Dieselbe wie heute, denke ich. Dennoch befühle ich automatisch die Hosentaschen, leer, bevor ich auf das Schlüsselbrett an der gegenüberliegenden Wand schaue, an das Franziska und Tabea immer ihre Schlüssel hängen. Mitten unter ihnen: der des Jeeps. Ich schüttle den Kopf – Tabea vielleicht – und greife danach.

Als ich Franziska zum Abschied einen flüchtigen Kuss auf die Wange gebe, lächelt sie sanft. Kein böses Wort mehr wegen meines unsensiblen Verhaltens, kein Vorwurf. Auch das passt nicht zu ihr, normalerweise ist sie nachtragend. Sie leidet dann zwar eher still und heimlich, lässt mich dieses Leiden aber spüren. Durch Gesten, durch Blicke, ganz subtil.

Man kann ihr vieles nachsagen, aber nicht mangelnde Klasse. Obwohl sie zart und zerbrechlich wirkt, verfügt sie über jede Menge Kampfgeist. Vielleicht ist das auch der Grund, warum sie lange nach unserer verloren gegangenen Liebe gesucht hat, ich hingegen nach einem Ausweg.

Als ich das Haus verlasse, erstrahlt der Himmel über dem Meer in einem tiefen Blau. Nur ein paar vereinzelte Schäfchenwolken sind zu sehen und jede Menge Möwen, die darunter wie entflohene Gefühle kreisen.

Die Pressekonferenz ist ein kompletter Reinfall, zumindest aus unserer Sicht. Claudia Lüders, die zuständige Ermittlerin, fasst zunächst die bekannten Vorkommnisse zusammen, bevor sie die Bevölkerung um Mithilfe bittet. Es ist ein eindringlicher Appell; gerichtet vor allem an Rebeccas Freundinnen und verbunden mit der Ermahnung, dass dies der falsche Zeitpunkt sei, um aus falsch verstandener Loyalität irgendwelches Wissen für sich zu behalten.

Wirkliche Neuigkeiten dagegen hat sie nicht zu verkünden. Sie betont, dass man in jede Richtung ermitteln würde und keine Möglichkeit ausschließen könne, aber ihr Gesicht sagt etwas anderes. Es sieht müde aus, abgekämpft und leer. Als sie fertig ist, dürfen wir Pressevertreter noch ein paar Fragen stellen, auf die sie nur ausweichend antwortet. Kurz darauf stehen Torge und ich auch schon wieder vor der Tür der Polizeiinspektion.

»Und jetzt?«, will der gebürtige Däne wissen, nachdem er die Kameraausrüstung in seinen Kombi verladen hat. »Was machen wir?«

»Ich habe Hunger und Lust, ein paar Menschen zu sehen. Wie wär's mit der Trattoria am Markt? Der Primitivo dort ist auch nicht schlecht.«

»Dann los«, sagt er, und wir machen uns zu Fuß auf den Weg.

Bis zum Marktplatz ist es nicht weit. Die Sonne scheint, es riecht durchdringend nach Frühsommer, und am Marktplatz stoßen wir auf ukrainische Straßenmusiker, die irgendein Volkslied spielen. Sie sind gut, richtig gut. Ich mag Musik, also schmeiße ich drei Euro in den vor ihnen liegenden Akkordeonkoffer, und auch Torge bleibt stehen. Er zögert kurz, dann grinst er und beginnt zu tanzen. Irgendwann klatscht er auch den Rhythmus mit, während ich nicht weiß, ob ich bei seinem Anblick lachen oder die Hand verschämt vor die Augen legen soll. Die Musiker entscheiden sich fürs Lachen, wenigstens ihnen scheint die Darbietung zu gefallen.

Ich mag Torge, aber ich habe nie verstanden, warum er so krampfhaft versucht, wie ein Jugendlicher zu wirken. Dabei geht es nicht nur um sein Verhalten, auch um die Kleidung oder die Wortwahl. Sobald er irgendeinen neuen Begriff aufschnappt, baut er ihn in seinen Wortschatz ein. Nicht weil er das wirklich cool findet – sondern einfach nur, weil er glaubt, so jünger zu wirken.

Als ich ihn einmal darauf angesprochen habe, meinte er nur, dass er nicht einer dieser Idioten sein will, die mit Ende dreißig schon wie ihre eigenen Väter wirken. Das ist ihm gelungen. Jetzt wirkt er wie einer dieser Idioten, die einfach nicht älter werden können.

»Du brauchst mich gar nicht so sonderbar anzuschauen«, sagt Torge, nachdem er die Tanzeinlage beendet hat. »Bin ich dir etwa peinlich?«

»Nicht mehr als an anderen Tagen«, grinse ich. »Ich wäre dir aber trotzdem dankbar, wenn wir jetzt einfach weitergehen könnten.«

In der Trattoria ist um diese Uhrzeit noch nicht viel los, sodass wir problemlos einen Tisch im Freien finden. Torge bestellt eine Pizza, ich entscheide mich für Cannelloni. Nachdem die Kellnerin die Bestellung aufgenommen hat, trifft mein Blick den seinen. Er schaut mich seltsam an, wirkt irgendwie besorgt.

»Was ist?«, frage ich.

»Nichts«, sagt er lahm.

»Für *nichts* guckst du aber ganz schön kritisch.«

»Okay«, gibt er sich geschlagen. »Ich finde, dass du heute echt fertig aussiehst. Was ist los? Gibt es mal wieder Stress mit Franzi?«

Franziska würde ausrasten, wenn sie wüsste, dass er sie Franzi nennt.

»Zu Hause ist alles okay«, lüge ich.

»Was ist es dann?«

»Keine Ahnung. Ich bin einfach nur müde.«

»Oh … Hattest du etwa Sex mit Franzi? Hat sie sich dabei mal bewegt?«

»Nein, das nicht«, sage ich und verdrehe die Augen.

»Wie jetzt? Sie hat sich nicht bewegt?«

»Doch, das heißt … Nein, wir hatten keinen Sex, obwohl ich nicht wüsste, was dich das angeht! Es war nur … In der letzten Nacht ist unser Fernseher mehrmals angegangen. Einfach so, ohne Grund. Irgendwann habe ich den Stecker rausgezogen, konnte dann aber nicht mehr einschlafen. Die Stunden fehlen mir jetzt wohl.«

Torge kneift die Augen zusammen. »Wie jetzt, der Fernseher ist angegangen? Von ganz allein?«

»Ja«, bestätige ich. »Dreimal.«

»Tabea vielleicht?«

»Die hat tief und fest geschlafen. Außerdem hat sie in ihrem Zimmer einen eigenen Apparat. Ich denke, dass das Teil einfach nur eine Macke hat. Morgen will ich in die Stadt und mich nach einem neuen umsehen.«

Bevor Torge antworten kann, kommt die Kellnerin und stellt das Essen auf den Tisch. Wir reden noch kurz über die Pressekonferenz und darüber, was man aus dem wenigen Material machen könnte, und nach dem Essen hat Torge die Geschichte mit dem Fernseher schon wieder vergessen. Er putzt sich den Mund ab, lehnt sich entspannt zurück und wendet sich umgehend dem nächsten Thema zu – seiner neuesten Eroberung, Tina oder Tanja.

Der gebürtige Däne hat ständig neue Partnerinnen, obwohl niemand aus unserem Bekanntenkreis versteht, wie er das hinbekommt. Torge ist nicht gerade ein Traum von einem Mann, kein klassischer Womanizer. An seinem Körper gibt es keine sichtbaren Muskeln, und wenn er T-Shirts trägt, ragen seine Arme wie Bindfäden aus den Ärmeln hervor. Den schütteren Haarwuchs versucht er unter einem Baseballcap zu verbergen, und im Sommer wird seine Haut nur kurzzeitig rot, um zwei Tage später wieder blass wie die eines Albinos zu sein.

Insgeheim glaube ich, dass die Gründe für seinen Erfolg in seiner Stimme zu finden sind, die so tief und dunkel wie der Marianengraben ist. Dazu verfügt sie über diesen skandinavischen Akzent, der in den Ohren vieler Frauen wohl unwiderstehlich klingt, irgendwie nach Hygge und so.

Während ich einen Rotwein trinke, gerät Torge über seine neueste Bekanntschaft regelrecht ins Schwärmen. Wie gut diese Tina oder Tanja doch aussieht, wie unkonventionell sie ist, wie gebildet. Irgendwann kommt er auch auf ihre sexuellen Vorlieben zu sprechen, er nimmt da kein Blatt vor den Mund. Ich höre seinen amourösen Schilderungen nur noch mit einem Ohr zu, befürchte aber, zukünftig keine Erdbeeren mehr essen können, ohne an diese Tina oder Tanja denken zu müssen.

»Das klingt doch prima«, sage ich, als er endlich fertig ist. »Vielleicht ist sie ja die Richtige für dich.«

Er zieht die kaum sichtbaren Augenbrauen hoch und sieht mich zweifelnd an.

»Wer weiß?«, schiebe ich nach, um ihn ein wenig zu provozieren. »Wenn ich ganz leise bin, glaube ich sogar, die Hochzeitsglocken schon läuten zu hören.«

Er lacht, und ich lache natürlich mit, weil wir beide wissen, dass das niemals passieren wird. Torge ist ein Mann für den aufregenden Sprint, nicht für die ermüdende Langstrecke. Er ist der festen Überzeugung, dass der Alltag der natürliche Feind der Liebe ist und dass kein Erlebnis mehr etwas Besonderes darstellt, wenn man es tagtäglich hat. Zum Glück teilen die meisten seiner Bekanntschaften diese polygame Haltung. Nicht auszudenken, welche Dramen sich sonst abspielen würden.

Die Erdbeerfrau scheint nicht nur seine diesbezügliche Sichtweise zu teilen, sondern auch über telepathische Kräfte zu verfügen, zumindest klingelt kurz darauf sein Handy. Den Antworten entnehme ich, dass sie ihn gerne sehen will, also signalisiere ich ihm, dass es okay ist, wenn er mich hier sitzen lässt und zu ihr fährt. Er formt mit Daumen und Zeigefinger das Okay-Zeichen, bei seinen nächsten Sätzen muss ich dann weghören. Auch ich habe so etwas wie ein Schamgefühl, obwohl Franziska da sicher etwas anderes behaupten würde.

»Ist das auch wirklich okay für dich?«, will er wissen, nachdem das Gespräch beendet ist. »Ich kann auch …«

»Alles gut«, versichere ich und nicke bekräftigend, bevor ich ihm zuzwinkere. »Wenn ich deine Aussagen richtig verstanden habe, scheint die Angelegenheit ja dringend zu sein.«

Sein Grinsen schneidet kleine Fältchen in die blasse Haut. »Danke, Mann, das ist echt nice! Wir sehen uns dann übermorgen, oder?«

»Das tun wir. Hab einen schönen Abend und viel Spaß.«

Als Torge aufsteht und geht, schaue ich ihm noch eine Zeit lang hinterher. Ich sehe seinen schmalen Rücken und die hängenden Schultern und weiß nicht, ob ich ihn in diesem Moment beneiden oder bedauern soll. Sein Leben ist, wie meines einmal war, aber dann ist etwas passiert.

Irgendetwas von mir – in mir – ist in den letzten Jahren verloren gegangen, und ich würde es nur zu gerne wiederfinden.

Es ist kurz vor Mitternacht, als ich mich endlich auf den Heimweg mache. Um diese Uhrzeit sind die Straßen schon recht leer, und nur wenige Fahrzeuge kommen mir entgegen. Die kleinen Dörfer entlang der Strecke wirken wie ausgestorben. Nur hinter wenigen Fenstern brennt noch Licht, und der einzige Mensch, der mir unterwegs begegnet, ist ein einsamer Mann, der mit seinem altersschwachen Schäferhund Gassi geht.

Die grellen Lichtkegel der Scheinwerfer reißen immer nur Details aus der Dunkelheit, beleuchten nie das große Ganze. Sie gleiten über akkurat gestutzte Hecken, streifen alte Bauernhäuser und hinter Bäumen liegende Scheunen. Es ist eine Gegend, in der Vergangenheit und Zukunft zum Jetzt verschwimmen. Wahrscheinlich hat es hier vor dreißig Jahren schon so ausgesehen, und vermutlich wird sich in den nächsten dreißig Jahren daran auch nichts ändern.

Die meiste Zeit bleibe ich unter dem Tempolimit und lasse den Jeep einfach nur dahingleiten. Ich will nicht nach Hause zu Franziska, will mich nicht ihren Fragen und der stummen Enttäuschung darüber aussetzen, dass ich ihr schon lange nicht mehr geben kann, wonach sie sich sehnt. Mein Verhalten ihr gegenüber ist ein freundschaftliches geworden, sie würde sich ein liebevolles wünschen, aber das packe ich nicht mehr.

Dennoch fahre ich weiter und weiter, als würde ich von einem unsichtbaren Magneten angezogen, obwohl ich in dieser Nacht lieber woanders wäre. Ich passiere kleine Wäldchen und unbeschrankte Bahnübergänge, bis ich irgendwann die Küstenstraße erreiche. Hier lasse ich das Seitenfenster halb nach unten gleiten, und salzige Meeresluft strömt herein. Vielleicht ist dieser Geruch das Einzige, was ich vermissen werde, wenn ich nicht mehr hier bin. Ihn und das Meer.

Als ich in den Rückspiegel schaue, sehe ich einen einsamen Lichtkegel hinter mir, wahrscheinlich ein später Motorradfahrer. Dann taucht schon wie aus dem Nichts rechts vor mir unser Haus auf. Ich bremse und biege auf die kurze Zufahrt ein, höre den Kies unter den Reifen knirschen. Als der Wagen steht, schalte ich den Motor aus, schließe meine Augen und lausche der Stille, dem leisen Knacken des sich langsam abkühlenden Motors. Fünf Minuten lang bleibe ich so sitzen, vielleicht auch zehn, aber als ich die Augen wieder öffne, ist das Haus immer noch da.

Unser Haus.

Jetzt, im Dunkeln, sieht es noch größer aus, als es ohnehin schon ist. Fast schon bedrohlich groß, und ganz sicher zu groß für uns. Im Erdgeschoss nutzen wir nur die Küche, das Wohnzimmer und mein Arbeitszimmer, im ersten Stock die beiden Schlafzimmer und Bäder und gelegentlich das Gästezimmer. Es gibt noch drei weitere Räume, die Franziska und Tabea eher als Abstellkammern betrachten, dazu den Keller und den riesigen Dachboden, auf dem seit Monaten schon niemand mehr war.

Ich habe das Haus damals nicht gewollt, und ich mag es immer noch nicht. Das Haus nicht, und diese Gegend schon gar nicht. Landschaftlich ist sie wunderschön, und dennoch fühle ich mich hier auch nach so vielen Jahren immer noch wie ein Fremder. Das liegt nicht an der Landschaft oder den Menschen hier, es liegt an mir. Man kann nichts lieben, auf das man sich nicht einlassen will.

Franziska und ich hätten damals im Ruhrgebiet bleiben oder nach Köln ziehen sollen, nach Hamburg oder nach München. Irgendwohin halt, wo die Dinge fifty-fifty gestanden hätten, nicht hundert Prozent Franziska, null Prozent ich. Doch damals war ich noch verliebt, so richtig, und man macht viele Dinge, die man später bereut, wenn man verliebt ist.

Ich kann nur hoffen, dass ich das, was ich bald tun werde, niemals bereue.

Seufzend steige ich aus dem Fahrzeug und gehe auf das Haus zu. Ich öffne die Tür, lege den Schlüssel aufs Sideboard und ziehe im Halbdunkeln die Schuhe aus. Um Tabea und Franziska nicht zu wecken, schleiche ich, so leise es geht, die Treppe hinauf, bis ich auf der Hälfte des Weges plötzlich stehen bleibe.

Irgendetwas stimmt nicht. Etwas ist anders als sonst.

Ich kann den Grund dafür nicht benennen. Es ist auch eher ein Gefühl, ein Flirren der Sinne. Ich schaue mich um, sehe aber nichts Ungewöhnliches. Dann schließe ich die Augen und atme ein. Jetzt kann ich riechen, was mich innehalten ließ. Ein ungewohnter Geruch hängt in der Luft, der schwache Duft eines Parfüms. Es dauert einen Moment, bis ich ihn erkenne – irgendetwas von Hermès, Franziskas Lieblingsmarke. Franziska parfümiert sich jedoch nie, wenn sie zu Hause ist. Sie tut das nur, wenn wir ausgehen, und auch dann nur zu besonderen Anlässen.

Ist sie etwa ausgegangen? Mit wem, wohin?

Vielleicht sollte ich jetzt eifersüchtig sein, aber das bin ich nicht. Nicht wirklich zumindest. Wenn Franziska ebenfalls eine Affäre hätte, würde mich das nicht umhauen. Es würde mich eher verwundern, weil es so gar nicht zu ihr passt. Franziska ist keine Frau, die Zuspruch oder Liebe in den Armen eines anderen sucht. Das ist sie doch nicht, oder?

Ohne darauf eine Antwort zu finden, schleiche ich die letzten Stufen hoch und dann den Flur entlang. Im Badezimmer schalte ich das Licht erst ein, nachdem ich die Tür hinter mir geschlossen habe. Sofort fällt mein Blick auf einen Parfümflakon, der mit der Prägung von Franziskas Lieblingsmarke versehen ist. Der Flakon ist offen, die Schutzkappe liegt achtlos daneben. Auch solche Nachlässigkeiten passen nicht zu ihr, und ich überlege, ob sich Tabea vielleicht an dem teuren Zeug probiert hat. Sie ist jetzt siebzehn; gut möglich, dass sie einen neuen Freund hat, von dem wir nichts wissen.

Wenn das so wäre, dann wäre es okay für mich. Jeder Mensch hat seine kleinen Geheimnisse, und Tabea ist da sicher keine Ausnahme. Außerdem habe ich noch nie daran geglaubt, dass bedingungslose Offenheit das Fundament jeder guten Vater-Tochter-Beziehung ist.

Die meisten Väter, die das behaupten, verwechseln Offenheit mit Kontrolle. Sie meinen, ihren Kindern einen guten Dienst zu erweisen, indem sie ihnen heimlich nachspionieren und möglichst wenig Freiraum lassen. Das ist nie mein Weg gewesen, meine Vorstellung von Erziehung. Ich vertraue eher darauf, dass Franziska und ich Tabea das moralische Rüstzeug mitgegeben haben, auf das es im Leben ankommt. Jetzt ist sie alt genug, um es in gewissen Grenzen selbstbestimmt einzusetzen. Wenn sie wirklich einen neuen Freund hat, wird sie uns schon davon erzählen, sobald sie es für richtig hält.

Nachdem ich im Bad fertig bin, schalte ich das Licht wieder aus und taste mich durch die Dunkelheit ins Schlafzimmer vor. Meine Bettseite ist leer, auf Franziskas Seite kann ich unter dem Laken ihren Körper ausmachen. Sie schläft bereits, atmet ganz regelmäßig. Ich schlüpfe behutsam unter die Decke, beuge mich vor und schnuppere an ihrem Hals. Keine Spur von Parfüm, nur der Geruch von warmer, weicher Haut.

Bis vor Kurzem hat mir dieser Geruch wenigstens noch das Gefühl von Geborgenheit vermittelt; verbunden mit der Hoffnung, dass das, was da nebeneinander liegt, vielleicht doch noch zusammengehört. Aber auch solche Momente sind jetzt vorbei. Mittlerweile ist Franziska nur noch jemand, der neben mir im Bett liegt, während ich die Augen schließe und an eine andere denke.

An sie. Und zwar jede Nacht. Auch jetzt kommen und gehen die Gedanken, drehen sich um Lara wie um einen Fixstern. Das sollte nicht so sein, es ist nicht richtig, und dennoch fühlt es sich so verdammt richtig an. Die Bilder im Kopf, die sündigen Gedanken.

Mit ihnen schlafe ich ein, um dann mitten in der Nacht aus dem Schlaf gerissen zu werden. Irgendetwas muss mich geweckt haben, ich weiß nur nicht, was. Im Zimmer ist es still, kein Laut ist zu hören, und nur ganz schwach fällt ein kaum wahrnehmbarer Lichtschein herein. Dort, wo die Tür einen Spaltbreit offen steht. Dahinter liegt der Flur. Der Schimmer muss Mondlicht sein, das durch das Flurfenster eindringt. Wenn mich nicht alles täuscht, habe ich die Tür aber zugemacht, als ich ins Bett ging. So wie jede Nacht, ich bin ein Gewohnheitstier.

Es ist seltsam, aber auch nicht so seltsam, dass ich deswegen aufstehen würde. Vielleicht musste Franziska mal zur Toilette, vielleicht habe ich die Tür einfach nur nicht richtig zugedrückt, weil ich sie nicht wecken wollte. Egal. Ich bin müde, will einfach nur weiterschlafen, aber in dieser Nacht ist mir keine Ruhe vergönnt.

Als ich fast schon wieder weggedämmert bin, höre ich etwas.

Leise Schritte, die sich behutsam über den Flur bewegen. Sie kommen aus der Richtung, in der Tabeas Zimmer liegt, und bewegen sich auf die Treppe zu, die ins Erdgeschoss führt. Dann verstummen sie wieder, als ob die Person, die sie erzeugt hat, stehen geblieben wäre und nach irgendetwas lauschen würde.

Ein paar Sekunden nur, wenige Augenblicke des Luftanhaltens. Dann wenden sich die Schritte ab und entfernen sich. Obwohl ein sonderbares Gefühl im Bauch zurückbleibt, entspanne ich mich wieder. Es kann nur Tabea sein, denke ich. Wahrscheinlich ist sie ebenfalls wach geworden und gerade auf dem Weg in die Küche, um sich etwas zu trinken zu holen. Das tut sie manchmal, obwohl ich ihr immer sage, sie soll sich einfach eine Flasche Wasser neben das Bett stellen.

Im Halbschlaf bekomme ich noch mit, wie Tabea die Treppe hinuntersteigt, vielleicht bilde ich mir das aber auch nur ein. Man bildet sich vieles ein, wenn man im Halbschlaf liegt.

Manchmal sieht man dann sogar Dinge, die es nicht gibt. Hört Geräusche, die es niemals gegeben hat.

GEGENWART

FRANZISKA

Mein Name ist Franziska Hoffmann, und mein ganzes Leben lang habe ich mich schon darauf vorbereitet, das zu sein, was ich jetzt bin: eine stolze Ehefrau und Mutter. Nie wollte ich etwas anderes sein, trotz der mitleidigen Blicke, die ich aufgrund meines früh geäußerten Wunsches oftmals geerntet habe. Gerade damals, in den für mich gar nicht so wilden Studentenjahren. Partys haben mich nicht interessiert, politische Diskussionen ebenso wenig. Keine meiner Kommilitoninnen konnte verstehen, wie man als selbstbewusste Frau in diesem Alter einen solch ausgeprägten Wunsch nach Familie haben kann, aber das ist mir egal gewesen. Sollten sie ihren Weg gehen, ich hatte meinen.

Wenn die anderen Studentinnen an den Wochenenden unterwegs waren, um zu feiern oder irgendwelche Kerle abzuschleppen, mit denen sie dann flüchtige Beziehungen eingehen konnten, habe ich vor dem Fernseher gesessen und mir Wiederholungen alter Serien angeschaut. *Die Waltons,* zum Beispiel, *Unsere kleine Farm* oder *Ich heirate eine Familie*. Dabei habe ich meist Weißweinschorle oder Ingwertee getrunken und mir vorgestellt, wie es wäre, eine der Figuren aus dem Fernsehen zu sein. Eine glücklich verheiratete Frau am besten, mit einer ganzen Schar von Kindern.

Ich habe gerne ferngesehen, aber noch lieber habe ich gelesen. Bücher waren meine Flucht aus dem Alltag. In ihnen habe ich die faszinierendsten Männer getroffen, wilde Abenteuer erlebt und fremde Welten entdeckt. Sie haben mir gezeigt, wie Liebe sich anfühlen muss und was Loyalität in einer Beziehung bedeutet. Keiner der Männer, die ich in der Realität traf, konnte da mithalten.

Niemand.

Bis Sven kam.

Sven und ich haben uns auf einer der wenigen Studentenpartys kennengelernt, auf die ich damals gegangen bin. Alle Mädchen fanden ihn ausgesprochen gut aussehend, und das war er tatsächlich – eins fünfundachtzig groß, dunkelbraune Haare, und wenn er lächelte, zierten Grübchen seinen Mund wie Ausrufezeichen. Dennoch war es nicht das Aussehen, das mich umgehauen hat, es war sein Blick. Seine Augen waren schokoladenbraun mit bernsteinfarbenen Punkten, und ihr Ausdruck hatte etwas sonderbar Melancholisches, das mich sofort angezogen hat. Er wirkte, als würde auch er insgeheim nach etwas suchen, das er bislang nicht gefunden hatte, und dann … dann ist es passiert. Ich habe mich verliebt. Nicht nur ein bisschen, so richtig. Ich erkannte mich selbst kaum wieder. Die Gefühle haben mich mit der Wucht einer Atlantikwelle überrollt, und ihm ging es genauso, zumindest dachte ich das. Als wir kurz darauf das erste Mal miteinander geschlafen haben, wusste ich bereits, dass er der Richtige war.

Die ersten Monate mit Sven glichen einem nicht enden wollenden Rausch, einem Tanz der Endorphine, aber dann bin ich schwanger geworden. Trotz Pille. Vielleicht habe ich sie auch ab und zu vergessen, kann sein, was spielt das für eine Rolle? Wir waren füreinander geschaffen, und ein Kind würde die Krönung unserer Liebe sein.

Als ich Sven von der Schwangerschaft erzählt habe, fiel seine Reaktion allerdings anders als erwartet aus. Er wirkte irritiert, beinahe schockiert, und fragte mich nur, ob ich sicher sei. Natürlich war ich das. Irgendwie hat er sich dann auch wieder eingekriegt, sogar mehr als das: Ein paar Tage später fragte er sogar, ob ich ihn heiraten wolle.

Natürlich habe ich Ja gesagt. Ich war die glücklichste Frau der Welt. Gemeinsam legten wir den Termin fest, dann ging alles sehr schnell. Auf die Hochzeitsfeier folgte der Umzug und kurz darauf die Geburt von Tabea. Sie ist mein ganzes Glück, und dennoch bedauere ich insgeheim, dass es bei dem einen Kind geblieben ist. Wenn es nach mir ginge, hätten wir drei oder vier haben können, eine ganze Kinderschar, aber Sven wollte das nicht. Für ihn war es perfekt, so, wie es war, und ich bin noch nie eine Frau gewesen, die lange mit den Dingen hadert. So viele meiner Wünsche sind bereits in Erfüllung gegangen, und niemand bekommt immer alles, was er will.

Sven und ich waren ein glückliches Paar, gesegnet mit einem wundervollen Kind, aber dann geschah etwas. Zehn Jahre nach Tabeas Geburt vielleicht, es können auch elf gewesen sein. Die Veränderung kam schleichend, ich konnte sie anfangs nicht in Worte fassen, aber mit der Zeit wurde sie immer deutlicher spürbar. In unser Zusammenleben hatte sich eine Kälte geschlichen, die von Sven ausging und die ich zuvor nicht für möglich gehalten hätte. Etwas änderte sich. In der Art, wie er mich ansah; in der Art, wie er mich berührte. Wenn er mich jetzt zum Abschied küsst, tut er das eher beiläufig, und wenn wir miteinander schlafen (was immer seltener passiert), kommt es mir vor, als sei der Akt nur noch eine Pflichtaufgabe für ihn. Ein schnelles Rein und Raus, ohne große Leidenschaft oder Liebe.

In all den Jahren habe ich stets auf mein Aussehen geachtet, auf die Figur, daran konnte es nicht liegen. Eher daran, dass ich ihm im Bett nicht geben konnte, was er begehrte, manche Praktiken sind einfach tabu für mich. Ich mag Sex, wenn er mit Liebe einhergeht, bin aber keine Pornodarstellerin, die willenlos alles mit sich machen lässt.

In den letzten Jahren habe ich immer stärker unter dem Gefühl gelitten, nicht mehr begehrenswert zu sein und nicht mehr die Aufmerksamkeit zu bekommen, die ich mir wünsche. Etwas fehlte – das Gefühl vielleicht, eine Frau zu sein. Lange habe ich mich mit dem Gedanken getröstet, dass dies in längeren Beziehungen normal ist und dass jede Ehe solche Phasen hat. Es dauerte, bis ich begriff, dass ich mit dieser Einschätzung kilometerweit danebenlag. Aber ich sollte nicht zu streng mit mir sein: Die unglücklichsten Menschen sind immer die besten Lügner.

Doch das allmähliche Schwinden unserer Liebe ist Vergangenheit, der Vorgang abgeschlossen, die momentane Situation eine völlig andere. In ihr muss ich mich einer neuen Wahrheit stellen, und sie ist grausamer als alles, was ich bisher mitgemacht habe.

In Kurzform lautet sie wie folgt: Ich bin in den letzten Wochen zu einer Lügnerin geworden, zu einer elenden Betrügerin. Erst durch mein Versagen ist das Grauen in unser Haus gekommen. All die Albträume, er. Die Polizei ahnt nichts davon, meine Tochter auch nicht, aber ich weiß es.

Ich weiß alles.

FÜNF TAGE ZUVOR

FRANZISKA

Im Haus ist es still, Tabea und Sven schlafen noch. Gedankenversunken stehe ich am Küchenfenster und trinke den ersten Kaffee des Tages. Die Sonne ist gerade erst aufgegangen, und auf der anderen Seite der Straße kann ich die vor dem Haus liegenden Dünen sehen. Den Fußweg, der sie teilt, und das windgepeitschte Meer dahinter.

Ich frage mich, warum viele Menschen in der heutigen Zeit emotional so abgestumpft sind, dass sie gar nicht mehr sehen, welche Wunder die Natur ihnen bietet. All diese einfachen Dinge – die Wellen, der Strand und die Dünengräser, die sich im Wind biegen – kosten nichts, jeder kann sie in ihrer ganzen Pracht genießen. Doch die Tatsache, dass sie jederzeit kostenlos verfügbar sind, macht sie in den Augen mancher Menschen auch wertlos. Statt sich an solchen Naturschauspielen zu erfreuen, ergötzen sie sich lieber an anderen Dingen. An ihren Handys, zum Beispiel, ihren Autos oder an überteuerten Klamotten. Sie haben verlernt, wahre Werte zu schätzen. Die Dinge, die mir am wichtigsten sind.

Während ich weiterhin auf die Dünen blicke, erwacht das Haus über mir langsam zum Leben. Tabea muss aufgestanden sein, ich kann ihre Schritte hören, ein leises Trapp-trapp. Anhand der Geräusche kann ich sogar jederzeit nachvollziehen, was sie gerade macht. Jetzt geht sie ins Bad, wäscht sich und putzt die Zähne, dann kehrt sie in ihr Zimmer zurück, um sich anzuziehen. Irgendetwas muss dabei zu Boden gefallen sein, ich höre ein Poltern. Kurz darauf sucht sie das Bad ein zweites Mal auf, dann nähern sich ihre Schritte der Treppe, laufen hinab. Kurz darauf steht sie auch schon in der Küche, den Blick starr auf das Handy in ihrer Hand gerichtet. Ihre Finger fliegen förmlich über das Display, wahrscheinlich tippt sie irgendeine Nachricht.

»Guten Morgen«, murmelt sie, ohne mich dabei anzuschauen.

»Guten Morgen«, erwidere ich lächelnd, obwohl ich bei ihrem Anblick lieber die Augen verdrehen würde.

Wie so häufig in letzter Zeit hat Tabea auch heute auf einen BH verzichtet. Ihre Brüste zeichnen sich deutlich unter dem eng anliegenden T-Shirt ab, dazu hat sie die Lippen geschminkt und die Fingernägel lackiert. Wenn mich nicht alles täuscht, ist da sogar Rouge auf den Wangen, Lidschatten über den Augen. Will sie tatsächlich so aufgedonnert in die Schule gehen?

Obwohl wir schon ein paar Worte gewechselt haben, hat sie mich bislang noch keines Blickes gewürdigt. Stattdessen geht sie zielstrebig zum Küchenschrank, um aus dem obersten Fach eine Packung Cornflakes zu holen. Sie schüttelt den bunten Karton, schaut mich zum ersten Mal an diesem Morgen an und zieht gleichzeitig vorwurfsvoll die Augenbrauen hoch. Sagt mit nörgelnder Stimme: »Die ist leer!«

»Das tut mir leid«, versuche ich, trotz ihres despektierlichen Verhaltens weiterhin freundlich zu bleiben. »Aber da du hier die Einzige bist, die dieses pappige Zeug isst, hättest du mir halt frühzeitig Bescheid sagen sollen. Dann hätte ich gestern eine neue gekauft.«

»Das hätte ich ja auch gemacht«, nölt sie weiter. »Aber gestern war noch genug drin!«

»Bevor oder nachdem du dich daraus bedient hast?«

Sie schnauft mit der ganzen Verachtung, zu der eine Siebzehnjährige fähig ist, dann stellt sie die leere Packung achtlos auf der Arbeitsplatte ab.

»Soll ich dir stattdessen ein Butterbrot machen?«, frage ich.

»Ohne Essen im Bauch kannst du dich nachher in der Schule nicht konzentrieren.«

»Keine Zeit, Franziska«, entgegnet sie. »Ich kann mir in der Pause ja was kaufen gehen. Besorgst du später neue Cornflakes?«

Franziska.

Noch so ein Punkt, der mich stört. Aus irgendeinem Grund nennt sie mich seit Neuestem nur noch beim Vornamen, obwohl sie weiß, dass ich das nicht mag. Das letzte »Mama« ist schon Ewigkeiten her, von »Mami« oder anderen Koseworten ganz zu schweigen.

Vor Kurzem habe ich mich so darüber geärgert, dass ich auch mit Sven über das Thema gesprochen habe. Insgeheim wünschte ich mir seine Unterstützung, aber die bekam ich natürlich nicht. Wenn man meinem Mann glaubt, stelle ich mich einfach nur an und bin generell zu konservativ, was unsere Tochter betrifft. Sie sei halt ein Teenager, meinte er, und es gäbe keinen plausiblen Grund, warum Teenager automatisch auch zu einem Abziehbild ihrer Eltern werden müssten.

»Darum geht es mir doch gar nicht«, protestierte ich. »Ich fände es einfach nur respektvoller, wenn sie mich nicht beim Vornamen nennt! Ich bin schließlich ihre Mutter, nicht irgendeine Freundin.«

Er zuckte nur mit den Schultern und erwiderte: »Vielleicht wärst du das aber besser. Ihre Freundin, meine ich.«

»Ich muss jetzt los«, sagt Tabea in diesem Moment und reißt mich aus den Gedanken. Bevor ich antworten kann, ist sie auch schon im Flur verschwunden, wo die Oxford-Tasche steht, in die sie immer ihre Schulsachen packt.

»Bis später!«, rufe ich ihr hinterher. »Und pass bitte auf, mein Schatz! Du weißt ja, dass ein Mädchen aus der Gegend verschwunden ist.«

Wider Erwarten kommt sie in die Küche zurück, drückt mir einen schnellen Kuss auf die Wange und sagt: »Mach dir keine Sorgen, okay? Rebecca ist ja nicht auf dem Weg zur Schule verschwunden.«

Erstaunt sehe ich sie an. »Kanntest du sie etwa? Ich wusste gar nicht, dass sie auf deine Schule geht.«

»Sie ist in der Parallelklasse, aber genauer kenne ich sie nicht. Nur vom Sehen.«

Jetzt bin ich neugierig. »Und … was erzählt man sich auf dem Schulhof so?«

»Die meisten glauben, dass sie einfach nur mit irgendeinem Typen abgehauen ist. Oder dass sie auf Drogen war. Tobias sagt, sie wäre in letzter Zeit eh immer so komisch gewesen.«

»Wer ist Tobias?«

»Ein Typ aus ihrer Klasse.« Dann schaut sie auf die Uhr. »Ich muss jetzt aber wirklich los, sonst verpasse ich den Bus noch.«

Bevor ich anbieten kann, sie mit dem Auto zu fahren, ist sie auch schon verschwunden. Kurz darauf höre ich, wie die Haustür krachend ins Schloss fällt. Keine Ahnung, wann das passiert ist, aber irgendwann muss Tabea auch verlernt haben, Haustüren vernünftig zu schließen.

Nachdem sie weg ist, mache ich mir Gedanken, was ich am besten mit der Zeit anfangen soll, bis ich um zwei auf der Arbeit sein muss. Eine Idee wäre, in den Keller zu gehen und die Sommersachen herauszuholen, die wir beim Tennisspielen tragen. Es wird jetzt jeden Tag wärmer, und die Außenplätze unseres Vereins müssten bald öffnen. Dann brauchen wir sie, am besten frisch gewaschen.

Während des Winters verstauen wir die Sommersachen immer im Keller, wo sie in einem Plastikbeutel verpackt auf das nächste Frühjahr warten. Normalerweise bringt Sven sie nach unten und holt sie auch wieder hoch. Er weiß, dass ich keine dunklen Räume mag, scheint das dieses Jahr bislang aber vergessen zu haben. Ich könnte ihn später darauf hinweisen, will ihm andererseits aber auch beweisen, dass ich nicht mehr so ängstlich bin, wie er denkt. Dass ich mich traue, allein in den Keller zu gehen, obwohl sich in mir alles gegen die Vorstellung sträubt.

Alleine schon der Gedanke daran erinnert mich umgehend an

die Zeit, als ich sechs oder sieben Jahre alt war. Bereits damals ging ich nicht gern in den Keller, weil ich mir immer eingebildet habe, dass in der Dunkelheit etwas lauern könnte.

Schon der Moment, in dem man die Tür öffnet und die Hand ausstreckt, um das Licht einzuschalten, war mir zuwider. Was, wenn da unten etwas lebt und plötzlich nach mir greift … mit einer Klaue voller scharfer Krallen vielleicht … und mich in die Dunkelheit zieht?

Ich weiß, dass solche Ängste damals lediglich meiner kindlichen Fantasie geschuldet waren. Monster, die unter dem Bett lauern, oder dämonischen Kreaturen, die in finsteren Kellern hausen – Albträume einer Sechsjährigen, die in der Dunkelheit entstanden und die ich nie wieder vollständig losgeworden bin.

Innerlich schäme ich mich für sie, und diese Scham ist es jetzt auch, die mich die Angst überwinden lässt. Ich gebe mir einen Ruck, dann gehe ich auf die Kellertür zu. Fühle mich dabei, als ob ich plötzlich wieder sechs oder sieben wäre.

Vor der Tür atme ich noch einmal durch, dann öffne ich sie. Sie quietscht ein wenig, dann gibt sie den Blick auf die Dunkelheit frei, die dahinterliegt. Der Lichtschalter befindet sich auf der linken Seite hinter der Tür, das weiß ich noch. Suchend tasten meine Finger danach, finden und drücken ihn. Im selben Moment geht das Licht an. Hinter der Tür wartet kein Monster, natürlich nicht. Nur Stufen, die nach unten führen, und ein leicht modriger Geruch, der mir entgegenschlägt.

Dennoch jagen mir tausend Gedanken durch den Kopf, als ich den Fuß auf die oberste Treppenstufe setze. Was, wenn plötzlich das Licht ausgeht und die Tür hinter mir zuschlägt? Was, wenn ich dann hilflos in der Finsternis gefangen bin, allen Gefahren schutzlos ausgeliefert? Ich darf gar nicht daran denken! Auch nicht an die Filme, in denen in solchen Situationen immer etwas Schlimmes geschieht. Das ist nur der Keller eines alten Hauses, sage ich mir. Nichts anderes. Kein Folterverlies und schon gar keine Szene aus *A Nightmare on Elm Street*.

Mit pochendem Herzen steige ich langsam hinab. Meine linke Hand liegt zitternd auf dem Geländer, die rechte habe ich an die Brust gepresst. Insgesamt sind es siebzehn Stufen, dann stehe ich im Keller, der sich zu zwei Dritteln vor und zu einem Drittel hinter der Treppe erstreckt. Nichts hier unten sieht sonderbar aus, nichts wirkt ungewöhnlich. Es ist nur ein ganz normaler Keller, dessen Boden aus grauem Waschbeton besteht und dessen Wände weiß getüncht sind.

Unter der Decke hängt eine einzelne Glühbirne, die es nicht schafft, den kompletten Raum gleichmäßig auszuleuchten. Nur in der Mitte ist es hell, die vorderen Ecken liegen bereits im Halbdunkel, und den am weitesten entfernten Bereich hinter der Treppe erreicht der Lichtschein kaum noch. Auf mich wirkt er wie ein riesiger schwarzer Schlund; ich werde mich ihm gewiss nicht nähern.

Während ich mich dazu zwinge, gleichmäßig zu atmen, gehe ich vorsichtig weiter. Schaue mich überall nach den Tennissachen um, kann sie bislang aber nicht sehen. Dafür entdecke ich auf der linken Seite Tabeas altes Babybett mit dem umlaufenden Gestell, daran angelehnt das Kinderfahrrad mit der roten Klingel. Auf beiden hat sich mittlerweile eine dicke Staubschicht abgesetzt, sie sehen aus wie verwunschen.

Ein wenig weiter stoße ich dann auf vier Kartons mit Büchern, die niemand mehr lesen will, und auf Kisten mit ausgemustertem Elektroschrott. Dinge, von denen ich gar nicht mehr wusste, dass wir sie haben. Wir hätten den Keller schon vor langer Zeit entrümpeln sollen, denke ich. Sven hätte das tun müssen, schließlich geht er normalerweise als Einziger hier runter. Es wäre seine Aufgabe gewesen, und hätte er sie erledigt, müsste ich jetzt nicht so lange suchen. Aber so ist er eben. Er konnte sich noch nie gut von alten Sachen trennen, auch nicht von lieb gewonnenen Eigenschaften. Wenn er mich nicht hätte, würde unser Haus wahrscheinlich so verwahrlost wie das eines Messies aussehen.

Als ich weiter ins Halbdunkel gehe, entdecke ich noch eine

alte Fritteuse und den Karton, in dem Tabeas Fernseher mal verpackt war, nur die Tennissachen finde ich nicht. Ich kann mich noch daran erinnern, dass wir sie in einen gelben Plastikbeutel mit Zugband verpackt haben, habe aber keine Ahnung, wo Sven ihn abgestellt hat.

Dann erreiche ich die hintere Wand, die nahezu vollständig von hölzernen Regalen bedeckt ist. Drei Stück sind es, jedes knapp zwei Meter hoch und etwa genauso breit. Auf den Regalböden liegt jede Menge Werkzeug herum. Kanister mit Motorenöl, ein zusammengefaltetes Zelt und andere Dinge, für die niemand mehr Verwendung hat.

Ich will mich gerade wieder abwenden, als ich neben dem am weitesten entfernten Regal etwas gelblich schimmern sehe. Es ist der Beutel, den ich suche, und beim Näherkommen kann ich durch das dünne Plastik auch das Logo einer Tennismarke erkennen. Davor steht jedoch noch ein weiterer Karton im Weg. Ich muss mich über ihn beugen, um den Beutel zu erreichen, und merke, wie schwer mir das Atmen hier fällt. Die Luft ist einerseits staubig, gleichzeitig aber auch feucht und klamm, riecht irgendwie nach Verwesung. Unwillkürlich schüttle ich mich. Vielleicht ist in einer der dunklen Ecken ja eine Ratte gestorben.

Dann bekomme ich den Beutel endlich zu fassen. Meine Finger zerren daran, bis er sich löst. Anschließend richte ich mich auf, um augenblicklich innezuhalten, als mich irgendwas im Nacken berührt. Mein Herz setzt aus. Ich schreie und wirbele panisch um die eigene Achse herum.

Keine Ahnung, was ich erwartet habe, aber hinter mir ist nichts. Nur Spinnweben, die sich in filigranen Netzen von der Decke zu den abgestellten Gegenständen ziehen. Der harmlose Anblick sollte mich eigentlich beruhigen, aber das tut er nicht. Mein Herz pocht so schnell, als wolle es jeden Moment aus der Brust springen. Warum nur musste ich allein in den Keller gehen? Warum konnte ich nicht warten, bis Sven aufgestanden ist?

Ruhig jetzt, ganz ruhig! Das ist nur ein Keller, sage ich mir, hier gibt es keine Geister und niemanden, vor dem ich Angst haben müsste. Anstatt jetzt durchzudrehen, sollte ich lieber froh sein, dass Sven nicht gesehen hat, wie panisch ich wegen ein paar lächerlicher Spinnennetze reagiert habe. Seit dem Vorfall damals hält er mich sowieso für hysterisch; ich will ihm da kein neues Futter liefern.

Nachdem ich mich beruhigt habe, nehme ich den Beutel wieder an mich und gehe auf die Treppe zu. Dabei muss ich erneut an den Kisten mit den Büchern vorbei. Hier ist es eng, und automatisch schaue ich nach unten, um nirgendwo anzustoßen. Dabei fällt mein Blick auch auf den Boden und die Fußspuren, die sich deutlich sichtbar im Staub abzeichnen. Wie paralysiert bleibe ich stehen. Stammen sie von mir, bin ich gerade hier entlanggegangen?

Ich bin mir nicht sicher, kann das aber auch nicht ausschließen. Als ich mir die Abdrücke genauer anschaue, erkenne ich, dass sie zu klein sind, um von Svens Schuhen zu stammen. Sie entsprechen eher Tabeas oder meiner Größe, und das Muster lässt auf Turnschuhe schließen. Ich schaue auf meine Füße hinab. Stiefel. Und eine schnelle Überprüfung ergibt, dass auch das Profil vollkommen anders aussieht.

Vielleicht ist Tabea ja hier unten gewesen?

Nein, das kann ich mit Sicherheit ausschließen. Unsere Tochter würde niemals freiwillig in den Keller gehen, es wäre ihr viel zu dreckig. Wenn die Abdrücke aber weder von Sven noch von Tabea oder mir stammen – wer hat sie dann hinterlassen?

Die Antwort ist: Ich weiß es nicht, und diese Antwort lässt meine Angst noch größer werden. Ich wage nicht, mich zu bewegen, wage kaum noch zu atmen. Vielleicht steht derjenige, der die Fußspuren hinterlassen hat, ja irgendwo im Dunkeln und wartet darauf, mich packen zu können. In einer der finsteren Ecken womöglich, die das Licht nicht erreicht. Hinter eine Kiste gekauert, im Schatten eines Regals verborgen.

Zitternd schaue ich nach unten. Die Abdrücke verhöhnen mich und zeigen mir, wie dumm ich war, wie naiv. Das ist der letzte klare Gedanke, den ich noch fassen kann, der Rest ist Panik. Ich stürme los, auf den Ausgang zu. Dabei stoße ich gegen das Kinderfahrrad und höre, wie es umfällt. Es kümmert mich nicht. Ich renne einfach weiter, will nur raus hier. Die Füße trommeln über den Boden, der Blick ist starr auf die Treppe gerichtet. Das einzige Ziel, das ich in diesem Moment vor Augen habe. Die Treppe verspricht Freiheit und Sicherheit. Wenn ich sie erreiche, ist alles gut.

Noch fünf Meter.

Noch drei.

Wie eine Irre jage ich die Stufen hoch, immer zwei auf einmal nehmend. Ich muss schneller als das Monster sein. Mich vor seinen scharfen Krallen in Sicherheit bringen, die es in mein Fleisch schlagen will, um mich dann in die Dunkelheit zu zerren, um dort dann … *Dinge* mit mir zu machen.

Grausame Dinge.

Schmerzhafte Dinge.

Wie von Sinnen schieße ich oben durch die Tür und wirbele herum. Ich will sie gerade zuschmeißen und mich dagegenpressen, als mich starke Arme packen und umschließen. Sie halten mich fest, pressen sämtliche Luft aus meinen Lungen. Ich versuche verzweifelt, dagegen anzukämpfen, aber es nützt nichts.

Ich war zu langsam.

Ein bisschen nur.

Aber ein bisschen tot ist auch tot.

SVEN

Sonnenlicht fällt ins Zimmer und weckt mich. Ich blinzle müde dagegen an, dann drehe ich mich um und greife nach der Armbanduhr, die auf dem Nachttisch liegt. 8:35 Uhr. Zu früh, um ausgeschlafen zu sein, und zu spät, um sich einfach wieder umzudrehen und weiterzuschlafen.

Mühsam quäle ich mich aus dem Bett und komme mir dabei wie ein Siebzigjähriger vor. Jeden Morgen geht das so. Die Glieder sind steif, die Hüfte tut weh. Verschleißerscheinungen nennt es der Arzt. Er meint, ich solle weniger Tennis spielen, weniger rotes Fleisch essen und weniger Alkohol trinken. Für gute Ratschläge ist er immer zu haben, obwohl er selbst Kette raucht, ein echter Pharisäer.

Der Weg ins Bad führt mich auch an Tabeas Zimmer vorbei. Ihre Tür steht offen, und ich werfe einen neugierigen Blick hinein, doch das hätte ich besser nicht tun sollen. Im Raum sieht es aus, als sei eine Bombe explodiert. Überall liegen Anziehsachen herum. Auch das Bett ist nicht gemacht, und Franziska wird ausrasten, wenn sie das sieht. Das tut sie bei solchen Gelegenheiten immer, sie versteht da keinen Spaß. Sie schimpft sogar mit mir, wenn ich meine Hemden nach einem langen Arbeitstag achtlos zu Boden werfe, obwohl sie anschließend ja eh in die Reinigung kommen.

Ordnung halten ist wichtig, schon klar, aber andererseits ist das auch nicht gerade meine Stärke gewesen, als ich noch ein

Teenager war. Vielleicht kann Franziska sich an diese Zeit in ihrem Leben nicht mehr erinnern, vielleicht ist es bei ihr ja anders gewesen. Vielleicht gehört sie aber auch einfach nur zu der Sorte Menschen, die schon alt zur Welt gekommen ist.

Als ich mich von dem Chaos in Tabeas Zimmer gerade abwende, höre ich von unten Schreie. Schon beim ersten Ton ist klar, dass sie von Franziska stammen, obwohl ich meine Frau noch nie so schreien gehört habe. Sie klingt schrecklich. Wie ein in die Enge getriebenes Tier, kaum noch menschlich.

Augenblicklich wirble ich herum und stürme die Treppe hinunter. Ich rufe die ganze Zeit ihren Namen, bekomme aber keine Antwort von ihr. Stattdessen höre ich weitere Schreie, drehe fast schon durch vor Sorge. Nur unterbewusst wundere ich mich, warum Franziskas Stimme so weit entfernt klingt. Fast so, als würde sie am gegenüberliegenden Ufer eines nebelverhangenen Sees stehen.

Dann hören die Schreie plötzlich auf. Darauf folgt Stille, und diese Stille ist beinahe noch schlimmer.

Die letzten drei Stufen ins Erdgeschoss überquere ich springend. Ich lande im Flur und stürme ins Wohnzimmer. Es ist leer, ebenso die angrenzende Küche. Panisch drehe ich mich im Kreis, dann höre ich hinter mir ein Poltern. Mein Blick schnellt dorthin und fällt auf die offen stehende Kellertür und die Treppe, die sich schemenhaft dahinter abzeichnet. Ist Franziska etwa in den Keller gegangen? Das ist unwahrscheinlich, sie geht nie da runter. Hat eine regelrechte Aversion dagegen. Überhaupt mag sie dunkle Räume nicht, dunkle Ecken, dunkle Gegenden. Nicht seit damals zumindest, als sie sagte, sie sei auf dem Nachhauseweg von jemandem …

Ich werde aus den Gedanken gerissen, als ein dunkler Schatten durch die Kellertür geschossen kommt. Instinktiv stürze ich mich auf ihn, packe zu und merke erst dann, dass es Franziska ist. Ihre Schreie waren schon schlimm, aber sie sind nichts gegen den Anblick, den sie jetzt bietet. Ihr hübsches Gesicht ist zu einer schreckverzerrten Maske erstarrt. Die Augen sind vor

Panik weit aufgerissen, und Tränen laufen ihre Wangen herab.

»Mein Gott«, stoße ich atemlos hervor. »Was ist denn mit dir passiert?«

Sie zittert nur, findet keine Worte. Ihr Körper will nicht aufhören zu beben, während ich ihr hilflos über den Rücken streichle. Ich weiß nicht, was ich tun oder wie ich reagieren soll. So habe ich Franziska seit dem Vorfall damals noch nie gesehen. Vollkommen aufgelöst.

Irgendwann beruhigt sie sich ein wenig und sieht mich an.

Keucht.

Bevor ich erneut fragen kann, bricht es aus ihr heraus.

FRANZISKA

»Da … da unten«, stammle ich. »Ich habe …«

Ich muss aufhören, so zusammenhanglos zu stottern! Muss mich am Riemen reißen und Sven sagen, was ich gesehen habe. Ich muss ihn vor dem Einbrecher warnen. Vor dem, was sich da unten verbirgt.

»Im Keller … Da sind Fußabdrücke«, versuche ich es erneut. »Da ist jemand!«

»Wo sind Fußabdrücke?« Sven sieht mich verständnislos an. »Und wo ist jemand?«

»Im Keller«, schreie ich. Ist er tatsächlich so schwer von Begriff? »Das habe ich doch gerade gesagt!«

Er nickt, tut aber nichts.

Warum tut er denn nichts?

Warum starrt er mich nur an, als wäre ich ein verängstigtes Kind, das einen Albtraum hatte?

»Unternimm endlich was!«, brülle ich.

»Okay, alles klar.« Endlich lässt er mich los und hebt entschuldigend die Hände. »Ich gehe gleich runter und schaue nach, aber zuerst musst du dich beruhigen, einverstanden? In dem Zustand will ich dich nicht allein lassen.«

Ich kann mich nicht beruhigen und will es auch nicht. Ich weiß, was ich gesehen habe, und es verletzt mich, dass er sich verhält, als hätte ich Wahnvorstellungen. Die habe ich aber nicht, nicht mehr.

»Sven«, beginne ich erneut und gebe mir Mühe, möglichst vernünftig zu klingen. »Neben dem Holzregal, wo unsere Tennissachen lagen, sind Fußabdrücke zu sehen. Es sind nicht deine, dafür sind sie zu klein, von mir stammen sie auch nicht. Und du weißt, dass Tabea nie in den Keller geht. Also – von wem sollen sie sein?«

»Dafür wird es garantiert eine ganz einfache Erklärung geben«, meint er, und ich kann nicht fassen, wie gelassen er klingt. »Sobald du dich beruhigt hast, gehe ich runter und schaue nach.«

»Ich bin ruhig!«, schreie ich.

Wieder dieser besorgte Blick. »Ernsthaft?«

»Wenn ich es dir doch sage! Tu mir einen Gefallen und nimm ein Messer mit. Nur für alle Fälle, falls ... Falls noch jemand da ist.«

Er zögert kurz. »Willst du mitkommen oder hier oben warten?«

Verdammt, ich weiß nicht, was ich will! Ich will nicht allein sein, aber noch weniger will ich ein zweites Mal in den Keller gehen, also sage ich, dass ich lieber warten würde.

Er nickt und wendet sich ab, um ein Messer zu holen. Ich folge ihm, weiche keinen Millimeter von seiner Seite. In der Küche greift er nach einem unserer besonders scharfen Steakmesser. Das ist gut, denke ich, sehr gut. Normalerweise hasse ich Waffen, aber in diesem Moment wünschte ich, wir hätten ein Schrotgewehr im Haus, eine Maschinenpistole. Irgendetwas halt, das große Löcher macht.

Er greift nach meiner Hand, dann gehen wir zurück zur Kellertür. Ich lasse mich wie ein kleines Kind mitziehen, bleibe aber oben an der Treppe stehen.

Er sieht mich an, verspricht mir, vorsichtig zu sein, und steigt die Stufen hinab. Ich schaue auf seinen breiten Rücken und kann seine zielstrebigen Schritte auf der Treppe hören. Dann ist er auch schon unten angekommen. Ich sehe noch, wie er sich im Kreis dreht und umschaut, um anschließend aus meinem Blickfeld zu verschwinden. Als hätte der Keller ihn verschluckt.

Komm zurück, denke ich.

Komm bitte, bitte zurück.

SVEN

Der Keller sieht genau so aus, wie ich ihn von meinem letzten Besuch in Erinnerung habe. Keine neu entstandene Unordnung, keine Spuren eines vorherigen Einbruchs. Es ist ein Keller, nicht mehr. Dass Franziska auf diesen Raum oder auf irgendwelche Fußspuren so panisch reagiert hat, ist meiner Meinung nach weniger der Umgebung und mehr ihrer Vorgeschichte geschuldet.

Meine Frau ist vor sieben Jahren auf der Straße überfallen worden, nachdem sie mit einer Freundin essen gegangen war. Der Täter hat sie in eine Hofeinfahrt gezogen, ihr ein Messer an den Hals gehalten und ihr die Handtasche und das Telefon geraubt. Anschließend ist er in die Nacht geflüchtet, die Polizei hat seine Identität nie feststellen können.

Das war schlimm, aber noch schlimmer waren die Folgen des Überfalls für Franziska. Sie hatte Angst. Immer. Es war so schlimm, dass ich ihr über einen Mann, den ich beruflich kannte und der über einige dubiose Kontakte verfügte, sogar eine Pistole besorgt habe. Ich dachte, sie würde sich damit sicherer fühlen, aber es hat nichts genützt. Irgendwann hat sie die Waffe einfach ins Meer geschmissen, um sie loszuwerden.

Die Angstzustände hörten anschließend trotzdem nicht auf. Auf mein Drängen hin hat Franziska dann mehrere Psychologen aufgesucht und sogar Medikamente gegen die Panikattacken bekommen. Das half, und irgendwann glaubten wir tatsächlich, die Sache auch ohne Psychopharmaka im Griff zu haben. Franziska setzte die Medikamente ab, und kurz darauf wurden auch die Besuche beim Therapeuten eingestellt. Alles schien gut zu sein, und jahrelang gab es auch keine Rückfälle mehr – nur eine unbestimmte Furcht vor der Dunkelheit, die sie seitdem nicht mehr losgelassen hat.

Schon vor dem Überfall hat Franziska den Keller, so gut es ging, gemieden, seitdem ist sie nie wieder dort unten gewesen. Bis heute nicht, und jetzt glaubt sie, im Staub des Bodens Fußspuren entdeckt zu haben. Ich weiß nicht, was ich davon halten soll. Ich würde jetzt gerne behaupten, wenn meine Frau das sagt, dann stimmt das auch, bin mir dessen aber nicht sicher.

Jetzt bewege ich mich langsam durch den Keller, bis ich neben dem erwähnten Holzregal stehe, und schaue mich um. Ich muss nicht lange suchen, bis ich auf die Fußabdrücke stoße. Sie sind definitiv keine Einbildung gewesen, allerdings weiß ich nicht, ob mich diese Erkenntnis jetzt ängstigen oder freuen soll.

Langsam gehe ich in die Knie, um mir die Spuren genauer anzusehen. Franziska hat recht: Sie stammen nicht von mir, eher von ihr oder Tabea. Und sie führen hauptsächlich zu Kartons, in denen Sachen von Tabea liegen. Alte Bücher und Spielsachen, zum Beispiel, aber auch zu klein gewordene Klamotten, die wir für die Altkleidersammlung aufbewahrt und anschließend vergessen haben. Diese Fußspuren sind sonderbar, gewiss, aber dennoch glaube ich weiterhin nicht an einen Einbruch. Wer sollte in den Keller einbrechen, ohne hier unten oder oben im Haus etwas mitgehen zu lassen? Das ergibt keinen Sinn. Es muss eine logische Erklärung für die Abdrücke geben, und ich habe sogar schon eine Idee, welche das sein könnte.

Das Profilmuster der Abdrücke entspricht eindeutig dem von Turnschuhen. Ich präge mir das Muster genau ein, bevor ich mich sicherheitshalber auch noch in den anderen Bereichen des Kellers umschaue. Dort durchstöbere ich sämtliche Ecken und jeden Winkel, kann aber nichts Auffälliges finden. Halbwegs beruhigt steige ich die Treppe wieder hoch, an deren Ende Franziska mit fragendem Blick auf mich wartet.

»Und? Hast du die Fußabdrücke gesehen?«

»Alles ist so, wie du gesagt hast«, bestätige ich. »Aber im Keller ist niemand. Ich habe extra überall nachgeschaut.«

Erleichtert stößt sie die Luft aus. »Siehst du? Und du hast mir nicht geglaubt!«

»Das habe ich nicht gesagt.«

»Man hat es dir aber angesehen!«

Ich nicke entschuldigend. Was soll ich auch sagen?

»Und was machen wir jetzt?«, will sie dann wissen.

Ich greife nach ihrer Hand, umschließe sie sanft. »Lass uns in Tabeas Zimmer gehen.«

Sie sieht mich verwirrt an. »Warum?«

»Weil ich sicher bin, dass wir dort die Lösung finden.«

Franziska folgt mir eher widerwillig, stellt andauernd Fragen, aber ich bitte sie, noch einen Moment Geduld zu haben, bis wir in Tabeas Zimmer angekommen sind. Dort gehe ich auf den Schuhschrank zu, der neben dem Schreibtisch steht, und öffne die Klappe. Sneakers, Chucks und Wanderstiefel fallen mir entgegen, ebenso jede Menge Turnschuhe in den unterschiedlichsten Farben. Ich betrachte jedes Paar ausgiebig und halte Franziska dann eins davon entgegen, sodass sie das Profil sehen kann.

»Die hier waren es«, sage ich.

»Was?«

»Von denen stammen die Abdrücke. Schau dir das Profil an – es ist identisch. Wenn du magst, können wir noch mal zusammen in den Keller gehen und es überprüfen.«

Sie wirkt immer noch unsicher, aber ich lasse jetzt nicht locker. Ich will ihr beweisen, dass ich recht habe, damit sie ihren Frieden findet und das Thema endgültig vom Tisch ist.

Ein paar Minuten später ist kein Zweifel mehr möglich. Wir knien neben den Fußspuren und vergleichen das Profil mit dem von Tabeas Turnschuhen. Identisch. Sogar eine abgelaufene Kante an der rechten Fersenseite stimmt mit den Abdrücken überein, und dennoch will Franziska das Offensichtliche immer noch nicht wahrhaben.

»Aber Tabea geht doch nie in den Keller«, protestiert sie. »Sie hasst Spinnen, das weißt du doch!«

Ich schaue sie an und gebe mir Mühe, den richtigen Tonfall zu finden. »Wann hat sie das zuletzt gesagt?«, frage ich dann. »Zu dir, meine ich.«

»Was?«

»Wann hat Tabea das letzte Mal gesagt, dass sie keine Spinnen mag?«

»Keine Ahnung, woher soll ich das wissen? Was spielt das denn jetzt für eine Rolle? Hier geht es doch nicht um Spinnen, es geht …«

»Sag es mir, bitte!«

Sie zögert kurz, dann: »Das ist schon länger her, denke ich, aber …«

»Ich war vor fünf Monaten mit Tabea im Zoo«, unterbreche ich sie. »Und weißt du, warum? Weil sie sich Spinnen anschauen wollte! Sie hat sogar gefragt, ob wir nicht selber welche halten können.«

Franziska erwidert nichts. Stattdessen schaut sie mich zornerfüllt an, als wäre Tabeas verändertes Verhalten meine Schuld.

Ich seufze. »Vielleicht hat Tabea früher mal Angst vor Spinnen gehabt, kann sein, aber sie ist kein kleines Kind mehr. Sie wird erwachsen, und aus irgendeinem banalen Grund ist sie in den Keller gegangen. Vielleicht hat sie etwas gesucht, vielleicht irgendetwas weggebracht. Ende der Geschichte, mehr ist da nicht.«

Sie öffnet den Mund, um etwas zu erwidern, und schließt ihn wieder.

»Bist du sicher?«, fragt sie dann.

»Wir können sie ja später fragen, was sie im Keller zu suchen hatte, okay? Schau … Ich kann verstehen, dass du dir wegen der Fußabdrücke Sorgen gemacht hast, mir wäre es im ersten Moment nicht anders ergangen. Aber meistens gibt es für solche Dinge eine ganz logische Erklärung, und in diesem Fall haben wir sie ja schon gefunden. Deshalb: Können wir das Ganze nicht einfach abhaken und zusammen einen Kaffee trinken? Jetzt, wo die Aufregung vorbei ist, merke ich, dass ich immer noch ganz schön müde bin. Torge hat mich gestern lange aufgehalten. Na ja … Du weißt ja, wie er ist.«

Jetzt lächelt sie, endlich, und fürs Erste scheinen die Geister der Vergangenheit vertrieben zu sein. Kein Rückfall in längst vergangene Zeiten mehr, keine neuen Abgründe.

Das hoffe ich zumindest.

Ich hoffe es ihretwegen.

So sehr.

FRANZISKA

Wir sitzen in der Küche und trinken Kaffee. Sven lächelt, und ich lächle zurück. Immer wenn er etwas sagt, versuche ich, möglichst fröhlich zu reagieren und die Frau zu sein, die er gerne an seiner Seite hätte. Eine unbeschwerte Frau. Eine Frau ohne Narben auf der Seele, aber das bin ich nicht, und er weiß das auch.

Sven hat getan, was er konnte, das kann ich ihm nicht absprechen. Er ist in den Keller gegangen, um die Sache mit den Fußabdrücken zu klären, und für ihn ist sie auch geklärt. Für mich nicht. Nicht ganz zumindest. Nur wenn Tabea tatsächlich bestätigt, dass sie im Keller gewesen ist, werde ich Ruhe finden.

Wenn überhaupt.

Das Problem zwischen Sven und mir – eines unserer diversen Probleme – ist, dass wir vollkommen unterschiedlich gestrickt sind. Ich bin ein emotionaler Mensch, Sven eher ein analytischer. Er schiebt meine Ängste vor dunklen Räumen ausschließlich auf den Überfall, weil er diese Ursache aus seinem sachlichen Blickwinkel heraus begreifen kann, aber das stimmt nicht. Sie sind schon länger da, viel länger, und sie betreffen auch nicht jeden dunklen Raum gleichermaßen.

Die Wahrheit ist: Ich nehme Umgebungen einfach anders wahr als die meisten anderen Menschen. Ich fühle sie regelrecht; spüre instinktiv, wenn etwas Schlechtes von ihnen ausgeht. Auf Außenstehende mag das vielleicht versponnen und esoterisch klingen, aber das ist es nicht. Ich habe das Gleiche gefühlt, als ich damals die Toreinfahrt gesehen habe, noch bevor der Angreifer kam und mich hineingezerrt hat. An diesem Abend hätte ich besser auf mein Gefühl hören sollen, aber das tat ich nicht. Ein solcher Fehler wird mir kein zweites Mal unterlaufen.

Heute bin ich im Keller gewesen, und ich habe direkt gespürt, dass es dort etwas Böses gibt oder gab. Das werde ich Sven nicht plausibel erklären können, in tausend Jahren nicht. Für ihn ist ein Raum immer nur ein Raum, ein Ort nur ein Ort. So ist er eben, der überlegte, stets rational handelnde Sven.

Manchmal hasse ich ihn dafür.

»Magst du mit mir in die Stadt fahren?«, will er wissen, nachdem wir den Kaffee ausgetrunken haben. »Ich muss nur kurz das Auto waschen und wollte mich anschließend nach einem neuen Fernseher umsehen. Der alte hat es wohl hinter sich.«

Ich wundere mich, dass er fragt. Es ist schon lange her, seit wir das letzte Mal gemeinsam etwas unternommen haben, und wenn es nur um etwas so Banales wie den Kauf eines Fernsehers geht. Schon deshalb würde ich ihn gerne in die Stadt begleiten, aber ausgerechnet heute habe ich andere Pläne.

»Ich glaube, das schaffe ich nicht«, sage ich bedauernd. »Ich muss gleich noch in den Supermarkt und um zwei dann bei der Arbeit sein.«

»Stimmt. Das hatte ich total vergessen.«

Er lächelt, was bei diesem Thema eher selten vorkommt. Meistens gibt Sven einen spöttischen Kommentar von sich, wenn ich von »meiner Arbeit« spreche, weil er sie nicht für eine ernst zu nehmende Erwerbstätigkeit hält. Eher für eine Art Hobby, und vielleicht hat er damit sogar recht.

Um nicht nur Hausfrau und Mutter zu sein, habe ich vor vier Jahren in dem Tourismusbüro des Nachbarortes eine Teilzeitstelle angetreten. Ich arbeite nur an drei Nachmittagen pro Woche, immer von 14 bis 18 Uhr. Meistens muss ich mich telefonisch oder per E-Mail um die Nachfragen buchungswilliger Gäste kümmern, Hotelvakanzen heraussuchen oder Empfehlungen für kinderfreundliche Unterkünfte geben. Es ist kein besonders anspruchsvoller Job und auch keiner, der viel einbringt, aber das muss er auch nicht. Viel wichtiger ist, dass er mir das Gefühl gibt, außerhalb der Familie noch eine Aufgabe zu haben.

»Schade«, sagt er schulterzuckend, als von mir keine weitere Reaktion mehr kommt. »Dann gehe ich jetzt duschen und fahre anschließend los. Wir sehen uns heute Abend, ja?«

Ich will gerade etwas erwidern, als Sven auch schon aufsteht und geht. Ein Außenstehender, der die Szene beobachtet hätte, könnte jetzt glauben, dass Sven enttäuscht ist, weil ich ihn nicht begleite, aber das stimmt nicht. Ich weiß es besser, Sven ist nicht enttäuscht. Es ist ihm schlichtweg egal, ob ich mitkomme, weil auch ich ihm egal geworden bin.

Körperlich mag er noch hier sein, in Gedanken jedoch ist er bereits woanders. Bei einer anderen. Das bilde ich mir nicht ein, das weiß ich. Ich habe die Nachrichten auf seinem Handy gelesen, nachdem ich es mit dem Fingerabdruck seines Zeigefingers entriegelt hatte, als er schlief. Sie heißt Lara, zumindest hat er sie unter dem Namen abgespeichert, und die Nachrichten waren eindeutig. Eindeutig zweideutig. Seitdem habe ich wegen meines eigenen Handelns kein schlechtes Gewissen mehr, warum auch?

Sven betrügt mich, und das nicht zum ersten Mal. Dass er sich bisher noch nicht getrennt hat, liegt meines Erachtens nicht daran, dass er unserer Ehe noch eine Chance geben will, es liegt an Tabea. Unsere Tochter wird in elf Monaten achtzehn, und dieser Tag scheint für ihn so etwas wie eine Deadline zu sein. So lange muss er es noch aushalten. Sobald sie dann volljährig ist, wird er mich verlassen, falls ich ihm da nicht zuvorkomme.

So steht es um unsere Ehe. Das ist die Wahrheit, auch wenn ich viel zu lange die Augen vor ihr verschlossen habe.

DU

Wie Blumen streben wir dem Licht entgegen, während sich ein anderer Teil unseres Wesens nach Dunkelheit sehnt. Ohne diese Dunkelheit kann es kein Licht geben, keine Schönheit, keine Farben. Wir sind Menschen, und gleichzeitig sind wir Tiere geblieben. Ein Teil von uns verachtet, was der andere begehrt, und vielleicht ist der *Missing Link* der Grund dafür.

Für Forscher wie Charles Darwin war der Missing Link das fehlende Bindeglied zwischen Affe und Mensch; andere erklärten damit den zu sprunghaft erscheinenden Wechsel vom Neandertaler zum Homo sapiens. Irgendwann hast du von einer obskuren Theorie gelesen, der zufolge außergewöhnlich intelligente Aliens zur Zeit der Neandertaler die Erde besuchten. Sie schauten sich um, fanden nichts intellektuell Herausforderndes und dachten sich, wenn sie schon mal da sind, könnten sie sich wenigstens mit den primitiv veranlagten Neandertalern paaren. Aus dieser Vereinigung ist dann der Homo sapiens entstanden. Unsere Intelligenz, das Streben nach Kultur und das soziale Verhalten haben wir demzufolge den Außerirdischen zu verdanken, der animalische Teil in uns ist ein ungewolltes Erbe der Neandertaler.

Blödsinn, nicht wahr?

Ganz sicher, und dennoch musst du zugeben, dass auch der moderne Mensch zwischen diesen beiden Extremen hin- und hergerissen ist. Wir haben zwar gelernt, unser Verhalten durch

Gesetze zu regulieren, aber allein schon die Tatsache, dass solche Gesetze nötig sind, sagt einiges über uns aus. Wie oft würden wir töten, wenn wir wüssten, dafür nicht bestraft zu werden? Wie oft unseren niedersten Trieben freien Lauf lassen?

Oft, sehr oft, und du bist das beste Beispiel dafür.

Schon als Kind hat das Animalische in dir getobt, ganz pur und unverfälscht. Du brauchst dieses Chaos, das Überschreiten von Grenzen, und weil du das ständig tust, bist du in gewissen Kreisen zu einem Mythos geworden. Niemand kennt deinen wirklichen Namen. Sie nennen dich nur den Hai, und wie jeder Hai musst auch du ständig in Bewegung bleiben, um nicht auf den Meeresgrund zu sinken. Das Meer um dich herum ist groß und tief und voller Gefahren; man nennt es die Gesellschaft.

Früher wolltest auch du zu dieser Gesellschaft gehören, aber das ist lange vorbei. Menschen wie die Hoffmanns haben dich durch ihr Verhalten unter die Oberfläche getrieben. Sie haben dafür gesorgt, dass du zu einem Wesen wurdest, das nur noch im Verborgenen existiert.

Zu einem *Phrogger*.

Phrogger – den Begriff hast du das erste Mal in den dunklen Regionen des Internets gelesen, und allein schon sein Klang hat dich fasziniert. Anschließend hast du weiter recherchiert, bis du auch die Geschichte in Erfahrung gebracht hast, die sich dahinter verbirgt. Im Prinzip ist sie ganz einfach. Phrogger sind Menschen, die in die Häuser anderer eindringen, um dort zwei oder drei Tage lang unentdeckt zu leben. In dieser Zeit halten sie sich in finsteren Kellern oder auf staubigen Dachböden versteckt, manchmal auch in verwaisten Gästezimmern. Ihre Verstecke verlassen sie nur, wenn die Bewohner nicht zu Hause sind oder tief und fest schlafen. Dann schleichen sie über die Flure und durchkämmen jeden Winkel des Hauses, jedes Zimmer.

Weil es ihnen einen Kick verschafft, bleiben einige Phrogger in der Dunkelheit auch manchmal neben den Betten stehen, um die ahnungslosen Bewohner im Schlaf zu betrachten. Dabei berühren sie ihre Körper, ganz sanft nur. Die Haare, die Brüste.

Wenn Phrogger Hunger oder Durst bekommen, bedienen sie sich an den Lebensmitteln, die sie im Kühlschrank ihrer unfreiwilligen Gastgeber finden. Dabei nehmen sie nie viel heraus – eine Scheibe Schinken hier, ein Stückchen Käse dort. Sie sind genügsam. Haben gelernt, die wenigen Tage lang, die sie anwesend sind, mit dem zu leben, was sie ohne großes Aufsehen entwenden können.

Um ihre Gastgeber besser kennenzulernen, lesen viele Phrogger auch deren Tagebücher oder schauen sich alte Familienfotos an. Sie durchstöbern die Schränke und Vitrinen und behalten Kleidungsstücke, die ihnen besonders gut gefallen. Manchmal stehlen sie auch Geld oder Schmuck, aber darum geht es ihnen prinzipiell nicht. Sie suchen den Kick, das Abenteuer. Für die meisten Phrogger ist das Ganze eher eine Grenzerfahrung. So, wie andere Menschen manchmal das Wochenende über in die Wildnis fahren, um zurück zu ihren Wurzeln zu finden.

Du jedoch bist von Anfang an anders gewesen, hast nur wenig mit anderen Phroggern gemeinsam. Das hat mit deiner Vorgeschichte zu tun und mit der daraus entstandenen Motivation. Wenn du in ein Haus eindringst, steht nicht der Spaß oder ein flüchtiger Adrenalinrausch im Vordergrund, dir geht es ausschließlich um die Bewohner. Du willst alles von ihnen erfahren, ein unsichtbarer Teil ihres Lebens werden und dich von ihren kleinen, schmutzigen Geheimnissen ernähren. Manchmal willst du auch deren Schicksal sein, sie in den Wahnsinn treiben oder ihre Ehen ruinieren. In solchen Momenten bist du kein Phrogger oder Hai mehr, dann bist du Gott.

Jetzt ist wieder der Moment gekommen, Gott zu sein. Du erhebst dich von deinem Nachtlager und verlässt den Dachboden. Im Haus ist es still. Die Hoffmanns sind unterwegs, es gehört jetzt dir. Du kannst dich nun in sämtlichen Räumen umsehen, ohne Angst vor Entdeckung zu haben. Nicht dass du deswegen übermäßig in Sorge wärst – bislang wurdest du noch nie entdeckt, und auch den Hoffmanns wird das nicht gelingen. Sie werden dich noch nicht einmal suchen. Wenn deine Anwesenheit eine Stimme wäre, wäre sie lediglich ein Flüstern, und man müsste schon gut zuhören, um sie verstehen zu können.

Gestern hast du dir Tabeas Zimmer vorgenommen, schließlich hat sie dich erst in dieses Haus geführt. Seitdem tust du alles, um ihr näher zu kommen. Du bist aus mehreren Gründen fasziniert von ihr, und einer davon ist, dass Tabea noch im Werden ist, nicht im Sein. Sie ist jetzt siebzehn und steht somit auf der Schwelle, die das Kind von der Frau trennt. Dieser Zwiespalt spiegelt sich auch in ihrem Zimmer wider, das sich bislang nicht entscheiden kann, was es sein will – weiterhin ein Kinderzimmer oder bereits der Rückzugsort einer Erwachsenen.

In der obersten Schublade ihres Nachttisches hast du gestern eine kleine Dose gefunden, in der sich ihre Milchzähne befinden. Eine Erinnerung an ihre Kindheit und das Gegenstück zu dem durchsichtigen Beutel, den sie unter das Bett geklebt hat. Du musstest ihn nicht öffnen, um zu wissen, dass das Kraut darin Marihuana ist.

Die Diskrepanz zwischen den beiden Funden lässt dich auch heute noch lächeln. Ob ihre Eltern wohl davon wissen? Von der kleinen Dose wahrscheinlich, von dem durchsichtigen Beutel eher nicht. Wahrscheinlich bist du in diesem Haus sowieso der einzige Mensch, der gleichzeitig sieht, was Tabea war und was sie ist.

Noch interessanter als das Marihuana war jedoch die Entdeckung des Tagebuchs, das in der hintersten Ecke ihres Kleiderschranks lag. Du liebst Tagebücher und bedauerst, dass sich heutzutage kaum noch jemand die Zeit nimmt, eines zu schreiben. Dabei ist es so reizvoll. All die kleinen und intimen Einblicke, die es jemandem wie dir gewährt.

Du hast dich auf ihr Bett gelegt und das Tagebuch aufmerksam gelesen. Seite für Seite, während du dich gleichzeitig in ihre Decke schmiegtest und ihren Geruch wahrnehmen konntest. Bei einigen Passagen musstest du lachen, bei anderen den Kopf schütteln. Wie trickreich sie doch ist, dachtest du, wie vielschichtig. Sicher werdet ihr noch jede Menge Spaß miteinander haben; bald schon, wenn alles gelaufen ist.

Anschließend hast du das Tagebuch an seinen Platz zurückgelegt, das Bett gerichtet und ihre Kleidungsstücke durchsucht. Nach kurzer Überlegung fiel deine Wahl auf ein weites T-Shirt mit buntem Aufdruck und auf ein paar Turnschuhe, in die du deine Füße mit etwas Mühe hineinzwängen konntest. So gerüstet hast du dir den Keller des Hauses angeschaut. Er ist mit Kartons und jeder Menge Gerümpel zugestellt, und jeder einzelne der abgestellten Gegenstände hat dir eine Geschichte erzählt.

Du weißt jetzt, welche Bücher die Hoffmanns lesen, welche Themen sie interessieren und wie achtlos sie mit Dingen umgehen, die ihnen mal etwas bedeutet haben. Achtlosigkeit ist etwas, das dich maßlos ärgert. Wer den Wert von Dingen nicht erkennt, hat sie auch nicht verdient, und mit Menschen verhält es sich deiner Meinung nach ganz ähnlich.

Heute Morgen dann, dicht an die geöffnete Dachbodentür gedrängt, konntest du hören, welche Panik dein gestriger Kellerbesuch ausgelöst hat. Die Frau scheint zur Hysterie zu neigen, vor dem Mann musst du dich in Acht nehmen – mit seiner analytischen Art könnte er gefährlich werden. Auch mit ihm wirst du dich noch beschäftigen müssen; selbst wenn dein Hauptinteresse den beiden Frauen gilt.

Bislang weißt du noch immer zu wenig über die Hoffmanns, um dir ein genaues Bild von ihnen zu machen, aber das wird sich ändern, wenn du dir ihr Schlafzimmer vornimmst.

Jenen Ort, an dem die meisten Menschen ihre intimsten Geheimnisse aufbewahren.

Du öffnest die Tür zu dem Raum, in dem Sven und Franziska Hoffmann nachts schlafen. Er ist groß und lichtdurchflutet und riecht angenehm nach frisch gewaschener Wäsche. Die Einrichtung besteht ausschließlich aus Möbeln, die man in einem solchen Zimmer erwartet – ein ausladender Kleiderschrank, eine antik wirkende Kommode, das Kingsize-Doppelbett sowie zwei Nachttische.

Mit dem cremefarbenen Kleiderschrank fängst du an. Es ist ein riesiges Exemplar, sicherlich vier Meter breit, mit fünf Türen. Du öffnest sie nacheinander. Manche Kleidungsstücke nimmst du heraus und betrachtest sie genauer, die anderen hebst du nur an, um herauszufinden, ob die Hoffmanns zwischen ihnen etwas versteckt haben.

Haben sie nicht.

Anschließend sind die Nachttische dran. Auf ihrem steht ein Foto von Tabea, eins von den Eheleuten und ein drittes, auf dem alle gemeinsam zu sehen sind. Die Schubladen darunter beinhalten einen Liebesroman, eine Lesebrille, eine Packung Taschentücher, eine Nachtcreme und zwei Schatullen mit Schmuck. Du öffnest sie. Sämtliche Stücke darin sind ebenso schlicht wie edel. Sie passen zu ihr, ebenso wie der fast schon aristokratische Klang ihres Namens. Ab jetzt wirst du die Frau in Gedanken immer bei ihrem Vornamen nennen, Franziska. Schließlich seid ihr nun eine Familie, da muss man nicht so förmlich sein.

Als du damit fertig bist, ist Svens Nachttisch dran. Nichts Persönliches steht darauf, keine Fotos, und in den Schubladen darunter sieht es nicht besser aus.

In der oberen liegen lediglich zwei Tennismagazine, in der unteren eine Uhrenrolle aus Leder. Behutsam öffnest du sie. Drei Uhren befinden sich darin, ein Modell von Glashütte und zwei von TAG Heuer. Es sind genau die Marken, die du bei jemandem wie ihm erwartet hattest. Teuer, aber nicht protzig. Du bist stolz auf dich und musst lächeln: Es ist schon erstaunlich, wie gut du Menschen bereits nach wenigen Tagen einschätzen kannst.

Mit deinen Instinkten bist du zufrieden, von dem Schlafzimmer an sich bislang aber enttäuscht. Noch hast du keine Entdeckung gemacht, die dich weiterbringen würde, und die letzte Chance darauf bietet jetzt die Kommode, die sich rechts der Tür befindet. Ein plüschiger Stuhl steht davor, ein Schminkspiegel hängt darüber an der Wand, beides vermutlich antik. Schon bevor du dich ihr näherst, ist klar, dass dieses Möbelstück ausschließlich von Franziska genutzt wird.

Die Kommode selbst ist aus dunklem Holz gefertigt und etwas mehr als zwei Meter breit. Insgesamt gibt es drei Schubladen, in den beiden oberen liegt ihre Unterwäsche. Keines der Stücke wirkt aufreizend, aber Franziska ist auch nicht der Typ dafür. Überhaupt hast du den Eindruck, dass Sex in der Beziehung der Hoffmanns höchstens noch eine untergeordnete Rolle spielt.

Nur der Ordnung halber öffnest du auch die untere Schublade. Mehrere zusammengerollte Schals, Tücher und etliche Handschuhe liegen darin, die paarweise sortiert sind. Desinteressiert räumst du den Inhalt zur Seite, dann hältst du plötzlich inne. Unter all den unscheinbaren Alltagsdingen kommt noch etwas anderes zum Vorschein – Kleidungsstücke, die du bei Franziska nicht erwartet hattest.

Schau an, denkst du. Sie kann dich ja doch noch überraschen.

Unter all den Schals und Handschuhen liegt Reizwäsche der aufregenderen Sorte. Du schaust dir die Stücke genauer an, es sind nicht viele. Zwei BHs und die dazu passenden Slips, ein durchsichtiger Body und ein Paar halterlose Strümpfe. In den BHs ist der Bereich für die Brustwarzen ausgespart, trotzdem sehen die Teile nicht nuttig aus, sondern wirklich erotisch. Es sind Stücke, die auch dich erregen würden, und fast schon automatisch fragst du dich, warum Franziska sie so sorgsam unter all den belanglosen Alltagssachen versteckt hat.

Vor allem: vor wem?

Tabea wäre eine Möglichkeit, Sven die andere, wobei dir Letzteres aus dem Bauch heraus plausibler erscheint. Sie will die Sachen vor ihm verstecken, weil sie sie nicht in seiner Gegenwart trägt. Keines der Stücke ist für seine Augen bestimmt.

Für wen hast du die Reizwäsche also gekauft, Franziska?

Du legst die Sachen wieder zurück und richtest dich auf. Gehst jeden Punkt deiner Überlegungen noch einmal durch und suchst nach Logiklücken in den von dir selbst geschaffenen Erklärungen. Findest keine, alles passt und stimmt mit früher erworbenen Erkenntnissen überein. Du bist bereits in unzähligen Häusern gewesen, und in jedem dritten davon hast du Indizien, wenn nicht sogar Beweise für einen Ehebruch gefunden. So sind Menschen eben. Sie haben Geheimnisse; selbst vor denen, von denen sie behaupten, sie zu lieben.

Gerade vor denen.

Um ganz sicherzugehen, beschließt du, Franziska eine kleine Botschaft zu hinterlassen. Ihre Reaktion darauf wird dir Gewissheit verschaffen. Redet sie mit ihrem Mann nicht über den Vorfall, ist die Sache klar. Dann hat sie etwas zu verbergen und du den ersten Riss in ihrer ach so perfekten Familienfassade gefunden – einen Riss, den du dann lustvoll vergrößern kannst. Das ist der Plan, so gehst du vor.

Immer.

Du bist nicht nur ein Phrogger. Du bist auch ein Räuber, ein Jäger und Sammler. Deine Gefährtin ist die Nacht, dein Komplize das Verborgene, und das Haus der Hoffmanns ist ein ideales Jagdrevier, das spürst du.

Hier wirst du reiche Beute machen.

FRANZISKA

Das Tourismusbüro, in dem ich arbeite, liegt im Erdgeschoss eines an einer Straßenecke stehenden Fachwerkhauses. Als ich dort ankomme, stößt gerade ein weißer Kleinwagen aus einer der davorliegenden Parkbuchten. Ich lasse mir die Gelegenheit nicht entgehen, steuere den Mazda hinein und steige aus. Es ist warm, und sofort bilden sich kleine Schweißtropfen auf meiner Stirn.

Nachdem ich die Tür geöffnet habe, empfängt Anne mich mit einem Lächeln. Sie lächelt oft, ist ein fröhlicher Mensch, und ich mag sie. Anne ist elf Jahre älter als ich und die einzige Vollzeitkraft. Ansonsten arbeitet nur noch Sonja hier; eine nichtssagende Endzwanzigerin, mit der ich jedoch kaum etwas zu tun habe, da sie nur an den Tagen kommt, an denen ich freihabe.

»Und?«, will Anne wissen, nachdem ich mir eine Cola aus dem Kühlschrank im Hinterzimmer geholt habe. »Wie war dein Wochenende?«

»Stressig«, erwidere ich und lasse mich in meinen Stuhl fallen. »Tabea hat zwei Freundinnen zu Besuch gehabt, und nichts ist schlimmer als drei pubertierende Mädchen! Du kannst dir gar nicht vorstellen, wie froh ich war, als die beiden wieder weg waren.«

»Sei tapfer«, meint sie aufmunternd. »Und denk immer daran, dass das Schlimmste bald hinter dir liegt. Du musst nur noch die Zeit überstehen, bis Tabea ihr Studium anfängt und von zu Hause auszieht. Dann kehrt wieder Ruhe ein. Zumindest war es bei Jasmin so.«

Anne weiß, wovon sie redet. Sie hat zwei Kinder, beide bereits erwachsen, Torben und Jasmin. Der Sohn wohnt immer noch im gleichen Ort wie sie, nur ein paar Häuser weiter, während die Tochter wegen des Studiums nach Hamburg gezogen ist.

Obwohl Anne mich mit ihren Worten sicherlich nur aufmuntern wollte, erreicht sie damit das Gegenteil. Die Vorstellung, dass Tabea schon bald nicht mehr bei uns wohnen könnte, ist etwas, mit dem ich nur schwer klarkomme. Wenn ich daran denke, sind mir sogar ihre pubertierenden Freundinnen lieber, die über Nacht bleiben. Dann lieber weiterhin ihr Zimmer aufräumen, die Wäsche waschen, das Essen kochen.

Ich schaffe es noch, einen Schluck Cola zu trinken, als auch schon das Telefon klingelt. Ein Mann mit ausgeprägtem Dialekt – ganz sicher aus Bayern – erkundigt sich nach Ferienwohnungen für den Sommer. Er ist spät dran, die Gegend ist bei Urlaubern beliebt und das Angebot mittlerweile stark eingeschränkt. Ich gebe seine Wünsche in die Suchmaske des Rechners ein und erkläre ihm dann, welche Optionen er noch hat und was diese kosten würden. Die genannten Preise scheinen den bayrischen Familienvater nicht aus der Fassung zu bringen, ich soll ihm bitte die Liste mit den verfügbaren Unterkünften mailen. Ich verspreche, das umgehend zu erledigen, dann beenden wir das Gespräch.

»Erstaunlich, dass den Leuten immer erst so spät einfällt, wo sie im Urlaub hinwollen«, meint Anne, die das Telefonat wohl mitgehört hat. »Und dann sind sie manchmal auch noch sauer, weil wir ihnen kaum noch etwas anbieten können.«

Ich zucke mit den Schultern, so ist das eben, und frage sie stattdessen, ob sie heute schon etwas Neues über das vermisste Mädchen gehört hat.

»Genau das Gleiche wollte ich dich gerade fragen«, sagt sie und beugt sich vor. »Ich meine, dein Mann sitzt doch quasi an der Quelle, was die aktuellen Entwicklungen angeht. Hat er denn nichts mitbekommen?«

»Du weißt doch, dass Sven nicht gerne über die Arbeit spricht. Gestern gab es in Aurich wohl eine Pressekonferenz, aber offenbar wurden dabei auch keine neuen Erkenntnisse verkündet.« Ich schaue sie bedauernd an. »Wenn du mich fragst, ich hoffe ja immer noch, dass das Mädchen einfach nur weggelaufen ist. Aber Sven glaubt scheinbar, dass ihr etwas passiert ist. Er hat es nicht so offen ausgesprochen, aber er geht wohl davon aus, dass Rebecca nicht mehr am Leben ist.«

Anne nickt langsam, als müsse sie gründlich darüber nachdenken. Das tut sie gerne, sich mit mysteriösen Dingen beschäftigen. Ungeklärte Verbrechen sind ihr Steckenpferd, das weiß hier jeder. Sie sagt selbst, dass sie keine True-Crime-Dokumentation im Fernsehen verpasst, keine Folge von *Aktenzeichen XY*.

»Wahrscheinlich hat dein Mann recht«, sagt sie dann. »Ich habe die Hoffnung auf ein gutes Ende auch bereits aufgegeben. Dafür ist das Mädchen schon zu lange verschwunden, und außerdem«, jetzt schlägt sie einen verschwörerischen Ton an, der völlig unnötig ist, da wir im Büro allein sind, »hat diese Rebecca wohl nicht den besten Ruf gehabt. Jasmin kannte sie flüchtig, und sie meint, dass Rebecca … nun ja, ein ziemlich wildes Mädchen war.«

Fragend kneife ich die Augenbrauen zusammen. Außer Tabeas Bemerkung, dass Rebecca vielleicht Drogen genommen hätte, weiß ich nicht viel über das Mädchen. Eigentlich gar nichts, also frage ich Anne, was sie mit dieser Bemerkung gemeint hat.

Sie zögert, und ich kann ihr ansehen, wie sie mit sich kämpft. Einerseits will sie bestimmt keine Gerüchte verbreiten, andererseits fällt es ihr augenscheinlich schwer, ihr Wissen für sich zu behalten. Mir würde es an ihrer Stelle nicht anders gehen. Wie die meisten Menschen interessiere ich mich für Klatsch und Tratsch, während ich mich gleichzeitig für dieses Interesse immer auch ein wenig schäme.

»Jetzt sag schon«, ermutige ich sie.

Sie sieht mich an. »Ich will nicht, dass …«

»Ich behalte es auch für mich. Versprochen!«

»Nun ja … Du hast doch sicher gehört, dass Rebecca einen Freund hatte. Yannick oder so.«

Ich nicke.

»Als Jasmin vor ein paar Wochen zu Besuch war, hat sie sich mit ihren alten Freundinnen getroffen. Die Mädchen sind dann in den Dünen unterwegs gewesen, irgendwo bei den Brutplätzen. Dabei hat Jasmin auch Rebecca gesehen, die sie wohl noch flüchtig aus ihrer eigenen Schulzeit kannte. Jasmin sagt, dass Rebecca hinter einer dieser Dünen gelegen hätte und einen Mann küsste, der wohl eine ganze Ecke älter gewesen ist. Sie hat dem nicht viel Bedeutung zugemessen. Es ist ihr erst jetzt wieder eingefallen, als sie von Rebeccas Verschwinden hörte.«

Ein Stich fährt mir ins Herz. »Hat sie den Mann denn erkannt?«

»Leider nicht. Er war über Rebecca gebeugt, sodass sie ihn nur von hinten sehen konnte.«

»Und woher weiß sie dann, dass er älter war?«

Anne zuckt mit den Schultern. »An der Kleidung vermutlich«, mutmaßt sie. »Oder an den Haaren. Ich weiß auch nicht. Ich habe Jasmin nicht danach gefragt, weil das Ganze ja schon eine Weile her war und mir nicht so wichtig erschien.«

»Aber Jasmin ist sich sicher, dass dieser Mann nicht Yannick war?«

Anne nickt. »Sie hat Yannick früher häufig Nachhilfeunterricht gegeben. Ihn hätte sie ganz sicher erkannt.«

»Wenn das stimmt …«, beginne ich langsam.

»Natürlich stimmt das! Warum sollte Jasmin sich das ausdenken?«

»Wenn das stimmt«, fahre ich unbeeindruckt fort, »dann musst du der Polizei davon erzählen! Die Behörden wissen bestimmt nicht, dass Rebecca noch mit jemand anderem etwas hatte. Zumindest wurde das Thema meines Wissens nach nie auf einer Pressekonferenz angesprochen.«

Anne wirkt, als hätte sie in eine Zitrone gebissen. »Ehrlich gesagt, mag ich in diese Geschichte gar nicht reingezogen werden. Ich kann mir eh nicht vorstellen, dass Jasmins Beobachtung etwas mit Rebeccas Verschwinden zu tun hat. Überleg doch mal: Zwischen diesem Kuss und der Nacht, in der Rebecca aus ihrem Haus verschwand, lagen Wochen. Das muss fast noch im Winter gewesen sein. Jasmin hat sich sogar gewundert, warum sich bei diesen Temperaturen jemand in die Dünen legt. Ich meine, da gibt es doch wärmere Orte, an denen man sich treffen kann.«

Stimmt, denke ich, aber kaum einen Ort, der abgeschiedener liegt und an dem die Gefahr geringer ist, zu dieser Jahreszeit entdeckt zu werden. Dass ausgerechnet an diesem Tag eine Truppe Mädchen dort vorbeikommt, damit konnte Rebecca nicht rechnen – und der Mann, der sich mit ihr vergnügte, ebenfalls nicht.

»Anne«, sage ich und gebe mir Mühe, möglichst eindringlich zu klingen. »Ein Verhältnis zu einem älteren Mann kann durchaus ein Mordmotiv sein, gerade du müsstest das wissen! Vor allem, wenn der Typ sogar noch verheiratet ist. Das darfst du nicht für dich behalten!«

»Ach herrje … Ich hätte gar nicht erst davon anfangen sollen«, sagt sie weinerlich und senkt den Kopf.

Stimmt, denke ich, das hättest du nicht. Hast du aber, und wenn du es der Polizei nicht erzählst, tue ich das. Hier steht schließlich das Leben eines Menschen auf dem Spiel, da darf man nichts für sich behalten. Ob es wirklich wichtig für die Ermittlungen ist, soll die Polizei dann lieber selbst entscheiden.

»Wenn du willst, gehen wir zusammen hin«, schlage ich vor und nicke ihr aufmunternd zu.

Sie ist immer noch unsicher. »Ich, ach … Wenn es nur um mich gehen würde, dann würde ich das ja machen, aber ich will Jasmin da nicht reinziehen, verstehst du? Sie wird sicher böse sein, wenn ich der Polizei Dinge erzähle, die sie mir anvertraut hat.«

»Dann soll Jasmin einfach mitkommen und es selbst erzählen.« Ich seufze. »Anne, wie auch immer … Die Polizei muss das erfahren! Wenn du dir tatsächlich Sorgen machst, wie deine Tochter reagiert, solltest du dir nur mal kurz vorstellen, wie es wäre, wenn dein Kind verschwinden würde. Würdest du nicht wollen, dass die Leute alles sagen, was für ihr Auffinden wichtig sein könnte?«

Einen Moment lang ringt Anne noch mit sich, dann nickt sie. »Einverstanden.«

SVEN

Die Auswahl in dem Fernsehgeschäft erschlägt mich fast. Zahllose Marken, unzählige Modelle und angeblich alle mit den gleichen Vorteilen – gestochen scharfes Bild, geringer Energieverbrauch, ein einmaliges Angebot. Da ich schon immer eine Schwäche für Sony hatte, entscheide ich mich kurzerhand für einen Bravia mit 65-Zoll-Bildschirmdiagonale und integriertem Dolby-Surround-System. Der Verkäufer behauptet, ich hätte eine ausgezeichnete Wahl getroffen – was soll er sonst auch sagen? –, dann bittet er mich, ihm zur Kasse zu folgen.

Als ich die Kreditkarte gerade durch das Zahlungsgerät ziehe, klingelt mein Handy. Ich werfe einen Blick aufs Display, sehe Torges Namen und melde ich mich: »Was gibt's?«

»Vergiss deinen freien Tag«, dröhnt seine baritonartige Stimme aus dem Hörer. »Wir haben zu tun!«

»Ich nicht. Ich bin gerade …«

»Wo auch immer du bist, verabschiede dich! Ein paar spielende Kinder haben vor einer halben Stunde die Leiche gefunden.«

»Rebecca?«

»Wessen Leiche denn sonst?« Er schnauft. »Ich bin schon auf dem Weg dorthin. Irgendein stillgelegtes Werftgelände bei … Wie heißt das Kaff? Neuharlingersiel. Ich schicke dir die genaue Adresse gleich per WhatsApp. Hast du 'ne Ahnung, wie lange du brauchst?«

Ich überschlage die Strecke im Kopf. Neuharlingersiel ist eine kleine Gemeinde mit tausend Einwohnern, rund fünfunddreißig Kilometer von hier. Außer einem malerischen Hafen, einigen Baudenkmälern und dem Anleger, von dem aus mehrmals täglich die Fähre nach Spiekeroog abfährt, gibt es dort nicht viel. Es ist einfach nur eine nette Gegend. Franziska und ich haben früher oft einen Ausflug dorthin gemacht, als wir noch gemeinsame Ausflüge machten.

»Eine gute halbe Stunde«, sage ich.

»Dann gib Gas und lass die Reifen qualmen«, erwidert er, bevor er das Gespräch beendet.

Ich vereinbare mit dem Verkäufer einen Liefertermin, danach fahre ich los. Tippe an der ersten roten Ampel die Adresse, die Torge mir geschickt hat, in das Navigationssystem ein.

Das Ziel liegt nicht direkt in Neuharlingersiel, sondern ein paar Kilometer davon entfernt. Es hat auch sonst nur wenig mit der pittoresken Schönheit der kleinen Gemeinde zu tun. Das wird mir schon klar, als ich auf die einzige Straße abbiege, die zu dem Werftgelände führt. Auf den Wiesen rechts und links der Strecke haben achtlose Zeitgenossen ihren Sperrmüll abgeladen. Kinderfahrräder liegen herum, jede Menge Hausmüll und eine Waschmaschine, in deren offen stehende Trommel niemand mehr Wäsche laden wird.

Die Straße selbst ist eine Einbahnstraße. An ihrem Ende erheben sich leere und seit Langem unbenutzte Hallen, schwarz und sinnlos. Das Navi brauche ich jetzt nicht mehr. Überall stehen Polizeiwagen mit kreisenden Blaulichtern herum, dazu ein Rettungswagen und der weiße Van der Spurensicherung. Vor der Absperrung aus Plastikbändern, die quer über die Straße führen, haben andere Medienvertreter ihre Dienstfahrzeuge geparkt, auch Torges Kombi kann ich ausmachen. Für mich ist dort kein Platz mehr, also stelle ich den Jeep in einiger Entfernung achtlos an einer Böschung ab.

»Hier können Sie nicht stehen bleiben«, blafft mich ein uniformierter Polizist an, der wie aus dem Nichts erscheint.

»Presse«, sage ich und zeige ihm meinen Ausweis, dann gehe ich weiter. Er ruft mir noch etwas hinterher, soll er nur.

Als ich mich dem eigentlichen Schauplatz nähere, fällt mein Blick auf eine tote Katze, die schon halb verwest im Straßengraben liegt. Krähen haben sich auf ihrem Körper versammelt, die Tiere geben ein grausames Schauspiel ab. Mit ihren langen Schnäbeln hacken sie immer wieder in den Kadaver und ziehen Fleischreste heraus, die sie dann hastig herunterschlingen. Dabei wirken die Vögel nicht, als würden sie im Team arbeiten, sondern gegeneinander. Ständig gehen sie aufeinander los und schlagen hektisch mit den Flügeln, um ihre Konkurrenten zu vertreiben. Es sieht ekelhaft und erbarmungslos aus. So ist die Natur.

Nachdem ich mich durch die versammelte Medienmeute gekämpft habe, sehe ich Torge in vorderster Reihe stehen. Er hält die Kamera einsatzbereit auf der Schulter im Anschlag und bemerkt mich erst, als ich ihm locker gegen den Arm boxe.

»Sie lassen mich nicht dichter heran«, sagt er klagend und deutet auf die beiden uniformierten Polizisten, die hinter dem rot-weißen Absperrband Stellung bezogen haben. »Kannst du mir mal sagen, wie ich von hier aus vernünftige Aufnahmen machen soll?«

»Steht mittlerweile denn schon fest, dass die Tote tatsächlich Rebecca Sandtner ist?«, frage ich, ohne auf seine Jammerei einzugehen.

»Ich kann dir nur sagen, was der Polizeifunk hergegeben hat. Eine weibliche Leiche im Teenageralter, der Beschreibung nach kann es Rebecca sein. Kinder haben sie in einer unverschlossenen Halle gefunden, als sie das Werftgelände mit einem Abenteuerspielplatz verwechselten. Wenn ich die Funksprüche richtig verstanden habe, deutet alles auf eine nicht natürliche Todesursache hin. Die Leiche muss in der Halle dahinten liegen.«

Ich schaue in die angegebene Richtung. Auf dem mit Unrat übersäten Gelände erheben sich drei Hallen, Torge deutet auf die mittlere davon. Das Tor steht einen Spaltbreit offen, Polizisten haben sich davor versammelt. Sie reden miteinander, während ihre Hände Bilder in die Luft malen. Leider ist kein einziges Wort zu verstehen.

Da es für uns momentan nichts zu tun gibt, schaue ich mich auf dem Gelände genauer um. Man sieht der Werft an, dass seit Jahren kein Schiff mehr die Hallen verlassen hat. Die Scheiben sind eingeschlagen, sämtliche Wände großflächig mit Graffiti verziert. Ein besonders farbenfrohes verkündet die frohe Botschaft, dass Nadine eine Bitch ist, die es mit jedem treibt. Für alle, die den Wahrheitsgehalt dieser Aussage überprüfen wollen, hat der Künstler sogar noch Nadines Telefonnummer hinterlassen.

Schon vor dem Niedergang kann die Anlage keine dieser schicken Werften gewesen sein, auf denen Jachten oder Kreuzfahrtschiffe gebaut werden. Eher eine, auf der man kleine Fischerboote preisgünstig reparieren lässt. Es wundert mich nicht, dass sie pleite ist, der Fischbestand in der Nordsee ist schon seit Jahrzehnten rückläufig. Ohne Fisch gibt es immer weniger Fischer und demzufolge auch immer weniger Boote zu reparieren. Es ist eine sterbende Branche. Mit sterbenden Branchen kenne ich mich aus, ich arbeite selbst in einer.

Als ich Torge gerade eine weitere Frage stellen will, sehe ich, wie Claudia Lüders die Halle verlässt, in der wir die Tote vermuten. Die Kommissarin ist wie immer äußerst schick angezogen, aber ihr Gesicht sieht müde aus, sämtliche Hoffnung ist daraus verschwunden. Um der wartenden Pressemeute zu entgehen, bleibt sie ein Stück weit hinter der Absperrung zurück, wo sie zügig nach links geht – dorthin, wo die Zivilfahrzeuge der Polizei stehen.

»Komm mit«, rufe ich Torge zu, dann bücke ich mich auch schon, um unter dem Absperrband hindurchzuschlüpfen und der Ermittlerin den Weg abzuschneiden. Kurz vor ihr erreiche ich den dunkelblauen Passat, auf den sie geradewegs zusteuert, und bis jetzt ist uns noch kein anderer Pressevertreter gefolgt. Glück gehabt, denke ich. Ich habe sie ganz für mich.

»Frau Lüders?«, beginne ich.

»Kein Kommentar«, antwortet sie erwartungsgemäß.

»Ich habe nur ein paar Fragen zu der aufgefundenen Leiche. Bei der Toten handelt es sich um Rebecca Sandtner, richtig?«

»Warten Sie einfach die Presseerklärung ab.«

Sie versucht, sich an mir vorbeizudrängen, aber damit habe ich gerechnet. Ich lehne mich mit dem Rücken gegen die Fahrertür und blockiere sie so. Ich mache so etwas nicht gerne, wirklich nicht – es ist sogar der Teil meines Jobs, der mir am wenigsten Freude bereitet. Aber was soll ich machen? Auch ich habe hier nur meine Arbeit zu erledigen.

»Frau Lüders«, beginne ich erneut und ignoriere ihren genervten Gesichtsausdruck. »Sie wissen, dass wir vom Fernsehen sind, und Sie wissen, dass ich irgendetwas brauche. Eine Aussage, die wir verwenden können.« Ich schaue mich demonstrativ um. »Wenn wir schnell machen, sind Sie hier weg, bevor die anderen Medienvertreter auf uns aufmerksam werden. Also, was meinen Sie?«

Ich sehe, wie sie mit sich kämpft. Dann bestätigt sie, dass die Tote Rebecca Sandtner ist.

»Und?«, bohre ich nach, während mir gleichzeitig ein Stich ins Herz fährt.

Sie stemmt die Hände in die Hüften. »Genügt das nicht?«

»Kommen Sie«, sage ich und versuche mich an einem Lächeln, das mir angesichts der Umstände selbst deplatziert vorkommt. »Ein bisschen mehr brauche ich schon! Die vermutete Identität der Leiche konnten wir bereits dem Polizeifunk entnehmen.«

»Sie wissen, dass es illegal ist, den Polizeifunk abzuhören?«

Jetzt lächeln wir beide.

»Also gut«, gibt sie sich geschlagen. »Der ersten Untersuchung nach ist Rebecca Sandtner vor mehreren Tagen gestorben, vielleicht sogar schon in der Nacht ihres Verschwindens. Der Fundort ist nicht der Tatort. Wahrscheinlich wurde sie mit einem Fahrzeug hierhergebracht.«

»Und die Todesursache?«

»Das wird die Obduktion klären.«

»Gibt es denn keine äußeren Anzeichen?«

Ihrem Gesichtsausdruck nach zu urteilen, will sie mir nun sagen, dass es jetzt wirklich genug ist. Dann jedoch sieht sie, dass auch andere Presseleute schnell näher kommen. Sie muss sich binnen Sekunden entscheiden, was wohl das kleinere Übel ist – ich oder all die anderen.

»Rebecca Sandtner wurde erschossen«, antwortet sie hastig. »Ein einzelner Schuss in den Hinterkopf, aber das war es jetzt auch! Wenn Sie die Autotür nicht sofort freigeben, lasse ich Sie wegen Behinderung der Polizei verhaften.«

Ich trete zur Seite. Claudia Lüders steigt ohne ein weiteres Wort in ihr Fahrzeug und verschwindet, bevor sich ihr der nächste Medienvertreter in den Weg stellen kann.

Zufrieden drehe ich mich zu Torge um, der die Kamera in ein paar Metern Entfernung im Anschlag hält. »Und, hast du alles?«

»Die Aufnahmen sind gut, aber ich weiß nicht, ob wir mit dem Ton etwas anfangen können. Der war mies. Zu viele Nebengeräusche, zu weit weg.«

»Das bekommen wir schon hin«, beruhige ich ihn. »Notfalls verwenden wir einfach nur das Bildmaterial und legen ihre Aussage als Kommentar aus dem Off darüber.«

»Alles klar«, stimmt Torge zu und nimmt die Kamera von der Schulter. »Sollen wir trotzdem noch hierbleiben und auf weitere Stimmen hoffen?«

Ich schüttle den Kopf. »Das bringt nichts. Lass uns lieber nach Bremen fahren und den Beitrag schneiden, damit die Kollegen so schnell wie möglich auf Sendung gehen können.«

Torge gibt einen zustimmenden Laut von sich, dann lassen wir den Trubel hinter uns. Er steuert seinen dicht an der Absperrung geparkten Kombi an, während ich noch weiter gehen muss, um zu meinem Jeep zu gelangen. Dabei komme ich auch wieder an der Stelle vorbei, an der die tote Katze liegt. Ich kann den

Anblick ihres Kadavers nicht ertragen und schaue bewusst in die andere Richtung. Dabei entdecke ich einen jungen Mann, der auf der gegenüberliegenden Seite der Straße steht.

Der Kerl ist Anfang zwanzig, vielleicht einen Meter fünfundsiebzig groß und nachlässig gekleidet. Sein weißes T-Shirt wirkt schmuddelig, und die Jeans ist von zahlreichen Knitterfalten übersät. Seine braunen Haare hat er mit Wachs auf struppig getrimmt. Insgesamt wirkt seine Erscheinung nicht so, als würde er für irgendein Presseorgan arbeiten, aber das ist es nicht, was mir am stärksten an ihm auffällt.

Es ist sein Blick.

Anders als die anderen Schaulustigen, die sich mittlerweile hier versammelt haben, sieht er nicht in Richtung des Geschehens, sondern in meine. Intensiv und geradezu durchdringend. Ich bleibe stehen, und einen Moment lang mustern wir uns wie zwei Menschen, die an den gegenüberliegenden Ufern eines schmalen Flusses stehen. Als ob jeder nur auf den ersten Schritt des anderen warten würde.

Ich möchte gerade hinübergehen und ihn fragen, was er von mir will, als er sich abrupt abwendet und in Richtung der Pressemeute davongeht. Irritiert sehe ich ihm hinterher.

Wahrscheinlich ist das Ganze nur ein Zufall gewesen, sage ich mir. Ich kenne ihn nicht. Habe ihn heute definitiv zum ersten Mal gesehen.

Ob er vielleicht mich kennt? Das glaube ich nicht.

Niemand kennt mich, und niemand weiß von meiner Schuld. Niemand ahnt, was ich empfunden habe, als ich die Halle sah, in der Rebeccas Leiche lag. Ich kann meine Emotionen gut verbergen, das konnte ich schon immer. Da, wo ich aufgewachsen bin, wurden Emotionen häufig als Schwäche ausgelegt. In einer solchen Umgebung lernt man, seine Gefühle für sich zu behalten, weil man glaubt, dass einen das in den Augen anderer stärker erscheinen lässt.

Bin ich das, stark? Eher nicht.

Ich habe nur gelernt, es alle anderen glauben zu machen.

FRANZISKA

Als ich gegen 19 Uhr nach Hause komme, wirft die Abendsonne bereits lange Schatten aufs Land. Im Haus ist es still, das war zu erwarten. Tabea ist immer noch bei einer Freundin, und Sven ist nach Bremen gefahren, um über den Fund von Rebeccas Leiche zu berichten. Am Nachmittag hat er mir eine kurze Nachricht geschickt, wenigstens das, den Rest habe ich aus dem Radio erfahren.

Rückblickend erklärt der Leichenfund auch, warum die Polizei an Annes Aussage ein derart großes Interesse zeigte. Die Beamten haben sich Notizen gemacht, mehrmals nachgefragt und gesagt, dass sie unbedingt auch mit Jasmin sprechen müssten. Sogar von einem Phantombild war die Rede, obwohl Anne mehrmals betonte, dass ihre Tochter das Gesicht des Unbekannten gar nicht gesehen hat. Zum Abschluss haben die Polizisten sich noch Jasmins Kontaktdaten notiert, die momentan in Hamburg ist, dann sind Anne und ich wieder ins Büro gefahren, wo ich Svens Nachricht erhielt.

Anne ist über Rebeccas Tod genauso schockiert gewesen wie ich. Wir haben das Radio angemacht, einen Lokalsender eingeschaltet und versucht, die wenigen Informationen zu verarbeiten, die sie zu berichten hatten. Viel war es nicht. Zwischendurch habe ich auch Tabea angerufen, um mich zu vergewissern, dass es ihr gut geht, und Sven eine weitere Nachricht geschickt, auf die er bisher allerdings nicht geantwortet hat. Jetzt bin ich zu Hause und versuche diesen Tag, der sich zu einem einzigen Albtraum entwickelt hat, irgendwie abzuschütteln.

Noch immer kommen mir die Tränen, sobald ich an Rebecca und ihre armen Eltern denken muss. Kein Elternpaar sollte das eigene Kind zu Grabe tragen, niemals. Es ist einfach nicht richtig, wider die Natur, und ich verstehe nicht, wie ein Mensch einem anderen so etwas antun kann.

Und ich verstehe auch nicht, warum Rebecca tun musste, was sie getan hat. Warum ein anderer Mann, warum die Geschichte mit den Drogen? Sie hatte doch alles – ein sorgenfreies Leben, nette Eltern und einen Freund, der alles für sie getan hätte. Ich kenne Yannick, er ist ein wirklich netter Kerl, warum genügt so vielen Frauen das nicht? Warum wollen diese Frauen immer mehr, ständig etwas Neues, wo doch das Alte es schon wert wäre, bewahrt zu werden?

Und was sind das für Männer, die hinter so jungen Frauen, fast noch Kindern, her sind? Was wollen sie sich beweisen, indem sie sexuellen Kontakt zu jemandem suchen, der ihre Tochter sein könnte? Mir kommt ein solches Verhalten krank vor. Als hätten diese Männer irgendwelche Probleme, die sie mit ihren jungen Eroberungen nur kaschieren wollen. Gravierende Probleme wahrscheinlich.

So leid mir Rebeccas Tod auch tut – wenn der Grund für ihre Ermordung damit zu tun hat, ist sie in meinen Augen teilweise selbst schuld. Hätte sie sich anders verhalten, die Finger von Drogen und anderen Männern gelassen, könnte sie wahrscheinlich immer noch leben. Das klingt hart, ich weiß, und ich würde es anderen Menschen gegenüber so auch nie ausdrücken, aber zu mir selbst kann ich wenigstens ehrlich sein.

Ich wasche mir schnell die Hände, dann gehe ich ins Schlafzimmer, um mir etwas Bequemeres anzuziehen. Eine Jogginghose, ein luftiges T-Shirt. Dabei fällt mein Blick auch auf die Kommode und auf die untere Schublade, die zur Hälfte offen steht. Ich halte inne, erstarre förmlich. Ich bin mir sicher, dass ich die Schublade heute Morgen nicht geöffnet habe. Warum auch? Um einen Schal oder Handschuhe zu tragen, ist es draußen viel zu warm, und für das, was darunterliegt, hatte ich heute ebenfalls keine Verwendung.

Zitternd ziehe ich die Schublade vollständig heraus und räume die Schals und Handschuhe zur Seite. Unter ihnen kommen die beiden Slips zum Vorschein, die BHs und die halterlosen Strümpfe. Nichts fehlt, und nichts davon sieht aus, als ob sich jemand daran zu schaffen gemacht hätte.

Eigentlich sollte mich das jetzt beruhigen, aber das tut es nicht. Irgendjemand muss an der Kommode gewesen sein, und dieser Jemand hat nun wahrscheinlich das gesehen, was niemand in diesem Haus sehen sollte.

Die Frage ist nur, wer?

Tabea ist nach der Schule nicht mehr nach Hause gekommen, also kann es nur Sven gewesen sein, aber warum? Er hat überhaupt keinen Grund, an meine Sachen zu gehen. Wenn er die Schubladen dennoch durchwühlt hat, während ich im Büro war, muss er auf der Suche nach etwas anderem gewesen sein. Vielleicht hat er ja eine Ahnung, und vielleicht hat die Reizwäsche seine Ahnung jetzt bestätigt.

Sobald ich die Konsequenzen begreife, wird mir auch schon schlecht. Was um Himmels willen soll ich ihm bloß sagen, wenn er mich später darauf anspricht? Panik steigt in mir auf, ich kann sie nur mühsam unterdrücken. Dem ersten Impuls folgend, will ich die Wäsche herausnehmen und sofort wegschmeißen, besinne mich dann aber eines Besseren.

Wenn Sven sie tatsächlich gesehen hat, wäre das ein Fehler. Ihr Verschwinden würde ihn dann nur noch misstrauischer machen. Ich könnte stattdessen einfach behaupten, dass ich sie für uns gekauft habe und bislang nur noch keine Gelegenheit hatte, sie zu tragen.

Ja, das ist besser.

Viel besser.

Nachdem der Entschluss gefasst ist, setze ich mich aufs Bett, um das bevorstehende Gespräch mit Sven in Gedanken durchzuspielen. Ich versuche, mir die passenden Worte zurechtzulegen, aber das fällt schwer, sehr schwer. Ich bin einfach nicht für die Lüge geboren; sie geht mir nicht so selbstverständlich von den Lippen wie vielen anderen Menschen. Dennoch – das muss ich zugeben – lüge ich in letzter Zeit andauernd. Ständig erfinde ich Ausreden und gebe Treffen mit Freundinnen vor, die es nicht gibt. Ich tue das, weil ich seit einigen Wochen etwas zu verbergen habe und weil es verdammt schwer ist, jemanden über Jahre hinweg zu lieben, der von einem selbst nicht mehr geliebt werden will.

Bei Frank ist das anders. Genau genommen ist fast alles in meinem Leben anders, seit ich ihn vor fünf Monaten im Supermarkt des Nachbarortes kennengelernt habe. Wir haben an jenem Tag gemeinsam vor dem Kühlregal gestanden, und er hat in meinen Einkaufswagen geschaut. Die Auberginen darin gesehen, den Knoblauch, die Paprika, die Tomaten und das Hackfleisch. Dann hat er gefragt, auf welche Art ich das alles zubereiten würde. Ich habe freundlich geantwortet, und er hat mir versichert, das Rezept so schnell wie möglich ausprobieren zu wollen. Anschließend haben wir uns noch kurz zugelächelt, wie Fremde das manchmal tun, und sind getrennt unserer Wege gegangen.

Eine Woche später habe ich Frank dann zum zweiten Mal gesehen, dieses Mal in einem beliebten Café in der Auricher Innenstadt. Er hat sich für das Rezept bedankt und gefragt, ob er mich im Gegenzug zu einem Kaffee einladen darf. Einfach so, direkt hier. Ich habe kurz gezögert und dann aus einer Laune heraus Ja gesagt.

Es ist doch nur ein Kaffee, habe ich mir eingeredet, aber schon damals wusste ich, dass es mehr war. Eine unsichtbare Grenze, die ich überschritt und der noch viele weitere folgen sollten.

Eins kam zum anderen, und von Anfang an lief es wirklich gut mit uns. So gut, dass irgendwann selbst mein schlechtes Gewissen schwieg, das anfangs noch so lautstark tönte. Ich wollte keine Betrügerin sein, keine Ehebrecherin. Bis Sven anfing, sich zu verändern, wäre das schier undenkbar gewesen. Seit dem Tag unserer Hochzeit habe ich immer an die Kraft der Liebe geglaubt, an die Bedeutung der Monogamie, an ihn – nur er irgendwann nicht mehr an mich.

Frank ist zehn Jahre älter als ich und acht Jahre älter als Sven. Mit seinem kleinen Bäuchlein und den ausgeprägten Geheimratsecken ist er weiß Gott kein Schönling, aber er gibt mir, was ich schon lange vermisst habe – das Gefühl, wahrgenommen zu werden. Wenn wir zusammen sind, ist er ganz bei mir und mit den Gedanken nicht woanders. Er ist aufmerksam und liebevoll und überschüttet mich mit Komplimenten, bei denen ich spüre, dass jedes einzelne ehrlich gemeint ist. Seine Zuwendung gibt mir Kraft, von der ich zehre und die ich seitdem nicht mehr missen möchte.

Vor allem nicht an Tagen wie heute.

Ich greife zum Handy und wähle die Nummer, die ich auswendig kenne. Es klingelt dreimal, dann geht Frank ran.

»Hallo, Schatz«, begrüßt er mich. »Das ist ja eine nette Überraschung, dass du anrufst.«

»Hallo, Frank«, sage ich leise.

»Was ist los?«, fragt er. »Du klingst so merkwürdig. Ist etwas passiert?«

»Ach, ich …«, bekomme ich noch heraus, dann heule ich auch schon los.

Er wartet ab, bis ich mich wieder beruhigt habe und für meinen Gefühlsausbruch entschuldige.

»Es gibt nichts, wofür du dich entschuldigen musst«, erwidert er mitfühlend. »Erzähl mir einfach, was passiert ist.«

»Das mache ich, aber nicht heute und nicht am Telefon. Können wir uns morgen irgendwo treffen? In dem kleinen Café neben dem Supermarkt vielleicht? Ich werde zwar nicht viel Zeit haben, aber das wäre die einzige Möglichkeit.«

»Klar, natürlich.« Er klingt verwirrt. »Ehrlich gesagt, mache ich mir gerade Sorgen um dich.«

»Das musst du nicht, wirklich nicht.« Mir genügt es schon,

wenn Sven mich für hysterisch hält, bei Frank darf mir das nicht passieren. »Ich brauche einfach nur ein offenes Ohr und jemanden, der unvoreingenommen auf die Dinge blickt. Einen Ratgeber, wenn du so willst.«

»Dann bist du bei mir richtig«, erwidert er. »Ich rede nicht gerne drüber, aber in den letzten zehn Jahren habe ich dreimal den Titel ›Bester Ratgeber des Jahres‹ gewonnen! Wenn ich mich jemandem anvertrauen sollte, würde ich mit mir selbst reden.«

Obwohl ich aufgrund der Vorkommnisse in unserem Haus immer noch fertig bin, muss ich bei seinen Worten lächeln. Mir ist klar, dass Frank mich nur aufmuntern will, und dafür bin ich ihm dankbar. Wie immer vermittelt er mir auch jetzt das Gefühl, dass ich das Wichtigste in seinem Leben bin und dass er immer für mich Zeit hat. Mein Gott … Wie sehr habe ich dieses Gefühl in den letzten Jahren vermisst!

»Dann bis morgen um 14 Uhr?«, frage ich abschließend, um sicherzugehen.

»Morgen, 14 Uhr«, bestätigt er. Dann beenden wir das Gespräch.

Anschließend lehne ich mich zurück und atme durch. Das Telefonat hat höchstens zwei Minuten gedauert, und trotzdem geht es mir jetzt besser. Vielleicht liegt das ausschließlich an seinen Worten, vielleicht auch an der Aussicht auf morgen.

Unsere Treffen finden meist bei Frank zu Hause statt, selten in der Öffentlichkeit, und wenn, dann laufen sie stets nach dem gleichen Muster ab. Wir verabreden uns in einem Café, das wir dann getrennt betreten. Dort setzen wir uns an zwei Tische, die dicht beieinanderstehen, und tun so, als würden wir zufällig ins Gespräch kommen. Nie berühren wir uns dabei, und niemals kommt es dort zum Austausch irgendwelcher Zärtlichkeiten. Das sind die Regeln, die wir uns auferlegt haben, solange wir nicht wissen, wohin das Ganze mit uns führen wird.

Deutlich besser gelaunt ziehe ich anschließend ein bequemes T-Shirt und eine Leggings an. Anschließend durchstöbere ich den Kleiderschrank und überlege, was ich morgen wohl anziehen könnte. Frage mich, ob die anthrazitfarbene Bluse ihm gefällt oder ob er das mit einem Blumenmuster bedruckte Sommerkleid lieber mag. Ich könnte natürlich auch …

Mitten in dem Gedankengang halte ich inne. Im Haus ist eine Tür zugeschlagen, wahrscheinlich die Haustür. Ich habe es ganz deutlich gehört.

»Tabea?«, rufe ich.

Keine Antwort.

»Sven?«

Nichts.

Es ist jetzt wieder still, totenstill. Je konzentrierter ich nach weiteren Geräuschen lausche, desto mehr kommt es mir vor, als würden die Wände, die Decken und der Boden des Hauses zurücklauschen. Die Stille macht mir Angst, deutlich mehr Angst als das Geräusch der Tür zuvor. Sie wirkt bedrohlich. So, als könne jeden Moment etwas aus ihr herausbrechen.

Irgendjemand.

Das darf nicht sein, sage ich mir, diese Angst muss endlich aufhören! Ich kann nicht gleichzeitig vor Geräuschen und vor der Stille Angst haben, dann hätte ich ja immer Angst, dann wäre ich ja … Ja, was eigentlich? Verrückt? Hysterisch? Nicht mehr ernst zu nehmen?

Nicht das Geräusch ist das Problem, ich bin es. Ich will aber kein Problem mehr sein.

Nie mehr.

Bleib ruhig, sage ich mir. Denk nach. Wenn eine Tür zuschlägt, kann es, nüchtern betrachtet, nur zwei Gründe dafür geben. Entweder war es der Wind oder ein Mensch. Ich kann mich zwar nicht erinnern, ein Fenster offen gelassen zu haben, will das aber auch nicht ausschließen. Vielleicht gibt es eine ganz harmlose Erklärung dafür, vielleicht nicht. Hier oben, im Schlafzimmer, werde ich es nicht herausfinden.

So leise wie möglich gehe ich auf den Flur hinaus und wende mich zur Treppe hin. Schaue die Stufen hinab, sehe aber nichts.

Das Haus liegt weiterhin still da, wirkt wie ausgestorben. Manchmal spürt man ja die Anwesenheit eines anderen Menschen, dieses Mal spüre ich nichts, und dennoch sind meine Nerven zum Zerreißen angespannt.

Behutsam setze ich den Fuß auf die oberste Stufe und denke gleichzeitig an die Schuhabdrücke im Keller, an die leere Cornflakespackung, die offene Schublade. Dann nehme ich die nächste Stufe, die übernächste. Meine Angst will mich zum Umkehren zwingen, aber ich gebe ihr nicht nach. Das kann und das will ich nicht mehr. Angst ist etwas Grausames, aber noch schlimmer ist die Ungewissheit.

Sie ist das Einzige, was ich ganz sicher nicht mehr ertrage.

DU

Um dich herum ist Stille, du bist Stille, von Stille kannst du gar nicht genug bekommen. Für dich bedeutet Stille keine Leere, sondern Geborgenheit, und du hasst es, wenn diese Geborgenheit durch unnötige Worte zerstört wird.

Die meisten Menschen reden den ganzen Tag, und sie reden selbst dann noch, wenn sie schon lange nichts mehr zu sagen haben. Du jedoch bist anders, ein stummer Jäger inmitten eines stillen Ozeans. Jetzt ist der Dachboden dein Ozean, und er ist riesig, so viel Platz hättest du gar nicht gebraucht. Nur ein paar Kartons und einige Alltagsgegenstände sind dort abgestellt. Von ihnen abgesehen, gleicht der Speicher einem aufgegebenen Reich, einer untergegangenen Zivilisation. Hier kannst du dich frei bewegen, ohne Angst zu haben, dass jemand dich hören könnte. Der Holzboden dämpft die Schritte, und die massive Tür, die unten an die Treppe anschließt und ihn vom Flur trennt, lässt kein Geräusch nach außen dringen. Sie wirkt beinahe wie eine Schallwand, aber sobald du sie einen Spaltbreit öffnest, kannst du fast alles hören, was im Haus vor sich geht.

Du hast die Diskussion der Hoffmanns heute Morgen mitbekommen, genau wie Franziskas Telefongespräch gerade eben. Dank des kleinen Grußes, den du ihr in Form der offen stehenden Schublade hinterlassen hast, hast du jetzt Gewissheit. Sie hat eine Affäre, aber du bist der letzte Mensch, der sie dafür verurteilen würde. Triebe müssen befriedigt werden, das weißt du.

Tut man das nicht, verkümmern sie nur, und das kann ein allmächtiger Gott in seinem Schöpfungsplan nicht vorgesehen haben.

Als Franziska das Telefonat beendete, hast du die Tür zum Dachboden wieder geschlossen. Ein bisschen laut vielleicht, hoffentlich hat sie es nicht gehört. Wenn doch, wird sie vielleicht nach der Ursache suchen. Überall, im ganzen Haus, aber sicher nicht dort, wo es herkam. Das weißt du, weil es nicht dem üblichen Denkschema entspricht, dem sich die meisten Menschen so gerne unterordnen.

Sie wird vielleicht zur Haustür gehen und zu der Tür, die die Garage mit dem Erdgeschoss verbindet. Sich dort umschauen, nichts finden und sich anschließend schulterzuckend wieder anderen Dingen zuwenden. Franziska geht nie auf den Dachboden, und weil sie das nicht tut, kommt sie erst gar nicht auf den Gedanken, dass ein anderer es getan haben könnte. So einfach ist das. So simpel sind Menschen gestrickt.

Du hast nichts zu befürchten, bleibst völlig entspannt. Während Franziska weiterhin durch das Haus schleicht, greifst du nach deinem Handy. Dein neues Reich liegt abgeschieden, aber trotzdem kriegst du hier oben alles mit, was in der Welt geschieht. Du lädst das Handy jede Nacht auf, sodass es immer einsatzbereit ist, und heute Nachmittag hast du darauf die neuesten Nachrichten gelesen.

Die Polizei hat Rebeccas Leiche gefunden, natürlich hat sie das. Ab jetzt wird sich alles ändern, das weißt du. Sie suchen nun einen Mörder, und du musst vorsichtig sein. Noch vorsichtiger, als du es ohnehin schon bist.

Nachdem du die neuesten Schlagzeilen überflogen und festgestellt hast, dass die Artikel keine weiteren Erkenntnisse bieten, wendest du dich einem der Kippfenster zu, die an den beiden Längsseiten angebracht sind. Das vordere ist tabu, man könnte es von der Straße aus sehen, das hintere öffnest du jetzt, um frische Luft hereinzulassen.

Einen Moment lang bleibst du am geöffneten Fenster stehen

und siehst auf die Felder hinab, die hinter dem Haus liegen. Auf den Ort am Horizont und auf die Kirchturmspitze, die sich in dessen Mitte erhebt. Hier am Fenster kannst du sogar das Meer riechen und die damit verbundene Freiheit fühlen. Dich an die Zeit erinnern, als Freiheit das war, was du neben Miriam am schmerzlichsten vermisst hast.

In deinen Gedanken nennst du diese Zeit immer nur »Die grauen Tage«. Damals gab es weder Schönheit noch Hoffnung. Du hast nur noch existiert, wie ein gefangenes Tier, das man im Zoo zur Schau stellt. Fast hätten die grauen Tage sogar deinen Willen gebrochen, aber eben nur fast. Dann kam dein wahres Wesen wieder zum Vorschein. Du bist einfach niemand, der aufgibt, lieber kämpfst du. Vor allem gegen das System, das dich verurteilt hat, während es die wahren Schuldigen laufen ließ.

Mit der Zeit musstest du erkennen, dass man das System jedoch nicht von außen bekämpfen kann; schon gar nicht mit den bescheidenen Mitteln, die dir zur Verfügung stehen. Wenn man wirklich etwas bewirken will, muss man es infiltrieren, um von innen Schaden anzurichten. Nach deiner Entlassung hast du es infiltriert, wieder und wieder. Du hast das Abenteuer genossen und dir mit der Zeit ein kleines Vermögen angeeignet. Dachtest, das ginge noch eine ganze Zeit lang so weiter, aber dann trafst du sie.

Tabea.

Zuerst war es nur ihr Aussehen, das dich angezogen hat, jetzt ist es auch ihr Wesen. Du verstehst sie, und dieses Verständnis hast du vor allem ihrem Tagebuch zu verdanken. Ihre Eltern kennen es nicht, sie sind weiterhin ahnungslos. Sie wissen nichts von Tabeas sexuellen Erfahrungen oder von den kleinen Pillen, die sie sich mit ihren Freundinnen gelegentlich einwirft. Sie haben keine Ahnung von den Partynächten, die Tabeas Clique immer dann veranstaltet, wenn die Mädchen behaupten, bei einer der anderen zu übernachten, und sie wissen schon gar nicht, dass auch Rebecca Kontakt zu dieser Clique hatte.

Jene Rebecca, die jetzt tot ist und die dich erst zu Tabea geführt hat. Ihr hast du alles zu verdanken, auch wenn du das noch nicht ahntest, als du sie vor sieben Monaten zum ersten Mal in einer Shisha-Bar gesehen hast. Rebecca ist Hand in Hand mit ihrem Freund hereingekommen, ein niedlicher Kerl, blaue Augen, dunkle Locken. Die beiden haben auf einer Eckbank Platz genommen, zwei Cola bestellt und genüsslich an ihren Shishas gesaugt, während du sie durch den aufsteigenden Rauch im Auge behalten hast.

In den folgenden Wochen ist Rebecca dann immer häufiger in die Bar gekommen. Anfangs noch mit ihrem Freund, später dann allein. Sie begann, sich an die Theke zu setzen und intensiv mit dem Barbesitzer zu unterhalten. Am Anfang dachtest du, dass es nur ein Flirt wäre, aber dann merktest du, dass es bei ihren Gesprächen noch um etwas anderes ging. Um kleine Pillen beispielsweise, die er ihr in Plastikbeuteln verpackt zusteckte, und um Rechnungen, die sie mit Fünfzigern oder Hundertern bezahlte, ohne Wechselgeld zurückzukriegen. Rebecca war allerdings nicht die Einzige, die Ware von ihm erhielt, es gab auch andere. Die jedoch holten sie immer nur ab, ohne sie in der Bar auch zu verkaufen. Was das anging, hatte Rebecca augenscheinlich eine Sonderstellung.

Wahrscheinlich glaubten die beiden sogar, sie wären clever, aber das waren sie nicht. Im Gegenteil. Sie haben sich beim Abwickeln ihrer kleinen Drogengeschäfte so dilettantisch verhalten, dass es jeder aufmerksame Beobachter hätte mitbekommen können. Die reinsten Amateure. Sie konnten nur von Glück sagen, dass du kein Bulle bist.

Ab und zu hat Rebecca auch zu dir herübergeschaut, während sie an der Theke saß. Ein kurzes Lächeln, ein leichtes Nicken, miteinander ins Gespräch gekommen seid ihr nie. Dir ist nur aufgefallen, dass nach ihr häufig auch andere Mädchen kamen, mit denen sie dann auf der Toilette verschwunden ist. Ein paar Minuten nur, dann ist Rebecca wieder zurückgekommen, um sich auf ihren angestammten Platz zu setzen, während die anderen Mädchen das Lokal verließen, ohne etwas bestellt zu haben.

Ein niedlicher Drogenring, dessen Beobachtung dich bald schon langweilte.

Bis der Tag kam, der alles veränderte.

Wie so oft saß Rebecca auf einem der Hocker und hatte den Rücken an die Theke gelehnt, den Blick auf den Eingang gerichtet. Du weißt sogar noch, was sie an diesem Tag anhatte: helle Jeans, ein weißes Top und rote Sneakers, die Jeansjacke lag achtlos über den Knien. Dann ging die Tür auf, und zwei Mädchen im Teenageralter kamen herein. An die eine kannst du dich nicht mehr erinnern, die andere wirst du nie mehr vergessen.

Sie war nicht Miriam, und gleichzeitig war sie es doch. Sie hatte dieselben Gesichtszüge, die gleichen Augen und ein identisches Lächeln. Einen Moment lang dachtest du sogar, sie müsse Miriams Zwillingsschwester sein, aber das war unmöglich. Das Mädchen vor dir war noch jünger als Miriam, als du sie vor neun Jahren kennengelernt hattest.

Dennoch tobten bei ihrem Anblick tausend Gefühle in dir. Jahrelang bist du mit ausgetrockneter Kehle durch deine emotionale Wüste gelaufen und hast verzweifelt eine Oase gesucht, jetzt stand sie plötzlich vor dir. Dieses Mädchen war das so lang ersehnte Wasser, ein ganzer See voll, und du konntest den Blick nicht von ihr lassen. Hast mit offenem Mund dagesessen, als sie mit Rebecca auf der Toilette verschwand, und die Tür nicht aus den Augen gelassen, bis sie wieder herauskam. In der Zwischenzeit hast du eilig deine Getränke bezahlt, und als das Mädchen kurz darauf den Laden verließ, bist du ihr gefolgt.

An diesem Tag hat sie dich zu ihrem Haus geführt, und kurz darauf wusstest du auch, wie sie heißt. Tabea. In Gedanken hast du den Namen seitdem Hunderte Male ausgesprochen, und mittlerweile ist er dir vertrauter als dein eigener.

Du hast das Mädchen auch an den Folgetagen beobachtet, und irgendwann hast du auch zum ersten Mal ihre Eltern gesehen. Das konnte nicht sein, dachtest du, einen solchen Zufall gibt es nicht. Du zweifeltest sogar schon an deinen Erinnerungen und an den Bildern, die du von jenem verhängnisvollen Tag im Kopf hattest, obwohl du wusstest, dass das eigentlich nicht sein konnte. Diese Bilder hatten sich zu tief eingebrannt, und du hast sie dir auch immer wieder ins Bewusstsein geholt, damit sie niemals verblassen können. Erinnerung ist wichtig. Gerade für jemanden wie dich, der außer seinen Erinnerungen kaum noch etwas hat.

Du bist Tabea gefolgt, wenn sie zur Schule ging oder sich mit ihren besten Freundinnen traf. Bald schon wusstest du, was sie am liebsten isst, welche Musik sie hört und in welchen Lokalen sie verkehrt. Alles an ihr schien dir vertraut, obwohl du bis jetzt noch kein Wort mit ihr gewechselt hast. Auch das Haus, in dem sie lebt. Gerade das Haus.

Von Anfang an wolltest du sie, aber nicht mit Gewalt, so bist du nicht. Sie muss freiwillig zu dir kommen. Dir ist zwar klar, dass man Liebe nicht erzwingen kann, aber man kann die Grundlagen schaffen, auf denen sie gedeiht. In deinem Kopf haben sich diese Grundlagen irgendwann zu einem Plan entwickelt, und ihm hast du alles untergeordnet. Du hast jede alte Verbindung gekappt. Die zu Marco, die zu der Bar und die zu Rebecca.

Dank Tabea hast du jetzt endlich die Chance, deine Fehler wiedergutzumachen. Miriam konntest du nicht retten, Tabea schon, und dafür musst du nur ihre Eltern vernichten. Dieses Mal durfte nichts danebengehen, nicht wie damals, als deine erste große Liebe im Blut ertränkt wurde. Du glaubst sowieso nicht an die Duplizität von Ereignissen. Nur weil eine Sache einmal passierte, muss sie sich nicht wiederholen. Man kann aus der Vergangenheit lernen, jeder kann das, auch du. Man muss die eigenen Fehler nur analysieren, um sie zukünftig vermeiden zu können, und das tust du auch jetzt, als du am Fenster stehst und auf die Felder und den kleinen Ort am Horizont blickst.

Wieder denkst du dabei an Miriam.

An die Nacht, in der alles begann.

An den Tag, an dem alles endete.

GEGENWART

TABEA

Wir jagen durch die Nacht, zwei roten Lichtern hinterher. Die Lichter kommen nicht näher, aber sie entfernen sich auch nicht. Verhöhnen uns nur. Trotzdem sind sie alles, woran wir uns noch festhalten können. Wenn auch sie weg sind, ist da nichts mehr, nur noch Leere.

Alles ist in den letzten Tagen danebengegangen, alles. Rebecca ist tot, die Ehe meiner Eltern liegt in Trümmern, und ich weiß nicht, ob eine meiner besten Freundinnen die Nacht überleben wird. Wenn nicht, ist das unsere Schuld, weil wir so unglaublich dumm waren und uns so unfassbar naiv angestellt haben.

Mein Name ist Tabea, und ich bin siebzehn, verdammt. Ich sollte nicht hier sein, in dieser Nacht, mitten im Nirgendwo. Leonie auch nicht. Stattdessen sollten wir in unseren Betten liegen, in einer Bar sitzen, im Kino, irgendwo. Nicht in diesem winzigen Smart, ohne das Ziel zu kennen und ohne zu wissen, was uns dort erwartet. Nichts Gutes, das ist klar. Er hat sie, und er hätte sie niemals bekommen dürfen.

Wir passieren einen kleinen Ort und durchqueren ihn. Ich sehe ein paar erleuchtete Fenster, ganz kurz nur, dann sind wir wieder von Dunkelheit umgeben. Wenigstens sind die rot glühenden Lichter noch da, ein bisschen näher als vor der Ortsdurchfahrt, zumindest bilde ich mir das ein. Man bildet sich vieles ein, wenn man kurz vor der Panik steht und sie nur noch mühsam unterdrücken kann. »Der Wunsch ist der Vater des Gedankens«, hat mein Dad mal gesagt. Damals habe ich gelacht, aber jetzt kann ich den Spruch verstehen.

Ich schaue zu Leonie hinüber, sie hat schon seit Minuten nichts mehr gesagt. Ich sehe, wie sie das Lenkrad fest umklammert und den Blick starr auf die Straße richtet. Im bläulichen Schein der Armaturenbrettbeleuchtung sieht sie blass aus, fast schon wie tot. Ich würde ihr jetzt gerne etwas Aufmunterndes sagen, weiß aber nicht, was. Außerdem soll sie sich aufs Autofahren konzentrieren, auf die roten Lichter. Nichts anderes zählt mehr.

Draußen fliegen Bäume vorbei, Hecken und Büsche. Wenn die Lichtkegel der Scheinwerfer sie treffen, werden sie für einen Sekundenbruchteil aus der Dunkelheit gerissen, dann verschwinden sie wieder. Ein einziges Wusch-wusch, genau wie meine dahinrasenden Gedanken. Sie sind zu wirr, um sie logisch benennen zu können. Zu verschwommen, um unter ihnen den richtigen zu finden.

Die Zeit, in der wir noch in der Lage waren, Entscheidungen zu treffen, ist sowieso vorbei. Jetzt sind wir an einem Punkt angekommen, an dem wir nur noch handeln können und darauf hoffen müssen, dass unsere Handlungen irgendwas bewirken. Wir haben keinen Plan. Noch nicht mal eine Vorstellung, was wir machen sollen, wenn wir die roten Lichter tatsächlich erreichen.

Die Kurve kommt wie aus dem Nichts. Ich spüre noch, wie Leonie hart abbremst, dann wird der Smart auch schon herumgerissen, gerät auf die Gegenfahrbahn. Ich sehe uns bereits an einem Baum kleben, als Leonie es im letzten Moment schafft, ihn vor dem Straßengraben abzufangen und auf die ursprüngliche Fahrbahn zurückzulenken. Ich höre sie stöhnen.

Sofort fahre ich herum und frage, ob alles gut ist.

Sie nickt nur, was soll sie auch sonst tun?

Es war eine blöde Frage, schon klar. Nichts ist gut in dieser Nacht, rein gar nichts. Es wird noch nicht mal gut sein, wenn wir es tatsächlich schaffen sollten, den roten Lichtern näher zu kommen.

Plötzlich leuchten sie vor uns auf, werden heller. Der vorausfahrende Wagen bremst, biegt um eine Kurve und ist verschwunden. Einfach so, als hätte der Erdboden ihn verschluckt.

Als die Lichter weg sind, ist da nichts mehr, nur noch Finsternis. Da draußen, aber auch ganz tief in meinem Inneren. Einen Moment lang bekomme ich eine Vorstellung von der Schuld, die wir durch unser Tun auf uns geladen haben.

Leonie legt eine Vollbremsung hin und bleibt mitten auf der Landstraße stehen. Die plötzliche Stille dröhnt in den Ohren, keuchend atme ich die Luft ein.

»Sag was!«, fordert Leonie mich auf.

Also sage ich was.

VIER TAGE ZUVOR

TABEA

Nach der Schule sind wir an unseren Lieblingsplatz in den Dünen gegangen, wo wir jetzt im Sand liegen und uns den milden Frühsommerwind um die Nase wehen lassen. Wie fast jeden Tag bei dem Wetter, immer nach der Schule.

Wir, das sind Leonie, Pommes, Johanna und ich. Die Gang. Es ist unser Ort, und er liegt so weit abseits der üblichen Ausflugsorte, dass ihn außer uns kaum jemand kennt. Wir kommen hierhin, um zu rauchen und um ungestört zu sein. Manchmal machen wir hier auch mit Jungs rum, aber nicht heute. Nicht an dem Tag, an dem man Rebeccas Leiche gefunden hat.

»Das ist alles so krass«, meint Pommes, die eigentlich Marie heißt, sich ihren Spitznamen aber redlich verdient hat, weil ihre Eltern eine Gyrosbude besitzen und sie deshalb oft nach Frittenfett riecht. »Ich meine, mir tut voll leid, dass Rebecca tot ist, aber andererseits … Sie war auch echt abgedreht, oder?«

Ich finde nicht, dass Rebecca abgedreht war, sage aber nichts. Stattdessen lasse ich den Sand durch die Finger gleiten und sehe aufs Meer raus. Denke daran, wie unser Direktor vor drei Stunden in die Mathestunde platzte und mit der Nachricht über Rebeccas Tod Frau Petkovics Vortrag über analysierende Geometrie schlagartig beendete.

Vor der versammelten Klasse hat er mit bedauernder Miene erklärt, dass Rebecca tot ist und dass man ihre Leiche rund vierzig Kilometer entfernt auf einem alten Werftgelände gefunden hat. Anschließend schickte er uns umgehend nach Hause, damit wir im »trauten Familienkreis« über die »grausamen Neuigkeiten« sprechen konnten.

Nur die wenigsten Schülerinnen und Schüler kamen seiner Aufforderung nach. Der Großteil fand sich anschließend auf dem Schulhof ein, wo schon bald die ersten Gerüchte die Runde machten. Gewohnheitsgemäß beteiligten wir uns nicht daran. Solange andere dabei sind, spielen wir immer die guten Mädchen, die jedes Gerücht mit tödlichen Blicken und dem Hinweis auf Respekt ahnden. Man musste schon genau hinsehen, um erkennen zu können, dass hinter den Fassaden die Neugierde schwelte. Das Verlangen nach Klatsch, dem wir jetzt endlich ungestört freien Lauf lassen können.

»Vielleicht war es ja der andere Typ?« Johanna schaut erwartungsvoll in die Runde.

Das kann sie gut, erwartungsvoll schauen, und sie beherrscht die Gabe, dabei auch noch vollkommen unschuldig auszusehen. Wahrscheinlich liegt es daran, dass Johanna das niedlichste Mädchen ist, das ich kenne. Blonde Haare, große blaue Augen und Korkenzieherlocken. Als sie noch kleiner war, sah sie immer aus wie das Mädchen aus der Frühstücksflockenwerbung.

»Welcher andere Typ denn?«, will Leonie wissen, meine beste Freundin.

»Julia hat letztens erst gesagt, dass Rebecca mit Yannick Schluss gemacht hat und einen neuen Freund hätte«, antwortet Johanna aufgeregt. »Sie glaubt, dass es der Typ aus der Bar sein könnte, von dem Rebecca die Drogen bekam.«

»Ach, und woher will diese Julia das wissen?«, frage ich.

»Ernsthaft? Du kennst Julia nicht?«

Ich schüttle den Kopf.

»Julia ist in den letzten Monaten Rebeccas beste Freundin gewesen! Wer soll es sonst wissen, wenn nicht sie?«

Auch wieder wahr, denke ich und merke mir den Namen.

»Ich fand den Kerl in der Bar ja schon immer ein bisschen gruselig«, sagt Leonie und schüttelt sich. »Wie der uns immer angegafft hat, als wir in den Laden kamen …«

»Jeder Kerl gafft uns an«, wirft Pommes ein. »Wir sind nun mal der heißeste Scheiß in der Gegend!«

»Ja, aber … Würdet ihr mit einem Typen ins Bett gehen, der in so 'nem versifften Laden arbeitet und mit Drogen dealt?«

»Warum nicht?« Pommes spielt gerne die Rebellin. »Ich hab ja eh 'ne Schwäche für Bad Boys, und Rebecca stand sowieso auf ältere Typen.«

»Sagt wer?«

»Sage ich!« Pommes blickt triumphierend in die Runde. Wahrscheinlich kommt sie jetzt mit einer neuen Story um die Ecke. »Vor … keine Ahnung, vor ein, zwei Monaten vielleicht habe ich mit Rebecca mal 'ne Kippe geraucht, als Tabea gerade von ihrem Vater abgeholt wurde. Rebecca meinte, dass sie ihn für sein Alter ziemlich heiß findet.«

»Was?« Ich fahre herum. »Laber doch nicht so einen Mist!«

»Kein Mist«, sagt Pommes entschieden. »Wenn ich auf ältere Typen stehen würde, würde mir dein alter Herr auch gefallen! Du dürftest mich dann gerne öfter zu dir nach Hause einladen – immer dann, wenn du und deine Mutter nicht da seid.«

»Das ist ja ekelhaft!« Ich verziehe das Gesicht. »Hast du überhaupt eine Ahnung, wie alt mein Dad ist? Der könnte auch dein Vater sein!«

»Könnte er«, gibt Pommes zu. »Ist er aber nicht.«

Alle lachen, und um nicht als Spielverderberin dazustehen, lache ich mit, während ich insgeheim beschließe, zu dem Thema nichts mehr zu sagen. Ich kenne Pommes. Wenn sie sich einmal eingeschossen hat, findet sie kein Ende mehr. Das Schlimmste, was man in einem solchen Fall tun kann, ist, ihr ständig neues Futter zu liefern. Besser ist es, ganz elegant das Thema zu wechseln.

»Habt ihr mal darüber nachgedacht, warum Rebecca das Haus mitten in der Nacht verlassen hat? Vielleicht hat sie ja vor jemandem Angst gehabt, der dort wohnt. Vor ihrem Vater oder einem der Brüder womöglich.«

»Stimmt das denn überhaupt, dass sie freiwillig aus dem Haus gestiegen ist?« Leonie schaut mich zweifelnd an. »Ich dachte immer, das sei nur ein Gerücht gewesen.«

»Mein Dad sagt zumindest, dass es so war«, fahre ich fort, wobei ich vorgebe, irgendwelches Insiderwissen zu besitzen. »Die Polizei glaubt es auch, zumindest haben sie es mehrmals auf den Pressekonferenzen betont. Sie wissen nur nicht, mit wem Rebecca in dieser Nacht verabredet war.«

»Mit ihrem neuen Typen natürlich, ist doch klar!« Pommes scheint sich da sicher zu sein. »Denkt doch mal nach, Leute, bei solchen Geschichten geht es doch immer um einen Typen! Ich meine … Für wen würdet ihr sonst mitten in der Nacht aus dem Fenster steigen?«

»Ganz sicher nicht für jemanden, den ich kaum kenne«, meint Johanna und schüttelt die Korkenzieherlocken. »Das wäre mir viel zu gefährlich!«

»Ach … aber sich ohne Gummi auf dem Rücksitz eines Autos vögeln zu lassen ist sicherer, oder was?«

Das war ein Tiefschlag von Pommes, und alle sehen, dass er saß. Johanna schaut betreten zu Boden, ihr süßes Gesicht ist rot geworden.

Vor drei Monaten hat Johanna zum ersten Mal Sex gehabt. Im VW Polo ihres Freundes Niklas war das. Die beiden haben kein Kondom verwendet, und anschließend hat Johanna Panik geschoben, dass sie schwanger sein könnte. Zum Glück zeigte der Test dann, dass dem nicht so war.

»Das kannst du doch nicht vergleichen«, begehrt sie auf, nachdem sie sich von dem Treffer erholt hat. »Das mit Niklas war doch etwas völlig anderes!«

»Klar«, stimmt Pommes spöttisch zu. »Aber das ist es doch immer, wenn man es selber macht, nicht wahr?«

»Ich glaube auch, dass ein älterer oder verheirateter Mann hinter Rebeccas Verschwinden steckt«, sagt Leonie leise, die sich bislang noch zurückgehalten hat. »Einen anderen Grund kann ich mir nicht vorstellen. Ich meine, sich nachts einfach so heimlich aus dem Haus zu schleichen … Das macht man doch nur, wenn man sich tagsüber nicht treffen kann, weil man etwas zu verbergen hat.«

»Klingt logisch«, stimmt Johanna zu, augenscheinlich erleichtert, dass die Nummer auf dem Rücksitz kein Thema mehr ist. »Aber auf den Gedanken ist die Polizei sicher auch schon gekommen. Ich glaube, dass …«

»Wen interessiert's, was die Bullen denken?«, fährt Pommes ihr ins Wort. »Das, was Leonie gerade gesagt hat, ist komplett nachvollziehbar! Ich sag's euch: Rebecca hatte bestimmt was mit einem verheirateten Typen und wollte in dieser Nacht zu ihm. Vielleicht haben die beiden ja besonders heftig rumgemacht, und die Sache ist aus dem Ruder gelaufen. Oder Rebecca hat gedroht, alles seiner Frau zu erzählen, und der Typ ist daraufhin ausgerastet und hat sie umgebracht.«

»Und was macht euch so sicher, dass dieser geheimnisvolle Fremde der bärtige Typ aus dem Shisha-Laden ist? Ernsthaft, Mädels … Wir wissen nicht einmal, ob er überhaupt verheiratet ist!«

»Aber das würde alles erklären«, sage ich schnell, bevor Pommes wieder von meinem Dad anfangen kann. »Stellt euch bloß mal vor, Rebecca hätte nicht nur gedroht, es seiner Frau zu erzählen, sondern auch, ihn bei den Bullen zu verpfeifen und die ganze Drogengeschichte auffliegen zu lassen. Was dann?«

»Dann hätten wir das fetteste Motiv, das man sich nur vorstellen kann«, stimmt Pommes begeistert zu. »Dann könnten sogar wir diejenigen sein, die Rebeccas Mörder auf die Spur kommen! Stellt euch bloß mal vor, wie berühmt wir sein könnten. Man würde uns für Zeitungen interviewen und in Talkshows einladen. Sicher würden sie uns auch einen coolen Spitznamen geben, die *Mörderbitches* oder so.«

»Mörderbitches wären wir doch nur, wenn wir die Mörderinnen wären«, gibt Johanna sachlich zu bedenken.

»Ist doch egal«, winkt Pommes ab, die jetzt so in Fahrt ist, dass Argumente keine Rolle mehr spielen. »Die Hauptsache ist doch, dass wir berühmt werden und dass man uns auf die fettesten Partys einlädt! Vielleicht lerne ich sogar einen Fußballer kennen, heirate ihn und werde Spielerfrau. Wäre das nicht nice?«

Während die anderen Mädchen wild durcheinanderreden, schaue ich stumm aufs Meer hinaus. Ich habe bei den Spekulationen anfangs zwar mitgemacht, aber etwas daran stößt mir mittlerweile übel auf. Vielleicht die Tatsache, dass Rebecca tot ist und niemand um sie zu trauern scheint.

Dann schaue ich zu Leonie. Auch sie sagt nichts, blickt ebenfalls nur stumm aufs Meer und dann zu mir. Ich lächle, und sie lächelt zurück, wahrscheinlich denken wir gerade dasselbe.

Bevor die wilden Spekulationen in die nächste Runde gehen, stehe ich auf und klopfe mir den Sand von den Händen. Behaupte dann, dass ich jetzt losmuss, weil meine Mutter mit dem Essen wartet.

Wir verabschieden uns, und ich steige aufs Fahrrad. Winke den anderen noch einmal zu und strample los. Solange ich noch in den Dünen bin, komme ich im Sand nur mühsam voran. Das bessert sich, als ich den Radweg erreiche, der parallel zur Landstraße verläuft. Energisch trete ich jetzt in die Pedale und kämpfe gegen den Wind an, der in dieser Gegend stets von vorne kommt.

Als meine Beine den passenden Rhythmus gefunden haben, schweift mein Blick wie immer beim Fahrradfahren automatisch über die Landschaft. Rechts des Weges erstreckt sich in endloser Weite das Meer, auf der linken Seite liegen Felder, Wiesen und kleine Wäldchen. Der hereinbrechende Abend hat alles in eine Mischung aus Licht und Schatten getaucht. Eine Zeit zwischen Tag und Nacht, zwischen hell und dunkel, die einer Grauzone gleicht, in der alles möglich scheint, Definitionen nicht mehr gelten und es keine klaren Abgrenzungen gibt.

Meine bevorzugte Tageszeit.

Eigentlich.

Durch das aktuelle Geschehen vermittelt sie mir heute jedoch kein Gefühl von Geborgenheit, ganz im Gegenteil. Auf dem Fahrrad fühle ich mich inmitten der Weite plötzlich schutzlos, und noch immer kann ich nicht glauben, dass in unserer Gegend tatsächlich ein Mord geschehen ist.

Hier ist noch nie etwas passiert, diese Region ist geradezu der Inbegriff von Ereignislosigkeit. In den Dörfern und kleineren Städten kennt jeder jeden. Man weiß alles voneinander, zumindest habe ich das immer gedacht. Diese Gewissheit ist durch Rebeccas Tod jedoch verloren gegangen, und nun kann plötzlich jeder Bewohner eine Bedrohung sein. Der Bäcker, der Zeitungsbote oder die orange gekleideten Männer, die links des Weges an einer Baustelle arbeiten.

Ich fühle mich erst wieder sicher, als ich den Ort erreiche, der unserem Haus am nächsten liegt. Hier sind wenigstens noch ein paar Menschen unterwegs, haben die Geschäfte gerade erst geschlossen. Ich durchquere den Ort zur Hälfte, dann biege ich in eine schmale Sackgasse ab. Sie mündet in einen Feldweg, der direkt zur Rückseite unseres Hauses führt. Als ich das Ende der Straße fast schon erreicht habe, muss ich abbremsen, weil drei kleine Kinder mitten auf der Fahrbahn spielen. Sie haben mit bunter Kreide kleine Kästchen auf den Asphalt gemalt, in denen Zahlen stehen, und hüpfen darauf herum. Das kleinste Kind ist vielleicht vier Jahre alt, die beiden älteren fünf oder sechs, es könnten Zwillinge sein.

Erschrocken schauen sie auf, und ich wundere mich, was die drei Knirpse um diese Uhrzeit noch hier draußen machen. Ich will sie gerade fragen, ob sie nicht schon lange zu Hause sein müssten, als neben mir eine Haustür aufgeht und eine Frau mit Lockenwicklern im Haar ins Freie tritt. Sie ist etwa Mitte dreißig, ich kann so etwas nur schwer schätzen, und wird wahrscheinlich die Mutter der drei sein.

Anschließend höre ich, wie sie die Kinder hereinruft und gleichzeitig mahnend die Uhrzeit betont. Eine kurze Diskussion entsteht, dann folgen die Kinder dem Ruf. Sie stürmen ins Haus, wo wahrscheinlich ein warmes Essen, jede Menge Liebe und noch einige Jahre der Unschuld auf sie warten.

Ich sehe den Kindern nach, bis sich die Haustür hinter ihnen schließt. Keine Ahnung, warum, aber in diesem Moment beneide ich sie zutiefst.

SVEN

Es ist 19:30 Uhr, und wir sind gerade erst mit allem fertig geworden. Der Chef vom Dienst hat unseren Beitrag über den Fund von Rebeccas Leiche nach einigen Änderungen abgenommen, vor einer Viertelstunde ist er auf Sendung gegangen. Jetzt sitzen wir mit Theresa Becker, einer unserer Cutterinnen, im Redaktionsbüro und halten uns an einem Becher Kaffee fest. So, wie es aussieht, hat es niemand von uns besonders eilig, nach Hause zu kommen.

»Was für eine Geschichte«, sagt Theresa und schüttelt den Kopf. »Wer schießt denn einer Siebzehnjährigen in den Hinterkopf? Als ich das gehört habe, musste ich sofort an eine Exekution denken. An einen Mafiamord oder so.«

»Stimmt«, pflichtet Torge ihr bei, um dann zu einer seiner berüchtigten Erklärungen anzusetzen. »Wenn Teenager getötet werden, steckt laut Statistik in den meisten Fällen eine Beziehungs- oder Sexualstraftat dahinter. In der Regel werden die Opfer erwürgt oder erschlagen, manchmal kommt auch ein Messer zum Einsatz, aber eine Pistole? Das habe ich noch nie gehört! Das klingt doch eher nach einem Killer, irgendwie professioneller.«

»Vielleicht hat der Mörder ja im Auftrag gehandelt?«, mutmaßt Theresa.

»Aber für wen und warum?« Torge schüttelt den Kopf, er scheint nicht daran zu glauben. »Rebecca war gerade mal siebzehn, eine Schülerin. Ihre Eltern besitzen ein Autohaus, und nichts an ihrem Hintergrund gibt Anlass zur Vermutung, dass sie ins Visier einer kriminellen Organisation geraten sein könnte. Wenn du mich fragst, geht es bei dem Mord um etwas anderes. Keine Ahnung, warum, aber ich bin mir sicher, dass der Täter …«

»Dir geht es also nur um den Täter?« Ich weiß nicht, warum Torges Worte mich so sauer machen. »Was ist denn mit dem Opfer? Mit dem Leben, das sie gehabt hätte und das ihr jetzt genommen wurde? Ernsthaft: So eine täterbezogene Sichtweise kotzt mich an!«

»Hey!« Torge zieht die Augenbrauen hoch. »Jetzt mal ganz ruhig, Brauner! Du weißt doch, wie ich es meine. Natürlich tut mir das Mädchen leid, das steht doch außer Frage, aber die Dinge sind nun mal, wie sie sind. Das Wichtigste ist jetzt doch, dass die Polizei den Mörder möglichst schnell findet, oder siehst du das anders?«

»Nein, das tue ich nicht. Aber die Suche nach dem Täter schließt das Beschäftigen mit dem Opfer ja nicht aus.« Ich seufze. »Ein paar Tage noch, dann spricht niemand mehr über sie. Dann ist Rebecca nur noch *das Opfer*, und alle werden vergessen haben, dass sie auch ein Leben hatte, bevor sie zu einem wurde. Bei dem Täter ist das jedoch immer anders. Da wird spekuliert, wer er ist, warum er es getan hat oder welche Geschichte aus seiner Kindheit ihn womöglich dazu getrieben hat. Die Menschen – und damit meine ich auch uns – werden ihn Stück für Stück sezieren und jedes Detail seines Daseins ans Tageslicht holen. Damit verleihen sie ihm indirekt auch eine Bedeutung, die ihm überhaupt nicht zusteht. Wer aber redet über das, was dem Mädchen oder den Angehörigen genommen wurde? Niemand! Ein paar Worte des Bedauerns, und das war's.«

Eine Zeit lang schweigen die beiden und sehen sich betroffen an. Dann sagt Torge: »Ich kann dich verstehen, hundertprozentig. Als Privatmensch sehe ich das genauso, aber für uns ist der Fall halt auch ein Job, den wir erledigen müssen – das muss ich dir doch nicht erklären! Auch nicht, dass wir bis zur Ergreifung des Täters in erster Linie von Spekulationen und Mutmaßungen leben. Theresa und mich deshalb jetzt so anzugreifen ist einfach nicht fair.«

Ich atme durch und nicke, er hat ja recht. Dennoch stört mich, dass es am Ende immer nur um den Täter geht. Vor Jahren haben wir in der Redaktion sogar mal einen Selbsttest gemacht und alle Serienmörder aufgezählt, die uns eingefallen sind. Jack the Ripper, Ted Bundy, Fritz Haarmann, John Wayne Gacy, der Zodiac-Killer, Jeffrey Dahmer und einige mehr … Am Ende kam eine Liste mit einundzwanzig Namen zusammen. Anschließend haben wir versucht, die Namen der Opfer zu nennen, und da sah die Sache schon anders aus.

Natürlich könnte man jetzt sagen, dass dies nicht unsere Schuld ist und dass wir Journalisten ja nicht die Interessen der Gesellschaft erzeugen, sondern sie nur bedienen. Genau das könnte man sagen, würde es sich damit aber auch sehr einfach machen.

Ich lasse die beiden anschließend allein weiterspekulieren und beschränke mich aufs Zuschauen. Dabei bemerke ich, dass auf Theresas Wange, dicht unter dem Auge, eine Wimper klebt. Ich könnte ihr das jetzt sagen, dann könnte sie sie wegpusten und sich etwas wünschen. Allerdings wirkt Theresa nicht wie der Typ Frau, der an Wünsche glaubt, also schweige ich.

»Was haltet ihr davon, wenn wir noch etwas essen gehen, anstatt hier ewig rumzuhängen?« Torge schaut fragend in die Runde. »Ich zumindest habe Hunger, und zu Hause wartet eh niemand auf mich. Wir können das Thema ja auch beim Essen vertiefen.«

»Bin dabei«, sagt Theresa, dann schauen die beiden mich an.

»Sorry, Leute, aber ich bin müde«, erwidere ich bedauernd. »Für mich war's das. Ich werde noch schnell ein paar Dinge erledigen und dann nach Hause fahren.«

»Sicher?«

»Ganz sicher«, nicke ich.

Es fällt mir tatsächlich nicht schwer, die beiden allein gehen zu lassen. Zum einen kann ich mir gut vorstellen, was genau Torge mit Theresa vertiefen will, zum anderen habe ich meine eigenen Pläne, und die sind mir deutlich wichtiger.

Ich warte ab, bis die beiden ihre Sachen zusammengepackt und das Büro verlassen haben, dann greife ich zum Hörer. Die Nummer kenne ich auswendig, habe sie in den letzten Wochen mindestens einmal am Tag gewählt. Es klingelt, dann höre ich, wie sie sich meldet.

»Schneider.«

»Ich bin's«, sage ich und lächle. »Ich wollte gerade Feierabend machen, da habe ich an dich gedacht und mich gefragt, was du wohl in diesem Augenblick tust. Ob du vielleicht Lust hast, mich zu sehen.«

»Da musst du nicht fragen, das weißt du! Komm einfach vorbei, und wenn du Hunger hast, könnte ich dir auch schnell noch ein paar Nudeln mit Pesto machen.«

»Das wäre großartig, Schatz. Du bist echt die Beste! Gib mir noch eine halbe Stunde, ja?«

»Bis gleich, und hetz dich nicht«, erwidert sie und schickt noch einen Kuss durch die Leitung. »Ich freue mich!«

»Und ich mich erst!«

Als ich von Lara wieder nach Hause komme, ist es schon kurz nach Mitternacht. Ich hatte nicht vor, so lange zu bleiben, konnte mich aber nicht von ihr losreißen.

Lara und ich haben uns vor drei Jahren bei der Arbeit kennengelernt und schnell gemerkt, dass wir uns mochten. Dennoch hat es zwei weitere Jahre gedauert, bis ich sie das erste Mal fragte, ob sie mit mir essen gehen würde. Vier Monate ist das jetzt her, und seitdem haben wir wohl das, was man ein Verhältnis nennt. Ich würde es jedoch nicht so bezeichnen, für mich ist es mehr. Ich begehre sie als Frau und schätze sie als Freundin, liebe sie als Mensch und weiß, dass sie meine Gefühle auch in vollem Umfang erwidert.

Obwohl Lara dreizehn Jahre jünger ist als ich, harmonieren

wir perfekt miteinander. Sexuell, geistig und emotional. Wir lachen über dieselben Sachen und haben zu vielen Dingen die gleiche Meinung. Ich bewundere ihren Mut, ihre Offenheit und die Fähigkeit, Dinge klar kommunizieren zu können. Anders als Franziska redet sie nicht drum herum, wenn ihr etwas nicht passt; sie artikuliert es klar und deutlich, womit ich wesentlich besser umgehen kann. Bei ihr weiß ich immer, woran ich bin, sie hat ihre eigene Meinung und akzeptiert meine. Wenn ich bei ihr bin, muss ich keine Rolle spielen, und deshalb ist Lara für mich auch keine Affäre – sie ist meine Zukunft, und ich hoffentlich ihre.

Aber die Zukunft ist leider nicht die Gegenwart. In der parke ich den Wagen vor unserem Haus, steige aus und blicke zu dem Gebäude auf, welches wie ein Mahnmal aus längst vergangenen Zeiten vor mir aufragt. Hinter sämtlichen Fenstern ist es dunkel, nur in Tabeas Zimmer brennt noch Licht, was mir augenblicklich ein schlechtes Gewissen verschafft.

Als guter Vater hätte ich nach der Nachricht über Rebeccas Tod für meine Tochter da sein müssen. Sicher, die beiden kannten sich kaum, und dennoch könnte es sein, dass Tabea Redebedarf hat. Die Nachricht über Rebeccas Ermordung muss für sie ein Schock gewesen sein. Natürlich hätte sie auch mit Franziska reden können, aber das ist nicht dasselbe, das weiß ich. Keine Ahnung, warum, aber in Franziskas Anwesenheit kommt mir Tabea immer gehemmt vor. So, als hätte sie aus irgendeinem Grund Angst, etwas Falsches zu sagen.

Vielleicht bilde ich mir das aber auch nur ein, weil das Verhältnis der beiden früher enger war. Damals, als Tabea noch ein Kind war und ihre Mutter diejenige, zu der sie stets gerannt ist, wenn sie sich beim Spielen das Knie blutig geschlagen hat. Die beiden waren damals unzertrennlich, aber dann ist irgendwas passiert. Wahrscheinlich ist Tabea einfach älter und damit auch selbstständiger geworden, was Franziska nicht einsehen wollte.

Im Haus ziehe ich die Schuhe aus und steige auf Zehenspitzen die Treppe hoch, um Franziska nicht zu wecken. Klopfe leise an Tabeas Zimmertür und atme erleichtert auf, als ich ihre Stimme höre.

»Ja?«

Ich öffne die Tür. »Darf ich kurz reinkommen?«

Sie nickt, und ich gehe zu ihr, um mich neben sie aufs Bett zu setzen.

»Ich wollte nur fragen, ob es dir gut geht«, sage ich, während ich ihr übers Haar streichle. »Du hast ja sicher gehört, dass Rebeccas Leiche gefunden wurde.«

Sie nickt erneut, sieht dabei aber traurig aus.

»Magst du darüber reden?«

Im ersten Moment schüttelt sie den Kopf, um dann zu fragen, ob ich da gewesen bin.

»Wo meinst du? Am Fundort?«

»Ja. Weißt du, wie sie gestorben ist?«

»Sie wurde erschossen«, sage ich, weil die Wahrheit wahrscheinlich nicht so schlimm ist wie das, was Tabea sich gerade ausmalt. »Soweit man weiß, ging es schnell. Rebecca hat nicht gelitten.«

»Weiß man denn schon, wer es getan hat?«

»Bis jetzt noch nicht. Die Polizei geht davon aus, dass die Tat einen persönlichen Hintergrund hat und dass der Täter aus ihrem direkten Umfeld stammt. Ich glaube nicht, dass du dir deshalb Sorgen machen musst, obwohl es mir schon lieb wäre, wenn du zukünftig ganz besonders auf dich achtgeben würdest.«

Ein müdes Lächeln. »Soll mich das jetzt beruhigen?«

Ich lächle zurück. »Das war der Plan.«

Anschließend schweigen wir eine Zeit lang, bis Tabea den Blick wieder auf mich richtet.

»Dad?«

»Ja?«

»Ich würde gerne etwas tun. Etwas Sinnvolles.«

Verwirrt schaue ich sie an. »Was genau meinst du damit?«

Tabea antwortet nicht, dafür treten Tränen in ihre Augen.

Ich nehme sie behutsam in den Arm und streichle ihren Rücken. »Hey, mein Schatz … Was ist denn los?«

»Ich weiß auch nicht«, schluchzt sie. »Ich fühle mich einfach nur beschissen, weil ich … Ich meine, ich bin jahrelang mit Rebecca auf die gleiche Schule gegangen und weiß trotzdem rein gar nichts über sie! Jetzt wurde sie ermordet, und ich kann nie wieder mit ihr reden oder sie irgendetwas fragen. Warum habe ich mich früher nur nicht mit ihr unterhalten? Sie war nett, wie kann sie da plötzlich tot sein, und wer macht so was? Ich bin …«

Sie redet nicht weiter, weint nur noch.

Ich streichle weiterhin ihren Rücken, bis sie sich allmählich wieder beruhigt. Instinktiv spüre ich, dass das noch nicht alles sein kann, dass ihr noch etwas anderes auf der Seele liegt. Sie ist mein Mädchen, und ich will nicht, dass etwas sie belastet. Ich will, dass sie mit mir darüber redet, damit wir das Problem gemeinsam lösen können. Genau das will ich, und das sage ich ihr auch.

»Ich kann nicht«, behauptet sie, sich die Tränen wegwischend.

»Und warum nicht?«

»Das kann ich dir nicht sagen.«

»Doch, das kannst du, wenn du es willst. Du musst es nur versuchen.«

»Du wirst schimpfen.«

»Werde ich nicht.«

»Es ist …«

»Ja?«

»Ich … ich und die anderen Mädchen haben Mist gebaut. Nichts Schlimmes, wirklich nicht, aber ich muss jetzt schauen, wie ich damit umgehe.«

Das wollte ich nicht hören. Es macht mir Sorgen. »Was für einen Mist meinst du?«

Sie beißt sich auf die Unterlippe, und ich befürchte schon, dass sie jetzt dichtmacht. Dann aber will sie wissen, ob sie mir zuerst eine Frage stellen darf.

»Klar«, sage ich. »Was immer du willst.«

»Hast du schon viele Fehler gemacht? Also, so richtige?«

Ich grinse schwach. »Kann ein Adler fliegen?«

Jetzt lächelt sie auch, um direkt danach wieder ernst zu werden. »Und hatten deine Fehler irgendwelche Folgen? Schlimme, meine ich.«

Ich habe keine Ahnung, worauf das Ganze hinausläuft, beschließe aber, ihr einfach nur ehrlich zu antworten. »Einige schon.«

»Und was macht man dann? Wenn man Fehler gemacht hat und sich nicht sicher ist, ob diese Fehler schlimme Folgen haben?«

»Ganz allgemein gesprochen?«

Sie nickt.

»Na ja … Wenn ein Fehler Auswirkungen auf andere hat, ist es immer gut, sich dafür zu entschuldigen und ihn wiedergutzumachen.«

»Und wenn das aus irgendeinem Grund nicht geht?«

»Dann bleibt einem nur, sich selbst zu verzeihen.«

»Na toll, und wie geht das?«

Darauf habe ich auch keine Antwort. »Meistens regelt das die Zeit«, erwidere ich ausweichend.

»Und was ist, wenn es ein Fehler ist, den man nicht mehr gutmachen und sich selbst auch nicht verzeihen kann?«

Ich atme durch, ein Stich fährt mir ins Herz. Das Ganze klingt mittlerweile wesentlich dramatischer, als ich es anfangs gedacht hatte.

»Es gibt sicherlich Fehler, die sich nicht wiedergutmachen lassen«, sage ich dann. »Aber das sind nicht viele. Wir alle bauen Mist oder tun Sachen, von denen wir hoffen, dass andere sie nicht mitbekommen. Auch ich. Das ist nichts, worauf ich stolz bin, aber so ist es nun mal. Was auch immer du also getan hast, du kannst sicher sein, dass du damit nicht allein bist. Tausende andere werden den gleichen Fehler vor dir schon begangen haben, und Tausende werden noch folgen. Wichtig ist nur, dass du ihn erkennst und dass du damit aufhörst – was immer es auch ist.«

Sie sieht mich verständnislos an, vielleicht habe ich es falsch erklärt.

»Wenn du das nicht tust, wird auf den ersten Fehler ein weiterer folgen«, sage ich. »Und dann noch einer, weiter und weiter. Irgendwann ist der Schlamassel dann so groß, dass du gar keinen Ausweg mehr siehst, und davor musst du dich schützen. Was auch immer du also Falsches getan hast, wichtig ist nur: Hör auf damit.«

Sie sagt nichts, scheint aber ernsthaft darüber nachzudenken.

»Magst du es dir nicht noch mal überlegen?«, frage ich. »Du kannst mit mir über alles reden. Das weißt du.«

Sie zögert. »Vielleicht mache ich das auch noch, aber nicht heute. Sei nicht böse, aber ich ...«

»Ich bin nicht böse«, unterbreche ich sie. »Es ist deine Entscheidung, ob oder wann du dich mir anvertrauen willst. Du sollst nur wissen, dass ich da bin, wenn der Zeitpunkt gekommen ist.«

Sie breitet die Arme aus. »Danke, Dad!«

Ich nehme sie erneut in den Arm und merke, wie schmal und zart sie doch ist. Halte sie fest, ohne ein weiteres Wort zu verlieren. Während ich ihren warmen Atem spüre, schwöre ich mir, dass ich dieses Kind – mein Kind – mit meinem Leben beschützen werde; egal, was sie getan hat oder wer ihr etwas antun will. Solange ich die Kraft dafür habe, werde ich die Mauer sein, die sie vor allem Bösen schützt.

»Ich liebe dich, Schatz«, sage ich dann.

»Ich dich auch, Dad!«

Als sie sich wieder im Bett zurücklehnt, kann ich plötzlich auch Franziskas Blick auf unsere Tochter verstehen. In manchen Momenten wirkt Tabea tatsächlich noch wie ein Kind, und es fällt dann selbst mir schwer, in diesem Kind auch die junge Frau zu sehen, die ebenfalls in ihr steckt. Tabea aufwachsen zu sehen ist ein Wunder, und in manchen Momenten kann ich nicht fassen, dass Franziska und ich es tatsächlich hervorgebracht haben.

»Dad?«

»Hmm?«

»Du wirst jetzt aber nicht sentimental, oder?«

Ich schaue sie gespielt empört an. »Wie kommst du denn darauf?«

»Da ist so ein Ausdruck in deinen Augen, und immer wenn du den hast, kommt danach eine kitschige Bemerkung.« Sie zwinkert mir zu. »Für Kitsch sind wir doch zu cool, oder?«

»Sind wir«, bestätige ich. »Ich beispielsweise bin so cool, dass ich Eiswürfel pinkeln könnte.«

»Und ich bin so cool, dass es hinter mir schneit«, sagt sie, eines unserer alten Rituale ergänzend. »Danke, dass du mir zugehört hast!«

»Dafür nichts zu danken. Träum schön, mein Baby!«

»Du auch, alter Mann!«

Ich habe noch immer ein Lächeln im Gesicht, als ich ihre Zimmertür hinter mir schließe. Was auch immer sie getan zu haben glaubt, ich werde zu ihr stehen. So ist das immer.

Schließlich ist sie meine Tochter.

Mein Mädchen.

DU

Diese Nacht ist deine Nacht, du bist bereit. Seit einer Stunde schon hast du von unten kein Geräusch mehr gehört, die Hoffmanns schlafen bereits. Zeit, um endlich aufzubrechen und die ersten Risse, die du geschaffen hast, ein wenig zu vergrößern.

Du ziehst den schwarzen Jogginganzug an, den du bei solchen Gelegenheiten immer trägst. Er sitzt hauteng und bietet dir dank seiner Elastizität gleichzeitig die größtmögliche Bewegungsfreiheit. Anschließend gehst du in die Knie und dehnst die Glieder, spannst die Waden an und lockerst sie wieder. Deine Muskeln müssen warm und geschmeidig sein, das ist wichtig. Erst vor wenigen Monaten hast du von einem Phrogger gehört, der fast erwischt worden wäre, weil er sich im unpassenden Moment eine Zerrung zuzog.

Nachdem das erledigt ist, legst du die Halterung an, in der dein zweischneidiges Messer steckt. Es ist ein besonderes Messer, perfekt geeignet, um es zu werfen. Die Klinge ist aus Edelstahl gefertigt, ideal ausbalanciert, und wenn das Licht darauffällt, schimmert sie in den unterschiedlichsten Blautönen. Du hast diverse Wurftechniken ausgiebig trainiert und dein Ziel zum Schluss kaum noch verfehlt.

Ein letztes Mal biegst du den Rücken durch, dann steigst du in deine dunklen Sneakers und ziehst eine Maske über den Kopf, die jener gleicht, die Motorradfahrer unter ihren Helmen tragen. Sie ist bei Weitem nicht so warm wie eine Skimaske, verbirgt das

Gesicht aber ebenso gut. Anschließend ist die Verwandlung abgeschlossen. Du bist zufrieden. Aus dem Menschen ist ein in der Dunkelheit kaum zu erkennendes Wesen geworden.

Bevor du den Dachboden verlässt, gibt es noch eine Sache zu tun. Du greifst nach dem silbernen Anhänger, den dir Miriam zu eurer Verlobung geschenkt hat und der jetzt an einer Kette vor deiner Brust baumelt. Der Griff danach ist ein Ritual, es soll Glück bringen. Du glaubst zwar nicht an das Glück, dafür aber an Rituale, weil sie dem Leben Stabilität verleihen.

Anschließend bist du bereit.

Showtime.

Der Flur ist finster, nur schwach fällt ein wenig Mondlicht herein. Von sämtlichen Gegenständen sind nur die Konturen zu erkennen. Schemenhafte Umrisse, und du bist einer davon; der einzige, der fließt. Zunächst führt dein Weg dich zu Tabeas Zimmertür. Du legst das Ohr dagegen. Kein Laut dringt aus dem Inneren, und dennoch glaubst du, ihre Anwesenheit spüren zu können.

Ihre Ahnungslosigkeit.

Schon dieses Gefühl berauscht dich, aber in dieser Nacht ist es nicht genug. Du öffnest die Tür und betrittst den Raum. Im Inneren ist es nicht vollständig dunkel, Tabea hat die Rollläden oben gelassen, du siehst sie schlafend in ihrem Bett liegen. Ihren Körper, dessen Formen sich unter der Bettdecke abzeichnen, und das entblößte Bein, das darunter herausschaut. Es sieht wie eine Einladung aus.

Wahrscheinlich ist Tabea in dem Glauben eingeschlafen, dass ihr das Böse hier nichts anhaben kann. Nicht in dem Zimmer, wo sie sich am sichersten fühlt. Es ist ein Irrglaube, das weißt du, und du könntest ihr das jederzeit beweisen. Du müsstest dich nur nach vorne beugen und die Hand ausstrecken, dann könntest du sie berühren. Ihr über das wunderschöne Gesicht streicheln, die Bettdecke richten, dich zu ihr legen.

Aber nicht heute.

Nicht in dieser Nacht.

Fürs Erste gibst du dich mit dem Anblick zufrieden und speicherst ihn in deinem Gedächtnis ab, damit du ihn jederzeit abrufen kannst. Dann verlässt du das Zimmer. Schließt die Tür und wendest dich der nächsten zu, hinter der ihre Eltern schlafen.

Als du sie öffnest, siehst du zunächst nur Dunkelheit. In diesem Zimmer sind die Rollläden geschlossen, die Schlafenden vollständig in Finsternis gehüllt. Du bleibst im Türrahmen stehen und hältst die Luft an. Da du eh nichts siehst, schließt du die Augen, lauschst dem gleichmäßigen Atmen und hörst auf deine Instinkte. Sie sagen dir, dass dein Eindringen unbemerkt geblieben ist und dass du momentan nichts zu befürchten hast.

Nachdem du dich dessen vergewissert hast, schaltest du die kleine Lampe an, die du mit einem Band vor der Stirn angebracht hast. Es ist keine gewöhnliche Lampe. Sie leuchtet nicht, sie glimmt nur, ähnlich wie das Display eines Mobiltelefons. In ihrem Schein kannst du die Hoffmanns jetzt schlafen sehen. Franziska liegt halb auf der Seite, halb auf dem Bauch, während er ihr den Rücken zugewandt hat. Gemeinsam geben sie das Bild ab, das du erwartet hattest: Zwei Menschen, die in einem Bett liegen und dennoch getrennt voneinander sind.

Was mag die beiden auseinandergerissen haben? Was haben sie vom Leben gewollt, das der jeweils andere ihnen nicht hat geben können?

An ihrem Bett wirst du keine Antwort darauf finden; schon eher in der Kommode, in der du die Reizwäsche entdeckt hast. Du trittst an das Möbelstück heran und öffnest die untere Schublade. Siehst die Schals darin, die Handschuhe. Nach einem kurzen Griff hinein entdeckst du auch die darunterliegende Reizwäsche. Franziska hat sie nicht weggeschmissen oder an einem anderen Ort versteckt.

Einen Moment lang hältst du inne und denkst nach. Die Dinge, die Menschen nicht tun, verraten einem manchmal mehr als die Dinge, die sie tun. Man muss nur genau hinsehen und aus dem Gesehenen die richtigen Schlüsse ziehen. Das konntest du schon immer gut, die richtigen Schlüsse ziehen.

Nach kurzer Überlegung entscheidest du dich für einen roten Slip, der angezogen mehr entblößt als er verbirgt. Du riechst daran, deine Nasenflügel zittern, kannst an dem Kleidungsstück aber nur den Duft von Waschmittel wahrnehmen. Das ist schade, anders wäre es dir lieber gewesen. Trotzdem ändert es nichts an dem, was du vorhast.

Mit dem Slip in der Hand trittst du an das Bett der beiden, beobachtest sie. Hörst ihren Atem und riechst ihren Nachtgeruch. Ursprünglich hast du vorgehabt, den Slip auf sein Kopfkissen zu legen, entscheidest dich jetzt aber anders. Franziska ist einfach besser geeignet, außerdem ragt ihre eine Hand leicht geöffnet unter der Bettdecke hervor. In diese Hand lässt du nun den Slip gleiten. Ganz langsam, ganz vorsichtig, sie zuckt nicht einmal. Dann machst du einen Schritt zurück und siehst dir das geschaffene Kunstwerk an. Es ist wunderschön, fast wie ein Gemälde. Du nennst es *Die Frau und ihre Sünde*.

Dennoch stört dich noch etwas, du bist nicht gänzlich zufrieden. Der Effekt mag jetzt schon großartig sein, aber er ließe sich noch steigern. Was das angeht, bist du kreativ. Ein Künstler, und zur Vollendung deiner Kunst brauchst du das Messer. Vorsichtig ziehst du es aus der Halterung und beugst dich über sie. Jetzt geht alles ganz schnell, so schnell.

Ein energischer Griff, ein schneller Schnitt, dann ist es vollbracht. Franziska zuckt nur leicht, und Sven bekommt gar nichts mit. Er gibt nur ein leises Brummen von sich, verändert minimal die Position und schläft weiter.

Deine Knie zittern, aber das ist nur das Adrenalin, das durch deine Adern rauscht. Innerlich bist du so ruhig, wie du es schon lange nicht mehr warst. Dann richtest du dich auf und betrachtest dein Meisterwerk. Jetzt ist es perfekt, vollendet. Um deiner Kunst gerecht zu werden, musst du dem geschaffenen Bild nur noch einen neuen Namen geben.

Du denkst kurz nach, dann hast du es: *Die sündige Frau und ihre Bestrafung*.

SVEN

Benommen fahre ich aus dem Schlaf hoch. Ich bekomme die Augen kaum auf, irgendetwas stimmt nicht, ist anders als sonst. Meine Hand tastet nach dem Wecker, findet ihn und drückt den Knopf, der das Licht einschaltet. Es ist 5:38 Uhr. Das ist nicht meine Zeit, bei Weitem nicht. Normalerweise werde ich nie so früh wach. Ich drehe mich zur Seite, Franziska liegt schlafend neben mir. Sie rührt sich nicht, liegt da wie tot.

Dann schiebe ich die Decke vorsichtig zur Seite, steige aus dem Bett und schlürfe in Richtung Badezimmer, wo ich meine Blase leere. Beim Zähneputzen schaue ich zum ersten Mal in den Spiegel. Gerötete Augen schauen zurück, mit dem Rest bin ich eigentlich ganz zufrieden. Die Haare mögen grauer werden, die Fältchen tiefer, doch unter all den altersbedingten Veränderungen kann ich mich immer noch selbst erkennen. Das ist mehr, als viele andere Menschen behaupten können. Wenn ich mich sehe, dann sehe ich auch noch immer den lebenshungrigen Jungen vor mir, der ich einst war und dank Lara vielleicht auch bald wieder sein werde.

Ich darf nur die Fehler nicht wiederholen, die ich bei Franziska begangen habe. Machen wir uns nichts vor: Es ist nicht allein ihre Schuld, dass unsere Ehe scheitert, ich trage zu gleichen Teilen Verantwortung dafür. Auch Franziska und ich waren mal verliebt. Auch wir dachten, dass wir einen gemeinsamen Weg beschreiten würden; wir haben nur nicht mitbekommen, dass dieser Weg sich irgendwann gabelte. Sie ging links entlang, ich rechts, und so wurden wir immer weiter auseinandergetrieben, bis wir einander nicht mehr sehen konnten.

Zumindest denke ich manchmal, dass es so war. Die einzige andere Erklärung wäre, dass es diesen gemeinsamen Weg nie gegeben hat; dass er von Anfang an ein Trugschluss war.

Nachdem ich im Bad fertig bin, gehe ich in die Küche und mache mir einen Kaffee. Anschließend schaue ich durch das Fenster in einen Tag, der noch gar nicht wirklich begonnen hat. Vor wenigen Minuten ist die Sonne aufgegangen, und in ihrem Schein liegt das Meer so schillernd da, als hätte es jemand mit flüssigem Silber überzogen. Ich sehe Möwen, die am Horizont kreisen, die Weitläufigkeit der Dünen und einen Teenager auf einem Fahrrad, der Zeitungen austrägt. Wenn ich das Fenster öffnen würde, könnte ich das Meer auch riechen und die Möwen schreien hören; das Klatschen der Zeitung, die der Junge gerade in unsere Einfahrt wirft.

Es ist ein Bild perfekter Harmonie, das sich in dem Moment auflöst, als hinter mir eine Stimme ertönt.

»Guten Morgen«, sagt diese Stimme.

Ich drehe mich um und sehe Tabea im Türrahmen stehe.

»Was machst du denn schon so früh auf den Beinen?«, will sie wissen.

»Wahrscheinlich die ersten Anzeichen seniler Bettflucht«, erwidere ich lächelnd. »Ich bin einfach früh wach geworden und konnte dann nicht mehr einschlafen.«

»Und Mama?«

»Die liegt noch im Bett.«

Tabea kneift die Augen zusammen. »Merkwürdig«, sagt sie dann. »Sonst hat Mama doch immer Angst, dass ich ohne Frühstück aus dem Haus gehen könnte.«

»Was magst du denn?«, frage ich, ohne auf ihre Stichelei einzugehen. »Ich könnte dir ja was zu essen machen.«

»Ein paar Cornflakes genügen schon.«

Ich gehe zum Küchenschrank, um das Gewünschte in eine

Schüssel zu geben und mit Milch zu übergießen. Dabei höre ich, wie sie hinter meinem Rücken seufzt.

»Hast du was auf dem Herzen?«, frage ich.

»Nein … Eigentlich nicht.«

»Und uneigentlich?«

»Ich weiß auch nicht. Ich habe letzte Nacht noch lange über unser Gespräch nachgedacht. Über Rebecca.«

»Und?«

»Es gibt da etwas, worüber ich doch gerne mit dir reden würde. Du musst mir aber zuerst versprechen, dass du nicht böse bist.«

»Warum sollte ich?« Ich nehme einen Löffel aus der Schublade und reiche ihn Tabea zusammen mit den Cornflakes. »Hast du etwas ausgefressen?«

»Das nicht, aber … Versprich es mir einfach, okay?«

Ihre Stimmlage irritiert mich. »Was ist denn los, Schatz?«

»Ich wollte … Ich kannte Rebecca. Nicht besonders gut, aber ein wenig.«

»Klar, ihr geht auf dieselbe Schule. Und?«

»Wusstest du, dass sie manchmal Drogen verkauft hat?«

Alles in mir zieht sich zusammen, und ich schaffe es nur gerade so, nicht zusammenzuzucken.

»Wie kommst du denn darauf?«, frage ich dann möglichst gelassen.

Sie sagt nichts, sieht aber schuldbewusst aus. Die Cornflakes hat sie immer noch nicht angerührt.

»Tabea?« Meine Stimme wird strenger.

»Hey«, protestiert sie. »Du hast versprochen, nicht böse zu sein!«

»Das bin ich auch nicht«, sage ich sanfter. »Aber ich wüsste jetzt schon gerne, was los ist. Vor allem wüsste ich gerne, ob du etwas mit Drogen zu tun hast.«

»Nicht wirklich.«

»Was soll das heißen, nicht wirklich?«

»Ich habe …« Sie zögert. »Wir haben ein paarmal gekifft, okay? Nicht oft, nur auf einer Party oder so.«

Ich sage nichts, muss das erst mal verdauen.

»Wer ist *wir?*«, will ich dann wissen.

»Leonie, Johanna und Marie … Die Mädchen aus meiner Clique halt.«

»Du also auch?«

Sie nickt nur.

»Und was hat das mit Rebecca zu tun?«

»Sie hat uns das Dope verkauft. Also, sie war jetzt keine Dealerin oder so, sondern einfach nur jemand, der wusste, wie man an das Zeug herankommt. Meistens hat Marie sie danach gefragt, und Rebecca hat es ihr dann in einer Shisha-Bar in Aurich gegeben. Mehr war da nicht.«

»Weißt du denn, wo Rebecca die Drogen herhatte, die sie euch dann verkaufte?«

»Ich glaube, von dem Typen, dem die Bar gehört. Irgendein Nermin oder so. Marie glaubt sogar, dass Rebecca mit ihm was gehabt hat.«

»Mensch, Tabea …« Ich schüttle den Kopf und kann es nicht fassen. Dass Rebecca mit Drogen zu tun hatte, wusste ich. Ebenso von diesem Nermin, aber ich hatte nicht den Hauch einer Ahnung, dass meine Tochter auch darin verstrickt ist. »Warum machst du nur so einen Mist?«

»Keine Ahnung. Das ist einfach so passiert.«

»Das passiert nicht *einfach so*. Man entscheidet sich, Drogen zu nehmen, oder man entscheidet sich dagegen. Echt jetzt … Ich hatte gehofft, dass du vernünftiger wärst.«

»Hast du denn nie gekifft, als du jung warst?«

Das ist eine knifflige Frage, denke ich. Im ersten Moment will ich sie verneinen, entscheide mich dann aber für die Wahrheit.

»Doch, das habe ich«, gebe ich zu. »In Studentenzeiten haben wir gelegentlich mal einen Joint geraucht. Ein- oder zweimal habe ich auch Kokain probiert und Ecstasy geschluckt. Keine Erfahrung, die ich gerne wiederholen will, und schon gar nichts, worauf ich stolz bin.«

»Dann wäre es jetzt aber verlogen, wenn du mich dafür verurteilen würdest!«

»Nein«, widerspreche ich und bewundere insgeheim ihre Cleverness. »Verlogen wäre es nur, wenn ich jetzt behauptet hätte, nie etwas mit Drogen zu tun gehabt zu haben. Es hat nichts mit Verlogenheit zu tun, wenn ich nicht will, dass du jede Erfahrung, die ich gemacht habe, auch machen sollst.«

Sie starrt in die Schüssel, in der die Cornflakes nur noch eine breiige Masse bilden. »Also bist du jetzt doch sauer auf mich?«

»Bin ich nicht. Wirklich nicht.« Ich versuche, ihr beruhigend zuzulächeln. »Du bist jung, und du wirst noch einige Erfahrungen machen, die ich dir lieber ersparen würde, aber das kann ich nicht. Ich kann dich nur bitten, verantwortungsvoll zu handeln, und damit meine ich, die Finger davon zu lassen. Öffne keine Büchse, die du später nur unter Qualen wieder zubekommst. Versprichst du mir das?«

Sie sagt nichts, nickt nur.

»Versprochen?«, hake ich nach.

»Versprochen«, bestätigt sie.

»Trotzdem musst du mit dem, was du weißt, zur Polizei gehen. Ihr von Rebecca und dem Typen erzählen, von dem ihr glaubt, dass er Rebecca die Drogen besorgt hat.«

Auf einen Schlag sieht sie verzweifelt aus. »O Mann, muss das sein?«

»Natürlich muss es das!«

»Aber hast du eine Ahnung, wie ich vor meinen Freundinnen dann dastehen würde? Ich wäre voll die Verräterin, eine Aussätzige. Die würden mich hassen!«

»Nicht wenn du ihnen vorher sagst, dass du mit mir gesprochen hast. Alles andere kannst du dann ja auf mich schieben.«

Tränen steigen ihr in die Augen. »Mensch, Dad … Gibt es echt keinen anderen Weg? Anonym oder so?«

Eine Weile lang sage ich nichts, denke aber darüber nach. Ich kann ihr Dilemma verstehen, das tue ich wirklich. Mir wäre es an ihrer Stelle nicht anders gegangen. Außerdem ist Tabea meine

Tochter, und in einem solchen Fall legt man sowieso andere Maßstäbe an. Man stellt sich die Frage, ob das generell Richtige auch das Richtige für sie wäre.

»Ein Vorschlag«, sage ich dann. »Lass mich mit der Polizei reden und ihr erzählen, was du mir gesagt hast. Wenn sie die Information anschließend für wichtig hält und noch persönlich mit dir sprechen will, musst du das tun. Wenn nicht, ist die Sache erledigt. Und was deine Freundinnen angeht – wenn du ihnen selbst sagst, dass du es mir erzählt hast, ist es nicht halb so schlimm, als wenn sie es von anderen hören.«

»Meinst du?« Sie scheint nicht überzeugt zu sein.

»Ganz sicher sogar!«

»Und was ist mit Mama?«

Heikles Thema, denke ich. Normalerweise sollte ein Elternteil mit dem anderen über so etwas sprechen. Normalerweise. Aber ich kenne Franziska. Sie ist stockkonservativ, was solche Themen angeht, und ich kann mir lebhaft vorstellen, was für ein Theater sie deswegen machen würde. Will ich das Tabea zumuten? Mir zumuten?

»Mama muss auch nichts erfahren«, sage ich, nachdem ich darüber nachgedacht habe. »Natürlich nur, wenn du mir hoch und heilig versprichst, in Zukunft die Finger von dem Zeug zu lassen. Deal?«

»Deal«, stimmt sie erleichtert zu, dann schaut sie auf die Uhr. »Sorry, aber ich muss jetzt wirklich los. Die Schule, du weißt schon.«

»Dann lass dich nicht aufhalten.«

Bevor sie die Küche verlässt, kommt sie noch einmal zurück und wirft mir die Arme um den Hals.

»Danke, Dad«, sagt sie und lehnt ihren Kopf gegen meine Schulter. »Manchmal bist du echt cool! Zumindest für einen Typen in deinem Alter.«

»Hey«, protestiere ich lächelnd. »Ich bin nicht alt! Vor ein paar Tagen erst hat mich eine Kollegin glatt zehn Jahre jünger geschätzt.«

»Das hat nichts zu bedeuten«, behauptet Tabea und zwinkert mir zu. »Zehn Jahre jünger als du ist immer noch alt!«

Dann ist sie auch schon weg, und da Franziska immer noch schläft, nutze ich die Zeit, um über unser gerade beendetes Gespräch nachzudenken. Ich bin unsicher, ob ich mich richtig verhalten habe oder strenger hätte reagieren sollen.

Wie jedes Elternteil hat auch mich niemand auf diese Gespräche vorbereitet; es gibt kein Handbuch mit Anweisungen, wie man sich in solchen Situationen zu verhalten hat. Was Erziehung angeht, handle ich meist intuitiv und aus dem Bauch heraus. Nach Gefühl, und dieses Gefühl sagt mir auch jetzt, dass es richtig war, so zu reagieren.

Tabea ist ein guter Mensch, und sie wird aus dem Erlebten die richtigen Schlüsse ziehen. Außerdem finde ich, dass man aus ein paar Joints auch nicht direkt ein Drama machen muss. Wozu sollte das gut sein? Tabea würde dann nur das Vertrauen verlieren und mir zukünftig gar nichts mehr erzählen.

Dabei muss ich auch an Franziska denken, und mir fällt auf, dass sie immer noch nicht aufgetaucht ist. Das ist merkwürdig. Vielleicht ist sie ja krank geworden, hat Fieber oder so. Dass ich sie nicht mehr liebe, bedeutet nicht, dass ich mir ihretwegen auch keine Sorgen mehr mache.

Besorgt gehe ich nach oben und klopfe an die Schlafzimmertür, um sie möglichst sanft zu wecken. Sie reagiert nicht. Auch nicht, als ich ein zweites Mal klopfe, fester diesmal. Erst beim dritten Klopfen, als meine Hand schon auf der Türklinke liegt, höre ich ihre Stimme.

»Einen Moment noch«, ruft sie durch die Tür hindurch. »Mach mir doch bitte schon einen Kaffee, ich komme gleich!«

FRANZISKA

Das Ganze muss ein Albtraum sein, ein gottverdammter Albtraum! Ich weiß nicht, was geschehen ist. Ich weiß nur, dass ich beim Aufwachen einen meiner Slips in der Hand hielt und mir nachts ein Büschel Haare ausgerissen habe. Vielleicht schlafwandele ich ja, vielleicht drehe ich so langsam durch, erinnern kann ich mich an nichts. Nur noch daran, wie ich gestern Abend recht früh ins Bett ging und morgens aufwachte, dazwischen klafft eine schwarze Lücke. Ist das so, wenn man wahnsinnig wird? Wenn man seinen Gedanken und dem eigenen Tun nicht mehr trauen kann?

Ich kann nur hoffen, dass Sven nichts davon mitbekommen hat. Wahrscheinlich nicht, ansonsten hätte er mich wohl geweckt. Das ist das Einzige, woran ich mich momentan noch klammern kann, alles andere wäre verheerend. Wie sollte ich ihm erklären, was ich mir selbst nicht erklären kann?

Eine halbe Stunde ist das jetzt her, und seitdem sitze ich auf der Bettkante und zittere. Ich bin nicht mal in der Lage, aufzustehen. Die Gedanken rasen, lähmen alles wie ein tödliches Gift. Die einzige Erklärung, die wenigstens halbwegs Sinn ergibt, ist folgende: Ich bin irre! Mein altes Problem ist wieder da, zigfach stärker als je zuvor. Es bringt nichts, sich noch länger etwas vorzumachen, ich muss der Wahrheit endlich ins Auge sehen.

Mein Problem …

So haben Sven und ich meinen Zustand nach dem Überfall

immer genannt. Er war ein Sammelbegriff für die wiederkehrenden Panikattacken und die ständige Angst vor allem und jedem. Sven hat damals sein Bestes gegeben, das muss ich ihm zugestehen. Aber irgendwann meinte er, dass ich professionelle Hilfe bräuchte, weil wir allein nicht mehr weiterkommen würden.

Der erste Therapeut, mit dem ich sprach, hat alles nur noch schlimmer gemacht. Ich glaube, er hieß Doktor Hansen, und ich hasste es, vor ihm mein ganzes Leben ausbreiten zu müssen und andauernd Fragen gestellt zu bekommen. Dauernd wollte er wissen, wie ich mich fühlte oder was dieser oder jener Gedanke in mir auslöste. Er war die reinste Nervensäge, und als er dann auch noch unverschämt wurde, habe ich komplett dichtgemacht.

Doktor Hansen behauptete tatsächlich, dass ich die Wahrheit verdrängen und mich lieber in Scheinwelten flüchten würde, als mich dieser Wahrheit zu stellen. Er vergaß dabei vollständig, dass ich das Opfer war. Bagatellisierte den Überfall und versuchte, indirekt mir die Schuld an meinem Verhalten zu geben, indem er behauptete, dass ich damit nur andere Ängste kompensieren würde. Ein Quacksalber kurz vor der Rente, den man schon lange nicht mehr auf fremde Menschen loslassen sollte.

Direkt nach seiner unverschämten Behauptung habe ich die Besuche bei ihm eingestellt und bin zu einem anderen Psychiater gegangen. Der war zwar nicht so dreist, konnte mir allerdings auch nicht helfen. Wenigstens hat er mir Tabletten verschrieben, die tatsächlich halfen. Mehr als die Versuche zumindest, in meinem Seelenleben herumzubohren.

Es tut einfach nicht gut, sich von einem Wildfremden wie eine Irre behandeln lassen zu müssen. Ich hatte es satt. Mein Mann, die Psychiater – wenn einem ständig das Gefühl gegeben wird, dass mit einem irgendwas nicht stimmt, glaubt man es mit der Zeit selbst und beginnt, sich dementsprechend zu verhalten. Vor dem Therapeuten konnte ich wenigstens flüchten, vor Sven nicht, also erzählte ich ihm in den folgenden Monaten nur noch, was er hören wollte. Machte in seiner Gegenwart ein fröhliches Gesicht und lachte über jeden noch so blöden Witz.

Hinterfragt hat mein Mann es nie. Es hat ihm gereicht, dass ich wieder normal funktionierte, ein tiefer gehendes Interesse schien er schon damals nicht mehr gehabt zu haben.

In den Jahren darauf habe ich dann immer besser gelernt, meine Gefühle zu kontrollieren. Die Panikattacken kamen zwar weiterhin, aber ich ließ andere nichts mehr davon mitbekommen. Über Jahre hinweg hat es funktioniert, bis heute. Bis zu dem Morgen, als ich mit ausgerissenen Haaren und einem fast schon durchsichtigen Slip in der Hand wach wurde.

Seitdem sitze ich hier und versuche zu verstehen, was passiert ist. Ich kann nicht …

Panisch zucke ich zusammen, als es plötzlich an der Tür klopft und ich Svens Stimme höre. Alles in mir versteift sich. Ich halte automatisch die Luft an und starre zur Tür, als ob ich sie beschwören könnte.

Es klopft erneut.

Ich öffne den Mund, bekomme aber keinen Ton heraus. Das ändert sich erst, als es zum dritten Mal klopft und ich sehe, wie die Türklinke nach unten gedrückt wird.

Ich rufe Sven das Erste zu, das mir einfällt, und hoffe, dass er es dabei bewenden lässt. Er darf auf keinen Fall ins Zimmer kommen, nur das nicht! Darf nicht das Zeugnis meines Betrugs sehen, die Beweise meines Wahnsinns auf dem Kopfkissen.

Die Türklinke bewegt sich langsam wieder nach oben, Gott sei Dank. Sven sagt noch irgendwas, ich weiß nicht, was, dann entfernen sich seine Schritte wieder. Fast hätte ich vor Erleichterung losgelacht, im nächsten Moment jedoch kommen die Tränen. Ich weine nicht richtig, schluchze eher, merke dann aber, wie gut mir das tut. So, als ob die Tränen irgendwas in mir reinigen würden.

Endlich kann ich aufstehen und aktiv werden. Als Erstes lege ich den Slip wieder in die Schublade zurück, dann fege ich die Haare gründlich mit der Hand zusammen. Ich sammle sie in der linken Hand, während die rechte sie vom Kissen zupft, dann öffne ich die Tür und schaue durch den schmalen Spalt hinaus. Der Flur ist leer, Sven scheint wieder nach unten gegangen zu sein. Ich schlüpfe hinaus und laufe ins Badezimmer, wo ich die Haare in der Toilette entsorge. Betätige die Spülung und sehe, wie sie in einem Wasserwirbel verschwinden.

Das tut gut, so gut, und endlich traue ich mich auch, in den Spiegel zu schauen. Der Anblick ist nicht ganz so schlimm wie erwartet. Meine Augen sind vom Weinen leicht gerötet, und auf dem Kopf ist lediglich eine kleine kahle Stelle zu sehen. Wenn man nicht weiß, wo genau sie sich befindet, wird man sie wahrscheinlich nicht bemerken.

Um ganz sicherzugehen, binde ich mir die Haare zu einem Pferdeschwanz zusammen und studiere vor dem Spiegel ein möglichst natürliches Lächeln ein. Es fällt mir schwer, verdammt schwer. So wie etwas, das man vor langer Zeit mal gemacht und mittlerweile verlernt hat.

Dennoch lächle ich weiterhin, als ich die Treppe hinuntergehe und die Küche betrete. Mir tut fast schon der Kiefer weh. Nur um dem Bild einer glücklichen Ehefrau zu entsprechen und damit Sven nichts von der Hölle ahnt, die an diesem Morgen hinter meiner Stirn tobt.

Damit er nicht weiß, dass es wieder da ist.

Mein Problem.

TABEA

Die Schule ist seit einer Viertelstunde vorbei. Leonie, Pommes, Johanna und ich stehen noch auf dem Schulhof zusammen, wo ich ihnen gerade gebeichtet habe, dass ich meinem Dad von Rebecca und den Drogen erzählte.

Keine meiner Freundinnen sieht sonderlich begeistert aus, aber Pommes scheint regelrecht wütend zu sein. Sie schüttelt den Kopf und presst ihre Lippen fest aufeinander. Das hatte ich natürlich erwartet. Immer ist Pommes diejenige, die bei einem Streit eskalieren muss.

»Du hast *was* gemacht?« Kleine Speicheltropfen fliegen aus ihrem Mund, als sie mich anschreit. »Tickst du noch ganz sauber?«

»Chill mal«, versuche ich sie zu beruhigen. »Mein Dad hat doch versprochen, dass er es niemandem erzählen wird. Schon gar nicht deinen Eltern. Er ist cool, so etwas macht er nicht.«

»Und was ist mit den Bullen?«

»Denen muss er es ja sagen«, gebe ich zu. »Schon wegen Rebecca. Wenn die Bullen anschließend tatsächlich mit mir reden wollen, behaupte ich einfach, dass ich immer allein in der Shisha-Bar war. Von euch müssen die ja gar nichts wissen.«

»Natürlich müssen die von uns nichts wissen!«, sagt Pommes mit erhobenem Zeigefinger. »Du hast den Mist angefangen, dann kannst du auch allein schauen, wie du aus der Nummer wieder herauskommst. Ich habe echt keinen Bock auf Stress, und den wird es mit meinen Eltern garantiert geben, wenn die dahinterkommen, dass ich kiffe oder ab und zu mal ein paar Pillen einwerfe!«

»Es gibt keinen Stress«, erwidere ich kleinlaut. »Ich verspreche es.«

»Sagst du!« Sie stößt die Luft aus, scheint sich aber langsam wieder zu beruhigen. »Meine Eltern sind Griechen, verstehst du? Die sehen viele Dinge nicht so locker wie deine ach so liberalen Eltern! Was meinst du, was ich mir jedes Mal anhören muss, wenn ich nicht zum Gottesdienst der griechisch-orthodoxen Gemeinde gehe?«

Ich nicke verständnisvoll und erspare mir die Erwiderung, dass meine Mutter das genaue Gegenteil von locker und liberal ist.

Pommes regt sich sowieso immer schnell auf, aber sie kommt auch ebenso schnell wieder runter. Beide Eigenschaften sind vermutlich ihrem griechischen Temperament geschuldet. Was ihre Stimmungslage angeht, ist Pommes flatterhaft wie ein Kolibri.

»Erzähl der Polizei dann aber auch von dem älteren Typen, den Julia erwähnt hat«, meldet sich Johanna zu Wort. »Wahrscheinlich wurde sie eh von dem umgebracht und nicht wegen ein paar Gramm Marihuana.«

»Wir wissen doch gar nicht, ob das stimmt«, gibt Leonie zu bedenken. »Außer von dieser Julia habe ich das bislang noch von niemandem gehört. Wer soll dieser Kerl überhaupt sein?«

»Na, der Typ aus der Shisha-Bar! Nermin oder wie der heißt. Echt jetzt, ihr habt doch gesehen, dass da was lief! Ich meine, so, wie Rebecca den angeguckt hat, haben die hundertpro was miteinander gehabt.«

»Findest du?« Ich bin mir da nicht so sicher. »Als Leonie und ich das letzte Mal dort waren, war die Stimmung eher schlecht.« Ich schaue meine beste Freundin an. »Weißt du noch?«

Jetzt scheint es ihr auch wieder einzufallen. »Du hast recht«, sagt sie. »Wir haben dort noch was getrunken, und Rebecca hat an der Theke gesessen. Sie hat dem Kerl irgendwas gesagt, und er hat voll sauer reagiert. Ihr mit dem Finger vor dem Gesicht rumgefuchtelt und irgendwas gezischt, was ich aber nicht verstehen konnte. Wenn ich jetzt so darüber nachdenke, kam er mir in dem Moment richtig Furcht einflößend vor.«

»Mädels«, sagt Pommes gedehnt und breitet die Arme aus. »Was sollen wir hier ewig rumspekulieren? Finden wir es doch einfach heraus! Da ich weiß, dass ihr nicht die Eier dafür habt, werde ich das selbst übernehmen.«

»Du wirst was?«

»Na was schon? Ich werde in die Bar gehen und ihn anmachen. Herausfinden, ob er was mit Rebecca hatte und wie es um die beiden stand.«

»Ach, und wie willst du das anstellen? Glaubst du, er würde dir einfach so erzählen, dass er sie umgebracht hat?«

»Natürlich nicht, du Dummchen«, sagt Pommes und sieht Johanna mitleidig an. »Ich horche ihn ganz einfach ein wenig aus, um mir eine Meinung zu bilden. Wenn ich ihn auf Rebecca anspreche, werde ich schon sehen, wie er reagiert.«

»Tolle Idee! Er wird dir einfach eine scheuern und dich aus dem Laden werfen.«

»Kein Mann schlägt mich«, ist sich Pommes sicher. »Sollte der es versuchen, wird er es bereuen! Und selbst wenn, wüssten wir danach auf jeden Fall, dass er gewalttätig ist.«

Leonie schüttelt den Kopf. »Das ist keine gute Idee. Zum einen viel zu gefährlich, und zum anderen glaube ich auch nicht, dass das irgendwas bringt. Einen Typen wie den einfach so auszuhorchen? Das klappt nie!«

»Natürlich klappt das! Man nennt mich ja nicht umsonst Pommes – man nennt mich so, weil ich heißer bin als Frittenfett.«

Alle lachen, obwohl die Wahrheit hinter ihrem Spitznamen eine andere ist.

Dennoch muss ich zugeben, dass die meisten Jungs, die ich kenne, auf Pommes abfahren. Sie ist heiß, keine Frage. Ihr puppenhaftes Gesicht ist von langen schwarzen Haaren umgeben, dazu hat sie große dunkle Augen und eine Wahnsinnsfigur mit jeder Menge Kurven. Wenn es jemand schafft, einen Typen in kürzester Zeit um den Finger zu wickeln, dann definitiv sie.

»Vergiss es«, sage ich dennoch. »Wenn der Kerl tatsächlich etwas mit Rebeccas Tod zu tun hat, kann das gefährlich werden, da hat Leonie recht. Der Kerl wird keinen Spaß verstehen, und dann nutzen dir auch deine schönen Augen nichts. Selbst wenn er kein Mörder ist – ein Drogendealer ist er allemal!«

»Ich passe schon auf«, behauptet Pommes, ohne auf meinen Einwand einzugehen. »Außerdem könnt ihr ja in der Nähe bleiben und mich notfalls rausholen. Ich kann mein Handy auch auf Lautsprecher stellen und es so in die Hosentasche stecken, dass er es nicht sieht. Dann könntet ihr alles hören und wärt direkt am Start, wenn es kritisch wird.«

Leonie scheint als Einzige meine Befürchtungen zu teilen. »Ich habe kein gutes Gefühl dabei. Wir sollten das lieber der Polizei überlassen, schließlich sind wir ja …«

»Ich mache das, und wenn du Schiss hast, musst du halt zu Hause bleiben!« Pommes wirkt angefressen. »Ich meine … Haben wir nicht gesagt, dass wir den Täter überführen wollen? In die Talkshows und zu den ganzen Partys wollen?« Sie drückt den Rücken durch. »Mein Plan steht, Mädels! Die Frage ist nur: Seid ihr dabei?«

Wir schauen einander an. Johanna ist die Erste, die nickt, und nachdem sie es getan hat, stimmen Leonie und ich ebenfalls zu. Mir passt zwar nicht, was Pommes vorhat, aber ich weiß, dass sie sich jetzt nicht mehr davon abhalten lässt. Wenn sie sich an den Typen ranmachen will, werden wir ihr den Rücken freihalten. So sind wir eben.

Eine für alle, alle für eine.

Wie die gottverdammten Musketiere.

FRANZISKA

Ich weiß nicht, wie ich das Gespräch mit Sven hinter mich gebracht habe. Den Vormittag. Alles, was mir dabei Kraft verliehen hat, war das Wissen, dass ich um zwei Uhr Frank treffen werde. Den einzigen Menschen, der mir momentan Sicherheit verleiht.

Als ich zur verabredeten Zeit auf den Parkplatz des Supermarktes abbiege, schlägt mein Puls deutlich schneller. Ein paar Kleinwagen stehen dort, mehrere Kombis und auffallend viele SUVs, die meisten davon in gedeckten Farben. Nicht weit vom Haupteingang entfernt finde ich noch eine freie Lücke, in die ich den Mazda steuere und dann aussteige.

Frank wartet bereits auf der Terrasse des kleinen Cafés neben dem Supermarkt. Ich gebe mir Mühe, ihn nicht zu beachten, als ich an die Theke gehe und einen Cappuccino und eine Laugenstange bestelle. Die Verkäuferin stellt das Gewünschte auf einem Tablett ab, ich bezahle und setze mich damit draußen an den Tisch, der seinem am nächsten steht. Außer uns sind nur noch zwei andere Menschen hier, ein älteres Paar mit silberfarbenen Haaren. Neben den beiden steht ein Rollator, und sie sind ausschließlich mit ihrem Kuchen beschäftigt. Sie sitzen weit genug entfernt, und auch sonst ist niemand da, der unser Gespräch mithören könnte. Das ist wichtig – gerade in einer Gegend wie dieser, in der sich Gerüchte schneller als ein Lauffeuer verbreiten können.

»Guten Tag, Frau Hoffmann«, sagt Frank und lächelt. »Das ist ja ein netter Zufall, Sie hier zu sehen.«

»Herr Deckert …«, kokettiere ich und spiele das Spiel mit. »So oft, wie wir uns in letzter Zeit gesehen haben, glaube ich kaum, dass man weiterhin von einem Zufall sprechen kann. Sie stalken mich doch nicht, oder?«

»Würde es Ihnen denn etwas ausmachen, wenn dem so wäre?«

Ich muss lächeln, und zum ersten Mal an diesem Tag ist dieses Lächeln aufrichtig. Keine Ahnung, wie Frank das schafft, aber immer wenn ich in seiner Nähe bin, geht es mir schlagartig besser. Allein seine Anwesenheit lässt meine Ängste schwinden und löst den unsichtbaren Ring, der sich um meine Brust geschlungen hat.

Wir lächeln uns ein wenig verlegen an, dann wird sein Blick ernster.

»Wie geht es dir?«, will er wissen. »Nach dem Anruf gestern habe ich mir wirklich Sorgen gemacht. Du klangst so anders als sonst, komplett aufgewühlt. Ist irgendwas passiert?«

»Nein«, erwidere ich automatisch. »Das heißt … Doch, ja, es ist etwas passiert. Genau genommen eine ganze Menge. Ich weiß gar nicht, wo ich anfangen soll.«

»Wie wäre es mit dem Anfang?«

»Das ist … Es ist nicht so einfach.«

Seine Hand greift nach meiner, eine Sekunde nur, dann lässt er sie wieder los. »Versuch es einfach.«

Ich räuspere mich, nehme all meinen Mut zusammen. »Seit ein paar Tagen geschehen seltsame Dinge bei uns«, beginne ich. »Sachen verschwinden und tauchen an anderer Stelle wieder auf. Mal geht der Fernseher nachts grundlos an, mal ist eine Packung Cornflakes leer, in der eigentlich noch etwas drin sein sollte. Außerdem bin ich letztens in den Keller gegangen und habe dort Fußspuren gefunden. Sven ist sicher, dass sie von Tabea stammen und dass es für alles andere eine ganz logische Erklärung geben muss, aber ich werde das Gefühl nicht los, dass jemand Fremdes bei uns im Haus war.« Ich muss kurz Luft holen. »Und gestern, bevor ich dich angerufen habe, stand die Schublade meiner Schlafzimmerkommode offen. Die, in der auch die Reizwäsche versteckt ist, die ich für uns gekauft habe.«

»Mein Gott«, sagt er und sieht erschrocken aus. »Das klingt ja wirklich unheimlich!«

»Ja, das ist es auch, und vor allem macht es mir Angst. Ich habe Angst vor dem, was in unserem Haus vorgeht, und noch mehr Angst vor dem, was diese Angst gerade aus mir macht.«

»Wie meinst du das?«

Jetzt kommt der schwierigste Teil. Der Teil, nach dem er mich auch für hysterisch halten könnte, wenn nicht sogar für etwas noch Schlimmeres.

»Letzte Nacht …«

»Ja?«

»Als ich heute Morgen aufgewacht bin, hielt ich einen roten Slip in der Hand. Einfach so, als ob … Als ob ihn jemand dorthinein gelegt hätte. Außerdem muss ich mir im Schlaf ein paar Haare ausgerissen haben, zumindest befand sich auf dem Kopfkissen ein ganzes Büschel davon. Ich kann mir das alles nicht erklären, noch nicht mal ansatzweise. Ich schlafwandle nicht, zumindest dachte ich das bisher, aber es ist die einzige Erklärung, die mir einfällt. Deshalb bitte, Frank, sei ehrlich: Glaubst du, dass ich langsam verrückt werde? Dass ich durchdrehe, weil … weil gerade alles zu viel wird?«

Er lässt sich mit der Antwort Zeit, scheint über meine Worte nachzudenken. »Nein, ganz sicher nicht«, sagt er dann. »Ich weiß nicht, was da gerade bei dir los ist, aber ich denke nicht, dass du dir das alles nur einbildest. Ich meine, es sind ja ganz konkrete Dinge, die dir da widerfahren sind. In einem Punkt würde ich deinem Mann sogar zustimmen: Für all das muss es irgendeine logische Erklärung geben. Es sei denn«, er lächelt schwach, »man glaubt an Geister.«

»Aber welche Erklärung denn?«

Er zuckt mit den Schultern, dann: »Darf ich die Stelle mal sehen? Wo du dir die Haare ausgerissen hast?«

Alles in mir sträubt sich dagegen, aber ich bin nicht so weit gegangen, um jetzt wieder stehen zu bleiben. Mit zitternden Händen öffne ich den Pferdeschwanz, fächere die Haare auseinander und zeige ihm die Stelle. Er sieht sie sich gründlich an, gibt ein unbestimmtes Geräusch von sich und lehnt sich wieder zurück.

»Und, was denkst du?«

»Darf ich dir zuerst noch ein paar Fragen stellen?«

Seine Antwort irritiert mich, aber natürlich darf er das.

»Gibt es in eurem Haus eine Alarmanlage?«

»Ja, schon, aber es ist nur eine ganz einfache. Soweit ich weiß, deckt sie nur die Vorder- und Hintertür ab.«

»Nach der Geschichte mit dem Fernseher oder den Fußspuren im Keller: Habt ihr die Türen und Fenster mal auf Einbruchsspuren untersucht?«

Ich schüttle den Kopf.

»Verstehe«, sagt er nur, während ich gerade gar nichts verstehe. »Die Polizei habt ihr wegen der Vorkommnisse auch nicht angerufen, oder?«

Ich lache bitter auf. »Weswegen denn? Wegen einer leer gegessenen Packung Cornflakes? Wegen einer offen stehenden Kommode? Ich komme mir ja schon lächerlich vor, wenn ich dir davon erzähle – was soll die Polizei dann erst denken?«

Er nickt, das Argument scheint ihn überzeugt zu haben. Ich sage auch nichts mehr, sehe ihn nur fragend an. Dabei fallen mir erneut seine warmen braunen Augen auf, sein offenes Gesicht. Das blaue Hemd, das ein wenig altmodisch wirkt und vielleicht gerade deshalb so perfekt zu ihm passt.

»Was denkst du?«, will ich wissen, als ich das Schweigen nicht mehr ertrage.

»Ich frage mich gerade, warum all das nur dir passiert«, antwortet er mit bedächtigem Tonfall. »*Du* hast die Fußspuren im Keller gefunden, und es war klar, dass Tabea zu *dir* kommt, wenn die Cornflakes leer sind. Die Schublade *deiner* Kommode stand offen, und es war *deine* Wäsche, die heute Morgen in deiner Hand lag.«

»Dann glaubst du also doch, dass ich spinne?«

»Das wollte ich damit nicht sagen. Alles, was du sagst, ist real. Ich glaube mittlerweile bloß …«

»Was denn?« Vor Anspannung schnappe ich nach Luft.

»Gibt es jemanden, der dich hasst? Der sich für irgendetwas an dir rächen will?«

Ich schüttle den Kopf, obwohl ich sofort an Sven denke.

»Ganz sicher nicht? Jemand aus der Vergangenheit vielleicht, dem du unbewusst unrecht getan hast?«

»Nein«, erwidere ich aufgebracht. »Wie kommst du denn nur darauf?«

Wieder greift er nach meiner Hand. Dieses Mal hält er sie fest. Instinktiv schaue ich mich um, sehe aber niemanden, der in unsere Richtung blickt. Ich lasse meine Hand dort liegen, wo sie ist.

»Schau, Franziska … Für mich klingt das alles so, als sei es genau so beabsichtigt. Als wolle jemand, dass du dich für verrückt hältst.«

Jetzt ziehe ich die Hand weg. »Wer soll das denn sein? Und warum? Dafür gibt es doch überhaupt keinen Grund!«

»Das kann ich dir auch nicht sagen. Dennoch solltest du so schnell wie möglich sämtliche Fenster und Türen überprüfen, um ganz sicherzugehen. Vielleicht hat Sven recht, vielleicht sind das alles nur logisch zu erklärende Zufälle, aber ich würde da kein Risiko eingehen. Dafür bist du mir viel zu wichtig.«

»Dann glaubst du also ernsthaft, dass das gegen mich gerichtet ist?«

»Ich halte es zumindest für möglich.«

»Aber warum? Wie kommst du bloß auf diesen Gedanken?«

Er holt tief Luft, dann: »Deine Haare.«

»Was ist mit denen?«

»Du hast sie dir nicht im Schlaf herausgerissen. Auf gar keinen Fall. Sie wurden abgeschnitten.«

»Was?«

Er deutet auf die Stelle. »Vielleicht warst du heute Morgen zu aufgeregt, als du dich im Spiegel betrachtet hast, aber die Haare wurden nicht herausgerissen. Man kann Haare sowieso kaum zerreißen, sie nur komplett mit der Wurzel herausziehen, aber das ist bei dir nicht geschehen. Ein paar Millimeter sind übrig geblieben. Ein gerader, sauberer Schnitt. Wie mit einer Schere oder so.«

Meine Hände fahren nach oben. Hektisch taste ich den Kopf ab, dann spüre ich es. An der Stelle, die ich bislang für kahl hielt, befinden sich immer noch Haare, sie fühlen sich borstig an. Er hat recht, denke ich, und dieser Gedanke macht mir augenblicklich noch mehr Angst.

Mir wird schlecht, und mein Magen rebelliert. Ich habe niemandem etwas getan. Ich bin ein guter Mensch, der sich an die Regeln hält. An die des Gesetzes und an die der Moral. Nur einmal bin ich davon abgewichen, wegen Frank. Meine Affäre mit ihm ist das Einzige, was bei einem anderen Menschen Hass auslösen könnte. Bei Sven. Meinem Mann.

»Hey, Schatz, was ist denn plötzlich mit dir los?«

Ich schüttle nur den Kopf, bin zu keiner Antwort fähig.

»Rede mit mir!«

Ich kann nicht reden, nicht jetzt. Frank hat recht. Ich bin nicht wahnsinnig, aber jemand will, dass ich das glaube. Nur ein Mensch kommt dafür infrage. Sven. Er muss von meiner Affäre erfahren haben, und jetzt will er mich in den Wahnsinn treiben. Alles passt. Er weiß von meiner Vorgeschichte, weiß, dass ich in einem solchen Spiel ein leichtes Opfer wäre. All diese Dinge sind Teil seines Plans, der vorsieht, mich zu zerstören, um dann vor allen anderen gut dazustehen. Als der Mann, dessen Frau wahnsinnig ist. Dem man es nicht übel nehmen könnte, wenn er selbst eine Affäre hat und sie dann verlässt.

Ja, das ergibt Sinn, und dennoch gibt es einen Punkt, der nicht dazu passt. Ich kenne meinen Mann. Ich weiß, wie er reagiert, wenn er sauer ist oder sich ungerecht behandelt fühlt, und dass es ihn normalerweise nicht schert, was andere über ihn denken. Insgeheim habe ich das immer an ihm bewundert. Wenn er jetzt so etwas macht – wenn er tatsächlich hinter all dem steckt –, dann muss es ihm um etwas anderes gehen als um sein öffentliches Ansehen.

Um mich.

Hass ist ein Gefühl, das ich ihm durchaus zutrauen würde. Ein starkes Gefühl. Es verändert Menschen, es zerstört sie. Vielleicht ist sein Stolz verletzt, vielleicht will er Rache. Ich kann es mir eigentlich nicht vorstellen, mag es aber auch nicht ausschließen. Selbst wenn man so viele Jahre mit einem Menschen verbringt, kann man nicht in seinen Kopf schauen. Sven war noch nie in der Situation, sich betrogen fühlen zu müssen, und ich weiß einfach nicht, wie er dann reagieren würde.

Mein Gefühl spricht weiterhin dagegen, aber wenn ich die Fakten betrachte, kann nur er hinter all dem stecken. Er hat ein Motiv, und er hat auch die Gelegenheiten gehabt. Auf niemand anderen trifft das zu. Er ist der Feind in meinem Haus.

In meinem Haus!

SVEN

Ich treffe Torge direkt vor dem Gebäude, in dem die Pressekonferenz stattfindet. Heute haben sich mehr Medienvertreter als sonst versammelt, das Interesse an dem Fall scheint größer zu werden.

»Bereit?«, frage ich nur, als wir zur Eingangstür gehen.

»Klar«, sagt er. »Aber wir müssen uns anschließend noch in Ruhe unterhalten, sofern du Zeit hast.«

»Natürlich. Worum geht's denn?«

»Später«, gibt er sich geheimnisvoll. »Lass uns im Anschluss einfach irgendwo was trinken gehen, dann erzähle ich dir alles.«

Ich gebe einen zustimmenden Laut von mir und schlucke die Neugierde herunter, dann folgen wir den Hinweisschildern, die uns zu der Pressekonferenz führen. Obwohl draußen vor der Tür des Raums immer noch viele Journalistinnen und Journalisten stehen, ist er bereits gut gefüllt. Ich grüße ein paar Kolleginnen und Kollegen der Printmedien, dann suchen wir den Bereich auf, der für Fernsehteams reserviert ist.

Wir müssen ein paar Minuten warten, dann betreten drei Personen das Podium und nehmen auf Stühlen Platz. Ganz links sitzt Tobias Graf, der leitende Staatsanwalt. Ich kenne ihn nicht, habe noch nie mit ihm zu tun gehabt, aber er hat einen guten Ruf, scheint ebenso besonnen wir hartnäckig zu sein. In der Mitte des Podiums hat Arne Rentfort Platz genommen, der Polizeipräsident. Er ist kompetent und sachlich, ebenso wie die Ermittlerin, die rechts von ihm sitzt: Claudia Lüders, wie immer bei solchen Anlässen ganz seriös mit einem Businesskostüm bekleidet.

Nach der Begrüßung ergreift Rentfort das Wort und führt ohne Umschweife aus, was die ersten Untersuchungen ergeben haben. Wie die Kommissarin bereits sagte, ist Rebecca Sandtner erschossen wurden. Andere Spuren eines Gewaltverbrechens wurden an der Leiche nicht festgestellt und auch keine Hinweise, die auf ein Sexualverbrechen hindeuten könnten. Neu ist Rentforts Erklärung, dass der Fundort der Leiche nicht identisch mit dem Tatort ist. Laut dem Rechtsmediziner wurde Rebecca woanders getötet, wahrscheinlich bereits in der Nacht ihres Verschwindens.

Als er fertig ist, erteilt der Polizeipräsident Claudia Lüders das Wort. Sie fasst die bisherigen Ermittlungserkenntnisse zusammen, bevor sie auf die Frage nach dem Täter eingeht. Sie sagt, dass einige Spuren noch kriminaltechnisch untersucht werden müssten, man bislang jedoch keine Hinweise gefunden habe, die einen direkten Rückschluss auf die Identität des Mörders liefern könnten. Außerdem hoffe man weiterhin auf Hinweise aus der Bevölkerung.

Als eine Journalistin wissen will, ob die Polizei den Täter im familiären Umfeld des Opfers vermutet, antwortet Lüders, dass man sich an Spekulationen nicht beteiligen wolle. Aufgrund kriminalstatistischer Auswertungen könne man aber davon ausgehen, dass diese Person höchstwahrscheinlich männlich ist, zwischen achtzehn und fünfunddreißig Jahre alt, aus der Gegend stammt oder zumindest einen Bezug zu ihr hat, und dass es schon vor der Tat Kontakt zu dem Opfer gegeben haben muss.

»Das klingt ganz nach dem Mann, mit dem Rebecca in jener Nacht verabredet war, als sie das Haus verließ«, hakt eine andere Reporterin nach. »Gibt es zu dieser Person schon neue Erkenntnisse?«

»Wir wissen nicht einmal, ob Rebecca Sandtner in der Nacht ihres Verschwindens tatsächlich verabredet war.« Bei diesen

Worten gleicht Claudia Lüders' Miene der einer Sphinx. »Wenn dem so ist, ist diese Person aber zumindest ein wichtiger Zeuge.«

Ein anderer Kollege hebt den Arm. Ich kenne ihn, Lars Kahne. Ein unangenehmer Typ Ende dreißig, Boulevardjournalist.

»Ja, bitte?«

»Zwischen dem Verschwinden des Mädchens und dem Auffinden der Leiche lagen mehrere Tage«, stellt er das Offensichtliche fest. »Haben Sie eine Vermutung, wann genau die Leiche auf dem Werftgelände abgelegt wurde?«

»Vermutlich bereits in der Nacht ihres Todes. Ganz genau wissen wir das aber noch nicht.«

»Auf mich wirkt es, als ob Sie erstaunlich wenig wüssten, und ich frage mich, ob andere Eltern sich Sorgen machen müssen.« Er blickt theatralisch in die Runde. »Ist es möglich, dass der Täter bereits auf der Suche nach dem nächsten Opfer ist? Vielleicht genau jetzt, wo Sie hier sitzen und zugeben müssen, dass Sie keine Spur von ihm haben?«

Lüders lässt sich durch die Provokation nicht aus der Ruhe bringen. »Da wir bislang das Motiv des Täters nicht kennen, können wir dazu auch nichts Konkretes sagen. Eine erhöhte Wachsamkeit schadet jedoch sicherlich nicht.«

»Dann denken Sie also, es könnte sich um einen Triebtäter handeln? Um einen Serienkiller vielleicht?«

»Herr Kahne ...«, springt der Staatsanwalt der Beamtin zur Seite. »Hauptkommissarin Lüders hat doch schon betont, dass Rebecca Sandtner höchstwahrscheinlich nicht das Opfer einer Sexualstraftat geworden ist und dass wir uns an wilden Spekulationen nicht beteiligen.« Dann schiebt er noch eine Spitze hinterher. »Schon gar nicht an solchen, für die Ihr Blatt bekannt ist.«

Bevor der Kerl nachhaken kann, hebe ich die Hand.

»Ja?«

»Rebeccas Leiche wurde auf einem ehemaligen Werftgelände gefunden, auf dem vor sieben Jahren zum letzten Mal gearbeitet wurde«, beginne ich. »Das ist kein Platz, den jeder Fremde kennt, außerdem ist das Gelände abgesperrt und durch Zäune gesichert. Liegt da nicht die Vermutung nahe, dass der Täter eine Beziehung zu dem Ort hat? Dass er vielleicht sogar mal auf der Werft gearbeitet hat?«

»Auch das ist reine Spekulation.«

»Aber keine unbegründete«, kontere ich. »Wurden die ehemaligen Arbeiter und Angestellten denn schon in Bezug auf Vorstrafen beleuchtet?«

»Zu konkreten Details kann ich bei laufenden Ermittlungen nichts sagen.«

»Dann bedeutet das also: ja?«

»Es bedeutet, dass ich dazu nichts sagen kann.« Sie lächelt, ganz leicht nur. »Aber es ist sicher einer von vielen Ansätzen, denen wir nachgehen.«

Damit gebe ich mich zufrieden.

Obwohl Torge die komplette Pressekonferenz filmt, mache ich mir zwischendurch auch immer wieder handschriftliche Notizen. Die meisten Kolleginnen und Kollegen halten einen Notizblock mittlerweile für überflüssig, ich nicht. Mir hilft er, später das Wichtige vom Unwichtigen trennen zu können. Meist beschränke ich mich dabei auf Stichworte und die offenen Fragen, die mir selbst noch durch den Kopf gehen. Auf meine Theorien oder auf Punkte, die unschlüssig erscheinen. Für jeden neuen Fall, über den wir intensiver berichten, schaffe ich ein neues Notizheft an, das mir später wie ein Resümee meiner Arbeit erscheint.

Anschließend dürfen die Medienvertreter noch ein paar weitere Fragen stellen, dann erklärt der Polizeipräsident die Pressekonferenz für beendet. Der Staatsanwalt bedankt sich bei den Journalisten für ihr Kommen, und alle drei stehen auf, um von der Bühne zu gehen. Ich laufe schnell nach vorne, bevor Claudia Lüders den Raum verlassen kann.

»Auf ein Wort noch, Frau Lüders«, sage ich, als ich vor dem Podium stehe.

Sie sieht zu mir herab, streicht sich die langen Haare nach hinten. »Herr Hoffmann ... Sie haben gerade doch ausreichend Gelegenheit gehabt, Fragen zu stellen. Hat das nicht genügt?«

»Es geht nicht um eine Frage, ganz im Gegenteil. Ich habe Informationen, die ich Ihnen gerne geben würde.«

Sie zieht die Augenbrauen hoch. »Sie haben etwas, das sie der Polizei mitteilen möchten, bevor Sie es senden? Das wäre ja ganz was Neues.«

»Warum denn so abweisend?«, entgegne ich. »Ich bin nicht der Feind. Ich bin nur jemand, der genau wie Sie seine Arbeit macht. Möchten Sie jetzt hören, was ich zu sagen habe, oder möchten Sie das nicht?«

Sie zögert kurz, dann winkt sie mich zu sich. Gemeinsam gehen wir in einen kleinen Raum hinter der Bühne, der wohl für Besprechungen gedacht ist. Sechs Stühle stehen um einen Tisch herum, darauf eine Thermoskanne Kaffee und ein paar Tassen. Claudia Lüders bietet mir nichts an. Sie schiebt nur die Hände in die Hüften und fordert mich auf, ihr zu sagen, was so dringend ist.

Angesichts ihrer ablehnenden Haltung komme ich direkt zum Punkt. »Wissen Sie, dass Rebecca vor ihrem Tod Drogen verkauft hat?«

Ein Satz nur, aber damit habe ich sie.

Ihr Blick flackert kurz, dann will sie wissen, wie ich darauf komme. Ich erzähle ihr alles, was Tabea mir erzählt hat. Füge nichts hinzu, lasse nichts aus, bleibe komplett bei der Wahrheit. Als ich fertig bin, sehe ich sie erwartungsvoll an.

»Danke«, sagt sie nur. »Ich werde das so aufnehmen.«

»Sie wirken nicht sonderlich überrascht.«

»Das täuscht.«

»Das glaube ich nicht.« Mir ist augenblicklich klar, was hier abläuft. »Sie wussten es bereits, nicht wahr? Im Prinzip habe ich Ihr Wissen gerade nur bestätigt.«

Sie schaut mich mit unbewegter Miene an.

»Woher wussten Sie es?«, hake ich nach.

»Ein anonymer Hinweis«, sagt sie. »Wir sind an der Sache schon dran.«

»Das ist gut«, erwidere ich. »Dann ist es sicherlich auch nicht nötig, meine Tochter vorzuladen und ihr deshalb Unannehmlichkeiten zu bereiten. Alles, was Tabea weiß, habe ich Ihnen gerade sowieso erzählt.«

»Ganz so einfach ist das nicht, Herr Hoffmann.«

»Warum?«

»Nun ja … Ihre Tochter hat immerhin eine Straftat begangen.«

Ich plustere die Backen auf. »Was denn für eine Straftat? Sie hat ein paar Joints geraucht, na und? Das interessiert doch niemanden; solche Sachen stellt die Staatsanwaltschaft reihenweise ein.«

»Nicht, wenn es in Verbindung mit einem Mord geschieht.«

So langsam macht mich ihre Haltung wütend. »Ich habe Ihnen freiwillig davon erzählt, weil ich Ihnen helfen wollte. Nicht, damit Sie jetzt versuchen, meiner Tochter wegen ein paar Gramm Marihuana einen Strick zu drehen.«

»So sehen Sie das also?«

»Ja, so sehe ich das, und ich will Ihnen noch etwas sagen: Wenn Sie das tatsächlich machen, dürfen Sie sich nicht wundern, wenn die Bevölkerung ihre Informationen lieber für sich behält oder nur anonym mitteilt, als damit zur Polizei zu laufen. Ich dachte, Sie wollen einen Mörder fassen – nicht irgendeine kleine Haschischkonsumentin.«

»Haschischkonsumentin?« Sie lächelt. »Eine so altmodische Ausdrucksweise passt gar nicht zu Ihnen! Wie wär's stattdessen mit Kifferin?«

»Schön, dass ich Ihren Humor getroffen habe, allerdings finde ich das gar nicht witzig! Nicht, wenn es um meine Tochter …«

»Okay, okay, vergessen Sie's.« Sie hebt beschwichtigend die Hände. »Ihre Tochter soll morgen auf dem Revier vorbeikommen und ihre Aussage zu Protokoll bringen, das war's. Sie können unbesorgt sein. Ich habe nicht vor, daraus eine große Nummer zu machen.« Dann legt sie eine kurze Pause ein. »Vielleicht wollte ich Sie auch einfach nur ein wenig ärgern.«

»Sie wissen schon, dass Sie eine seltsame Art von Humor haben, oder?«

»Das sagt man mir nach, stimmt.«

»Dann wird es also keine Anzeige geben?«

»Wenn es bei dem bleibt, was Sie mir gerade erzählt haben, nicht. Was sollte eine Anzeige auch bringen?« Sie zwinkert mir zu. »Sie haben gerade doch selbst gesagt, dass die Staatsanwaltschaft ein solches Verfahren sowieso nur einstellen würde.«

Anschließend dreht sie sich um und geht, während ich mich frage, was hier gerade passiert ist.

Noch immer fällt es mir schwer, Claudia Lüders einzuschätzen. Obwohl sie sich in einem gewissen Rahmen kooperativ zeigt, bleibt sie weiterhin undurchschaubar. Sie ist gewissenhaft, wirkt aber nicht wie eine Paragrafenreiterin, und wenn ich es nicht besser wüsste, würde ich sogar behaupten, dass sie gerade mit mir geflirtet hat.

»Kommst du? Wir wollten doch noch miteinander reden.«

Ich habe gar nicht gemerkt, dass Torge mir gefolgt ist.

»Dann lass uns gehen«, sage ich. »Hier sind wir sowieso fertig.«

Kurze Zeit später sitzen wir in einem gemütlichen Café am Rande des Marktplatzes, in dessen Auslagen selbst gebackene Kuchenvariationen angeboten werden. Der Kellner kommt, wir geben die Bestellung auf, dann lehne ich mich zurück und schaue Torge erwartungsvoll an.

»Pass auf«, beginnt er. »Ich bin ja gestern noch mit Theresa unterwegs gewesen, und dabei haben wir uns natürlich auch weiter über den Fall unterhalten. Mir ist dabei klar geworden, dass er geradezu perfekt dafür geeignet wäre, eine Doku daraus zu machen! Fünfundvierzig Minuten mindestens, vielleicht auch ein Mehrteiler.«

»Welcher? Der von Rebecca Sandtner?«

»Worüber reden wir denn sonst die ganze Zeit?« Er schüttelt den Kopf. »Weißt du noch, wie oft wir über solche Dokumentationen geredet haben? Preisgekrönte Dokus meine ich, so wie die über Peggy Knobloch oder Frauke Liebs. Und das hier könnte unsere Chance sein, Sven! Niemand ist dichter an dem Fall dran, niemand hat mehr Informationen. Wir müssten nur noch den Sender von unserer Idee überzeugen. Das wäre deine Aufgabe.«

»Wieso meine?«

»Geht mein Schwiegervater mit den wichtigen Leuten golfen oder deiner?«

»Vergiss es«, sage ich. »Und damit meine ich nicht nur meinen Schwiegervater, sondern die ganze Geschichte.«

Während Torge weiter argumentiert, denke ich an die Dokus, die er erwähnt hat. Darin geht es um einzigartige Fälle, die dennoch durch einige Gemeinsamkeiten verbunden sind. Torge hat recht: Wir haben in der Vergangenheit bereits unzählige Male über diese Fälle gesprochen und diverse Theorien ausgetauscht, ohne der Wahrheit auch nur einen Schritt nähergekommen zu sein. Dennoch sind mir die Hintergründe immer noch so präsent, als wäre das Ganze erst gestern passiert.

Die neunjährige Peggy Knobloch verschwand 2001, während sie auf dem Heimweg von der Schule war. Sie wurde keine fünfzig Meter von ihrem Elternhaus entfernt zuletzt gesehen. Ihr Verschwinden hat damals bundesweite Schlagzeilen ausgelöst, denen eine der größten Suchaktionen in der deutschen Kriminalgeschichte folgte. Drei Jahre später nahm die Polizei dann einen geistig behinderten Mann aus dem Ort fest, Ulvi Kulaç. Peggys Mutter selbst hatte die Behörden auf den Mann aufmerksam gemacht, der zudem kein Alibi vorweisen konnte.

Obwohl von Anfang an erhebliche Zweifel an Kulaçs Schuld bestanden, wurde er in einem umstrittenen Verfahren vom Landgericht Hof zu einer lebenslangen Haftstrafe verurteilt und in der geschlossenen Abteilung einer psychiatrischen Anstalt untergebracht. Dort musste Kulaç zehn schier endlose Jahre ausharren, bis ein Oberlandesgericht die Entscheidung bei einem Wiederaufnahmeverfahren revidierte.

Eine neue Dynamik bekam der Fall dann 2016, als in einem Waldgebiet Teile von Peggys Skelett gefunden wurden. Trotz gründlichster Untersuchungen ließen sich an den Knochenteilen keine Spuren feststellen, die einen Hinweis auf den Täter oder die Todesursache liefern konnten.

Obwohl es in den darauffolgenden Jahren noch weitere Tatverdächtige gab, wurden die Untersuchungen 2020 offiziell eingestellt, da sich der Straftatbestand eines Mordes nie beweisen ließ und Totschlag nach zwanzig Jahren verjährt.

Noch mysteriöser als dieser Fall war meines Erachtens das Verschwinden und der Tod von Frauke Liebs. Die Einundzwanzigjährige suchte am 20. Juni 2006 mit Freunden einen Irish Pub in der Paderborner Innenstadt auf, wo sie sich gemeinsam ein Fußballspiel der gerade in Deutschland stattfindenden Weltmeisterschaft anschauten. Nach dem Spiel sagte Frauke ihren Freundinnen, dass sie direkt nach Hause wolle – eine Strecke von rund anderthalb Kilometern –, und verließ das Lokal gegen 23 Uhr zu Fuß.

In derselben Nacht erhielt ihr Mitbewohner dann eine SMS, in der sie ihre verspätete Rückkehr ankündigte. Diese SMS stammte zweifelsfrei von Frauke, und der Wortlaut klang nicht so, als würde die junge Frau sich zu diesem Zeitpunkt in irgendeiner Weise bedroht fühlen. Sie erwähnte sogar das Ergebnis des Fußballspiels und wie sehr sie sich freute, dass Deutschland in der nächsten Runde nicht gegen England spielen müsse.

Trotz der Ankündigung kam Frauke in dieser Nacht nicht nach Hause. Stattdessen folgten weitere SMS und Telefonanrufe, die zumeist an den Mitbewohner gerichtet waren, manchmal aber auch an Fraukes Familie. Wenn Frauke bei diesen Telefonaten nach ihrem Verbleib gefragt wurde, antwortete sie immer nur vage und ausweichend.

Das letzte Gespräch mit dem Mitbewohner fand dann eine

Woche nach Fraukes Verschwinden statt. Fraukes Schwester hörte mit. Im Laufe des Telefonats fragte die Schwester Frauke auch, ob sie gegen ihren Willen festgehalten würde. Frauke antwortete zunächst leise »Ja«, woraufhin ein lauteres »Nein, nein« folgte.

Dieses Telefonat sollte auch der letzte Kontakt zu Frauke Liebs sein. Gut drei Monate später wurde ihre Leiche in einem Waldgebiet gefunden, keine zwanzig Meter von der nächstgelegenen Landstraße entfernt. Der Körper war bereits stark verwest und teilweise skelettiert, sodass die Rechtsmedizin weder den Todeszeitpunkt noch die genaue Todesursache feststellen konnte. Der Fall ist ein Rätsel geblieben, bis heute. Von wem wurde Frauke entführt, und warum hat der Täter sie mehrmals telefonieren lassen? Warum hat sie in den Telefonaten keinerlei Hinweise auf ihren Aufenthaltsort geliefert, und vor allem: Was hat am Ende zu ihrem Tod geführt?

Das sind die grundsätzlichen Fakten, und aus beiden Fällen entstanden in der Folge Dokumentationen, die nicht zuletzt wegen der mitfühlenden Darstellung und der detaillierten Recherchen mehrere Preise gewannen. Jetzt denkt Torge wohl, über eine ähnliche Ausgangslage zu verfügen; zumindest sieht er mich so erwartungsvoll an wie ein Labrador, der vor einem leeren Futternapf sitzt.

»Das Problem ist, dass wir in unserem Fall bislang noch gar keine vollständige Geschichte haben«, versuche ich, mich zu erklären. »Die Reportagen über Peggy Knobloch und Frauke Liebs wurden beide erst Jahre nach ihrem Tod gedreht. Zu dem Zeitpunkt waren die Ermittlungen bereits abgeschlossen und die Angehörigen emotional so gefestigt, dass sie vor der Kamera mit den Journalisten reden wollten. Bei Rebecca Sandtner hingegen ist alles noch ganz frisch, da kann jeden Tag etwas Neues passieren. Dinge, die wir heute für wahr halten, können sich morgen schon ins Gegenteil verkehren.« Ich lege eine Pause ein. »Ja, du hast recht, vielleicht wird das Ganze mal eine gute Dokumentation abgeben. Aber nicht jetzt. Noch nicht.«

»Du willst also einfach gar nichts machen?« Torge sieht regelrecht verstört aus. »Einfach abwarten, bis uns jemand anders das Ding vor der Nase wegschnappt?«

»Das habe ich nicht gesagt. Grundsätzlich bin ich ja bei dir, aber der Zeitpunkt ist noch zu früh. Wenn du willst, rede ruhig mit dem Chef darüber, aber ich denke, er wird dir das Gleiche sagen. Gib der Geschichte einfach Zeit und lass sie in Ruhe reifen. Wir sollten zumindest die kommenden Entwicklungen abwarten.«

Er sieht nicht zufrieden aus, aber damit habe ich gerechnet. Wenn Torge sich für eine Idee begeistert, ist er sofort Feuer und Flamme. Er erwartet, dass alle anderen seine Begeisterung teilen, und ist jedes Mal maßlos enttäuscht, wenn das nicht geschieht. Meist braucht er anschließend nur etwas Zeit, um das Ganze sacken zu lassen und es sachlicher betrachten zu können.

Also gebe ich ihm etwas Zeit und lasse den Blick währenddessen über den Marktplatz gleiten. Ich betrachte die Markthalle am Ende und den futuristischen Sous-Turm, bei dem ich mir nie sicher bin, was genau er darstellen soll.

Aurich wird oft als die heimliche Hauptstadt Ostfrieslands bezeichnet, und viele Touristen kommen hierher. Auch jetzt stehen überall Gruppen, die ich für Urlauber halte, und darunter bemerke ich auch den jungen Mann, der mir schon am Werftgelände aufgefallen ist. Er hält sich halb in der Sonne, halb im Schatten einer Markise verborgen und blickt starr in unsere Richtung. Aus der Entfernung betrachtet sieht er nicht sonderlich bedrohlich aus, wirkt eher ein wenig verloren. Die Schultern sind schmal, und die Körperhaltung drückt nur wenig Selbstbewusstsein aus.

Ich stoße Torge an. »Kennst du den Typen dahinten? Den jungen Kerl mit dem grünen T-Shirt?«

Torge folgt der Richtung, in die mein Zeigefinger deutet. »Wen genau meinst du?«

»Den Typen vor der Apotheke, bei der Touristengruppe. Hellbraune Haare, grünes T-Shirt, blaue Jeans. Anfang zwanzig vielleicht. Er beobachtet uns.«

Ich habe es noch nicht ganz ausgesprochen, als sich der Unbekannte auch schon von der Gruppe löst und in einer Seitenstraße verschwindet. Vielleicht hat er genug gesehen, vielleicht auch bemerkt, dass wir ihn entdeckt haben. Ich recke den Kopf, kann ihn aber nicht mehr finden.

Torge dreht sich wieder um und sieht mich fragend an. »Sorry, aber ich sehe da niemanden mit einem grünen Shirt.«

»Schon gut«, sage ich. »Vielleicht habe ich mir das ja auch nur eingebildet.«

Er schaut mich mit zusammengekniffenen Augen an, dann wendet er sich wieder der angedachten Dokumentation zu. Ich lasse ihn reden, während meine Gedanken weiterhin bei dem Unbekannten sind. Unser erstes Treffen war schon sonderbar, kann aber auch nur Zufall gewesen sein. Jetzt jedoch bin ich sicher, dass er mir folgt. Aus irgendeinem Grund beobachtet der junge Mann mich, das steht fest.

Ich weiß nur nicht, warum.

DU

Noch immer ist sich die Forschung uneins, ob die Gene oder das frühe soziale Umfeld entscheidend für die Bildung der eigenen Persönlichkeit sind. Die Mehrzahl der Wissenschaftler tendiert zu einer Kombination aus beidem, aber das hältst du für Schwachsinn. Wenn man dich nach deiner Meinung fragen würde, würdest du sagen, dass die Persönlichkeit eines Menschen ausschließlich das Ergebnis seiner Vergangenheit ist. Das Erlebte hat uns geformt, das Gewesene hat uns gemacht.

Deine eigene Vergangenheit begann vor neunundzwanzig Jahren in den Niederlanden. Du kamst in einem beschaulichen Städtchen namens Leiden zur Welt, rund fünfzig Kilometer von Amsterdam entfernt. Bei deiner Geburt war deine Mutter schon einundvierzig und du somit ihre vielleicht letzte Chance, noch ein Kind zu bekommen. Wahrscheinlich hat sie vor Glück ebenso geschrien wie vor Schmerzen, als sie dich im Mutter-Kind-Zentrum des Alrijne Hospitals aus sich herausgepresst hat.

Ihr habt in einem dreigeschossigen Backsteinhaus in der Narmstraat gewohnt, nicht weit von einem der letzten noch erhaltenen Stadttore entfernt. Dein Vater war Versicherungskaufmann, deine Mutter eine Angestellte der Stadtwerke. Soweit du dich erinnern kannst, bist du ein fröhliches, aufgewecktes Kind gewesen. Alle mochten dich. Die Grundschullehrerin war mit deinen Leistungen zufrieden, deine Eltern auch, und nach der Grundschule schickten sie dich auf das städtische Gymnasium, wo du dich besonders in den Fächern Englisch, Physik und Sport hervorgetan hast.

Dein Vater hoffte, dass du nach dem Abitur an der Leidener Universität studierst, an der vor allem die juristische Fakultät einen ausgezeichneten Ruf genießt. Es kam anders. Du hattest damals schon begriffen, dass Leiden auf Dauer zu klein für dich war. Hier kamst du dir immer nur wie ein Schmetterling vor, dessen Flügel sich in der Enge nicht ausbreiten konnten.

Schon in der Jugend bist du an den Wochenenden häufig nach Amsterdam gefahren. In diese Stadt, die so ganz anders war als die, in der du aufgewachsen bist. Amsterdam war deine erste große Liebe, und mit achtzehn bist du dorthin gezogen und hast dir im Stadtteil Westpark ein kleines WG-Zimmer gesucht. Das Bett stammte von IKEA, die Schränke aus dem Altmöbellager, und das Bad musstest du dir mit drei Mitbewohnern teilen. Du warst glücklich, und dank des Jobs, den du in einer der unzähligen Bars rund ums Bahnhofsviertel fandest, hattest du auch ausreichend Geld.

Wilde Zeiten waren das.

Die Tage bunt, die Nächte breit.

In Amsterdam konnte jeder so sein, wie er war. Es gab keinen Grund, für andere Menschen eine Fassade zu erschaffen, und was in Leiden noch kritische Blicke erzeugt hätte, gehörte hier zum Alltag: gleichgeschlechtliche Liebe, Paare mit unterschiedlichen Hautfarben und Menschen, die öffentlich ihre Fetische auslebten. Nichts davon kam dir sonderbar vor, weil nichts davon sonderbar ist.

Schon die ersten Monate in dieser Stadt haben dich tiefgreifend verändert. Du hast dein altes Ich in den Gassen bei den Grachten abgestreift und dich neu erschaffen. Nur das Wappen der Stadt Leiden hast du dir an einem grauen Novembertag auf den Unterarm tätowieren lassen, damit du nie vergisst, wo du herkommst – dass es anderswo auch anders sein kann.

Und du hattest Freunde, viele Freunde, die besten Freunde überhaupt. Sie entstammten den unterschiedlichsten Bevölkerungsschichten, und ihr wart ein geschlossener Kreis. Für euch gab es keine Vergangenheit, nur die Zukunft, und nie hat es eine Rolle gespielt, wo jemand herkam. Entscheidend war immer nur, wohin man wollte.

Tagsüber habt ihr die großen Themen diskutiert, und die Nächte habt ihr durchgefeiert, als ob es kein Morgen gäbe. Jeden Abend Party, viele Drogen, ständig neue Gesichter. Wenn du heute daran zurückdenkst, dann denkst du vor allem an exzessive Rauschnächte voller Farben. Du hast das Leben in sämtlichen Facetten ausgekostet und gedacht, dass es immer so weitergehen würde. Vielleicht hast du zu dieser Zeit auch gar nichts gedacht, vielleicht hast du einfach nur gelebt.

Heute nennst du diese Zeit gerne deine »hedonistische Phase«, und mitten in dieser Phase trafst du Miriam. 2014 war das, auf irgendeiner Technoparty in irgendeiner heruntergekommenen Lagerhalle, ein wenig außerhalb des Zentrums. Der Bass fuhr wummernd in die Eingeweide, überall verschwitzte Gesichter und Lachen, die Lichter zuckten. Dann stand sie vor dir. Miriam. Sie war das Licht selbst, schien nicht von dieser Welt zu stammen. Du hast sie angelächelt, und sie lächelte zurück, aber es war nicht nur ein Lächeln, stimmt's? Es war ein Versprechen, das ihr euch gabt, noch bevor ihr das erste Wort miteinander gesprochen habt.

In dieser Nacht seid ihr auch zusammengekommen, und du kannst dich immer noch an sämtliche Einzelheiten erinnern, als ob es gestern gewesen wäre. Ihr lagt in dem armseligen Bett deines winzigen Zimmers und hattet die Körper ineinander verschlungen, habt euch gegenseitig erkundet. Du hast Miriam gefühlt und geschmeckt und gewusst, dass du nie wieder etwas anderes fühlen oder schmecken willst.

Nur sie.

Es war nicht nur die Magie des Augenblicks, die euch berauscht hat, es war die Magie ganzer Ewigkeiten. Jede ihrer Berührungen hat dich umgehauen. Nicht nur in dieser ersten Nacht, auch in den vielen Nächten darauf. Du warst süchtig,

süchtig nach ihr, und ihr ist es umgekehrt genauso ergangen. Zwei Herzen, die eins waren.

Irgendwann habt ihr angefangen, einen Traum zu träumen, der über die Stadtgrenzen von Amsterdam hinausging. Palmen kamen darin vor, ein endloser Sandstrand und eine kleine Bar, die euch gehören würde. Nächtelang habt ihr Reiseführer gewälzt, bis ihr auf Thailand gestoßen seid, auf die Insel Ko Samui. Sie sah genauso aus wie in euren kühnsten Träumen, und du konntest Miriam in Gedanken schon dort sehen, in einem weißen Strandkleid aus Leinen, unter dem sich der feuchte Bikini abzeichnete.

Alles, was euch zur Verwirklichung des Traums noch fehlte, war ein wenig Geld. Nicht viel, nur das notwendige Startkapital, eine Bar bekommt man auch in Thailand nicht geschenkt. Allein mit dem Geld, das du verdientest, und dem geringen Einkommen, das Miriam in einem Tattoostudio hatte, würde sich der Traum nicht verwirklichen lassen. Ihr brauchtet mehr, und bald schon wusstet ihr auch, wie ihr es bekommen könntet. Eine einmalige Sache nur, dachtet ihr. Ein überschaubares Risiko.

Es kam anders.

An einem einzigen Tag starb nicht nur euer Traum, sondern auch Miriams wunderbares Lachen. Ihr dachtet, euer Herz wäre für immer eins, aber dann hörte ihres auf zu schlagen, während deins unendlich schmerzte. Ein Schmerz, den niemand betäuben konnte, weil niemand dir auch nur ansatzweise geben konnte, was du verloren hast.

Das Erlebte hat dich geformt, das Gewesene hat dich gemacht.

Fortan wurdest du zu jemandem, der kein Zuhause mehr hat. Zu einem Hai, einem Phrogger, einem Menschen ohne Bindung. Du warst ein gefühlloses Nichts, hast nur noch existiert und warst von Menschen umgeben, die dumm genug waren, deine Unlust am Leben mit Mut gleichzusetzen.

Bis du Tabea und den Hoffmanns begegnet bist.

Erst dank ihnen hat dein Leben wieder einen Sinn bekommen, verbunden mit der Hoffnung auf Gerechtigkeit. Wenn du ihnen nicht begegnet wärst, hättest du deine Zelte in Deutschland schon abgebrochen, um deinen und Miriams Traum allein zu leben. Irgendwo, nur in Thailand nicht. Thailand war nur für Miriam und dich bestimmt.

Um dein Ziel zu erreichen, musst du jetzt auch wieder Kontakt zu Marco aufnehmen, obwohl du dachtest, ihn hinter dir gelassen zu haben. Er ist kein schlechter Kerl, ein dummer Junge halt, einer von denen, die dich nie wirklich verstanden haben. Wie könnte er auch? Er hat nicht erlebt, was du erlebt hast. Nicht mal ansatzweise.

Du holst dein Smartphone aus dem Rucksack und schaltest es ein. Es dauert ein paar Sekunden, bis sich das Handy in das öffentliche Netz einwählt, dann trudeln auch schon die Nachrichten ein. Neun Stück, alle von ihm. Die ersten noch fragend, dann immer drängender und flehender.

Ohne groß nachzudenken, tippst du eine Antwort ein. Du musst nicht viele Worte machen und schreibst nur, dass du ihn sehen willst und wann er wo zu sein hat. Dann schaltest du das Handy wieder aus, bevor er dich mit Antworten überfluten kann, der Rest ist Warten.

Auf die kommende Nacht, den nächsten Tag.

Erschöpft lehnst du dich zurück und schließt die Augen. Träumst deinen alten Traum, über den sich dann immer wieder der neue schiebt, bis die beiden so miteinander vermischt sind, dass selbst du sie irgendwann nicht mehr auseinanderhalten kannst.

FRANZISKA

Das Treffen mit Frank hat nur eine Dreiviertelstunde gedauert, und dennoch bin ich danach eine andere. Ich weiß jetzt, dass ich nicht irre bin, dass etwas anderes hinter den Vorgängen in unserem Haus steckt. Jemand will mir schaden. Ich weiß nur immer noch nicht, wer oder warum.

Sven bleibt die naheliegendste Möglichkeit, aber beileibe nicht die einzige. Bevor ich mich ausschließlich auf ihn fokussiere, sollte ich die anderen Möglichkeiten erst mal ausschließen, und direkt nach meiner Ankunft zu Hause fange ich an. Ich folge Franks Empfehlung und nehme mir das komplette Haus vor, wo ich sämtliche Fenster und Türen auf Einbruchsspuren untersuche. Aus Fernsehserien weiß ich, worauf die Polizei dabei immer achtet: auf Kratzer rund um die Türschlösser, Hebelspuren an den Fenstern oder abgesplitterten Lack.

An der Tür, die vom Wohnzimmer zur Terrasse führt, glaube ich dann, etwas entdeckt zu haben. Ungefähr auf Höhe des Türgriffs ist eine kleine Delle im Holz. Sie befindet sich auf der Außenseite, aber ich kann nur schwer einschätzen, ob sie tatsächlich von einem Einbruch stammt oder einfach nur eine Unebenheit im Material ist. Ich nehme mir vor, morgen einen Fachbetrieb anzurufen, um die Stelle begutachten zu lassen, und mache bis dahin mit den anderen Fenstern und Türen weiter.

Es sollte nicht schwer sein, Beschädigungen zu finden, sofern es sie gibt. Vor dem Einzug haben wir das Haus aufwendig renovieren lassen und es seitdem immer gut in Schuss gehalten. Wenn irgendwo Farbe abgeblättert ist, haben wir sofort nachgestrichen und auch sämtliche Witterungsspuren umgehend beseitigt. Jeder neue Makel sollte mir direkt ins Auge fallen.

Obwohl ich gründlich vorgehe, kann ich im Erdgeschoss ansonsten nichts finden und mache daraufhin mit dem oberen Stockwerk weiter. Zuerst ist Tabeas Zimmer dran, dann das Gästezimmer und unser Schlafzimmer. Nichts, ebenso wenig wie in den Bädern oder der Abstellkammer. Entweder muss der Eindringling ein besonders geübter Einbrecher sein, oder es gibt ihn schlichtweg nicht.

Kurz denke ich darüber nach, mir auch den Keller und den Dachboden vorzunehmen, verwerfe den Gedanken aber. Das wäre überflüssig. Der Keller verfügt weder über ein Fenster noch über einen separaten Zugang, und der Dachboden liegt schlichtweg zu hoch, um ihn von außen erreichen zu können.

Ich muss die Lösung des Problems woanders suchen, und das bringt mich wieder zurück zu Sven. Wenn kein Fremder in unser Haus eingedrungen ist, kann nur er hinter alldem stecken. Das sagt mir die Logik, aber leider verrät sie mir nicht, warum er das tun sollte. Wenn er mich loswerden will, wäre eine Scheidung wesentlich einfacher. Das einzige Motiv, das noch übrig bleibt, ist Hass. Er will mich für irgendwas bestrafen, denke ich. Vielleicht für meine Affäre, vielleicht für etwas anderes.

Wenn dem so ist, wird ihm das nicht gelingen. Ich bin nicht mehr die, die er in mir sieht. Schon lange nicht mehr, und dank Frank hat auch mein Selbstbewusstsein wieder zugenommen. Außerdem will ich keine Getriebene mehr sein. Kein Mensch, der vor allem Angst hat. Wenn Sven mir tatsächlich schaden will, wird er damit keinen Erfolg haben, das schwöre ich mir. Ich werde ihn ab jetzt im Auge behalten, seine Blicke beobachten und seine Gesten. Herausfinden, was er macht, wenn er mal wieder behauptet, spätabends noch beruflich unterwegs zu sein. Es tut mir weh, ihm so etwas zuzutrauen, aber was soll ich tun?

Ich kenne ihn nicht mehr. Nicht so, wie man seinen eigenen

Mann kennen sollte. Das ist zum Teil auch meine Schuld. Heute weiß ich, dass ich ihn nie in ein Leben hätte ziehen sollen, das er nie wollte.

Obwohl der Umzug an die Küste rückblickend ein Fehler war, glaube ich nicht, dass er bereits der Auslöser für das Scheitern unserer Ehe war. Der kam erst später, als Tabea zehn oder elf war. Sven und ich sind zu dieser Zeit noch gemeinsam ausgegangen, zum Essen oder ins Kino, zum Beispiel, und hatten uns deshalb ein Kindermädchen genommen, das in dieser Zeit bei Tabea blieb. Sie hieß Vanessa, war zweiundzwanzig Jahre alt und die Tochter eines Ehepaars, mit dem wir oft gemeinsam Tennis spielten. Ich mochte Vanessa. Sie war intelligent, witzig und erstaunlich reif für ihr Alter. Eine gute Sportlerin, attraktiv und ganz sicher der Schwarm vieler Jungs. An die Möglichkeit, dass auch mein Mann auf sie abfahren könnte, habe ich damals nicht gedacht.

Hätte ich das mal besser getan.

Ich habe die beiden nie zusammen erwischt und kann auch nicht sagen, ob es sich um eine einmalige Geschichte oder um eine längere Affäre handelte. Ich sah nur, wie Sven ihr an einem Abend über den Hintern streichelte, als er sie zur Haustür brachte und dachte, ich sei im Wohnzimmer geblieben. Vanessas wissendes Lächeln werde ich nie vergessen; ebenso wenig wie den Luftkuss, den sie ihm noch zuwarf, bevor sie das Haus verließ.

Im ersten Moment war das Ganze ein Schlag ins Gesicht. Ich kam mir ausrangiert vor, hintergangen und betrogen. Wollte schon an diesem Abend etwas sagen und konnte es nicht. In der folgenden Nacht habe ich kein Auge zugemacht und mir ständig ausgemalt, wie ich die beiden zur Rede stelle, ihre Ausreden abschmettere, die Ausflüchte. Doch je länger ich darüber nachdachte, desto unsicherer wurde ich. Was, wenn Sven es gar nicht abstreiten und mir stattdessen sagen würde, dass er sich trennen wolle? Ich wollte ihn aber nicht verlieren, auf gar keinen Fall. Ich wollte nur, dass diese Geschichte mit ihm und dem Kindermädchen aufhörte.

Am Tag darauf sagte ich auch nichts und ebenso wenig an den Tagen, die auf diesen Tag folgten. Ich sorgte nur dafür, dass wir nicht mehr weggingen, damit Vanessa nicht mehr kommen musste, und ließ mir dafür irgendwelche fadenscheinigen Gründe einfallen. Sven reagierte anfangs mit hochgezogenen Augenbrauen, stellte meine Aussagen aber nicht infrage. Vielleicht ahnte er insgeheim ja auch, dass ich etwas mitbekommen hatte, zählte eins und eins zusammen.

Ich habe Vanessa anschließend nie wiedergesehen. Kurz darauf trat sie aus dem Tennisverein aus, und Sven erwähnte sie ebenfalls nicht mehr. Alles war gut, und mit der Zeit begann ich sogar, mir einzureden, dass ich mir die Vorkommnisse nur eingebildet hatte. Ich weiß, das klingt erbärmlich, aber ich dachte, wenn man etwas nicht offen ausspricht, dann verschwindet es mit der Zeit; verblasst immer mehr, bis es irgendwann überhaupt nicht mehr zu sehen ist.

Aber so kam es nicht, nicht wahr? Ein Teil von mir wusste anschließend immer, dass ich ihm nicht trauen kann. Dieses Wissen setzte ständig neue Gedankenkarusselle in Gang. Jedes Mal, wenn Sven von einer neuen Kollegin oder einer charmanten Politikerin erzählte, die er interviewt hatte, kamen in mir die immer gleichen Fragen hoch: Hat er auch mit ihr was? Hintergeht er mich wieder? Liegen die beiden gerade im Bett und lachen über mich?

Es war ein Teufelskreis, und erst dank Frank konnte ich aus ihm ausbrechen. Schon klar, es mag eine dumme Sichtweise sein, aber meine eigene Affäre gab mir irgendwie das Gefühl, mich an Sven endlich für seine rächen zu können. Nicht, dass dies der einzige Grund gewesen wäre – der Hauptgrund bestand einfach darin, dass ich mich in Frank verliebte –, aber es war ein willkommener Nebeneffekt. Endlich war ich nicht mehr das Opfer, sondern selbst Täterin.

Und jetzt, da ich mich innerlich fast schon für den neuen Mann in meinem Leben entschieden habe, scheint Sven endlich sein wahres Gesicht zu zeigen, aber das werde ich mir nicht kampflos gefallen lassen! Wenn sich mein Verdacht tatsächlich bestätigt, werde ich mich zur Wehr setzen und ganz sicher nicht den Mund halten. Die Aussicht, zukünftig ein Leben ohne Sven zu leben, hat dank Frank seinen Schrecken verloren. Nun gibt es nichts mehr, womit Sven mir emotional noch drohen könnte.

Nur die eine Sache vielleicht, aber mit der werde ich auch noch fertig.

»Franziska?«

Ich habe gar nicht gehört, dass die Haustür aufgegangen und Tabea nach Hause gekommen ist. Schon wieder hat sie mich beim Vornamen genannt, als wenn sie mich damit mit Absicht ärgern wollte.

»Kommst du bitte mal zu mir?«, rufe ich, während ich gleichzeitig höre, wie sie ihre Tasche achtlos in die Ecke wirft.

»Was gibt's denn jetzt schon wieder?«

Sie gibt sich nicht mal Mühe, den genervten Unterton in ihrer Stimme zu verbergen. Aber auch das wird sich bald ändern, denke ich. Die Zeiten, in denen mich jeder behandelt, wie er gerade will, sind endgültig vorbei.

Auch Tabea muss endlich die neue Franziska kennenlernen.

TABEA

»Meine Mutter spinnt komplett«, sage ich und halte das Handy dicht vor den Mund, damit Leonie mich auch verstehen kann, wenn ich flüstere.

»Warum das denn?«, flüstert Leonie automatisch zurück.

»Ich habe dir doch erzählt, dass sie sich seit Kurzem noch sonderbarer als sonst benimmt. Andauernd stellt sie mir irgendwelche blöden Fragen. Will wissen, ob ich im Keller oder sonst wo gewesen bin.«

Leonie gibt ein zustimmendes Brummen von sich.

»Als ich vorhin nach Hause kam, sagte sie plötzlich, dass sie mit mir reden müsse, und tat dabei so, als ob es wirklich wichtig wäre. Also bin ich zu ihr gegangen, klar?«

»Klar«, bestätigt Leonie.

»Ich setze mich also, und sie fängt an. Meint, dass jetzt alles anders werden würde, weil sie ›zu sich selbst gefunden‹ hätte, und behauptet, dass in nächster Zeit vielleicht einige ›Dinge‹ geschehen würden, die aber nichts mit mir zu tun haben. Dass sie mich immer lieben würde, egal, was kommt. Ich frage natürlich, was genau sie damit meint, aber sie lacht nur und sagt, dass ich mich einfach überraschen lassen soll, alles würde bald ganz toll werden. Ich sage nur: ›Aha‹, dann lässt sie mich endlich gehen.«

»Krass«, fasst Leonie das Gesagte perfekt zusammen.

»Du sagst es! Manchmal glaube ich fast, dass sie es ist, die sich hier heimlich Drogen einwirft.«

Jetzt kichert Leonie. »Ich würde die heilige Franziska ja zu gerne mal auf ’nem Trip sehen!«

»Hör bloß auf!« Ohne es zu wollen, muss ich mitlachen. »Ich mache mir echt Sorgen um meine Mutter! Was ist, wenn sie manisch-depressiv ist?«

»Was soll das denn sein?«

»Na, du weißt schon ... So nennt man Menschen, die extreme Stimmungsschwankungen haben. Die mal total fröhlich und dann wieder komplett depressiv sind. Du hättest sie heute mal sehen sollen! Sie wirkte fast, als ob sie im Lotto gewonnen hätte und es nur noch niemandem sagen dürfte.«

»Und du glaubst tatsächlich, dass sie psychische Probleme hat?«

»Keine Ahnung«, sage ich erst einmal, um ein bisschen Zeit zu gewinnen. »Aber ganz so abwegig ist das nicht. Viele Menschen haben psychische Probleme, das hört man immer wieder, und meine Mutter war schon mal bei einem Therapeuten. Sie behauptete, es wäre nur um irgendwelche Panikattacken wegen eines Überfalls gegangen, aber vielleicht steckte ja mehr dahinter.«

»Hast du mal mit deinem Dad darüber geredet?«

»Wann denn? Das war ja erst vor einer halben Stunde.«

Leonie schnauft. »Ich würde das an deiner Stelle tun, wenn du dir ernsthaft Sorgen machst«, sagt sie. »Vielleicht hat er ja eine Idee.«

»Hmm«, mache ich nur.

»Hmm«, macht sie, dann schweigen wir.

Kurz bevor das Schweigen peinlich wird, wechselt Leonie plötzlich das Thema. »Was sagst du eigentlich zu der Idee, dass Pommes diesen Typen aus der Bar aushorchen will?«

»Das ist ’ne extrem blöde Idee, finde ich.«

»Finde ich auch«, stimmt sie zu. »Außerdem habe ich kein gutes Gefühl dabei, echt nicht. Normal feiere ich sie wegen ihrer verrückten Ideen ja immer, aber die Nummer hier kann echt gefährlich werden.«

»Schon klar, aber was willst du machen? Du kennst Pommes doch. Wenn sie sich etwas in den Kopf gesetzt hat, bekommst du es dort nur schwer wieder heraus.«

»Ich denke, wir sollten es ihr trotzdem irgendwie ausreden.«

»Ja, wenn wir das schaffen! Davon abgesehen, glaube ich eh nicht, dass sie von dem Typen irgendetwas erfährt. Oder glaubt sie ernsthaft, er würde ihr einfach so mir nichts, dir nichts beichten, dass er Rebecca getötet hat?«

»Wenn er es überhaupt war«, sagt sie.

»Wenn er es überhaupt war«, stimme ich zu, dann lege ich eine kurze Pause ein.

»Mich nerven diese ganzen Spekulationen eh«, fahre ich fort, als von Leonie nichts kommt. »Jeder tut plötzlich so, als wisse er was. Das geht doch schon bei Rebecca los. Ich meine, vor ein paar Tagen war sie einfach nur ein Mädchen aus unserer Schule, das mit Yannick zusammen war, den wir alle kennen. Jetzt tut plötzlich jeder so, als sei sie eine professionale Dealerin gewesen, die reihenweise mit älteren Typen ins Bett ging. Fehlt nur noch, dass irgendwer behauptet, es sei ihre eigene Schuld, dass sie jetzt tot ist.«

»Das hat doch keiner gesagt.«

»Ich weiß, ich meine ja nur ... Tut Rebecca dir denn nicht leid? Manchmal habe ich das Gefühl, dass niemand ernsthaft um sie trauert, weil alle viel zu beschäftigt sind, ständig neue Gerüchte in die Welt zu setzen. Warum machen Menschen das? Ich verstehe es nicht, verdammt ...«

»Ist scheiße, das stimmt.«

»Und warum ist das so?«

»Keine Ahnung.« Ich kann hören, wie Leonie die Luft ausstößt. »Vielleicht rätseln alle nur herum, weil sie wollen, dass der Täter so schnell wie möglich gefasst wird. Außerdem, das hast du ja selbst gesagt, hat Rebecca das Haus mitten in der Nacht freiwillig verlassen. Findest du nicht, dass das irgendwie komisch ist?«

»Vielleicht wollte sie sich einfach nur mit Yannick treffen«, mutmaße ich und tue damit genau das, was ich eben noch verurteilt habe. »Rebecca hat ja angeblich vor Kurzem mit ihm Schluss gemacht. Vielleicht wollte sie noch einmal in Ruhe mit ihm reden, um ihm alles zu erklären.«

»Mitten in der Nacht? Das glaube ich nicht. Außerdem hat Yannick doch ein Alibi.«

»Ja«, erwidere ich. »Eines, das seine Eltern ihm gegeben haben!«

»Meinst du, das stimmt nicht?«

»Was weiß ich?« Ich bin schon wieder genervt. »Eigentlich will ich nur, dass es aufhört! Dass sie den Mörder kriegen und dass alles wieder wie früher wird. Und ich hoffe, dass es niemand von uns war. Also keiner, den wir kennen.«

»Das wäre wirklich unheimlich! Stell dir mal vor, der Mörder …«

Ich halte das Handy vom Ohr weg, weil ich glaube, in dem Moment ein Geräusch an der Tür gehört zu haben. Nicht laut, nur so, als sei jemand versehentlich gegen das Holz gekommen. Vielleicht meine Mutter, die ihr Ohr die ganze Zeit gegen die Tür presst, um mein Telefonat belauschen zu können.

»Warte mal kurz«, flüstere ich Leonie zu.

»Was denn?«

»Warte einfach!«

Ich lege das Handy aufs Kopfkissen und schwinge die Beine so vorsichtig wie möglich über die Bettkante. Obwohl ich mir Mühe gebe, geräuschlos vorzugehen, gibt mein Bett beim Aufstehen ein leises Quietschen von sich. Es ist schon alt, und eigentlich wollte Dad schon lange ein neues kaufen, hat es aber bis heute nicht auf die Reihe gekriegt.

In der Hoffnung, dass meine Mutter das Quietschen nicht gehört hat, schleiche ich zur Tür und reiße sie mit einem Ruck auf. Schaue hinaus. Nichts. Nur ein leerer Flur, der wie ausgestorben vor mir liegt.

Aus dem Erdgeschoss ist leise das Klappern von Töpfen zu hören. Wenn meine Mutter jetzt in der Küche ist, kann sie nicht vor wenigen Sekunden hier oben gewesen sein. Das geht nicht. Meine Mutter ist nur meine Mutter und kein schwarz gekleideter Ninja, der sich lautlos und in rasender Geschwindigkeit bewegen kann.

Ich schließe die Tür wieder und gehe auf mein Bett zu. Als ich noch einen Meter entfernt bin, kann ich Leonies Stimme hören, sie ruft meinen Namen. Ich nehme das Handy in die Hand und sage: »Bin ja schon da!«

»Wo warst du denn so lange?«, fragt sie und stößt die Luft aus. »Mensch, Schnecke, ich hab mir fast schon Sorgen gemacht!«

»Alles gut«, erwidere ich. »Ich dachte nur, dass meine Mutter an der Tür stehen und lauschen würde, aber da war nichts. Falscher Alarm. Wo genau sind wir stehen geblieben?«

DU

Das war knapp, denkst du, als du den Rücken gegen die Badezimmertür presst. Du hast Tabeas Telefonat mitgehört, ihr »Warte mal kurz« und das Quietschen des Bettes, und dann sofort reagiert. Bist in das Badezimmer auf der gegenüberliegenden Seite des Flurs geflüchtet und hast die Tür geschlossen, während du gleichzeitig hörtest, wie ihre schon aufging.

Das war unvorsichtig von dir, geradezu nachlässig. Normalerweise verlässt du den Dachboden nie, wenn die Bewohner zu Hause und wach sind. Dass du es heute dennoch getan hast, war ausschließlich deiner Überheblichkeit geschuldet. So ehrlich bist du zu dir. Du hältst dich mittlerweile für unangreifbar, weil niemand über deine Instinkte verfügt, über deine Schnelligkeit. Andere Phrogger nicht und die Hoffmanns schon gar nicht. Was das angeht, spielst du in deiner eigenen Liga.

Auch jetzt ist einmal mehr alles gut gegangen. Du stehst in Tabeas Badezimmer und hörst, wie sie die Tür zu ihrem Zimmer wieder schließt. Anstatt jetzt umgehend dein Versteck aufzusuchen, beschließt du, das Schicksal noch weiter herauszufordern und dich ein wenig umzusehen. Das hast du an den letzten Tagen zwar schon getan, aber du könntest jederzeit etwas Neues entdecken. Tabea ist schließlich ein Teenager, und in diesem Alter sind die Besitztümer einem steten Wandel unterworfen.

Mit dem Badezimmerschrank fängst du an. Du schwenkst die Spiegeltüren zur Seite und lässt den Blick über die Dinge schweifen, die Tabea zur täglichen Körperpflege nutzt. Zwei Deos stehen darin, eine Tube Zahnpasta und ein Gesichtswasser, das gegen Pickel helfen soll. Ferner eine Körperlotion mit Aloe vera, ihre Wimperntusche und eine Palette mit unterschiedlichen Lidschatten. Zum Schluss fällt dein Blick noch auf die Lippenstifte, die sie angesammelt hat. Du nimmst sie einzeln heraus, drehst die Kappen ab und versuchst, anhand der Abnutzung ihren Favoriten zu finden.

Er ist rot, natürlich ist er das, aber es ist kein nuttiges Rot. Eher ein Rotton, der fast schon in ein Rosa übergeht, und durch die häufige Benutzung hat sich die Spitze perfekt der Form ihrer Lippen angepasst. Du schaust sie an und lächelst. Trägst die Farbe anschließend auch auf deinen eigenen Mund auf und betrachtest das Ergebnis im Spiegel.

Wir verführerisch deine Lippen jetzt glänzen, wie geheimnisvoll sie schimmern! Du öffnest den Mund und gleitest mit der Zunge über die Lippen, damit du schmeckst, was sie geschmeckt hat. Beinahe kommt es dir vor, als könntest du so auch Tabea schmecken.

Es sind diese kleinen Momente, die dein Phroggerdasein so wertvoll machen. Momente voller Intimität.

Wenn man so tief in die Privatsphäre anderer Menschen eindringt, macht das etwas mit einem. Man fühlt sich stärker, erhabener und mächtiger. Jedes Mal hast du das gespürt, wenn du nachts am Bett wildfremder Menschen gestanden und sie im Schlaf beobachtet hast. Wenn du ihre Zahnbürste oder ihr Deo benutzt oder ihr Essen gegessen hast. Wenn du Dinge in Erfahrung brachtest, die diese Menschen lieber im Verborgenen halten wollten.

An ihren Geheimnissen hast du dich gelabt wie ein Vampir am Blut seiner Opfer. Du hast sie aufgesogen, verarbeitet und wieder ausgespuckt; den Menschen damit den Spiegel vorgehalten, der ihnen zeigt, wie sie in Wirklichkeit sind. Um das zu erreichen, musstest du Gesetze brechen, Grenzen überschreiten und Risiken eingehen. Dinge tun, die du früher nie tun wolltest.

Jetzt jedoch stehst du an einem Scheideweg. Im Haus der Hoffmanns wird sich entscheiden, wie es mit dir weitergeht und wie deine Zukunft aussieht, sofern du überhaupt noch eine hast. Ob du Frieden finden wirst, nachdem du deine Rache bekommen hast.

In diesem Haus ist alles anders als in den Häusern zuvor. Noch nie hattest du ein solch persönliches Motiv, und noch nie warst du so begierig darauf, eine geschönte Fassade zum Einsturz zu bringen. Du willst diese Familie nicht nur demütigen, du willst sie leiden lassen. Ihnen für das, was sie dir angetan hat, Schmerz zufügen. Vor allem der Frau. Ihr willst du alles nehmen, und wenn das geschieht, willst du ihr sagen, warum es geschah.

Du verlässt das Badezimmer und begibst dich in dein Versteck auf dem Dachboden. Tabeas liebsten Lippenstift hast du mitgenommen, du brauchst ihn noch.

Noch ist es nicht vorbei

Noch lange nicht.

Du hast gerade erst angefangen.

SVEN

Nach der Pressekonferenz und dem Treffen mit Torge bin ich eine Zeit lang planlos durch die Gegend gefahren, wie ich das in letzter Zeit häufiger mache. Lara ist mit einer Freundin verabredet, und nach Hause wollte ich nicht. Irgendwann bin ich dann am Meer gelandet, habe mir einen Platz in den Dünen gesucht und von dort aus den Sonnenuntergang beobachtet. Im Schein der untergehenden Sonne sah die Wasseroberfläche fast wie flüssiges Feuer aus. Eine Explosion der Farben, in der sich der sterbende Tag mit letzter Kraft gegen die aufkommende Nacht wehrte.

Viele Abende werde ich in dieser Gegend nicht mehr verbringen, und ganz sicher ist dieser Sommerbeginn hier der letzte für mich. Bald schon werde ich mit Lara wegziehen, das haben wir bereits besprochen, und ich hoffe, dass Tabea uns dabei begleiten wird. Manchmal glaube ich sogar, dass sie das Leben in unserem Haus noch mehr hasst als ich. Die Anwesenheit ihrer Mutter, die einfach nicht will, dass Tabea erwachsen wird.

Ich habe es lange vor mir hergeschoben, denke aber, dass ich bald mit Tabea reden und ihr von Lara erzählen muss. Anfangs wollte ich das nicht, alles war noch so frisch, und weder Lara noch ich wussten, wo das Ganze mit uns hinführen würde. Jetzt ist das anders. Wir haben uns entschieden, dass wir zusammengehören, und Lara weiß, dass Tabea dann automatisch ebenfalls zu uns gehört – sofern sie das will, natürlich. Sie ist bald achtzehn und bereit, ihre eigenen Entscheidungen zu treffen.

Im Schein eines gleichgültigen Mondes komme ich Stunden später bei unserem Haus an. Franziska hat mir vorhin eine Nachricht geschrieben, dass sie Kopfschmerzen hätte und schon ins Bett gehen würde. Es ist sicherlich unfair, sich darüber zu freuen, dass die eigene Frau Kopfschmerzen hat, aber wenn ich ehrlich bin, muss ich zugeben, dass ich mich freue, heute nicht mehr mit ihr reden zu müssen.

Leise öffne ich die Haustür und ziehe die Schuhe aus, dann gehe ich nach oben und klopfe an Tabeas Tür. An dem Spalt darunter sehe ich, dass in ihrem Zimmer noch Licht brennt.

Keine Antwort.

Ich klopfe erneut, das gleiche Ergebnis.

Ich zögere kurz, dann öffne ich die Tür und sehe Tabea auf dem Bett sitzen. Sie hat ihren Laptop auf den Knien und die voluminösen Kopfhörer aufgesetzt, mit denen sie immer ein bisschen wie Micky Maus aussieht. Erschrocken sieht sie mich an und nimmt sie ab.

»Hi«, sage ich, weil mir gerade nichts Besseres einfällt.

»Hi«, antwortet sie.

»Ich wollte nur kurz fragen, wie dein Tag war.«

»Gut eigentlich«, sagt sie schulterzuckend. »Nur Mama war heute komisch.«

»Warum?«, frage ich und setze mich zu ihr.

Sie erzählt, was vorgefallen ist. Von Franziskas kryptischen Ankündigungen und den Schlüssen, die sie selbst daraus zieht. Ich nicke ab und zu, finde das Ganze aber nicht so besorgniserregend wie sie. Nur zu, denke ich. Soll Franziska ruhig ihr Leben ändern, ich habe bei meinem eigenen ja auch damit angefangen.

»Wahrscheinlich ist deine Mutter gerade nur gestresst«, beschwichtige ich Tabea, als sie fertig ist. »In letzter Zeit war alles vielleicht ein bisschen viel für sie.«

Sie schüttelt den Kopf. »Ich glaube, da steckt noch mehr dahinter. Kannst du dich noch an die Zeit erinnern, nachdem sie überfallen wurde?«

»Natürlich.«

»Wenn ich mich nicht irre, war sie damals genauso. Mal total komisch und niedergeschlagen, dann wieder unnormal fröhlich.«

»Und jetzt glaubst du, dass ihr wieder etwas passiert sein könnte?«

»Nein, das nicht, es ist eher … Ach, keine Ahnung, vielleicht bilde ich mir das auch nur ein.«

Ich habe sowieso vorgehabt, mit Tabea über Lara zu sprechen, und jetzt scheint der richtige Moment gekommen zu sein. So vorsichtig wie möglich lenke ich das Thema darauf. Schildere ihr behutsam, dass ich auf der Arbeit jemanden getroffen habe und was dieser jemand mir bedeutet. Wie Lara und ich zueinander stehen und dass sie, Tabea, dennoch immer das Wichtigste in meinem Leben sein wird. Nachdem alles raus ist, halte ich gespannt die Luft an.

Eine Weile sagt Tabea nichts, und ich befürchte schon, dass sie sauer ist oder gleich weinen wird. Nichts davon geschieht. Sie hält nur den Kopf gesenkt und schaut nachdenklich nach unten. Als sie ihn wieder hebt, ist ihr Blick offen und klar. Keine Wut, keine Tränen.

»Das habe ich mir schon gedacht«, sagt sie dann leise. »Ehrlich gesagt habe ich mich die ganze Zeit schon gefragt, ob ihr euch scheiden lasst.«

Ich muss das kurz sacken lassen. »Was würdest du sagen, wenn dem so wäre?«

Sie scheint ernsthaft über die Frage nachzudenken. »Das wäre okay, denke ich«, meint sie dann. »Ich bin kein Kind mehr, und mir ist klar, dass so etwas vorkommen kann. Das passiert andauernd. Ein Drittel der Eltern in unserer Klasse ist geschieden und mit einem neuen Partner zusammen.« Dann legt sie eine kurze Pause ein. »Wie ist sie denn so, diese Lara?«

»Nett«, antworte ich und lächle. »Du wirst sie mögen, da bin ich sicher.«

»Abwarten«, sagt sie. »Das entscheide ich, wenn ich sie kennengelernt habe!«

Wir lächeln uns an, schweigen kurz, dann sage ich: »Eigentlich wollte ich das Ganze zuerst mit Mama besprechen, damit wir dann zusammen entscheiden können, wie es weitergeht und wie wir es dir am besten sagen. Jetzt ist es anders gekommen. Ich weiß, dass das nicht fair ist, aber ich möchte dich dennoch bitten, das Gesagte vorerst noch für dich zu behalten, bis ich mit Mama gesprochen habe. Sie macht gerade eine merkwürdige Phase durch, und da will ich es ihr so schonend wie möglich beibringen.« Dann lege ich eine kurze Pause ein. »Wie geht es dir denn damit?«

»Mach dir um mich keine Sorgen«, sagt sie, und ich wundere mich erneut, wie reif und erwachsen sie klingt. »Und um Mama auch nicht. Ich glaube, sie weiß es schon. Dass du dich trennen willst, meine ich.«

»Glaubst du?«

Sie nickt. »Vielleicht ist sie auch deshalb gerade so durch den Wind. Kann doch sein, oder?«

Ja, das kann sein, denke ich. Auf der anderen Seite passt ein solches Verhalten aber nicht zu meiner Frau. Wenn sie von meinem Vorhaben etwas gemerkt hätte, würde sie anders reagieren, mich nicht einfach so kampflos gehen lassen. Es würde ein Drama geben und jede Menge Vorwürfe, von denen die meisten wohl auch berechtigt wären.

Offen gesagt, graut mir jetzt schon davor.

Ich bleibe noch eine halbe Stunde bei Tabea, dann sind all ihre Fragen fürs Erste beantwortet. Zum Abschied küsse ich sie noch mal auf die Stirn, dann gehe ich runter ins Arbeitszimmer. Ich kann jetzt sowieso nicht schlafen. Bin viel zu aufgedreht, und wenn ich eh keine Ruhe finde, kann ich mich auch noch ein wenig ablenken, indem ich im Internet schaue, was andere Medien über den Fall der ermordeten Rebecca berichten.

Große Neuigkeiten sind nicht dabei; genau wie wir tappen auch sie weitgehend im Dunkeln. Ich scrolle die Nachrichten durch, die sich grob in zwei Kategorien einsortieren lassen: Die seriösen Plattformen konzentrieren sich auf die bislang bekannten Fakten, die anderen geben sich wilden Spekulationen hin, wobei die Überschriften dieser Artikel häufig mit einem Fragezeichen versehen sind. Einer davon erregt dennoch mein Interesse. Der Bericht wurde auf einem reinen Onlineportal veröffentlicht, *Newsflash 24/7*, der Name des Autors ist mir unbekannt.

Fall Rebecca: Wer ist der geheimnisvolle Liebhaber?

Im Fall der siebzehnjährigen Rebecca S. aus Aurich, deren Leiche gestern auf einem verlassenen Werftgelände bei Neuharlingersiel gefunden wurde (*Newsflash 24/7* berichtete), ist die Polizei noch immer nicht weitergekommen. Laut unseren internen Quellen konzentrieren sich die Ermittlungen in erster Linie auf den unbekannten Mann, mit dem Rebecca laut Annahme der Behörden verabredet war, als sie in jener Nacht aus ihrem Elternhaus verschwand. Ob diese Person bislang nur als Zeuge oder bereits als Tatverdächtiger gesucht wird, ließ Polizeipräsident Rentfort nicht verlauten.

Newsflash 24/7 hat jetzt exklusiv mit einer von Rebeccas engsten Freundinnen sprechen können, deren hochbrisante Aussage auch der ermittelnden Dienststelle vorliegt und die neue Hinweise auf die Identität des Mannes liefern könnte. Laut der Schülerin hat Rebecca in den Wochen vor ihrem Verschwinden mehrmals Kontakt zu einem Mann gehabt, der »deutlich älter und wahrscheinlich auch verheiratet ist«. Um wen es sich dabei handelt und ob Rebecca in jener schicksalhaften Nacht tatsächlich mit ihm verabredet war, bleibt weiterhin ungewiss.

»Rebecca hat aus der Identität des Mannes immer ein Geheimnis gemacht«, so die Mitschülerin. »Ich habe sie mal gefragt, wo sie sich kennengelernt haben, aber da hat sie direkt abgeblockt. Auch als ich wissen wollte, wer der Mann ist und ob die beiden eine Beziehung haben. Normalerweise war Rebecca nicht so. Je länger ich darüber nachdenke, desto sicherer bin ich, dass mit dem Typen etwas nicht gestimmt hat. Sonst hätte Rebecca mir garantiert mehr von ihm erzählt.«

Eine Aussage, die deutlich mehr Fragen aufwirft, als sie beantwortet. Kann der gesuchte Mann womöglich ein enger Freund der Familie sein? Jemand, der bei den Eltern tagtäglich ein und aus geht? Ist dies auch der Grund, warum sich die ermordete Rebecca S. ihrer besten Freundin gegenüber so unklar ausgedrückt hat und ein solches Geheimnis um seine Person machte? Auch wenn die Ermittlungsbehörden es gegenüber *Newsflash 24/7* nicht zugeben wollen, ist davon auszugehen, dass dieser Mann nach der Aussage der Freundin unter dringendem Tatverdacht steht. Zeugen, die Angaben zu seiner Identität machen können, sollten sich an die nächste Polizeidienststelle wenden.

Davon abgesehen lassen weitere Aussagen aus dem Umfeld des Opfers auch die Vermutung zu, dass Rebecca Kontakte zu der hiesigen Drogenszene hatte und sogar aktiv in den Drogenhandel verwickelt sein könnte. Angeblich soll es dabei in erster Linie um Marihuana gegangen sein, aber auch von Kokain und verschreibungspflichtigen Pillen ist die Rede. Gegenüber *Newsflash 24/7* hat Rebeccas Mitschülerin angedeutet, dass der einunddreißigjährige Nermin Y. dabei eine Rolle spielen könnte – ein mehrfach wegen Drogenhandels und Körperverletzung vorbestrafter Mann. Ob es zwischen diesen neu aufgekommenen Gerüchten und dem unbekannten Mann, mit dem sich Rebecca in jener schicksalhaften Nacht traf, einen direkten Zusammenhang gibt, ist ungewiss.

Claudia Lüders, die leitende Kommissarin, wollte gegenüber *Newsflash 24/7* keine weitere Stellungnahme abgeben und verwies stattdessen auf die laufenden Ermittlungen.

Das war's auch schon. Ein groß aufgemachter Artikel, direkt auf der Startseite angeteasert, der allerdings kaum verwertbare Informationen enthält. Lediglich die Aussagen der Freundin sind neu – immer mit dem Vorbehalt versehen, ob sie diese überhaupt so getätigt hat und dass ihre Erinnerung ihr diesbezüglich auch einen Streich spielen konnte.

Aus Erfahrung weiß ich, dass Zeugenaussagen, die angeblich den genauen Wortlaut einer länger zurückliegenden Unterhaltung wiedergeben, alles andere als zuverlässig sind. Meistens geschieht das nicht mal in böser Absicht. Man erinnert sich an einige Details, an andere nicht, und die Lücken versucht man dann mit den Worten zu schließen, die einem selbst am glaubwürdigsten erscheinen. Unter Umständen auch mit solchen, von denen man glaubt, dass das Gegenüber sie gerne hören will. So sind Menschen eben: soziale Wesen, die anderen gefallen wollen.

Dennoch muss ich zugeben, dass zumindest einige der Vermutungen, die in dem Artikel stehen, ins Schwarze treffen. Die Drogengeschichte, zum Beispiel, der Verdacht gegen Nermin Y. oder Rebeccas nächtliches Treffen mit einem älteren Mann.

Ich weiß das.

Ich weiß es, weil ich der Mann bin, mit dem Rebecca in jener Nacht verabredet war.

DU

Als die Nacht am schwärzesten ist, erhebst du dich, um den Dachboden zu verlassen. Svens Arbeitszimmer ist dein erstes Ziel. Du öffnest die Tür, dann schaltest du die kleine Lampe vor deiner Stirn ein und schaust dich um. Ihr Schein fällt auf ein Bild, das an der Wand gegenüber hängt. Die Darstellung darauf kannst du nicht deuten, moderne Kunst vermutlich. Direkt darunter befindet sich ein Büroschrank in dunkelgrauer Granitoptik; nicht sonderlich hoch, aber breit. Außerdem stehen noch ein Bücherregal und ein Schreibtisch in dem Raum, beide hebst du dir für später auf.

Du hast in ganz gewöhnlichen Büroschränken schon die unglaublichsten Entdeckungen gemacht. Ein Dildo gehörte dazu oder ein in Leder gebundenes Büchlein, in das der Hausherr die Nummern örtlicher Prostituierter geschrieben hatte – immer mit einer ausführlichen Bewertung, wie zufrieden er mit ihren Dienstleistungen war.

In dem Büroschrank, vor dem du jetzt stehst, findest du nichts dergleichen. Nur Akten mit Steuerunterlagen und Ordner mit bezahlten Rechnungen, die bereits Staub angesetzt haben. Ein Fach tiefer dann: einige Utensilien, die Sven für die Arbeit braucht. Am vielversprechendsten scheint dir ein kleines Diktiergerät zu sein. Du schaltest es ein, wirst aber enttäuscht. Die Festplatte ist leer, alle Aufzeichnungen wurden bereits gelöscht.

Spannender sind da schon die Alben mit privaten Fotos, die

im Fach daneben stehen. Auf einem ist Sven als Jugendlicher in einer Industrielandschaft zu sehen, auf einem anderen als älterer Mann beim Tennisspielen. Auf der nächsten Seite: ein weiteres Foto, das ihn zusammen mit einem Mann zeigt, der so blass wie ein Albino ist. Die beiden sitzen hinter dem Steuer eines kleinen Motorbootes, vermutlich irgendwo auf der Nordsee, und halten Bierflaschen in den Händen, mit denen sie dem unbekannten Fotografen zuprosten. Als du genauer hinschaust, entdeckst du am Bildrand auch ein Paar nackte Frauenbeine. Die dazugehörige Frau scheint auf dem Rücken zu liegen, wahrscheinlich sonnt sie sich gerade. Du bist dir nicht sicher, glaubst aber, dass Franziskas Beine anders aussehen.

Da es in dem Schrank sonst nichts gibt, was dich weiterbringen würde, nimmst du dir das Bücherregal vor. Du liebst Bücher, weil sie viel über den Menschen verraten, der sie gekauft hat.

Sven Hoffmann scheint eine Schwäche für Krimis und Thriller zu haben. Du findest Werke von Harlan Coben und Don Winslow, von Gillian Flynn und Dennis Lehane. Die Titel sagen dir nichts, aber das muss nichts heißen. Zumindest verraten die Bestseller-Aufkleber, dass es sich bei allen genannten um erfolgreiche Autorinnen und Autoren handeln muss. *Tage der Toten* nimmst du mit, der Titel gefällt dir.

Von den Romanen getrennt stehen noch etliche Sachbücher, und alle haben mit dem Umfeld zu tun, in dem Sven Hoffmann arbeitet. Wolf Schneider ist vertreten, *Das neue Handbuch des Journalismus*, oder Bodo Witzkes *Die Fernsehreportage*. Automatisch fragst du dich, ob Sven sie aus ernsthaftem Interesse gekauft hat oder nur, weil man als Journalist solche Bücher im Schrank stehen haben muss.

Wie auch immer – bisher hat dich noch keine deiner Entdeckungen weitergebracht. Du bist enttäuscht, hattest dir von dem Arbeitszimmer mehr versprochen. Die letzte Hoffnung stellen jetzt der Schreibtisch und der iMac dar, der darauf thront. Du schaltest ihn ein, und der Bildschirm fordert dich zur Eingabe eines Passworts auf. Damit hast du gerechnet. Ohne große Hoffnungen versuchst du es mit dem Namen seiner Frau, mit dem seiner Tochter, dann mit ihrem Geburtsdatum. Das Ergebnis ist immer das gleiche: *Password incorrect*.

Vielleicht bekommt Marco den Rechner morgen ja gehackt, bei so etwas ist er gut. Für heute bleibt dir nichts anderes übrig, als den Computer wieder auszuschalten und dich den Schreibtischschubladen zu widmen. Insgesamt gibt es drei davon, zwei links sowie eine größere und tiefere rechts. Die Schubladen sind abgeschlossen, aber es sind simple Schlösser, die dir kaum Widerstand leisten. Nach einer knappen Minute hast du alle drei geknackt. Du ziehst die Schubladen nacheinander heraus und betrachtest den Inhalt.

Wirst endlich fündig.

In der obersten linken Schublade liegt ein dünnes, in Leder gebundenes Notizheft. Du schlägst es auf. *Rebecca Sandtner* steht auf der ersten Seite. Auf den folgenden Seiten findest du etliche Notizen, die Sven sich zu dem Fall gemacht hat. Von jemandem namens Nermin ist die Rede, von Drogengeschäften und Grammangaben, die sich wahrscheinlich auf die Abgabemengen beziehen. Dazu hat er auch Datumsangaben notiert und Uhrzeiten aufgeschrieben. Das allein ist schon rätselhaft genug, aber noch sonderbarer sind die kryptischen Anmerkungen, die auf vielen Seiten am Rand stehen, Dinge wie:

Muss R. S. überzeugen, mit C. L. zu sprechen
Vorstrafen in Erfahrung bringen
Was geschah mit dem Geld? Nachvollziehen!
Nächtliches Treffen. Sex mit R. S.?
1 gleich R. S., 2 bis 7 gleich?
Zusammenhänge nicht logisch
Fehler!

Dass sich hinter dem Kürzel *R. S.* Rebecca Sandtner verbirgt, ist naheliegend, aus dem Rest wirst du nicht schlau. Ein paar Sachen kannst du dir noch zusammenreimen, bei einigen hast du gar keine Ahnung mehr, wovon die Rede ist. Du weißt nur, dass Sven Rebecca gekannt hat, hast es per Zufall herausgefunden. Nachdem du Tabea zum ersten Mal gesehen hast, wolltest du alles über sie herausfinden, und da du wusstest, dass sie Rebecca kennt, hast du mit ihr angefangen.

Drei Tage nach der Begegnung mit Tabea bist du in Rebeccas Elternhaus eingedrungen, als niemand zu Hause war. Du hofftest, dort etwas zu finden, das dir mehr über Tabea verraten würde – schließlich kannten die beiden Mädchen sich, die eine versorgte die andere mit Drogen. Aber in Rebeccas Zimmer war nichts, das dir weitergeholfen hat. Wahrscheinlich ist der Kontakt der beiden weitestgehend über das Handy abgelaufen, also musstest du in der darauffolgenden Nacht wiederkommen, wenn Rebecca zu Hause war. Wenn sie schlief und das Handy wie bei allen Teenagern neben ihr lag.

Du bist um drei Uhr morgens über die Balkontür eingedrungen und hast Rebeccas Zimmer betreten. Sie lag im Bett und schlief, den Mund leicht geöffnet, während die Haare wie ein feiner Schleier über ihrem Gesicht lagen. Behutsam hast du die Haare zur Seite gestrichen. Eine fast schon liebevolle Geste, damit keine Strähne in der Nase kitzeln konnte.

Direkt neben ihr, auf dem Nachttisch, leuchtete ein kleiner grüner Punkt in der Dunkelheit. Ihr Handy, angeschlossen an ein Ladegerät. Der Akku war mittlerweile voll. Du hast das Handy leise von dem Gerät getrennt und es dir angesehen. An der Rückseite befand sich ein Sensor, der den Fingerabdruck scannte und das Handy erst entriegelte, wenn dieser mit dem hinterlegten Abdruck übereinstimmte.

Alles, was du brauchtest, war Rebeccas rechter Zeigefinger. Bei Rechtshändern ist es immer der rechte. Vorsichtig hast du nach ihrer Hand gegriffen und sie Millimeter um Millimeter gedreht, bis du ihren Finger auf den Sensor legen konntest. Das Display wurde hell, und Rebecca bewegte sich. Sie schnappte nach Luft, drehte sich zur Seite und schlief dann weiter, während du die Nachrichten in ihrem WhatsApp-Account durchgegangen bist. Anders als erwartet war keine von Tabea dabei, ihr Name stand nicht einmal im Rufnummernspeicher. Dafür gab es gleich mehrere Nachrichten von Tabeas Vater. Meist waren sie nur kurz, was ihren Inhalt aber nicht weniger interessant machte. Es ging um Treffen, um Verabredungen. So neutral formuliert, dass sie niemandem auffallen würden, der nur zufällig darauf stieß.

Außer jemandem wie dir natürlich.

Irgendetwas verband die beiden, das war klar. Und zwar mehr als das, was sich aus Svens Sicht beruflich erklären ließe. Er hatte Interesse an dem Mädchen, das zeigt auch das Notizheft. Deine Aufgabe ist es nun, herauszufinden, wie tief dieses Interesse ging und zu was es ihn möglicherweise getrieben hat.

Hat er mit Rebecca geschlafen und sie umgebracht, als sie das Verhältnis öffentlich machen wollte? Möglich. Sie war siebzehn, er ein Familienvater um die vierzig. Das hätte unschöne Schlagzeilen gegeben, und zwar gewiss nicht die, die ein Journalist sich wünscht. Menschen haben schon für bedeutend weniger getötet. Vielleicht stand Sven unter Druck, und niemand kann vorhersehen, was Druck mit einem Menschen machen kann. Einige zerbrechen daran, andere macht er härter, manche gewalttätig.

Zufrieden legst du das Notizbuch wieder zurück. Du schließt die Schubladen des Schreibtisches, schaltest deine Lampe aus und verlässt das Arbeitszimmer. Eine letzte Aufgabe liegt in dieser Nacht noch vor dir.

Um sie zu erledigen, öffnest du die Tür, die vom Haus aus zur Garage führt. Hier steht Franziskas Mazda, ein kleines rotes Cabrio. Deine Fingerspitzen gleiten über den hinteren Kotflügel, die Fahrertür und die Motorhaube. Dann holst du den Lippenstift heraus, den du in Tabeas Badezimmer mitgenommen hast, und beugst dich nach vorne.

Hinterlässt die Botschaft, die Franziska endgültig in den Abgrund stürzen wird.

FRANZISKA

Als ich wach werde, fühle ich mich ausgeruht wie schon lange nicht mehr. Meine neugewonnene Selbstsicherheit hat ihren Teil dazu beigetragen, den Rest haben elf Stunden Schlaf besorgt, die ich einer Tablette verdanke.

Ich habe sogar etwas geträumt, und in diesem Traum bin ich in einem anderen Land gewesen. Es war warm, man konnte das Meer sehen, und kleine weiße Häuser standen auf einer Klippe. Ich ging durch einen Olivenhain und betrachtete die knorrigen Bäume, ein Mann war bei mir. Ich kann mich nicht mehr an sein Gesicht erinnern, irgendein Fremder, der eine Art Schiebermütze trug und dessen Hosen von Hosenträgern gehalten wurden. Wir bewegten uns im Schatten der Bäume, an den Füßen trug ich Flip-Flops, und er erklärte mir Dinge, die mit dem Olivenanbau zu tun hatten.

Dann wechselt die Szenerie: Es ist abends, und ich sitze allein vor einem der weißen Häuser auf der Klippe, trinke Rotwein. Immer noch ist es warm, die feuchte Schwüle einer lauen Sommernacht. Ein alter Mann spielt vor dem Nachbarhaus Gitarre, eine Frau singt, dann steht plötzlich Sven vor mir. Er greift nach meinem Arm, zerrt mich vom Stuhl und zieht mich hinter sich her, immer weiter auf den Rand der Klippe zu. Ich schreie um Hilfe, aber niemand hört mich. Die Musik ist zu laut.

Kurz bevor wir den Abgrund erreichen, bleibt Sven stehen

und sagt, dass ich darüber nachdenken soll, ob ich das wirklich will. »Nein!«, schreie ich, und er sagt: »Dann geh!« Ich gehe aber nicht, ich renne förmlich zurück, und im nächsten Moment sitze ich auch schon wieder auf dem Stuhl, während der alte Mann weiterhin Gitarre spielt und die Frau irgendwelche Lieder singt.

Bis auf den bedrohlichen Moment an der Klippe war es eigentlich ein schöner Traum, auch wenn ich keine Ahnung habe, was genau er bedeuten soll. Vielleicht hat er auch überhaupt keine Bedeutung. Ein dummer Streich meines Unterbewusstseins, kann sein.

Nachdem ich mich im Bad frisch gemacht habe, gehe ich ins Erdgeschoss, wo ich mir einen Kaffee koche und die Spülmaschine anstelle. Ihr Brummen ist das einzige Geräusch, ansonsten ist es im Haus schon lange still. Tabea ist seit Stunden in der Schule, und Sven ist nach Bremen gefahren, zumindest hat er das auf einen Zettel geschrieben. Ich weiß nicht, ob es stimmt, früher ist er nicht so oft beim Sender gewesen. Vielleicht hat er ja schon wieder eine Affäre und trifft sich gerade mit ihr. Das würde mich zwar wundern – Sven war noch nie der Typ, der auf Morgensex stand –, aber man weiß ja nie.

Anders als früher schmerzt dieser Gedanke an diesem Morgen nicht. Wenn Sven sich tatsächlich anderweitig orientieren will, soll er es tun. Ich brauche ihn nicht mehr, und die Zeiten, in denen ich mein persönliches Glück ausschließlich von seinem Verhalten abhängig machte, sind endgültig vorbei. Sie gehörten noch zum Leben der alten Franziska. Das der neuen wird anders aussehen, freier und selbstbestimmter.

Und ich weiß, dass Frank dazugehört. Dass ich ihn sehen will, heute noch. Ich habe den Gedanken noch nicht ganz zu Ende gedacht, als ich schon das Handy in der Hand halte und ihn anrufe. Frank arbeitet als freiberuflicher Architekt, er ist meistens zu Hause, und auch jetzt geht er nach kurzer Zeit ran. Er begrüßt mich, ich säusele ein paar Worte zurück, dann frage ich ihn, ob er heute Nachmittag Zeit hat.

»Für dich immer«, antwortet er. »Und wenn nicht, dann nehme ich mir die Zeit einfach.«

Seine Worte lassen mich lächeln. Warum nur sagt dieser Mann in jeder Situation stets das Richtige?

»So gegen zwei?«, frage ich.

»Zwei Uhr passt perfekt! Soll ich uns vielleicht noch ein Stück Kuchen besorgen? Wir könnten es uns im Garten hinter dem Haus gemütlich machen, da sieht uns keiner.«

»Ich würde es mir lieber in deinem Schlafzimmer gemütlich machen«, antworte ich ungewohnt keck. »Aber für danach wäre Kuchen eine ausgezeichnete Idee! Ich wollte vorher sowieso noch in die Stadt fahren, da kann ich uns direkt etwas mitbringen.«

»Klingt super«, meint er begeistert. »Beides!«

Nachdem wir das Telefonat beendet haben, muss ich mich noch ein wenig um den Haushalt kümmern, bevor ich zu Frank fahren kann. Als Erstes beziehe ich die Betten neu und sauge anschließend das Erdgeschoss. Tabea muss in der Küche schon wieder mit dem Vollkornbrot rumgekrümelt haben, zumindest sind jede Menge Brocken auf dem Boden zu finden. Normalerweise würde mich ein solch unachtsames Verhalten ärgern, heute jedoch nicht. Nicht an dem Tag, von dem ich gestern beschlossen habe, dass er der erste meines neuen Lebens sein soll.

Als ich mit der Hausarbeit fertig bin, springe ich noch schnell unter die Dusche und gehe dann ins Schlafzimmer, um mich für das anstehende Treffen umzuziehen. Ich entscheide mich für eine schwarze Bluse, die meine Figur auf eine besonders elegante Art betont, und eine helle Jeans, die am Hintern knackig eng sitzt. Anschließend lege ich noch ein wenig Make-up auf – nicht so viel, dass es auffällt, aber genug, um meine hohen Wangenknochen zu betonen – und greife nach meiner Handtasche, um das Haus zu verlassen.

Ich habe die Tür zur Garage noch nicht ganz geöffnet, als ich mitten in der Bewegung innehalte. In der Garage ist es ungewohnt dunkel, fast schon finster. Kein Sonnenlicht fällt herein, das Rolltor ist vollständig geschlossen. Ich bin mir jedoch sicher, dass ich das Tor gestern offen gelassen habe, nachdem ich den Wagen parkte. Ich mag dunkle Räume nicht, und eine dunkle Garage hat etwas Beklemmendes, auf mich wirkt sie fast schon bedrohlich.

Augenblicklich ist die Angst wieder da, aber auch der Wille, ruhig zu bleiben. Vielleicht hat Sven das Tor ja geschlossen, als er gegangen ist. Das wäre möglich, und es würde zu ihm passen. Er konnte sowieso noch nie verstehen, warum man unbedingt in einer Garage parken will, wenn man diese dann doch nicht verschließt. Vielleicht betrachtet er sein Handeln ja als Erziehungsmaßnahme, vielleicht wollte er mich auch einfach nur ärgern.

Ich greife mit der Hand um die Ecke, finde den Lichtschalter und drücke ihn. Nichts passiert. Als nach dem dritten Versuch immer noch kein Licht angeht, muss ich mich entscheiden, wer ich jetzt sein will: die alte Franziska, die vor allem Angst hat, oder die neue, die eine defekte Birne mit einem Schulterzucken hinnimmt. Theoretisch könnte die Glühbirne schon seit Wochen kaputt sein, ohne dass ich es gemerkt hätte. Ich komme nur selten nachts nach Hause, und tagsüber brauche ich das Licht ja nicht. Nicht wenn das Rolltor wie sonst immer offen bleibt.

Vorsichtig trete ich in die Dunkelheit, bis mein Schienbein die hintere Stoßstange des Wagens berührt. Dann bewege ich mich behutsam an der Seite des Autos entlang, bis ich die Fahrertür erreiche und sie endlich öffnen kann. Die Innenraumbeleuchtung geht an. Halbwegs beruhigt lasse ich mich auf den Sitz fallen, während ich im gleichen Moment nach der Fernbedienung des Garagentors greife, die wie immer in einem kleinen Fach in der Mittelkonsole liegt. Ich drücke auf den Knopf und sehe erleichtert, wie das Rolltor sich summend hebt und Sonnenlicht hereinlässt.

Zuerst trifft es auf die Motorhaube, dann auf die Windschutzscheibe und damit auf den Satz, den jemand in verschmierten Buchstaben darauf hinterlassen hat. Er ist kurz, ganze sieben Wörter nur, und von meiner Position aus sehe ich sie in Spiegelschrift. Ich muss mich konzentrieren, um sie lesen zu können, verstehe aber trotzdem den Sinn dahinter nicht. Kneife die Augen zusammen und öffne sie wieder, um mich zu vergewissern, dass ich mir die Wörter nicht bloß eingebildet habe.

Habe ich nicht.

Sie sind immer noch da, in leuchtendem Rot, fast wie mit Blut geschrieben.

ICH WEISS, WAS DU GETAN HAST, MISTSTÜCK!

Mein Herzschlag wird schneller, kleine Sterne aus Licht tanzen vor meinen Augen.

Ich weiß, was du getan hast …

Ich weiß, was du getan hast …

Niemand weiß es, niemand kann es wissen, und niemand würde mich ein Miststück nennen. Außer Sven vielleicht. Zumindest könnte er ahnen, was ich getan habe, und sich nun Gewissheit verschaffen wollen.

Ruhig jetzt, ganz ruhig! Ich atme ein und aus, während ich gleichzeitig versuche, aus alldem schlau zu werden. Natürlich hat Sven die Wörter auf die Windschutzscheibe geschrieben, wer sonst? Die Frage ist nur, warum er es getan hat und wie ich jetzt darauf reagieren soll.

Im Wesentlichen gibt es zwei Möglichkeiten, aber keine davon sieht gut für mich aus. Wenn ich die Nachricht einfach entferne und Sven nichts davon erzähle, weiß er, dass ich etwas zu verbergen habe. Mit diesem Verhalten würde ich seinen Verdacht dann endgültig bestätigen. Wenn ich hingegen mit offenen Karten spiele, ihn anrufe und frage, was das soll, wird er garantiert das Unschuldslamm spielen und behaupten, nichts damit zu tun zu haben. Schlimmer noch: Er könnte die Nachricht dann zum Anlass nehmen, mich mit Fragen zu bombardieren, und ich weiß nicht, wie lange ich seinem Druck standhalten kann.

Nicht sehr lange vermutlich.

Irgendwann würde ich zusammenbrechen und ihm mit meinen Worten die Begründung liefern, die er braucht, um mich als die Alleinschuldige am Scheitern unserer Ehe darzustellen. Tabea würde mir das nicht verzeihen und unsere Bekannten sicher auch nicht. Alle würden Sven bedauern, so ein armer Kerl, geschlagen mit einer betrügerischen und zur Hysterie neigenden Frau. Wenn ich dann entgegnen würde, dass er ja auch fremdgegangen ist, würde das nur wie eine kindische Schutzbehauptung klingen. Das darf nicht passieren, niemals!

Dann schon lieber Variante eins. Dann lieber seinen Verdacht bestätigen und darauf bauen, dass er anderen gegenüber ja schlecht zugeben kann, mir eine solche Nachricht hinterlassen zu haben.

Entschlossen steige ich aus dem Wagen und gehe in die Küche, um Wasser und Reinigungsmittel in einen Eimer zu füllen. Gehe wieder zurück, entferne das Geschmiere von der Windschutzscheibe und reibe das Glas anschließend mit einem Handtuch trocken, bis die Windschutzscheibe glänzt und ich mein Gesicht sehe, das sich darin spiegelt. Ich sehe es von vorne und im Profil, aus jeder nur denkbaren Perspektive.

Der verräterische Satz ist weg, nur vor mir selbst kann ich nicht davonlaufen.

Das will ich auch gar nicht.

Nie mehr.

TABEA

Der Boden vor der Schule ist von der Sonne so aufgewärmt, dass ich die Hitze durch die Schuhsohlen hindurch spüren kann. Keine Ahnung, wann es um diese Jahreszeit jemals so warm gewesen ist, und geregnet hat es auch schon seit Tagen nicht mehr.

Leonie, Pommes und Johanna sind ein paar Meter hinter mir. Ich höre ihre Stimmen, bin aber nicht an dem interessiert, was sie sagen. Wahrscheinlich wird es wieder um Rebecca und um Pommes' dämlichen Plan gehen, den Typen aus der Sisha-Bar als Mörder zu überführen.

»Ich muss nach Hause, Mädels«, sage ich. Und dann in Leonies Richtung: »Sehen wir uns heute Abend?«

»Ich bin um sieben bei dir«, sagt sie. »Bis später!«

Ich grüße noch mal in die Runde, dann schwinge ich mich auf mein Fahrrad. Natürlich hab ich gelogen. Ich will nicht nach Hause, sondern einfach nur allein sein. Über die Dinge nachdenken, die in den letzten Tagen passiert sind, vor allem über die anstehende Trennung meiner Eltern.

Ganz so gelassen, wie ich es Dad gegenüber behauptete, bin ich nicht. Mir ist klar, dass eine Scheidung auch eine ganze Kette von Veränderungen mit sich bringt, und keine einzige davon gefällt mir. Ich will nicht sehen, wie Dad eine andere Frau küsst, und schon gar nicht bei Mama bleiben und den ganzen Frust über ihre gescheiterte Ehe hautnah mitbekommen. Ich weiß, es ist egoistisch, aber am liebsten wäre mir, sie würden mit der Trennung warten, bis ich ausgezogen bin, um in irgendeiner Großstadt zu studieren. Dann können sie sich ruhig trennen, es wäre nicht mehr mein Problem. Oder doch?

Ach, Mist!

Ich will jetzt alleine sein, brauche etwas Zeit für mich. Um nicht nach Hause zu müssen, schlage ich die Gegenrichtung ein und folge der Straße, die zu unserem Nachbarort führt. Es ist nur ein kleines Kaff, in dem es nicht mal Geschäfte gibt. Dafür steht dort in der Nähe eine Parkbank, ganz abgeschieden inmitten von Feldern und unter einer Birke. Ich liebe diesen Platz; in den letzten Jahren hat er sich zu meinem Lieblingsort entwickelt, wenn ich nachdenken muss. Ich war dort, als ich wegen Lennard zum ersten Mal Liebeskummer hatte, als es in der Schule nicht lief oder ich Krach mit der besten Freundin hatte. Vielleicht tut mir die Stille und Ruhe hier auch gut, wenn es um die Scheidung meiner Eltern geht.

Ich wische die Sitzfläche mit einem Taschentuch sauber, setze mich, öffne den Rucksack und durchwühle ihn. Ganz unten finde ich die gesuchte Packung Zigaretten, in der noch drei Chicks stecken. Sie sind verbogen, und ein wenig Tabak ist vorne schon herausgebröselt, was der Wirkung aber wohl keinen Abbruch tut. Ich rauche fast nie, finde es grundsätzlich sogar ekelhaft, aber irgendwie beruhigt es mich auch. Gerade an Tagen wie heute, wenn der kratzende Geschmack auf der Zunge mir das Gefühl gibt, erwachsen zu sein.

Ich zünde mir eine Zigarette an, paffe ein paarmal und sehe den aufsteigenden Rauchkringeln nach. Sie sind bläulich, und es ist schön anzusehen, wie sie sich langsam auflösen und mit dem Blau des Himmels vermischen. Der Rauch ist weg und trotzdem irgendwie noch da. Unsichtbar, aber zu riechen.

Aus irgendeinem Grund denke ich plötzlich zum ersten Mal seit Monaten auch wieder an Lennard. In diesem Augenblick vermisse ich ihn. Er war erst der zweite Junge, mit dem ich geschlafen habe, obwohl der erste eigentlich nicht zählt. Mit dem habe ich nur einmal Sex gehabt, und der war so schnell vorbei, dass ich auf seine Frage, wie es mir gefallen hat, nur mit einem Schulterzucken antworten konnte. Lennard hingegen war mein erster wirklicher Freund, und das nicht nur aufgrund der Tatsache, dass der Sex mit ihm zum ersten Mal die magische Marke von einer Minute übertroffen hat. Mit Lennard konnte ich mich über alles unterhalten. Wir haben zusammen Musik gehört, gemeinsam Hausaufgaben gemacht und sind ins Kino gegangen – mal in einen Film, den ich sehen wollte, mal in einen, der seinen Wünschen entsprach. Außerdem war Lennard gechillt. Er hat keinen Stress gemacht und Verständnis gezeigt, wenn ich eine Verabredung mal absagen musste. Keine Ahnung, ob Pommes ihn deshalb immer »Weichei« genannt hat.

Heute glaube ich eher, dass sie eifersüchtig war. Sie stand früher selbst auf Lennard, hat das aber abgestritten, als ich mit ihm zusammen war, und sich stattdessen so verhalten, als sei er genauso ein Langweiler wie Johannas Freund Niklas. Wenn es um Typen geht, kann Pommes schon eine Bitch sein. Eine nette zwar, aber eine Bitch.

Während ich noch überlege, ob ich Lennard nicht einfach mal anrufen und ganz unverbindlich fragen soll, wie es ihm geht, sehe ich, dass ein rotes Cabrio über die Landstraße fährt, die in ungefähr hundert Metern Entfernung hinter den Feldern liegt. Fuck, denke ich dann – das ist der Wagen meiner Mutter!

Zu gerne würde ich wissen, was sie hier macht. Klar, die Straße führt auch in den Ort, in dem sie arbeitet, aber wenn ich mich recht entsinne, hat sie heute frei. Ansonsten gibt es in dieser Richtung nicht viel, wo sie hinfahren könnte. Keinen Supermarkt und keine sonstigen Geschäfte, die sie aufsuchen könnte. Auch ihre mir bekannten Freundinnen wohnen nicht hier.

Ich verfolge den Wagen mit meinem Blick, bis er in einem kleinen Wäldchen verschwindet, das direkt vor der Ortseinfahrt liegt. Eigentlich müsste er nach einer Minute auf der anderen Seite des Ortes wieder auftauchen, aber das tut er nicht. Ich sehe einen kleinen Lieferwagen aus dem Ort kommen, einen blauen

Kombi, aber keinen roten Mazda. Meine Mutter muss den Wagen irgendwo inmitten des Ortes geparkt haben, eine andere Erklärung gibt es nicht.

Keine Ahnung, warum, aber irgendwie lässt mir das Ganze keine Ruhe. Ich zögere kurz, dann steige ich aufs Fahrrad und strampele los. Von der Bank, auf der ich bis eben noch saß, führt ein Feldweg geradewegs zu der Landstraße, auf der ich den Wagen meiner Mutter zuletzt gesehen habe. Es dürfte nicht allzu schwer sein, ihn in dem kleinen Ort zu finden, und irgendwie komme ich mir bei meinem Vorhaben wie eine Detektivin vor, Enola Holmes vielleicht. Gleichzeitig verspüre ich auch den Hauch eines schlechten Gewissens, weil ich ihr damit in gewisser Weise hinterherspioniere – etwas, das ich immer verurteilt habe, wenn sie es bei mir tat.

Als ich die Landstraße erreiche, bleibe ich stehen. Rechts von mir liegen nur Felder, links das kleine Wäldchen, hinter dem dann die ersten Häuser zu sehen sind. Ich schaue die Straße entlang, kann den Mazda aber nicht ausmachen. Überlege kurz, einfach umzudrehen und nach Hause zu fahren, entscheide mich dann aber anders.

Eigentlich kann es mir egal sein, was meine Mutter in dem kleinen Ort zu suchen hat. Aber jetzt, wo ich schon mal hier bin, kann ich mich auch ein wenig umsehen. Kann ja sein, dass Neugierde Katzen tötet, aber ich bin keine.

Also habe ich wohl auch nichts zu befürchten.

SVEN

Ich denke noch immer über den Bericht nach, den ich gestern auf der Onlineplattform gelesen habe. Die Dinge spitzen sich zu. Ich habe einen Fehler begangen, und wenn ich meine nächsten Schritte jetzt nicht ganz genau abwäge, kann dieser Fehler mir zum Verhängnis werden.

Es ist genau so, wie ich es Tabea erklärt habe. Wenn man einen Fehler macht und ihn nicht sofort aus der Welt räumt, kommen meistens noch ein zweiter und ein dritter hinzu, bis der ganze Schlamassel so groß ist, dass man nicht mehr unbeschadet rauskommt. Genau das ist mir passiert. Ich dachte, ich hätte die Sache im Griff und könnte das Spiel nach meinen Regeln spielen. Als ich dann merkte, dass es zu spät ist, habe ich mich zusammengeduckt und gehofft, dass der Sturm über mich hinwegfegen möge, ohne mich mit sich zu reißen. Manchmal klappt das auch, aber nicht in diesem Fall. Nicht wenn der Sturm ein Tornado ist, der sich im Kreis dreht und mit jeder Umdrehung an Heftigkeit noch zunimmt.

Wenn ich vernünftig wäre, müsste ich spätestens jetzt zur Polizei gehen und Claudia Lüders alles erzählen. Ihr sagen, dass ich Rebecca vor einem halben Jahr im Autohaus ihrer Eltern kennenlernte, als ich den Jeep kaufte. Sie hat mir einen Orangensaft gebracht, als ich auf die Auslieferung des Fahrzeugs wartete, und sich zu mir gesetzt, um die Wartezeit zu überbrücken.

Wir sind ins Gespräch gekommen. Sie war nett und neugierig. Wollte wissen, was ich beruflich mache, und zeigte besonderes Interesse an meiner Arbeit in Bezug auf Kriminalfälle. Sie hat viele Fragen gestellt, auf die ich gerne antwortete, weil ich dachte, dass sie am Journalismus interessiert sei und eine dementsprechende Ausbildung in Erwägung ziehen würde.

Naiv? Vielleicht, aber zu dem Zeitpunkt sicher noch verzeihlich.

Als mein Wagen dann abholbereit war, hat Rebecca nach meiner Telefonnummer gefragt, die ich ihr ohne Hintergedanken gegeben habe. Wochenlang habe ich dann nichts mehr von ihr gehört, bis irgendwann die erste Nachricht kam. Die zweite, die dritte. Mal fragte sie nach dem Strafmaß für dieses oder jenes Vergehen, mal wollte sie wissen, wie die Polizei in bestimmten Situationen vorgehen würde.

Irgendwann schöpfte ich Verdacht. Ihre Fragen waren zu gezielt, um einem allgemeinen Interesse entsprungen zu sein, außerdem klangen die Nachrichten immer bedrückter, als würde ihr etwas auf der Seele liegen. Ich begann, ihr Verhalten zu hinterfragen. Machte mir meine eigenen Gedanken und fragte sie dann, ob wir uns nicht treffen wollten, um das Ganze persönlich zu besprechen.

Anfangs lehnte sie ab, aber dann muss sie es sich anders überlegt haben. Eines Tages schrieb sie mir, bat um ein Treffen, und wir verabredeten uns. Rebecca bestand darauf, dass dieses Treffen heimlich sein müsse und dass uns niemand zusammen sehen dürfe, wodurch meine Neugierde erst richtig geweckt wurde. Nicht an ihr als Frau, sondern an dem, was sie zu berichten hatte.

Es war eine Geschichte, wie es sie in Deutschland hundertfach gibt; trotzdem werden diese Geschichten medial viel zu wenig beachtet. Vielleicht weil sie nicht dem gängigen Klischee entsprechen, nicht sonderlich spektakulär sind oder man in den Redaktionsräumen glaubt, damit kein Mitleid bei den Zuschauern erzeugen zu können. Das liegt vor allem an der dahintersteckenden Motivation. Menschen, die etwas aus purer Not tun, verzeiht man fast alles. Menschen, die dasselbe ausschließlich des Geldes wegen machen, nur wenig. Rebecca gehörte zur zweiten Sorte.

Ihre Geschichte handelte von schwärmerischer Liebe, von Abenteuerlust und dem Verlangen, möglichst schnell eine große Menge Geld zu verdienen. Sie berichtete von Nermin, in den sie sich verliebt hatte und von dem sie behauptete, dass er im größeren Stil mit Drogen handelte. Als die beiden dann ein Paar wurden, bat sie ihn laut eigener Aussage, auch sie mit Drogen zu versorgen, damit sie sich ein eigenes Geschäft aufbauen könne. Nach einiger Zeit stimmte er dem zu, bestand aber darauf, dass dieses Geschäft nur unter seiner Aufsicht abzulaufen hatte.

Anfangs schien es auch gut zu laufen, aber dann muss etwas passiert sein. Was genau, wollte Rebecca nicht verraten. Sie sagte nur, dass sie jetzt aussteigen und sich von Nermin trennen wolle, dies aber nicht so leicht möglich sei. Sie wisse mittlerweile zu viel, außerdem würde sich eine solche Trennung nicht mit seinem übersteigerten Ego verbinden lassen. Sie befürchtete, dass er ihr etwas antun könnte, und wollte wissen, was sie jetzt tun sollte.

Ich empfahl ihr, zur Polizei zu gehen und sich selbst und Nermin anzuzeigen. Obwohl ich mir zu diesem Zeitpunkt nicht sicher war, welche ihrer Schilderungen tatsächlich den Tatsachen entsprachen und welche Details nur das Produkt einer lebhaften Fantasie waren. Einige Punkte in ihren Ausführungen klangen einfach nicht plausibel. Warum sollte ein Drogendealer, der gut im Geschäft war, eine Schülerin in seiner eigenen Bar Drogen verkaufen lassen? Warum sollte er ein solches Risiko eingehen, wenn damit noch nicht mal viel Geld zu verdienen war?

Entweder hatte Rebecca mich angelogen, oder sie war einfach nur leichtgläubig und dieser Nermin ein Schwätzer, der in den Augen seiner jungen Freundin wie ein richtiger Gangster dastehen wollte. Die letzte Möglichkeit war, dass er sich in seinem

Laden unantastbar fühlte. Wie jemand, der glaubte, ihm könne nichts passieren, weil er die Dinge vollständig im Griff hatte.

So oder so, an alldem war nicht viel dran, was eine gute Story ergeben hätte, und auch nichts, weswegen man sich Sorgen machen musste. Zumindest dachte ich das, als Rebecca nach unserem letzten Treffen aus dem Auto stieg und in der Nacht verschwand.

Aber so war es nicht, oder? Rebecca ist nie wieder nach Hause zurückgekehrt. Sie verschwand, bis man Tage darauf ihre Leiche fand. Ich fühlte mich schuldig und warf mir vor, dass ich Rebecca nicht ernst genommen hatte. Nahm an, dass dieser Nermin für ihren Tod verantwortlich war, hatte aber nicht den Hauch eines handfesten Beweises.

In einer perfekten Welt wäre ich trotzdem schon nach Rebeccas Verschwinden zur Polizei gegangen und hätte meine Aussage zu Protokoll gebracht, anstatt die Behörden mit anonymen Hinweisen zu füttern. Ich hätte meine Geschichte erzählt und darauf hoffen müssen, dass man mir glaubt. All das hätte ich wahrscheinlich auch getan, wenn ich kein Journalist wäre und nicht wüsste, wie Geschichten funktionieren.

Ich bin ein Mann von Anfang vierzig, der sich heimlich mit einer Minderjährigen getroffen hat. Ein Mann, dessen Ehe in Scherben liegt und der bereits eine Affäre mit einer deutlich jüngeren Frau hatte. In der Nacht ihres Verschwindens hat Rebecca das Haus verlassen, um sich mit mir zu treffen. Ich bin der Letzte, der sie nachweislich lebend gesehen hat.

Das genügt. Ich wäre geliefert. Ich habe kein Alibi, dafür aber eine ganze Reihe an möglichen Motiven, von meinem sonderbaren und mit keiner Redaktion abgestimmten Vorgehen ganz zu schweigen. Verdammt, ich würde mich ja sogar selbst verdächtigen, wenn ich es nicht besser wüsste!

Was also habe ich getan, als man Rebeccas Leiche fand? Nichts! Und warum? Weil ich feige bin.

Weil ich einfach zu viel weiß, um dem Rechtssystem noch blind vertrauen zu können, und weil ich dachte, dass ich mein

Wissen ebenso gut auch anonym mitteilen kann. Zumindest habe ich in den letzten Tagen mit dieser Erklärung mein Handeln vor mir selbst gerechtfertigt. Dass das nur eine schwache Erklärung ist, weiß ich – gerade angesichts dessen, was ich Tabea in einer ähnlichen Situation vor Kurzem noch gesagt habe.

Das Ding ist nur: Wenn die Polizei sich einmal auf einen Verdächtigen eingeschossen hat, tut sie alles, damit ihr Verdacht bestätigt wird. Sie ermittelt dann häufig nur noch in diese eine Richtung, ohne nach links oder rechts zu schauen. Mit den vielen Fehlurteilen, die auf diese Art entstanden sind, könnte man Bücher füllen. Ebenso mit den Namen der wahren Täter, die dadurch ungeschoren davongekommen sind.

Jetzt ist es eh zu spät. Alles, was ich noch tun kann, ist darauf zu hoffen, dass die Polizei einen anderen Verdächtigen fasst, bevor sie auf mich kommt.

TABEA

Als ich an dem Wäldchen ankomme, das direkt vor dem Ortseingang liegt, fällt mir ein Schild am Straßenrand auf. Es weist auf einen Parkplatz für Wanderer hin, der irgendwo hinter den ersten Baumreihen liegen muss. Keine Ahnung, warum dieses unauffällige Schild mich innehalten lässt. Warum es mich dann sogar dazu bringt, der ausgewiesenen Zufahrt zu folgen.

Erst als ich den Parkplatz erreiche, kann ich auch die Autos sehen, die darauf abgestellt sind. Es sind nicht viele. Nur ein schlammverkrusteter Toyota Land Cruiser älteren Baujahres und ein in der hintersten Ecke geparkter Mazda. Es ist der meiner Mutter, das Kennzeichen lässt keinen Raum für Zweifel. Das ist sonderbar, denke ich. Meine Mutter ist vieles, aber ganz sicher keine Wanderin. Sie geht praktisch nie spazieren; meint immer, das würde sie nur langweilen.

Irritiert schaue ich mich um. Kein Mensch ist auf dem Gelände zu sehen, nichts ist zu hören. Selbst die Vögel schweigen, die in solchen Waldgebieten üblicherweise permanent zu hören sind. Irgendwie fühle ich mich unwohl. Komme mir wie ein Eindringling an einem Ort vor, an dem er nicht sein sollte.

Dennoch lässt mir die Frage, was meine Mutter hier zu suchen hat, keine Ruhe. Ich verstecke mein Fahrrad notdürftig im Gebüsch, dann sehe ich mir den Mazda näher an. Er ist leer, die Türen sind abgeschlossen. Meine Mutter kann ihn erst vor wenigen Minuten hier geparkt haben, dann muss sie in den Wald gegangen sein, eine andere Möglichkeit gibt es nicht.

Vom Parkplatz aus führt nur ein schmaler Pfad in den Wald hinein, keine zwei Meter breit. Ich folge ihm und versuche, mich dabei möglichst dicht am Wegesrand zu halten, um notfalls schnell hinter den Bäumen Deckung zu finden. Mit jedem Meter, den ich dabei zurücklege, wird es dunkler. Die Baumkronen bilden jetzt ein fast schon geschlossenes Dach, und nur vereinzelt dringen Sonnenstrahlen hindurch. Sie erzeugen Lichtreflexionen, die wie Laserschwerter aussehen, und wenn die knorrigen Äste von ihnen getroffen werden, sieht es aus, als würden sie leben, sich bewegen. Eine Umgebung, die gleichzeitig märchenhaft und bedrohlich wirkt, und selbst die Luft riecht hier anders als zuvor. Feucht und erdig, fast schon nach Verwesung, aber dennoch nicht unangenehm.

Als unter meinen Füßen plötzlich ein Stock zerbricht, erstarre ich mitten in der Bewegung. Mein Herz setzt einen Moment lang aus, dann fahre ich herum, um zu schauen, was hinter meinem Rücken ist. Aus dieser Blickrichtung wirkt der Weg jetzt noch dunkler. So, als hätte jemand hinter mir das Licht ausgemacht.

Ich will gerade weitergehen, als sich im Unterholz vor mir etwas bewegt. Ich erstarre, und jetzt kann ich auch etwas hören. Ein Rascheln. Vielleicht auch ein Keuchen. Das Geräusch ist zu kurz, um es genau bestimmen zu können, aber irgendetwas muss dort sein. Irgendwer.

»Hallo?«, rufe ich leise.

Keine Antwort.

»Ist da jemand?«

Wieder nichts.

Shit, denke ich, das gefällt mir nicht, das gefällt mir ganz und gar nicht! Ich sollte einfach umkehren, mich auf mein Fahrrad schwingen und sehen, dass ich hier wegkomme. Ich will nicht hier sein, soll Mama doch …

Dann höre ich es erneut. Es ist kein Keuchen, eher ein heiseres Hecheln. Im selben Moment schießt auch schon etwas

Großes, Dunkles auf mich zu. Eine Bestie. Ich schreie. Als das Wesen mich fast schon erreicht hat, zerreißt ein lauter Pfiff die Stille. Das Ding stoppt, und ich brauche einen Augenblick, um zu begreifen, dass es ein Hund ist. Ein großer Hund. Ein Dobermann.

»Tut mir leid«, höre ich kurz darauf eine männliche Stimme. »Der tut Ihnen nichts, versprochen! Der ist nur jung und verspielt.«

Ich sehe einen Mann, der mir aus dem Wald entgegenkommt. Er ist Anfang fünfzig, trägt einen Vollbart, eine Cordhose und einen dunkelgrünen Mantel. Sein Gesichtsausdruck wirkt bedauernd.

»Scheiße!«, schreie ich ihn an, weil mir gerade nichts Besseres einfällt. »Können Sie das blöde Vieh nicht an die Leine nehmen?«

»Ja, sorry, Sie haben recht.« Er sieht wirklich geknickt aus. »Ich dachte nicht, dass außer uns noch jemand hier ist. Normalerweise geht hier kaum wer spazieren, weil alle lieber am Meer ...«

»Mann!« So langsam beruhige ich mich wieder, auch wenn ich nicht so klinge. Bei näherer Betrachtung sieht der Dobermann eigentlich ganz freundlich aus. Schräg geneigter Kopf, hechelnde Zunge, wedelnder Schwanz. »Der hat mir wirklich einen Riesenschreck eingejagt.«

»Paul!«, ruft der Mann und schnippt mit dem Finger. »Bei Fuß!«

Paul gehorcht sofort. Er scheint nicht nur freundlich, sondern auch ausgesprochen gehorsam zu sein.

Guter Paul, denke ich. Vielleicht sollten wir alle einen Paul haben.

»Sagen Sie«, beginne ich, das Thema zu wechseln. »Wie weit geht dieser Weg eigentlich?«

»Der hier?«, fragt er und deutet nach unten.

Ich atme tief ein, Vollbart scheint nicht der Hellste zu sein. Außer dem Weg, auf dem wir uns begegnet sind, gibt es keinen anderen. Diese Feststellung behalte ich allerdings für mich und beschränke mich lediglich auf ein Nicken.

»Nicht mehr weit«, sagt er. »Hundert oder hundertfünfzig Meter vielleicht, dann geht es wieder raus auf die Felder. Paul liebt es, dort …«

»Und Sie haben sonst keinen Menschen gesehen?«

»Nee, nur Sie.«

»Keine Frau um die vierzig?«

Er schüttelt den Kopf.

»Hmm«, mache ich. »Sicher?«

»Ganz sicher«, zeigt er sich überzeugt. »Es gibt ja nur den einen Weg hier.«

Jetzt scheint er es wenigstens kapiert zu haben.

»Ich dachte, meine Mutter wäre hier spazieren gegangen, aber dann muss ich mich wohl geirrt haben.«

Paul ist zwischenzeitlich wieder zu mir gekommen. Ich beuge mich hinab und streichle seinen Kopf, das Schwanzwedeln wird intensiver. Als ich ihn unter dem Kinn kraulen will, leckt er meine Hand. Seine Zunge ist warm und feucht, ich bin augenblicklich schockverliebt.

Sein Herrchen und ich unterhalten uns noch eine Weile lang über Hunde, dann gehen wir gemeinsam zum Parkplatz zurück. Dort öffnet Vollbart die Hecktür des Land Cruisers, und Paul springt ohne Umschweife hinein, rollt sich in der Hundebox zusammen. Der Mann verabschiedet sich – nicht ohne sich nochmals zu entschuldigen –, dann steigt er in sein Fahrzeug und verschwindet, wobei er eine bläuliche Dieselwolke zurücklässt.

Ich bin wieder allein mit dem verwaist dastehenden Mazda meiner Mutter und den offenen Fragen.

Wenn sie nicht in den Wald gegangen ist, wo kann sie dann nur sein? Bis auf den fehlenden Geländewagen hat sich rund um den Parkplatz nichts verändert. Da sind immer noch das Wäldchen, die davorliegende Stichstraße und ein etwas abseits stehendes Haus, das zum größten Teil von Bäumen verborgen ist.

Ein Haus.

Komisch, beim ersten Mal ist es mir gar nicht aufgefallen, vielleicht war ich auch einfach nur zu stark auf das Waldgebiet konzentriert. Jetzt jedoch erregt es mein Interesse. Es schließt sich an die linke Seite des Wäldchens an, und augenscheinlich ist es ein älteres Haus. Nicht besonders groß, aber gepflegt und mit einem wunderschönen Erker versehen.

Um es zu erreichen, könnte ich zurück zur Stichstraße gehen und müsste mich dann wahrscheinlich rechts halten. Alternativ kann ich mich auch einfach die wenigen Meter durchs Unterholz schlagen. Diese Variante gefällt mir besser; vor allem, weil man sich inmitten der Bäume besser verstecken kann. Ich meine, es wäre ja echt peinlich, wenn meine Mutter dort nur eine Bekannte besuchen und mich dann auf dem Bürgersteig stehend entdecken würde.

Als ich losgehe, fällt mir ein kleiner Pfad auf, den ich zuvor nicht gesehen habe. Es ist kein wirklicher Weg, nur eine kleine Spur aus festgetrampeltem Erdreich, und sie führt geradewegs auf den Garten zu, der hinter dem Haus liegt. Beim Näherkommen sehe ich jedoch, dass es nicht wirklich ein Garten ist. Eher ein frisch gemähtes Stück Wiese, auf der zwei einsame Sonnenliegen neben einem hölzernen Tisch stehen. Keine bunten Blumenbeete umgeben die Wiese, dafür aber ein Maschendrahtzaun, der wohl wilde Tiere abhalten soll – oder ungebetene Besucher wie mich.

Ich hocke mich hinter ein Gebüsch und betrachte das Haus genauer. Es ist aus Backstein gebaut und sieht irgendwie interessant aus; fast wie ein verwunschenes Schloss im Miniformat. Ich könnte mir vorstellen, dass eine kleine Künstlerfamilie hier lebt. Leute, die nicht viel Platz brauchen und keinen Hang zum Gärtnern haben, dafür aber das Außergewöhnliche mögen.

Dummerweise fällt mir aus Mutters Bekanntenkreis niemand ein, auf den das zutrifft. Wahrscheinlich ist das Haus genauso eine Sackgasse wie das Wäldchen.

Ich will mich schon wieder abwenden, als die Verandatür aufgeht und ein Mann ins Freie tritt. Er trägt graue Shorts, die ihm bis über die Knie reichen, und ein blaues Polohemd, unter dem sich ein kleines Bäuchlein abzeichnet. Ich schätze, er ist um die fünfzig, und er ist nicht allein. Meine Mutter ist bei ihm. Was, bitte schön, macht sie hier?

Die beiden bleiben auf der Veranda stehen und reden miteinander. Leider kann ich ihre Worte nicht verstehen, sie sind zu weit entfernt. Dafür sehe ich, wie meine Mutter auf ihn zugeht und den Kopf hebt. Dann küssen die beiden sich. Ihre Hand streichelt dabei seinen Nacken, seine Hand fährt an ihrem Rücken herunter. Anschließend knetet er den Po meiner Mutter, während ihre Münder sich nicht voneinander lösen können. Ich kann ihre Zungen nicht sehen, habe aber eine ziemlich genaue Vorstellung davon, was sie gerade machen.

Angewidert stoße ich die Luft aus. Während Dad die ganze Zeit überlegt, wie er ihr das mit der Trennung möglichst schonend beibringen soll, macht meine Mutter bereits mit einem Wildfremden rum. Lässt sich von dem Kerl befummeln und die Zunge in den Hals stecken.

Ich will gar nicht erst an das denken, was die beiden im Haus gemacht haben. Allein schon die Vorstellung, dass meine Mutter mit einem anderen Mann Sex haben könnte, stößt mich ab – es jetzt in Ansätzen auch noch gesehen zu haben ist mehr, als ich ertrage.

Ich drehe mich um und schleiche durch das Unterholz zum Parkplatz zurück. Bekomme das Gesehene nicht mehr aus dem Kopf. Vor meinem geistigen Auge zeichnet sich immer wieder das Bild ab, wie sie sich küssen. Seitdem habe ich einen ekelhaften Geschmack im Hals, der einfach nicht mehr weichen will.

So widerlich ich das auch finde, ein Gutes hat die Sache wenigstens: Falls meine Eltern sich trennen – und daran habe ich jetzt keinen Zweifel mehr –, muss ich kein schlechtes Gewissen haben, wenn ich ihr sage, dass ich bei Dad bleiben will. Er hat wenigstens den Anstand gehabt, mit mir zu reden und mir zu sagen, dass er mich seiner Laura oder Lara vorstellen will, ihr hingegen scheinen solche Gedanken vollkommen fremd zu sein. Wahrscheinlich ist der mopsige Typ auch der Grund dafür, warum sie in letzter Zeit so derbe durch den Wind ist. Klar, denke ich – es ist schon schwer, gechillt zu bleiben, wenn man die ganze Zeit notgeil durch die Gegend rennt!

Nur kurz wundere ich mich, dass mir selbst solche Gedanken kein schlechtes Gewissen mehr machen. Klar, sie ist meine Mutter, aber dann soll sie sich auch wie eine verhalten! Mir wegen jeder Kleinigkeit Moralpredigten zu halten und ihren Mann dann gleichzeitig mit so einem dahergelaufenen Vollpfosten zu betrügen – das passt halt nicht zusammen.

Ich hole das Fahrrad aus dem Unterholz, schwinge mich auf den Sattel und trete so schnell wie möglich in die Pedale. Will nur weg von diesem verdammten Ort, von dem ich jetzt schon bereue, ihn jemals aufgesucht zu haben.

Was ist nur mit den Menschen los, denke ich, während mir die kühler werdende Luft vom Meer her um die Nase weht? Zuerst wird eine Mitschülerin getötet und wie ein Stück Müll in einer alten Halle abgelegt, dann haben sowohl mein Dad als auch meine Mutter ein Verhältnis. Meine komplette Welt ist innerhalb einer einzigen Woche zusammengebrochen, und ich habe keine Ahnung mehr, wie sie in der nächsten Woche aussehen wird.

Wo dann mein Platz ist.

DU

Wenn man sich die Wege des Lebens als Landkarte vorstellt, wären sie verschlungener als jedes Straßennetz. Andauernd stoßen wir auf Kreuzungen, an denen wir uns entscheiden müssen, ob wir nach links oder rechts oder weiter geradeaus gehen. Jede Entscheidung führt uns unweigerlich zu einer weiteren Kreuzung, an der dann die nächste Wahl getroffen werden muss. Ein Zurück ist nur selten möglich, die meisten Wege auf dieser Landkarte sind Einbahnstraßen. Wir treffen eine Wahl, und mit der müssen wir dann leben, bis wir kurz darauf die nächste Gabelung erreichen.

Auch du hast dich anfangs für einen Weg entschieden. War es der richtige, war es der falsche? Niemand wird dir diese Frage beantworten können. Schon gar nicht nach den zahllosen Kreuzungen, die zwischen dem Zeitpunkt der ersten Entscheidung und heute liegen.

Du wirfst einen Blick auf die Uhr, kurz nach drei. Zeit, um das Haus zu verlassen, zum vereinbarten Treffpunkt zu gehen und dich mit Marco zu treffen. Da von den Hoffmanns niemand mehr da ist, musst du dir auch keine Mühe geben, leise zu sein. Du verlässt das Gebäude einfach durch die ehemalige Waschküche und wählst den Weg über die Felder, der direkt zum nächstgelegenen Ort führt.

Für die Einheimischen, die dir im Ortskern begegnen werden, bist du nur ein weiteres Gesicht inmitten vieler Gesichter. Nicht besonders auffallend und schon gar nicht Furcht einflößend. Sie sehen dich zwar, aber nur die wenigsten werden sich später noch an dich erinnern können.

Im Lauf der Jahre hast du gelernt, wie man perfekt in der Masse untertaucht. Das ist schwieriger, als man denkt, und die meisten Phrogger stellen es sich zu einfach vor. Sie glauben, sie müssten nur den Kopf tief genug senken und anderen Menschen aus dem Weg gehen, das würde schon genügen. Aber da irren sie sich. Das Gegenteil ist der Fall. Sie geben sich solche Mühe, unauffällig zu sein, dass gerade dieses Verhalten auffällt. Sollte dann herauskommen, dass in eines der Häuser in der Gegend eingebrochen wurde, werden sich die Einwohner an den Typen erinnern, den sie in dieser Zeit ab und zu auf der Straße gesehen haben – den Typen, der immer den Kopf gesenkt hielt und sich Mühe gab, allen anderen aus dem Weg zu gehen.

Zwanzig Minuten später hast du das Zentrum des Ortes bereits erreicht, es ist nicht groß. Ein kleiner Marktplatz, von dem sternförmig einige Straßen abgehen. Vor den Fenstern der meisten Wohnhäuser hängen Blumenkästen, und die Bürgersteige sind so sauber, als würden sie mehrmals täglich gefegt. Es gibt einige kleine Geschäfte und, gemessen an der Einwohnerzahl, erstaunlich viele Restaurants – man merkt, dass ein Großteil des Umsatzes hier mit Touristen gemacht wird.

Wahrscheinlich ist das auch der Grund, warum sich dieses Kaff ein eigenes Tourismusbüro leistet. Du weißt, dass Franziska Hoffmann hier arbeitet, aber nicht heute. Heute ist sie zu ihrem Liebhaber gefahren, oder wie immer sie ihn nennt. Ehrlich gesagt, hattest du damit nicht gerechnet. Du dachtest, die Botschaft auf der Windschutzscheibe würde sie komplett aus dem Gleichgewicht bringen, aber anscheinend ist es anders gekommen. Auch gut, denkst du. Das war schließlich nicht der letzte Pfeil, den du im Köcher hast.

Vor einer kleinen Eisdiele mitten im Ortskern machst du dann halt. Ein paar Tische sind davor aufgestellt, es ist voll, aber du hast Glück. Ein Pärchen steht gerade auf und gibt den Tisch frei.

Der Mann hat sicherlich dreißig Kilogramm Übergewicht und ächzt bei jeder Bewegung, seiner Frau steht der Frust über ihn ins gerötete Gesicht geschrieben – ein ganz normales Ehepaar halt.

Als die beiden weg sind, setzt du dich. Wie aus dem Nichts erscheint ein Kellner mit gegelten Haaren und fragt nach deinen Wünschen. Du bestellst ein Spaghettieis. Nein, nicht mit Kiwi, antwortest du auf seine Nachfrage, ganz klassisch mit Erdbeeren und roter Soße. Er zwinkert dir zu, und du lächelst zurück, damit er nicht denkt, sein schmieriger Italocharme würde bei dir versagen.

Anschließend schaust du dich um und gibst dich deinem liebsten Zeitvertreib hin. Du beobachtest die Menschen. Wenn man bereits so oft wie du den Geheimnissen anderer auf die Schliche gekommen ist, entwickelt man ein regelrechtes Gespür dafür, und die meisten davon lassen sich schon an den Gesichtern ablesen. In Bezug auf die Liebe ist es am einfachsten. Verliebte lächeln häufig und wirken damit auf eine niedliche Art fast schon grenzdebil. Gleichzeitig wohnt ihrem Ausdruck stets auch eine gewisse Spannung inne, weil sie es nicht abwarten können, ihr geliebtes Gegenstück endlich wiederzusehen.

Auch der Schmerz lässt sich gut in Gesichtern erkennen, vor allem, wenn er chronisch ist. Menschen, die fortwährend an seelischen oder körperlichen Schmerzen leiden, verhärten mit der Zeit. Ihre Lippen werden schmaler, die Augenringe dunkler, man sieht ihnen das Leid förmlich an. Ihr Blick ist nicht mehr nach außen gerichtet, mehr ins Innere, und wenn du ihn beschreiben solltest, würdest du ihn resignierend-trostlos nennen.

Dann gibt es da noch die Pornosüchtigen, auch sie erkennst du mit ziemlicher Sicherheit. Sie betrachten jede Frau von oben bis unten, unabhängig von ihrem Aussehen oder Alter. Wahrscheinlich tun sie das, weil sie nahezu jeden Typ von Frau bereits nackt gesehen haben. Nur bei Kerlen, die auf richtig harten Sex oder bizarre Sachen stehen, ist die Reihenfolge eine andere. Sie beginnen unten, bei den Schuhen oder Stiefeln, und von dort aus gleitet der Blick dann langsam nach oben, bis zum Gesicht. Dem widmen sie allerdings nur wenig Zeit – vermutlich, weil es der Körperteil ist, der sie am wenigsten interessiert.

Da Marco noch nicht aufgetaucht ist, beginnst du, die Menschen an den anderen Tischen zu klassifizieren. Du siehst fünf Verliebte, zwei Leidende und einen Typen, der ganz sicher zu viele Pornos schaut. Niemanden, der sich für sadomasochistische Praktiken interessiert – auch das wäre dir aufgefallen.

Dann entdeckst du Marco, und du bist zufrieden mit dem, was du siehst. Er scheint auch ohne dich gut durch die letzten Tage gekommen zu sein. Seine Schritte wirken zielstrebig, den Kopf hat er erhoben, nur um die kleine Gruppe Jugendlicher, die sich auf einer Bank versammelt hat, macht er einen Bogen. Wahrscheinlich hat er Angst, dass es Ärger geben könnte, der kleine Schisser.

Als er dich sieht, geht in seinen Augen ein Licht an. Er strahlt geradezu, seine Schritte werden schneller. Es ist die Ungeduld, die ihn in diesem Moment antreibt, die Ungeduld eines Liebenden. Wahrscheinlich kann er es gar nicht mehr erwarten, wieder in deiner Nähe zu sein, und er wird jede Erklärung schlucken, die du ihm für dein Verhalten lieferst.

Als er vor dir steht, lächelt er schüchtern, aber du lächelst nicht zurück. Deine Miene ist vollkommen unbewegt, bis er den Blick abwendet und unsicher zu Boden schaut. Es ist nur ein Machtspiel, das du spielst, und natürlich gewinnst du es. Er weiß nicht, wie er dir begegnen soll, und er hat keine Ahnung, was er sagen kann. Du siehst es ihm an. Die vielen offenen Fragen, die überdeutlich in seinem Gesicht geschrieben stehen.

Wenigstens ist er ordentlich angezogen, hat sich regelrecht aufgehübscht. Helle Jeans, ein dunkles T-Shirt, dazu weiße Sneakers. Er bräuchte mal einen Haarschnitt, aber davon abgesehen sieht er erstaunlich gepflegt aus. Vielleicht hat er an deiner Seite ja doch gelernt, wie man über die Runden kommt, indem man in fremden Häusern lebt.

Nachdem du ihn ausgiebig betrachtet hast, deutest du mit

einem Nicken auf den freien Stuhl neben dir. Er zögert kurz, dann setzt er sich.

»Hallo, Marco«, sagst du und lächelst endlich, um ihm die Unsicherheit zu nehmen.

Sein Mund verzieht sich leicht, ganz kurz nur, dann sagt er: »Hallo, Lydia.«

BUCH ZWEI

DIE TOTEN

GEGENWART

MARCO

Jeder Superheld braucht eine tragische Vorgeschichte, ist es nicht so? Batmans Eltern wurden bei einem Raubüberfall erschossen, Supermans Planet explodierte, und irgendein Nazi-Superschurke hat Spidermans Eltern umgebracht.

Mein Name ist Marco Richter, ich bin zweiundzwanzig Jahre alt, und meine Eltern starben bei einem Autounfall in den Alpen. Die Bremsscheibe brach, der Wagen überschlug sich, und die beiden verbrannten bei lebendigem Leib. Von ihnen blieb so wenig übrig, dass die spätere Einäscherung eigentlich nicht mehr nötig gewesen wäre.

Was die tragische Vorgeschichte angeht, verfüge ich also über bestes Superheldenpotenzial.

Mein Problem ist nur, dass ich am 12. September 2001 geboren wurde. Keine vierundzwanzig Stunden nachdem zehn Terroristen zwei Passagierflugzeuge in die Zwillingstürme des World Trade Center steuerten. Der American-Airlines-Flug 11 schlug um 8:46 Uhr in den Nordturm ein, United-Airlines-Flug 175 sechzehn Minuten später in den Südturm. Der Anschlag lähmte die Welt, und mitten in diese lähmende Angst hinein wurde ich geboren. Ich habe sie quasi mit dem ersten Atemzug aufgenommen, und fortan hat sie mein Leben bestimmt.

Als meine Eltern starben, war ich neun Jahre alt, und das Jugendamt steckte mich in ein Waisenhaus. Nie zuvor war ich von so vielen Menschen umgeben und habe mich gleichzeitig so einsam gefühlt. Die Leiterin hieß Schwester Elisabeth, und in den kommenden Jahren war sie das, was einer Mutter am nächsten kam. Sie hat sich wirklich Mühe gegeben, aber meine Ängste wurden trotz ihrer Fürsorge täglich größer. Ich habe mich vor allem gefürchtet. Vor den Tagen, vor den Nächten, am meisten aber vor den anderen Kindern.

Von ihnen bekam ich ständig Prügel, obwohl ich niemals Streit anfing und mich nicht mal wehrte. Was das anging, glich ich Jesus, der nach dem ersten Schlag auch immer die andere Wange hinhielt. Noch so ein Superheld übrigens.

Anfangs habe ich unter der Prügel gelitten. Ich nahm sie persönlich, aber dann wurde mir klar, dass halt jede größere Gruppe jemanden wie mich braucht. Ein Opfer, an dem die anderen ihre Aggressionen und den Frust auslassen können, und im Waisenhaus gab es jede Menge davon. Es ist einfach nicht fair, wenn die eigenen Eltern zu früh sterben oder wenn man begreift, dass sie einfach keine Lust auf einen haben.

Zwei Jahre lebte ich in dem alten Gemäuer, dann sind die Beckers gekommen und haben mich adoptiert. Die ersten Monate bei ihnen waren schön, aber langfristig sind sie mit mir nicht glücklich geworden. Ich war nicht das, was sie erwartet hatten; kein Junge, mit dem man angeben konnte. Meine schulischen Leistungen waren nur mittelmäßig, und richtig gut Fußball spielen konnte ich auch nicht. Das war vermutlich das Schlimmste; zumindest für den Mann, den ich »Vati« nennen sollte und der seit dreiundzwanzig Jahren Mitglied beim HSV war. Er starb an Lungenkrebs, als ich fünfzehn war.

Ein Jahr später habe ich dann die Schule beendet und eine Ausbildung in einem Computerladen begonnen. Zum ersten Mal gab es etwas, in dem ich richtig gut war. Ich hatte Talent, brachte mir selbst das Programmieren bei und konnte sogar von eigentlich schon zerstörten Festplatten die wichtigsten Daten wiederherstellen. Dennoch sagte mein Chef mir an einem lauen Herbstmittag im zweiten Ausbildungsjahr, dass er mich anschließend nicht übernehmen könnte. Sparmaßnahmen und so. Er bedauerte das, und ich bedauerte es noch mehr.

Ich hatte die Ausbildung kaum beendet, als die Frau, die ich nie »Mutti« nennen sollte, mir klarmachte, dass sie mich mit ihrer schmalen Witwenrente nicht länger durchbringen kann. Sie bat mich, mir selbst eine Bleibe zu suchen und »auf eigenen Füßen« zu stehen. Ich verstand das, zog aus und ergatterte einen Platz in einem Wohnheim, wo ich Hunderte Bewerbungen schrieb und ebenso viele Absagen kassierte, während ich gleichzeitig versuchte, mich mit kleinkriminellen Aktionen über Wasser zu halten. Mal habe ich eine Jacke aus dem Kaufhaus geklaut, mal Zigaretten aus einem Kiosk mitgehen lassen und einmal sogar einer älteren Dame die Handtasche geraubt. Ich wollte kein Krimineller sein, habe einfach nur ans Überleben gedacht.

Eine Zeit lang ging das gut, aber dann erwischten sie mich bei dem ersten großen Ding, das ich drehen wollte. Ich brach in die Halle einer Baufirma ein, wo es viele teure Werkzeuge gab, die man für gutes Geld verkaufen konnte. Die Polizisten brachten mich aufs Revier und nahmen mich im Verhör auseinander. Ich wollte aber nicht auseinandergenommen werden, also gestand ich freimütig auch meine anderen Straftaten. Ich war reuig, auch vor Gericht, und die Richterin beließ es bei anderthalb Jahren auf Bewährung. Allerdings wurde die Bewährung später widerrufen, als sie mich beim nächsten Diebstahl schnappten.

Ich verbrachte ein gutes Jahr im Jugendgefängnis und wurde kurz nach meinem einundzwanzigsten Geburtstag entlassen. Anschließend ging ich zu einem Gruppentreffen für ehemalige Strafgefangene, das mir mein Bewährungshelfer empfohlen hatte. Ich erhoffte mir irgendeine Art von Hilfe bei der Wohnungssuche und bekam stattdessen Lydia van Leeuwen – eine achtundzwanzigjährige Niederländerin aus Leiden, nur ein paar Kilometer von Amsterdam entfernt.

Lydia hatte viereinhalb Jahre wegen eines bewaffneten Raubes gesessen, den sie mit ihrer Freundin begangen hatte, mehr wusste ich nicht über sie. Nur dass sie all das war, was ich nicht bin. Sie hatte diesen Blick, der jedem signalisierte: »Leg dich bloß nicht mit mir an!« Sämtliche Belehrungen innerhalb der Gruppe prallten an ihr ab. Ich war dort, weil ich es wollte – sie, weil sie es musste. Es gehörte zu ihren Bewährungsauflagen.

Lydia war blond, hatte eine superathletische Figur und jede Menge Tattoos. Zwei gekreuzte Schlüssel auf dem Unterarm, ein Tribal, das den Bizeps umschloss, und einen Krähenkopf auf der Schulter, den ich entdeckte, als sie mal ein enges Tanktop trug, unter dem sich ihre Brustwarzen abzeichneten. Sie war so verdammt hübsch und ich sofort in sie verliebt, ohne dass ich mir auch nur den Hauch einer Chance ausrechnete, jemals bei ihr landen zu können.

Vier Monate später lief ihre Bewährung aus. Es war das letzte Gruppentreffen, an dem sie teilnehmen musste. Wir hatten bis dahin noch kein Wort miteinander gewechselt, und dennoch konnte ich sie nicht einfach so gehen lassen. Als sie den Raum verließ, folgte ich ihr die Hauptstraße entlang zu dem Platz vor dem historischen Rathaus. Dort drehte sie sich plötzlich um, sah mich an und fragte, was ich Opfer eigentlich von ihr wollte.

»Nichts«, sagte ich, während mein Herz fast stehen blieb.

»Und warum läufst du mir dann die ganze Zeit wie ein Hund hinterher?«

Ich schaute nur wortlos zu Boden. Eine ganze Weile lang passierte gar nichts, aber dann veränderte sich ihr Blick. Er war jetzt nicht mehr verachtungsvoll, eher mitleidig.

»Hast du Hunger?«, wollte sie wissen.

Ich nickte.

An diesem Tag begann es. Die Geschichte mit Lydia und mir. Ein Dreivierteljahr ist das jetzt her, und natürlich sind wir nie zusammen im Bett gelandet. Ein einziges Mal hat sie mir die Zunge in den Mund gesteckt, aber da hatte sie auch schon eine halbe Flasche Wodka intus. Für mich war es der beste Kuss, den ich jemals bekommen habe, sie aber meinte, ich würde küssen wie ein Helikopter und müsste dringend an meiner Technik arbeiten, wenn ich jemals eine Freundin haben wollte.

Obwohl unsere Beziehung nie das war, was ich mir eigentlich ersehnte, war es die einzige, die ich hatte. Lydia zog mich in ihre Welt, in die Welt der Phrogger, und im Gegenzug machte ich ihre Träume zu meinen. Bald schon träumte auch ich von einem Leben im Ausland, ohne die Lasten der Vergangenheit. Ich dachte immer, es wäre tatsächlich unser gemeinsamer Traum, aber dann musste ich einsehen, dass ich mich da wohl geirrt hatte.

Spätestens als sie das Mädchen traf.

Tabea.

Lydia war vom ersten Moment an besessen von ihr, ebenso wie vom Rest der Familie. Sie wollte unter dem Dach der Hoffmanns leben, aber nicht mit mir, für mich hatte sie eine andere Aufgabe. Ich sollte den Vater beobachten, um die Mutter und die Tochter wollte sie sich selbst kümmern. Sie gab mir sogar Geld, um ein altes Motorrad zu kaufen, mit dem ich ihm jederzeit folgen konnte. Was genau sie an den Hoffmanns faszinierte, konnte ich nicht in Erfahrung bringen. Ich habe sie mehrmals danach gefragt, aber sie verriet es mir nie.

Seit sie Tabea zum ersten Mal gesehen hatte, drehte sich Lydias Leben ausschließlich um sie. Ich spielte keine Rolle mehr. Alles, was ich von ihr noch bekam, waren ein paar Tipps und Ratschläge, verbunden mit dem Zusatz: »Du schaffst das schon.«

Obwohl Lydias Verhalten mich verletzte, tat ich weiterhin alles, um ihren Wünschen gerecht zu werden. Ich folgte dem Mann. Mal zu seiner Arbeit, mal zu seiner Geliebten und auch zu dem Fundort der Leiche. Ich tat das, weil es die einzige Möglichkeit war, mit Lydia in Kontakt zu bleiben. Um an ihrer Seite sein zu können, wenn der Plan mit der Familie scheiterte.

Für mich war dieses Scheitern von Anfang an vorprogrammiert, und ich konnte nicht verstehen, warum Lydia das nicht wahrhaben wollte. Heute kann ich es mir nur so erklären: Sie war von dem Mädchen und der Familie ebenso besessen wie ich von ihr.

Wenn man von jemandem besessen ist, macht man sonderbare Dinge. Man verhält sich nicht mehr normal, nicht mehr rational. Das ganze Denken ist dann auf diese eine Person hin ausgerichtet, und im Kopf entwirft man Trugbilder. Man sieht den anderen nicht mehr so, wie er ist, sondern so, wie man ihn sich wünscht. Hebt ihn damit auf ein Podest, auf das er eigentlich nicht gehört.

Doch damit ist jetzt Schluss.

Jetzt, während ich in diesem Wohnzimmer stehe und die Menschen darin betrachte, ist mir das klar. Jetzt verstehe ich alles. Vielleicht ist jetzt ja sogar die Chance gekommen, endlich das zu werden, wozu das Schicksal mich von Anfang an auserkoren hat.

Ein Superheld.

EIN TAG ZUVOR

MARCO

Der Tisch steht mitten in der Sonne. Ich mag das nicht. Wenn ich zu lange in der Sonne sitze, wird mein Gesicht immer ganz rot, außerdem fange ich schnell an zu schwitzen. Die feuchten Flecken unter den Achseln sind mir ebenso unangenehm wie Lydias Blick, der regungslos auf mir ruht.

Dann lächelt sie plötzlich und sagt: »Hallo, Marco.«

Ich lächle zurück, sage: »Hallo, Lydia.« Dann setze ich mich.

Sie sieht gut aus, wie immer. Die Haare sind zu einem Dutt gebunden, das weiße T-Shirt steckt vorne in der Hose, der Rest schaut heraus. Ich kann das Wappen ihrer Heimatstadt auf dem Unterarm sehen.

»Wie geht's dir?«

»Gut«, sage ich und zucke mit den Schultern. »Ich bin auf einem Bauernhof in der Nähe untergekommen. Na ja, eigentlich ist es gar kein Bauernhof mehr, sondern eine Baumschule, aber die Besitzer wohnen immer noch …«

»Das ist gut«, unterbricht sie mich, und ich bin nicht sicher, was genau sie damit meint – dass es mir gut geht oder dass aus dem Bauernhof eine Baumschule geworden ist. Lydia deutet auf ihr Eis: »Magst du auch eins?«

»Klar.«

Sie winkt den Kellner heran und bestellt, dann wendet sie sich wieder mir zu. »Ich muss mit dir reden, Marco.«

»Das habe ich mir schon gedacht.«

»Über die Hoffmanns.«

»Klar.«

»Hast du noch etwas über den Vater herausgefunden?«

Ich schüttle den Kopf.

»Gar nichts?«

»Na ja, er war mit seinem Arbeitskollegen etwas trinken, aber das sind wohl nicht die Dinge, die dich interessieren.«

Ihr Blick trifft mich, ist plötzlich eiskalt.

»Sonst war da nichts«, sage ich kleinlaut.

Plötzlich lächelt sie.

»Was denn?«, frage ich.

»Du bist sauer auf mich, richtig?« Sie legt den Kopf schief und schaut mir geradewegs in die Augen. »Ich habe dich allein gelassen und nicht auf deine Nachrichten reagiert. Mich nicht um dich gekümmert, und jetzt schmollst du. Du traust dich nicht, es offen auszusprechen, aber insgeheim denkst du, dass ich dich eh nur ausnutze. Dass ich dich zwar brauche, damit du Sven folgst und mir Bericht erstattest, mir aber vollkommen egal ist, wie es dir in den letzten Tagen erging. So in etwa, kleiner Marco?«

Ich mag es nicht, wenn sie mich »kleiner Marco« nennt, und es wundert mich, dass sie bereits die Vornamen der Hausbewohner benutzt. Der Rest jedoch kommt in etwa hin.

Sie scheint mein Schweigen richtig interpretiert zu haben, zumindest sagt sie: »Reg dich wieder ab! Jetzt sind wir ja hier. Du musst endlich mal lernen, meine Entscheidungen zu akzeptieren und nicht alles immer persönlich zu nehmen. Hier geht es nicht um dich. Es geht um die Hoffmanns.«

»Okay«, erwidere ich kleinlaut. »Aber ich finde, du hättest dich wirklich mal melden können. Ich habe mir Sorgen gemacht.«

»Um mich?« Jetzt lacht sie. »Wirke ich wie jemand, um den man sich sorgen muss?«

Nein, das tut sie nicht, und dennoch kann ich nichts dagegen machen. Wenn man Menschen mag, sorgt man sich um sie. Ich werde mich immer um Lydia sorgen.

Genau das möchte ich ihr auch gerade sagen, als sie mich unvermittelt fragt, was genau ich eigentlich von ihr will.

»Was?« Irritiert schüttle ich den Kopf.

»Willst du mein Freund sein? Mich vögeln?«

»Äh, ich …«

»Jetzt komm schon, Marco! Sag es freiheraus.«

»Na ja«, ich nehme meinen gesamten Mut zusammen. »Ich mag dich. Sehr sogar. Ich kenne dich aber nicht wirklich und weiß nicht, ob du dir vorstellen kannst, mit mir …«

»Ich mag dich auch, Marco«, unterbricht sie mich. »Nur nicht so, auf diese Art. Lass uns also ein paar Dinge klarstellen, bevor wir weiterreden: Ich stehe bevorzugt auf Frauen! Das heißt nicht, dass ich nicht auch mal mit einem Typen ins Bett gehe, aber es bedeutet mir nichts. Wenn, dann ist es nur Sex, verstehst du? Das Ding ist bloß: Selbst wenn ich Lust auf einen Mann hätte, wärst du nicht der Typ, den ich mir aussuchen würde. Wenn du also weiterhin mein Freund sein willst, musst du dir solche Gedanken aus dem Kopf schlagen. Was ich will, ist Tabea. Niemand sonst.«

»Warum?«

»Warum was?«

»Warum ausgerechnet sie?«

»Das verstehst du nicht.«

»Da hast du recht«, erwidere ich ungewohnt trotzig. »Ich verstehe es nicht!«

Einen Moment lang befürchte ich, dass Lydia einfach aufsteht und geht oder mir zumindest klarmacht, dass mich das nichts angeht, aber das tut sie nicht. Stattdessen bleibt sie ruhig sitzen, sieht mich nachdenklich an und lächelt leicht.

Das passt nicht zu ihr, ich kenne sie. Lydia tut immer nur das, was sie für richtig hält, und wenn andere nicht mitziehen wollen, ist das deren Ding. Sie kommt allein klar, ist auf niemanden angewiesen. Das ist auch der Grund, warum die anderen Phrogger sie immer nur ehrfurchtsvoll »Der Hai« nennen.

Dann sagt sie: »Du hast recht.«

Aus irgendeinem Grund ist mein Mund staubtrocken.

»Womit?«

»Du kennst mich nicht. Nicht wirklich, zumindest.«

Ich weiß nicht, was ich sagen soll, also nicke ich nur.

»Das sollten wir ändern.«

Ein zweites Nicken würde mir jetzt dämlich vorkommen, also sage ich: »Du weißt, dass du mir vertrauen kannst. Du kannst mir alles erzählen. Ich spüre doch, dass da mal etwas Schlimmes geschehen ist, was dir keine Ruhe lässt. Das habe ich schon immer gewusst. Du redest manchmal im Schlaf. Hat das irgendwas mit den Hoffmanns zu tun?«

Ihr Gesicht ist ausdruckslos, nur in den Augen brennt ein Feuer, das ich so bei ihr noch nie gesehen habe.

»Hast du schon mal gehasst, Marco? So richtig?«

Ich denke an die Prügel im Waisenhaus, an meine Adoptiveltern. An den Moment, als die Frau, die ich nie »Mutti« nennen sollte, mich vor die Tür gesetzt hat.

»Ja«, sage ich dann. »Das habe ich.«

»Und was hast du mit deinem Hass angefangen?«

Wieder denke ich darüber nach.

»Nichts«, sage ich.

»Das habe ich mir schon gedacht, und das ist auch der Unterschied zwischen uns beiden. Wenn ich hasse, will ich Rache. Nur das, nichts anderes. Diesem Ziel ordne ich dann alles andere unter, weil ich denjenigen zerstören und ihn leiden lassen will, wie auch ich gelitten habe. Ich muss das tun, damit die Dinge wieder … keine Ahnung, in ein kosmisches Gleichgewicht kommen oder so. Ansonsten würde ich keine Ruhe mehr finden.«

»Und diese Tabea hat dir etwas angetan?«

»Nein«, lächelt sie. »Nicht sie.«

»Wer dann?«

»Das erzähle ich dir«, verspricht sie. »Ich werde dir alles erzählen, aber nicht jetzt und nicht hier. Erst wenn wir im Haus der Hoffmanns sind. Dann siehst du es. Dann wirst du verstehen.«

Ungläubig schaue ich sie an. »Ich soll mit dir ins Haus ziehen?«

Sie lächelt erneut, ein wenig spöttisch vielleicht.

»Natürlich. Warum hätte ich dich sonst hierherbestellt?«

FRANZISKA

Bevor ich Frank verlasse, nehme ich sein Gesicht noch kurz in die Hände und küsse ihn.

»Bis bald«, sage ich anschließend. »Ich liebe dich.«

»Ich dich auch! Versprichst du mir, auf dich aufzupassen, wenn du wieder zu Hause bist? Du weißt nicht, wozu Sven sonst noch fähig ist.«

»Das mache ich«, versichere ich. »Ich komme übermorgen wieder zu dir, und bis dahin schreibe ich dir, wenn etwas geschehen sollte. Wollen wir es so machen?«

Er nickt, dann drehe ich mich um und gehe. Ich verlasse das Grundstück durch das kleine Tor im Garten und laufe den Pfad entlang, der mich wieder zu dem Waldparkplatz führt. Dabei denke ich an die Stunden, die hinter mir liegen. An seine Küsse und Berührungen, aber auch daran, wie wir uns die gemeinsame Zukunft vorstellen.

Frank wäre es am liebsten, wenn ich nach der Trennung zu ihm ziehen würde. In sein Haus, gerne auch mit Tabea. Er akzeptiert meine Tochter jetzt schon, nur ich bin skeptisch, ob das umgekehrt genauso gut funktioniert. Ich habe da meine Bedenken.

Tabea ist in den letzten Jahren ein regelrechtes Papakind geworden. Wenn ich mich von Sven trenne und zu einem anderen Mann ziehe, wird sie diesem Mann die Schuld an allem geben, das weiß ich. Sie wird Frank für das Scheitern unserer Ehe verantwortlich machen, obwohl er am wenigsten dafür kann und die Schuld ausschließlich bei Sven liegt. Das wird ein Problem sein. Ein Problem, mit dem ich mich allerdings erst zu gegebener Zeit auseinandersetzen muss.

Ich schließe den Wagen auf, steige ein und fahre los. Nach Hause will ich noch nicht, stattdessen kreuze ich lieber eine Weile ziellos über die Landstraßen. Ich brauche einfach ein bisschen Zeit für mich, in der ich ungestört meinen Gedanken nachgehen kann.

Obwohl die Stunden bei Frank mir gutgetan haben, habe ich den Schock über die Botschaft auf der Windschutzscheibe noch nicht ganz verdaut. Ich bin mir sicher, wer sie dort hinterlassen hat. Die Frage ist bloß: Warum?

Wie kam es nur dazu, dass Sven mich plötzlich so abgrundtief zu hassen scheint? Er, für den ich vor ein paar Tagen noch alles getan hätte? Sicher, meine Affäre mit Frank läuft schon länger, aber bis vor Kurzem war sie nur das: eine Affäre. Wenn Sven auf mich zugekommen wäre, wenn er mich um Verzeihung gebeten und mir versichert hätte, sich zukünftig anders verhalten zu wollen, wäre ich mit fliegenden Fahnen zu ihm zurückgekehrt. Auch ich habe schlimme Dinge getan, und es hätte keinen Grund gegeben, ihm seine Fehler nicht ebenfalls zu verzeihen.

Jetzt allerdings ist das keine Option mehr. Durch das, was Sven mir in den letzten Tagen angetan hat, hat er mir endlich sein wahres Gesicht gezeigt. Die Maske ist gefallen. Und was sich dahinter verbirgt, ist so grausam, dass ich wahrscheinlich nie verstehen werde, wie er sein wahres Wesen in all den Jahren unserer Ehe vor mir verbergen konnte.

Hinter mir hupt ein Auto und reißt mich aus meinen Gedanken. Ich schaue auf den Tacho, bin viel zu langsam, und beschleunige wieder. Dabei versuche ich, mich zu orientieren. Seit ich Frank verlassen habe, sind zwanzig Minuten vergangen, in denen ich immer weiter Richtung Osten gefahren bin, weg von unserem Haus. Mittlerweile ist es halb sieben, früher Abend, und es wird bereits dunkel, als der nächste Ort vor mir auftaucht.

Wittmund steht auf dem Schild. Ich kenne den Ort. Vor einiger Zeit habe ich sogar mal eine Dokumentation über die Geschichte dieser Kreisstadt gesehen. Wenn ich mich recht erinnere, war hier gegen Ende des Zweiten Weltkriegs das erste Flugzeug stationiert, das die Tausend-Stundenkilometer-Marke durchbrach, irgendeine Messerschmitt. Außerdem sagten die Filmemacher, dass Hitler in Wittmund zum Ehrenbürger ernannt worden war – ein Umstand, an den sich heute wohl niemand gern erinnern mag.

In der Nähe des Kreishauses finde ich einen Parkplatz und steige aus. Es ist immer noch warm, und da ich schon mal hier bin, kann ich mir den Ortskern auch genauer anschauen. Er gefällt mir, ist irgendwie malerisch, die kleinen Straßen werden von auffällig vielen Backsteinhäusern gesäumt. Vor dem Schaufenster eines schon geschlossenen Schuhgeschäftes bleibe ich stehen und betrachte die Auslage. Will gerade weitergehen, als ich höre, wie mein Handy klingelt. Svens Name steht auf dem Display. Kurz denke ich daran, den Anruf einfach zu ignorieren, überlege es mir dann aber anders.

»Ja?«, melde ich mich distanziert.

»Ich bin's«, sagt er nur, und dann: »Wo bist du denn?«

»In Wittmund«, antworte ich wahrheitsgemäß.

»Aha«, sagt er nur.

Sicher würde er jetzt gerne wissen, was ich hier mache, aber den Gefallen werde ich ihm ganz sicher nicht tun.

»Was gibt's denn?«, frage ich stattdessen.

»Ich wollte nur kurz Bescheid sagen, dass es heute später werden kann.«

Na klar, denke ich, sage aber nur: »Sicher die Arbeit, nicht wahr?«

»Ja, genau. Wir haben hier noch einiges zu tun.«

»Natürlich habt ihr das.«

Er schweigt kurz, vielleicht hat er meinen spöttischen Unterton bemerkt. Fragt dann: »Ist alles in Ordnung bei dir?«

»Natürlich. Was soll denn nicht in Ordnung sein?«

»Du klingst so komisch.«

»Das täuscht. Mir geht es blendend, und ich genieße gerade einfach nur den kleinen Stadtbummel.«

»Okay, also ... Ich weiß nicht, wann ich heute nach Hause komme. Es kann spät werden.«

»Lass dir Zeit und stress dich nicht«, flöte ich zurück. »Die Arbeit geht vor, mein Schatz.«

Eine Zeit lang herrscht Schweigen.

»Danke«, sagt er dann. »Wir sehen uns später, sofern du noch wach bist, wenn ich nach Hause komme.«

»Natürlich tun wir das«, erwidere ich und kann mir ein Grinsen nicht verkneifen. »Hab noch einen schönen Abend und bestell Torge liebe Grüße.«

»Du auch«, antwortet er und klingt dabei vollkommen irritiert.

Nachdem das Gespräch beendet ist, lasse ich das Handy lächelnd wieder in die Handtasche gleiten. Das tat gut, denke ich. Ein vollkommen anderes Gefühl als bei früheren Anrufen, bei denen ich immer zigmal nachgefragt habe und alles ganz genau wissen wollte. Teilweise habe ich ihn sogar fast schon angebettelt, doch früher nach Hause zu kommen. So war das, aber da war ich noch die alte Franziska. Die neue ist anders.

Ich weiß jetzt, zu wem ich gehöre und wo meine Zukunft liegt. Mir graut zwar vor der Trennung und all dem, was damit verbunden ist, aber jetzt, da die Entscheidung einmal gefallen ist, werde ich die Dinge auch nicht mehr auf die lange Bank schieben. Ich will weg. Sobald sich die passende Gelegenheit bietet, werde ich Sven zur Rede stellen und ihm sagen, was sich in mir angestaut hat. Ich gehe nicht davon aus, dass meine Worte etwas bewirken, aber darum geht es auch nicht. Jetzt geht es nur noch um mich. Um nichts anderes mehr.

TABEA

Ich kann nicht vergessen, was ich gesehen habe, und werde es meiner Mutter auch nicht verzeihen können. Ihren Verrat. Den Betrug. Ich weiß nur nicht, wie ich darauf reagieren soll.

Soll ich ihr sagen, dass ich sie gesehen habe, um mir dann ihre bescheuerten Ausflüchte anzuhören? Soll ich es meinem Dad erzählen? Keine Ahnung, vielleicht hat Leonie ja eine Idee. Sie wollte um sieben bei mir sein, ich warte minütlich auf das Klingeln an der Haustür.

Dann klingelt es auch schon, cool. Ich renne hinunter, brauche jemanden zum Reden. Als ich die Tür öffne, steht sie vor mir, voll aufgebrezelt, und sieht mich fragend an.

»Schnecke, was geht?«, will sie wissen und sieht mich von oben bis unten an. »Bist du noch nicht fertig?«

»Fertig für was?«

»Na, wir wollen doch im *57er* was trinken gehen. Schon vergessen?«

Mist, da war ja was!

»Können wir nicht hierbleiben?«, frage ich. »Ich muss unbedingt über etwas mit dir reden!«

»Das können wir doch auch da machen.« Sie sieht geknickt aus. »Ich hatte mich echt gefreut, mal wieder rauszukommen.«

Okay, schon verstanden. Sie will Party machen, ein bisschen zumindest. Im *57er* gibt's verdammt gute Cocktails, und ein wenig Alkohol könnte mir an diesem beschissenen Tag helfen. Warum also nicht, denke ich.

»Gib mir ein paar Minuten, okay?« Ich gebe die Tür frei. »Ich muss mich nur noch schnell umziehen.«

»Klar, ich warte.«

Während sie hereinkommt und die Tür schließt, renne ich schon nach oben, um mich umzuziehen. Ich überlege nicht lange, greife einfach zu einem kurzen Rock, hohen Stiefeln und einem engen Oberteil. Dann noch ein wenig Make-up und Lippenstift, und ich bin fertig.

Leonie macht große Augen, als ich wieder herunterkomme, und meint, dass sie jetzt völlig underdressed sei. Ich wische ihre Bedenken mit einer Handbewegung weg, sie sieht klasse aus, und frage, ob sie mit dem Auto da ist.

Leonie nickt. Sie ist vor anderthalb Monaten achtzehn geworden, und manchmal leiht ihre Mutter ihr den Wagen. Ein Smart, aber ein cooler in Brabus-Ausführung. Die meisten Jungs in unserer Klasse beneiden sie darum.

Direkt vor dem *57er* finden wir einen Parkplatz, was prima ist, da die meisten Leute auf der Terrasse sitzen und unseren Auftritt so hautnah mitbekommen. Ich genieße es, wie eine Diva zuerst ein Bein aus dem Smart zu schwingen und dann das andere, während sämtliche Blicke in unsere Richtung schwenken. Auf eine sonderbare Art komme ich mir sogar immer älter vor, wenn ich mit Leonie im Auto vorfahre. So, als ob ihre Volljährigkeit dann automatisch auch auf mich übergehen würde.

Drinnen finden wir an der Fensterscheibe, wo uns jeder gut sehen kann, einen freien Hochtisch. Leonie bestellt einen Mocktail, sie muss schließlich noch fahren, ich eine Lynchburg Lemonade – Jack Daniel's, Triple Sec, Zitronen- und Limettensaft, aufgefüllt mit Sprite. Mein bevorzugter Sommerdrink, Aperol Spritz war noch nie mein Ding.

»Jetzt erzähl mal«, fordert Leonie mich auf, als die Getränke vor uns stehen. »Was ist denn los? Nervt deine Mutter schon wieder mit irgendwelchen blöden Fragen?«

»Schlimmer«, sage ich nur und nehme einen großen Schluck, bevor ich mich umblicke, um sicherzugehen, dass uns niemand zuhört. »Sie hat eine Affäre!«

Leonie reißt die Augen auf. »Die heilige Franziska?«

Ich nicke.

»Echt jetzt?«

»Kein Scheiß«, bestätige ich. »Ich habe es selbst gesehen.«

»Du hast sie …?«

»Nicht beim Sex«, winke ich ab. »Aber wie sie sich küssten. In dem Garten von dem Typen, voll lange und mit Zunge. Dabei hat er die ganze Zeit ihren Hintern begrapscht.«

Leonie verzieht angewidert das Gesicht.

»Und wer ist der Kerl?«, fragt sie dann.

»Keine Ahnung, ich kenne ihn nicht. Er ist um die fünfzig und echt nichts Besonderes. Ein bisschen kleiner als Dad, aber dicker. So mit Plauze und so.« Ganz bewusst übertreibe ich. »Ich meine, wie kann sie nur? Und dann mit so einem?«

»Kann ich verstehen«, sagt sie mitfühlend. »Und was willst du jetzt tun?«

Ich schüttle ratlos den Kopf. »Es meinem Dad erzählen, vielleicht.«

»Auf keinen Fall! Halt dich da bloß raus, Schnecke. Das Ganze kann schnell nach hinten losgehen, wenn du dich einmischst. Ich meine, was willst du auch sagen? Dass du deiner Mutter hinterherspioniert hast? Vergiss es! Du bekommst dann nur Ärger und stehst am Ende noch wie diejenige da, die etwas falsch gemacht hat.«

»Das ist ja nicht alles«, gestehe ich.

»Was denn noch?«

»Mein Dad hat mir schon vor ein paar Tagen gesagt, dass er sich von meiner Mutter trennen will. Er hat auch jemand Neues und nun ein schlechtes Gewissen, weil er denkt, dass das meine Mutter sicherlich verletzen würde. Das muss er jetzt aber nicht mehr haben, verstehst du? Nicht wenn er weiß, dass sie ihn ebenfalls betrügt.«

Leonie sieht beeindruckt aus. »Bei euch geht's ja ab!«

Ich stimme dem zu, bei uns geht's tatsächlich ab. So lange ich mich erinnern kann, sind wir immer nur Familie Sonnenschein gewesen, aber das hat sich innerhalb weniger Tage erledigt. Jetzt sind meine Eltern eher eine Swingerfamilie, in der es jeder mit einem anderen treibt.

»Pass auf«, sage ich. »Das Ding ist folgendes: Mein Dad und ich haben uns immer alles anvertraut. Wenn ich jetzt weiß, dass meine Mutter ihn betrügt und es ihm nicht sage, käme mir das wie ein Verrat vor. Ich meine, zu mir ist er immer cool gewesen – zumindest auf die Art, die ein Zweiundvierzigjähriger für cool hält! Ihm jetzt nicht zu sagen, was da hinter seinem Rücken abgeht, wäre nicht in Ordnung, verstehst du das?«

»Schon klar«, nickt Leonie und nimmt einen Schluck von ihrem Mocktail. »Wir müssen also eine Möglichkeit finden, wie dein Dad die Wahrheit erfährt und du trotzdem nicht wie eine blöde Verräterin dastehst.«

»Bingo«, sage ich.

»Was wäre denn, wenn du es ihm anonym mitteilst? Sodass deine Mutter nicht weiß, dass der Hinweis von dir kommt, du es ihm gegenüber später aber zugeben kannst?«

»Du meinst, ich soll ihm einen Brief schreiben oder so?«

»Warum nicht? Es muss ja nicht direkt ein Brief sein. Irgendein Hinweis, dass deine Mutter fremdgeht und mit wem, würde doch schon genügen!«

Das ist gut, denke ich. Einerseits mag ich es zwar nicht, meiner Mutter auf diese Art in den Rücken zu fallen, andererseits hat Dad aber ein Recht darauf, zu erfahren, was Sache ist. Die Ehe der beiden ist eh im Eimer, und es kann nicht sein, dass er sich den Kopf zerbricht, wie er ihr das Ganze vernünftig mitteilen soll, während sie sich zeitgleich bereits mit einem anderen vergnügt.

»Hilfst du mir dabei?«, frage ich Leonie.

»Habe ich dich etwa jemals hängen gelassen?«

Ich grinse.

»Du bist die Beste«, sage ich dann.

»Die Coolste«, behauptet sie. »Wenn dein Vater wissen will, was wirklich cool ist, kann er mich gerne fragen. Ich könnte ihm da schon weiterhelfen!«

Ich muss lachen. Leonie ist echt die beste Freundin, die man sich wünschen kann. Keine Ahnung, was ich ohne sie an einem solchen Abend getan hätte. Heulend auf dem Bett rumliegen wahrscheinlich. Dank ihrer Hilfe und der Limonade aus Lynchburg bin ich jetzt deutlich besser drauf. So gut, dass ich beschließe, das Thema fürs Erste hinter mir zu lassen und mich einem anderen zuzuwenden.

»Was macht eigentlich Pommes' Plan, sich an den Barbesitzer ranzuschmeißen?«, will ich wissen. »Hat sie noch mal davon geredet?«

»Sie war sogar schon bei ihm in der Shisha-Bar«, berichtet Leonie. »Das wollte ich dir eh noch erzählen!«

»Wann war sie da?« Überrascht schaue ich sie an.

»Na, heute! Und jetzt kommt der Hammer: Die beiden gehen morgen tatsächlich miteinander essen! In irgendein sauteures Lokal, sagt Pommes. Er hat sie eingeladen.«

»Du verarschst mich doch, oder?«

»Keine Spur! Pommes sagt, er wäre voll auf sie abgefahren. Hätte die ganze Zeit an ihr rumgebaggert, während sie so tat, als würde sie sich zieren. Ich glaube, sie denkt, der Kerl frisst ihr jetzt schon aus der Hand.«

Ich fasse es nicht. »Und wann hat sie das erzählt?«

»Vorhin erst«, meint Leonie. »Keine zehn Minuten, bevor ich dich abgeholt habe.«

Augenblicklich fühle ich mich ausgeschlossen, was ich mir aber nicht anmerken lassen will. Dennoch frage ich Leonie, warum Pommes sie und Johanna angerufen hat, mich aber nicht.

»Das hat sie doch! Sie sagt, sie hätte dich nur nicht erreicht.«

Ich hole mein Handy heraus und schaue aufs Display. Ein verpasster Anruf, die Nummer von Pommes. Alles klar, denke ich – scheinbar bin ich noch immer ein Mitglied der Gang.

»Krass«, meine ich anschließend nur. »Und jetzt? Wie sieht der Plan aus?«

»Ich leihe mir morgen wieder den Wagen meiner Mutter. Dann folgen wir den beiden einfach von der Shisha-Bar zum Restaurant und warten ab, was passiert. Pommes hat ja ihr Handy mit. Wenn es ungemütlich wird, geht sie einfach auf die Toilette und schickt uns eine Nachricht, damit wir sie aus dem Laden wieder rausholen.«

»Und Johanna? Im Smart ist doch nur Platz für zwei.«

»Die kann morgen eh nicht, weil sie schon mit Niklas verabredet ist.«

Ich nicke nur, lasse mir die Sache in Ruhe durch den Kopf gehen.

»Findest du nicht, dass das gefährlich ist, was Pommes da macht?«

»Klar«, sagt sie. »Aber versuch mal, sie aufzuhalten! Da ist nichts zu machen, das weißt du ja, und außerdem glaube ich, dass sie irgendwie auf den Typen steht. Ich meine, sie hat fast geschwärmt, als sie von ihm gesprochen hat.«

»Glaubst du echt?«

»Warum nicht?«, gibt Leonie sich gelassen. »Pommes sagt doch immer, dass sie eine Schwäche für böse Jungs hat, und auf den Kerl trifft das definitiv zu.«

»Wie kann sie sich nur mit so einem abgeben?« Ich verstehe es nicht. »Selbst wenn der Typ Rebecca nicht umgebracht hat, ist er immer noch ein Drogendealer, und außerdem ist er viel zu alt für sie. Ich meine, der muss doch fast schon dreißig sein!«

»Hey, mich musst du nicht überzeugen! Ich finde es genauso schlimm wie du, aber ich hoffe ja immer noch darauf, dass Pommes bald wieder das Interesse verliert. Du kennst sie ja: Genauso schnell, wie sie von etwas begeistert ist, erlahmt diese Begeisterung dann auch wieder.«

»Was gut ist«, sage ich.

»Was gut ist«, stimmt Leonie zu. »Also, zurück zu deiner Mutter … Wie genau wollen wir es machen?«

MARCO

Gemeinsam mit Lydia gehe ich über die Felder zu dem Haus zurück, in dem sie die letzten Tage und Nächte verbracht hat. Wir vergewissern uns, dass niemand da ist, dann betreten wir es durch einen kleinen Anbau, der sich an der Seite befindet.

Es ist ein schönes Haus, auch von innen. Man sieht ihm das Geld an, das die Eigentümer haben, aber auch deren guter Geschmack lässt sich erkennen. Sämtliche Farben passen zusammen, alles wirkt aufeinander abgestimmt, und Lydia führt mich mit dem Stolz einer Hausbesitzerin herum. Ich begutachte das Wohnzimmer, das Arbeitszimmer und beide Schlafzimmer, dann will Lydia mir auch die weiteren Räume zeigen. Während sie Erklärungen abgibt, was sie hier in den letzten Tagen gemacht hat, beobachte ich sie aus den Augenwinkeln heraus. Mir gefällt nicht, was ich sehe. Sie wirkt aufgedreht, teilweise fast schon euphorisch. Ein Verhalten, das so gar nicht zu ihr passt. Ich habe mir vorher schon Sorgen um sie gemacht, hier in diesem Haus werden diese Sorgen noch größer.

Normalerweise ist Lydia ein Mensch, der immer wirkt, als würde er die Dinge im Griff haben. Sie beobachtet, sie analysiert, und dann zieht sie die richtigen Schlüsse. Alles mit kühlem Kopf, fast schon emotionslos. Heute jedoch ist das anders, sie wirkt wie eine Getriebene. Ich weiß nicht, was die Hoffmanns ihr angetan haben oder wofür sie sich rächen will. Ich könnte nur Vermutungen anstellen, bin aber schlecht, was das angeht.

Meist liege ich mit meinen Vermutungen kilometerweit daneben, gerade bei ihr. Ich weiß nur, dass dieser Rachegedanke ihr nicht guttut.

Als wir mit der Hausbesichtigung fertig sind, gehen wir nach oben auf den Dachboden, in ihr Versteck. Lydia zeigt mir alles. Das Nachtlager, die Fluchtmöglichkeiten, für die sie gewissenhaft gesorgt hat. Mittlerweile habe ich als Phrogger genügend Erfahrungen gesammelt, um erkennen zu können, dass sie gut sind. Wenn jemand nach oben kommen sollte, während wir da sind, würde die geschlossene Tür ihn einige Minuten lang aufhalten. Mehr Zeit braucht man nicht, um auf das Dach zu gelangen und von dort aus über die Regenrinne hinab in den Garten.

»Und?«, höre ich Lydias Stimme in meinem Rücken.

»Das ist gut«, sage ich und drehe mich um. »Im Falle eines Falles würden wir keine Minute brauchen, um abhauen zu können.«

Sie lacht. »Ich wollte keine Einschätzung über meinen Fluchtplan hören, sondern wissen, was du über dieses Haus denkst. Über die Hoffmanns.«

Ratlos zucke ich mit den Schultern. »Was soll ich sagen? Es ist ein schönes Haus. Sie scheinen eine ganz normale Familie zu sein.«

»Findest du?«

Warum nur kommt es mir vor, als würde sie hier etwas sehen, das ich nicht erkennen kann? Warum nur fühle ich mich in ihrer Gegenwart immer so schwach, so … unterlegen?

»Wolltest du mir nicht erzählen, warum wir hier sind? Was genau es mit den Hoffmanns und dir auf sich hat?«

Sie legt sich auf die Isomatte und verschränkt die Hände hinter dem Kopf. »Später«, sagt sie dann. »Lass uns jetzt lieber versuchen, eine Runde zu schlafen. Es gibt einiges, was wir in der kommenden Nacht erledigen müssen.«

»Warum nicht jetzt?«

»Warum, warum, warum?«, äfft sie mich nach, lächelt aber. »Manchmal bist du eine richtige Nervensäge! Mach dich mal locker, Marco. Alles passiert, wie es passieren muss.«

Dann schließt sie die Augen und schläft fast augenblicklich ein. Ich merke, dass ich jetzt sowieso keine Ruhe finden werde, setze mich neben sie und schaue sie an. Denke nach.

Lydia hat gesagt, dass ich heute Nacht versuchen soll, mich in den iMac zu hacken, der auf dem Schreibtisch im Arbeitszimmer steht. Ich befürchte, dass sie sich das zu einfach vorstellt. Ein iMac der neuesten Generation ist nicht so einfach zu knacken. Wenn man nicht die Möglichkeit hat, eine Datei mit einem Trojaner zu senden, die der Besitzer dann öffnet, bleibt einem nur der Umweg über ein separates CD-Laufwerk oder einen USB-Stick. Man legt beispielsweise eine entsprechende CD ein, und sobald diese läuft, was auch ohne Passworteingabe möglich ist, installiert sie im Hintergrund einen Trojaner auf dem Rechner. Dieser speichert dann automatisch Dateien und Passwörter und versendet sie, sobald der Rechner mit dem Internet verbunden wird. Aufwendig, aber wirksam, weil signaturbasierte Virenscanner solchen CDs oder Sticks oftmals hilflos gegenüberstehen. Sie sind darauf ausgerichtet, Anhänge in Massenmails zu finden, nicht darauf, den Computer vor dem Benutzer zu schützen. Eine Sicherheitslücke, die wir uns auch in anderen Häusern schon zunutze gemacht haben.

Das Problem ist nur, dass in diesen anderen Häusern PCs mit einem Windows-Betriebssystem standen. Dafür habe ich eine solche CD, nicht aber für Rechner von Apple, und ich weiß auch nicht, wie ich so schnell an eine solche kommen soll.

All das hätte ich ihr vorhin natürlich auch sagen können, aber ich habe mich nicht getraut. Wollte nicht die Enttäuschung in ihren Augen sehen oder einen Blick, der mir signalisierte, dass ich zu nichts zu gebrauchen bin. Nicht von ihr. Ich habe diesen Blick schon in den Augen zu vieler Menschen gesehen.

Irgendetwas wird mir einfallen, es muss einfach. Lydia will ihre Rache, also werde ich ihr helfen, sie zu bekommen. Ich würde alles für Lydia tun. Auch wenn ich dafür mal wieder einem ihrer Träume hinterherrennen muss.

SVEN

In meiner Branche darf der Informationsfluss niemals abreißen, auch wenn es praktisch nichts mehr zu verkünden gibt. Die Zuschauer lechzen selbst nach den belanglosesten Informationen, der Programmchef braucht Inhalte, und Torge und ich müssen sie ihm besorgen. Ein paar kurze Interviews, einige nichtssagende Kommentare und ein wenig Bildmaterial von den Orten des Geschehens – fertig ist der nächste Vierminüter, der in irgendeiner Abendsendung über Rebeccas Ermordung eingespielt werden kann.

»Wie schaut's aus? Gehen wir noch was trinken?«

»Heute nicht«, sage ich und sehe zu Torge rüber, der bereits seine Tasche packt. »Ich bin müde.«

Er wirft einen demonstrativen Blick auf die Uhr. »Wir haben gerade mal halb acht!«

»Ein anderes Mal, okay? Heute werde ich einfach nur froh sein, wenn ich zu Hause bin.«

»Dann muss ich mal schauen, was Theresa vorhat. Sehen wir uns morgen?«

»Wahrscheinlich nicht. Bis jetzt habe ich noch keinen Auftrag bekommen.«

»Also bis die Tage«, sagt er, winkt noch mal und verschwindet.

Ich gebe ihm ein paar Minuten Vorsprung, die ich damit vertrödele, meinen Blick über die verwaisten Schreibtische und die verstaubte Yucca-Palme in unserem Büro streifen zu lassen. Als ich sicher bin, dass er wirklich weg ist, renne ich runter, springe ins Auto und fahre schnurstracks zu Lara, die schon mit dem Essen auf mich wartet.

»Und? Hat es geschmeckt?«, fragt sie, als ich mich nach dem Essen zurücklehne und genüsslich meinen Espresso trinke.

»Und wie«, sage ich. »Aber beim nächsten Mal bin ich wieder dran! Wenn ich mich ständig von dir bekochen lassen würde, dann würde ich binnen eines halben Jahres in keine Hose mehr passen.«

Sie lächelt zufrieden. Kochen ist eine Leidenschaft, die uns beide verbindet. Ich bin dabei eher der mediterran angehauchte Typ, sie steht auf deftige Hausmannskost, raffiniert zubereitet. Angesichts der darin enthaltenen Kalorien ist ihre knackige Figur geradezu eine Frechheit.

Dann legt sie ihre Hand auf meine, streichelt sie und sagt: »Das ist schön.«

»Was genau?«

»Das alles hier.« Sie macht eine Geste, die wohl die gesamte Wohnung umschließen soll. »Es fühlt sich so normal an. Fast so, als würden wir bereits zusammenleben.«

»Das tun wir ja auch bald.«

»Sicher?«

»Natürlich.« Ich verstehe ihre Frage nicht.

Sie seufzt und sieht mir in die Augen. »Ich will dich bestimmt nicht nerven, Sven, aber wann redest du endlich mit Franziska? Wann können wir dieses Versteckspiel beenden?«

»Bald«, versichere ich und streichle ihre Wange. »Gib mir noch ein paar Tage Zeit, um einige Dinge zu klären. Im Moment ist alles nicht so einfach. Ich muss den richtigen Zeitpunkt abwarten, damit das Ganze nicht in einem Drama endet.«

»Gibt es den überhaupt? Den richtigen Zeitpunkt?«

Ich lasse die Frage im Raum stehen. Allein schon, weil mir keine passende Antwort einfällt. Lara hat ja recht, denke ich, alles zieht sich jetzt schon über Wochen hin. Mal passt dieses nicht, mal jenes, und bisher ist Tabea dabei mein größtes Problem gewesen, aber das hat sich ja jetzt erledigt. Ich habe ihr gesagt, was Sache ist, und ihr auch von Lara erzählt. Sie weiß Bescheid, und es gibt keinen Grund mehr, noch länger mit der Trennung zu warten.

»Wie klingt *diese Woche* für dich?«

Sie lächelt. »Ernsthaft?«

»Ja«, bestätige ich. »Du hast recht, ich will es auch endlich hinter mich bringen und bei dir sein. Nicht nur ab und zu an den Abenden, sondern immer. In letzter Zeit ist einfach nur … Na ja, es sind einige Dinge passiert, und Franziska verhält sich sonderbar. Noch sonderbarer als sonst, meine ich.«

»Und warum redest du dann nicht mit mir?«

»Ich wollte dich mit meinen Eheproblemen nicht belasten.«

»Verdammt, belaste mich!« Ihre Hand schlägt auf den Tisch. »Wenn dir etwas auf der Seele liegt, will ich davon wissen! Es sei denn, du willst gar nicht, dass ich ein Teil deines Lebens bin.«

»Du weißt, dass ich das will.« Warum sagt sie das? »Mehr als alles andere.«

»Dann hör auf, mich wie ein Porzellanpüppchen zu behandeln, dem man nichts zumuten kann, weil man Angst hat, dass es zerbrechen könnte. Ich liebe dich, du Idiot! Wenn du ein Problem hast, will ich davon wissen. Ich will es verstehen, damit ich mir nicht irgendwelche bescheuerten Gedanken mache, während ich allein hier rumsitze. Mit solch kryptischen Antworten machst du es mir nicht leichter.«

Ich öffne den Mund, bekomme aber keinen Ton heraus. Lara hat ein Recht darauf, alles zu erfahren, und damit meine ich nicht nur die Vorkommnisse der letzten Tage. Auch Dinge, die ich schon seit Jahren mit mir herumtrage. All das weiß ich, aber obwohl ich es weiß, fällt es mir schwer, darüber zu sprechen. Dennoch muss ich es tun. Ich liebe Lara, sie ist die Zukunft, und keine Beziehung kann von Dauer sein, wenn sie auf Geheimnissen errichtet ist.

Also rede ich. Wir reden. Ich versuche, ihr die Vorkommnisse der letzten Jahre im Zeitraffer zu schildern, und lasse mir nur bei denen der letzten Tage mehr Zeit. Sie hört aufmerksam zu und stellt nur wenige Fragen, auf die ich dann gerne eingehe. Ich merke, dass sie verstehen will. Nicht nur mein Handeln, sondern auch, wie Franziska in Wirklichkeit ist.

Ich erzähle ihr alles. Auch den Teil, der mit dem Überfall zu tun hat und insbesondere mit Franziskas Verhalten danach.

Der erste Arzt, den Franziska aufsuchte, als sie die Panikattacken nicht in den Griff bekam, hieß Klaus Hansen. Er war schon älter, stand wahrscheinlich bereits kurz vor der Rente. Auf Franziskas Wunsch hin begleitete ich sie zu dem ersten Termin und mochte ihn auf Anhieb. Doktor Hansen war ein waschechter Hanseat mit schlohweißen Haaren und norddeutschem Dialekt, den nichts aus der Ruhe zu bringen schien.

Nachdem Franziska dann ein paarmal allein bei ihm gewesen war, bestellte er mich gemeinsam mit ihr in die Praxis, um mit uns über den weiteren Verlauf der Therapie zu reden. Das sei üblich, meinte er, weil auch das häusliche Umfeld für den Therapieerfolg maßgeblich sei.

Ich stellte die Aussage nicht infrage, also saßen wir schon in der Woche später auf seinem Sofa, beide mit einer Tasse Tee in der Hand. Doktor Hansen stellte ein paar Fragen, machte ein paar Anmerkungen und bat dann Franziska, mich mit ihm kurz allein zu lassen.

Franziska protestierte und fragte, wofür das gut sein solle, aber irgendwie gelang es ihm, sie zu beschwichtigen. Widerwillig stand sie auf und ging, um im Vorraum zu warten.

Als ich mit Doktor Hansen allein war, räusperte er sich und meinte, das Folgende könne jetzt für mich vielleicht nicht einfach sein. Es sei auch keine gesicherte Erkenntnis; eher etwas, das man in die zukünftigen Überlegungen miteinbeziehen müsse. Dann fragte er mich ganz direkt, ob ich mir vorstellen könne, dass Franziska den Überfall nur erfunden hatte.

Im ersten Moment war ich fassungslos, dann wollte ich wissen, wie um alles in der Welt er auf so einen Gedanken kommen konnte.

»Nun, da gibt es eine ganze Reihe von Gründen«, dozierte er. »Zum einen die medizinischen, die ich in der Akte gelesen habe. Ihre Frau behauptet, dass der Täter ihr über einen längeren Zeitraum ein Messer an die Kehle gehalten hat, während er ihre Handtasche und die Kleidung durchsuchte. Dennoch wurden von der Polizei an der betreffenden Körperregion keinerlei Spuren festgestellt. Kein noch so winziger Schnitt, keine Abschürfungen.«

»Vielleicht hat er nicht fest genug zugedrückt?«, mutmaßte ich.

»Die ganze Zeit nicht? Auch nicht, als er selbst in Bewegung war, um die Taschen zu durchsuchen?«

Ich zuckte mit den Schultern. »Kann doch sein.«

»Nun ja, möglich.« Überzeugt sah er nicht aus. »Größere Sorgen bereiten mir allerdings die weiteren Schilderungen Ihrer Frau. In der ersten Version, die sie mir erzählte, ist alles noch sehr schnell gegangen. Der Mann packte sie, hielt ihr ein Messer an die Kehle, durchsuchte die Taschen und war wieder weg. Insgesamt hätte das Ganze nur ein paar Sekunden gedauert, meinte sie, und das Schlimmste sei der Schock gewesen.«

Ich nickte nur. Für ihn wohl die Aufforderung, fortzufahren.

»Nachdem sie mir das erzählt hat, versuchte ich herauszufinden, wo genau das Hauptproblem lag. War es der Überfall an sich, oder waren es eher die Folgen daraus? Anders ausgedrückt: Konnte Ihre Frau das tatsächlich Erlebte nicht verarbeiten, oder war die Angst das Problem, dass so etwas jederzeit wieder passieren könnte?« Er räusperte sich. »Können Sie mir bis hierhin noch folgen?«

Wieder nickte ich.

»Um die Antwort darauf zu finden, stellte ich ihr in der Folge eine ganze Reihe weiterer Fragen. Über den Überfall, den exakten Ablauf und die psychischen Folgen daraus. Die Reaktion Ihrer Frau fiel jedoch sonderbar aus. Anstatt konkret auf meine Fragen einzugehen, hat sie plötzlich eine neue Version des

Überfalls erzählt, eine dramatischere, in der ihr der Täter mit dem Tod drohte. Sie überhöhte das Geschehene damit, verstehen Sie?«

»So halbwegs.« Ich dachte nach. »Kann es nicht sein, dass Franziska diesen Umstand in ihrer ersten Schilderung nur vergessen hat?«

»Etwas so Dramatisches wie eine Todesdrohung?« Er schüttelte den Kopf. »Das ist eher unwahrscheinlich, zumal sie auch der Polizei gegenüber nichts davon erwähnt hat. In ihren Schilderungen wurde der Überfall erst lebensbedrohlich, als sie das Gefühl bekam, ich könne ihn nicht ernst genug nehmen und würde die Gründe für das anschließende Verhalten eher bei ihr als bei der Tat an sich sehen.« Er veränderte seine Sitzposition, beugte sich mir entgegen. »In der letzten Sitzung habe ich das Thema dann nochmals zur Sprache gebracht, und wieder bekam ich eine neue Version zu hören. In dieser wurde sie von dem Täter jetzt auch sexuell belästigt. Sie sagte, bevor er ihre Handtasche an sich nahm, habe er grob ihre Brust geknetet und dabei … Nun ja, obszöne Bemerkungen gemacht.«

Ich wusste nicht, was ich darauf antworten sollte. War verwirrt und versuchte, mir aus dem Gesagten ein eigenes Bild zu machen. Das Schlimme war, dass Doktor Hansens Bild genau zu dem passte, das ich von Franziska hatte. Sie übertrieb gerne und neigte dazu, Dinge aufzubauschen.

»Herr Hoffmann?«, riss der Arzt mich aus meinen Gedanken.

»Ja?«

»Ich hoffe, Sie verstehen das Problem und denken nicht, dass ich Ihrer Frau damit nur etwas unterstellen will. Wenn dem so ist, kann ich Ihnen versichern, dass dieser Verdacht nicht zutrifft. Schauen Sie: Für den Erfolg einer solchen Therapie ist es von eminenter Bedeutung, dass der behandelnde Therapeut die Wahrheit kennt und dass der Patient sich ihm gegenüber öffnet. Das scheint Ihrer Frau jedoch aus irgendwelchen Gründen schwerzufallen. Wenn ich aber nicht weiß, welche der geschilderten Versionen die richtige ist, muss ich auch in Betracht ziehen, dass keine davon stimmen könnte. Dass das wahre Problem ganz woanders liegt.«

»Was meinen Sie damit?«

»Mangelnde Aufmerksamkeit«, sagte er und lehnte sich zurück. »Ihre Frau leidet, sie leidet emotional, daran besteht überhaupt kein Zweifel. Die Frage ist nur: Woran?«

»Ich dachte bislang immer, an den Folgen des Überfalls.«

»Das will ich auch nicht ausschließen, es ist nur nicht die einzige Möglichkeit. Wenn Menschen seelisch vereinsamen, sich nicht wertgeschätzt fühlen oder unbeachtet, kann das manchmal zu Reaktionen führen, bei denen ihrem Umfeld nichts anderes übrig bleibt, als ihnen wieder erhöhte Aufmerksamkeit zu schenken. Manche Menschen versuchen das mit einem Suizidversuch, andere mit atypischem Verhalten, wieder andere erfinden Vorkommnisse, bei denen sie im Mittelpunkt stehen. Offen gesagt bin ich mir nicht ganz im Klaren, was davon auf Ihre Frau zutrifft.«

Ich atmete tief durch. »Verstehe«, sagte ich dann. »Und was soll ich jetzt tun? Was würden Sie mir raten?«

»Reden Sie häufiger mit ihr und versuchen Sie, herauszubekommen, wo bei Ihrer Frau tatsächlich der Schuh drückt.« Er lächelte mich an. »Aber vergessen Sie dabei auch nicht die Möglichkeit, dass die Schilderungen tatsächlich der Wahrheit entsprechen können und Ihre Frau sich erst mit der Zeit über das wahre Ausmaß im Klaren wurde. Einverstanden?«

Ich nickte nur, war jetzt noch verwirrter. Wem sollte ich nun glauben? Meiner Frau oder dem Arzt?

Allein schon mich auf den Gedanken einzulassen kam mir wie ein Verrat an Franziska vor. Von der Hand zu weisen war er allerdings auch nicht, und Doktor Hansen schien niemand zu sein, der eine solche Vermutung leichtfertig äußern würde.

Natürlich wollte Franziska anschließend wissen, worüber wir gesprochen hatten. Ich gab ein paar ausweichende Phrasen von mir, sie bohrte nach, und irgendwann fragte ich sie geradeheraus, was genau bei dem Überfall geschehen war. Mir erzählte sie die gleiche Version wie immer. Kein Wort von irgendwelchen Todesdrohungen, kein Ton über sexuelle Belästigung, dafür aber ausführliche Schilderungen ihrer immer noch andauernden Panikattacken.

Ich weiß bis heute nicht, ob Franziska geahnt hat, worüber Doktor Hansen und ich in Wirklichkeit sprachen. Ich weiß nur, dass sie kurz darauf den Arzt wechselte. Auf den zweiten Therapeuten folgte bald der dritte, aber keiner von ihnen hat sich mit mir in Verbindung gesetzt, um den Verdacht zu äußern, den Doktor Hansen hatte. Niemand erwähnte mehr, dass meine Frau den Überfall nur erfunden haben könnte.

Vielleicht hat Franziska bei den anderen Ärzten ja von Anfang an die Wahrheit gesagt.

Vielleicht hat sie aber auch einfach nur gelernt, geschickter zu lügen.

FRANZISKA

Es ist schon kurz nach zehn, als ich aus Wittmund zurückkomme. Ich hatte damit gerechnet, dass wenigstens Tabea zu Hause ist, finde das Haus aber verlassen vor.

Wie immer stelle ich meine Handtasche zuerst in der Küche ab und gehe dann nach oben, um mir etwas Bequemeres anzuziehen. Dabei fällt mein Blick auch auf das Foto von Sven und mir, das auf meinem Nachttisch steht. Zu der Zeit waren wir noch glücklich, zumindest dachte ich das damals. Heute bin ich mir dessen auch nicht mehr so sicher.

Ich lege den Rahmen so hin, dass die Bildseite nach unten zeigt, dann ziehe ich mich um. Will gerade die Treppe wieder hinabgehen, als ich plötzlich leise Töne höre, die aus dem Erdgeschoss zu mir heraufdringen. Ein Lied. Wenn mich nicht alles täuscht, irgendein alter Song aus den Achtzigern.

»Sven?«, rufe ich, doch niemand antwortet.

Ich halte den Atem an und lausche. Nichts, nur weiterhin dieses Lied. Angespannt steige ich die Stufen hinab. Ungefähr auf der Hälfte angekommen, kann ich den Song jetzt auch erkennen: *Every Breath You Take* von Police, die Musik scheint aus dem Wohnzimmer zu kommen.

Im Erdgeschoss ist bis auf die Treppenbeleuchtung alles dunkel, aus dem Wohnzimmer dringt kein Licht. Ich kann es sehen, die Tür steht einen Spaltbreit offen. Nur Schwärze. Dann endet das Lied plötzlich, um direkt darauf von vorne anzufangen.

Every breath you take ...

Früher habe ich bei dem Song nie auf den Text geachtet, dann aber eine Radiosendung gehört, in der sie sagten, dass es dabei gar nicht um Liebe geht, sondern um Stalking. Um einen Mann, der seine Ex-Partnerin nicht in Ruhe lassen kann und ihr hinterherstellt, sie sogar im Schlaf beobachtet.

And every move you make ...

Millimeter um Millimeter taste ich mich durch den Flur vorwärts und wundere mich, auf wie viele Dinge ich dabei gleichzeitig achte. Die Haustür ist zu. Kein Schlüssel steckt. Die Jacken hängen unberührt an der Garderobe. Mein Mund ist trocken, und noch immer spielt das Lied.

Every bond you break ...

Ich fixiere die offen stehende Tür und versuche zu erkennen, was dahinterliegt. Keine Chance. In dem Raum könnte Gott weiß wer sein, ich würde ihn nicht sehen. Er mich auch nicht, zumindest hoffe ich das.

Every step you take ...

Ich erreiche die Wohnzimmertür. Meine Knie zittern mittlerweile so stark, dass ich mich an der Wand abstützen muss, aber ich darf jetzt nicht schwach werden. Ich weiß genau, was Sven bezweckt, aber dieses Mal wird er mit seinem Vorhaben scheitern.

I'll be watching you!

Ich schließe die Augen, einen Sekundenbruchteil nur, dann gehe ich hinein. Im Raum ist es dunkel, von den Möbeln kann ich maximal die Konturen erkennen. Schemen, die ineinander übergehen. Ruhig, ganz ruhig jetzt! Niemand trachtet mir nach dem Leben, auch Sven nicht. Er will nur, dass ich das glaube. All das ist Teil seines Plans, und wenn ich jetzt durchdrehe, hat er gewonnen. Ich werde aber nicht durchdrehen, nie wieder, das schwöre ich mir.

Stattdessen gehe ich einen weiteren Schritt nach vorne, wodurch sich mein Blickwinkel minimal ändert. Ich kann jetzt auch die Wände sehen, die sich links und rechts der Tür befinden, und den winzigen roten Punkt, der vor einer dieser Wände glimmt. Er scheint im luftleeren Raum knapp oberhalb des Sideboards zu schweben. Ein blutender Stern, nur stecknadelkopfgroß.

Auf einmal verstummt das Lied, Stille, und in genau diese Stille hinein schreie ich. Augenblicklich verschlingt mich die Angst, und aus dem Schreien wird ein gequältes Wimmern. Dann, wie aus dem Nichts heraus, geht die Musik wieder an. Das gleiche Lied.

Every breath you take …

Ich taumle gegen die Wand, taste nach dem Lichtschalter, finde und drücke ihn. Die Deckenbeleuchtung flammt auf. Ihr Schein fällt auf ein Wohnzimmer, das menschenleer ist. Ich schaue zum Sideboard hin, über dem das rote Licht noch immer leuchtet, als ob es mich verhöhnen will. Es kommt von dem Bluetooth-Lautsprecher, den Sven gekauft hat, als er meinte, unsere alte und viel zu große Musikanlage würde dadurch überflüssig werden. Dieses Ding ist für alles verantwortlich. Alles erklärbar, alles nachvollziehbar, und dennoch beruhigt mich diese Erkenntnis nicht, ganz im Gegenteil.

Kein Lautsprecher geht von allein an. Er reguliert auch nicht selbstständig die Lautstärke, und vor allem muss ein solcher Lautsprecher aus einer separaten Quelle gespeist werden, einem Handy oder Laptop, zum Beispiel. Hier, in diesem Raum, ist aber niemand mit einem Handy oder Laptop. Hier bin nur ich, umgeben von meinen Ängsten.

Wie weit reicht ein solches Bluetooth-Signal eigentlich? Zehn Meter garantiert, und ich meine, auch mal etwas von hundert Metern gelesen zu haben. Das umfasst praktisch das gesamte Haus. Den Vorgarten, die Garage, selbst die davor verlaufende Landstraße käme in Betracht. Wer immer für all das verantwortlich ist – er ist hier. Irgendwo in der Nähe, und er hat sein Ziel erreicht. Ich bin geschlagen.

»Hör auf!«, schreie ich und drehe mich im Kreis. »Du hast gewonnen, verstehst du? Lass mich in Frieden! Lass mich bitte, bitte in Frieden.«

Aber die Wände antworten nicht.
Natürlich nicht.

MARCO

Ich weiß nicht, warum Lydia diese Familie so hasst. Als die Frau unten schrie, hat es mir fast das Herz zerrissen. Ich kann es nicht ausstehen, wenn Menschen leiden, dafür habe ich selbst schon zu oft gelitten. Lydia auch, das kann sie doch nicht vergessen haben?

Und dennoch ergötzt sie sich am Leid dieser Frau, während ihre Augen vor Stolz und Freude leuchten. Das ist nicht mehr die Lydia, die ich kannte, nur noch eine grausame Ausgabe von ihr. Diese Lydia mag ich nicht, ich habe sogar Angst vor ihr, und alles, was mich jetzt noch hier hält, ist die Hoffnung, dass sie für ihr Handeln einen triftigen Grund hat, der es mir leichter macht, es nachvollziehen zu können.

Mittlerweile ist es im Haus wieder still. Die Frau ist weg, und ich kann nur hoffen, dass ihr im Auto nichts passiert und dass sie keinen Unfall baut. Denn dann wäre es unsere Schuld, und ich weiß nicht, wie ich mit dieser Schuld leben könnte. Ich verstehe Lydia einfach nicht und versuche, mich stattdessen lieber an die Zeit zu erinnern, als ich sie kennengelernt habe. Damals, als sie mich zum ersten Mal in ein fremdes Haus mitnahm, in dem ich dann zu einem Phrogger wurde.

Das war in Hamburg, in einem kleinen Stadtteil namens Neuenfelde. Die Gegend war ländlich geprägt, es gab viele Apfelbäume und alte Bauernhäuser, und in einem davon kamen wir unter. Die Familie, die dort wohnte, hieß Krüger, das weiß ich auch heute noch. Ein Ehepaar Mitte vierzig mit zwei Söhnen, einer acht, der andere neunzehn Jahre alt. Herr Krüger arbeitete bei Airbus, die Mutter war ein engagiertes Mitglied bei den Grünen, für die sie sogar im Stadtrat saß.

Schon damals hat Lydia etwas Wildes, kaum zu Bändigendes an sich gehabt. Sie erklärte mir zwar alle Regeln, die der Kreis der Phrogger sich auferlegt hatte, hielt sich selber aber nicht daran. Während es anderen Phroggern nur darum ging, nicht entdeckt zu werden, forderte sie das Schicksal geradezu heraus, indem sie versuchte, so viel wie möglich über die Krügers zu erfahren. Anschließend begann sie, dieses Wissen gegen die Familie einzusetzen.

Als Erstes ließ sie eine Wahlbroschüre der AfD auf dem Küchentisch liegen und freute sich über den Streit, der ausbrach, als Frau Krüger wissen wollte, ob ihr Mann oder der älteste Sohn den Schund mit nach Hause gebracht hatte. Natürlich stritten die beiden es ab, und natürlich glaubte sie ihnen nicht. Einer müsse es ja gewesen sein, sagte die Frau empört, und Torben, der jüngste Spross, würde sicher nicht zu irgendwelchen Wahlveranstaltungen gehen.

Das fand ich noch lustig, und von mir aus hätten wir es dabei auch bewenden lassen können, aber Lydia war anderer Meinung. Am Ende war es immer ihre Meinung, die zählte.

In ihrem Auftrag verschaffte ich mir über die Trojaner-CD Zugang zum Computer der Krügers, auf dem Lydia dann eine Webseite mit Pornos öffnete, in denen sich hauptsächlich ältere Männer mit jungen Asiatinnen vergnügten. Anschließend schloss Lydia die Seite nicht wieder, und der PC ging in den Ruhemodus. Als Frau Krüger am Abend dann die Steuererklärung machen wollte, stieß sie einen Schrei aus, den ich nie mehr vergessen werde. Sie stellte ihren Mann umgehend zur Rede, und ein heftiger Wortwechsel entstand, in dessen Anschluss er ein paar Sachen zusammenpackte und ins Hotel zog.

Mir hat er irgendwie leidgetan, aber Lydia schien mit dem Ergebnis zufrieden zu sein. So, als ob sie mir damit gleichzeitig auch etwas beweisen wollte. Für sie waren die meisten Versprechen, die Menschen sich gegenseitig gaben, sowieso nur leere Worthülsen, die kaum einer Belastung standhielten. Wie bei den Krügers. Zwanzig Jahre Ehe, angeblich zwanzig Jahre lang Liebe und gegenseitiges Vertrauen; zerstört durch eine profane Broschüre und ein paar Pornofilme. Lydia fand es ekelhaft, ich hingegen traurig.

Später folgten andere Häuser mit anderen Menschen. Fast überall stießen wir auf kleine Geheimnisse, die der öffentlichen Fassade widersprachen. Ein Ehebruch hier, eine sonderbare Neigung dort. Nach außen hin wurden Neid und Missgunst oft verurteilt, hinter geschlossenen Türen jedoch zelebriert. Irgendwann hatte ich das Gefühl, dass jeder Mensch zwei Gesichter hatte – das wahre und das für Außenstehende bestimmte.

Nur Lydia war anders. Einerseits mochte sie durchtrieben sein, manchmal fast schon bösartig, andererseits hat sie nie vorgegeben, etwas zu sein, was sie nicht ist. Was das angeht, ist sie der ehrlichste Mensch, den ich kenne, auch wenn andere da sicher zu einem anderen Urteil kommen würden.

Doch in den letzten Tagen muss etwas passiert sein. So grausam kenne ich sie nicht, und ich frage mich, was die Hoffmanns getan haben, um ein solches Verhalten zu provozieren. Am liebsten würde ich Lydia ja selbst danach fragen – jetzt, da ich auf der Isomatte liege und sie am geöffneten Kippfenster steht und gedankenverloren auf die Felder blickt.

Ich traue mich nur nicht; schließlich haben wir eine Vereinbarung. Ich darf keine Fragen stellen und muss ihre Entscheidungen akzeptieren. Das sind meine Versprechen, und im Gegenzug kann ich nur hoffen, dass sie auch das ihre hält.

Dass sie mir endlich die Wahrheit über dieses Haus und die darin lebenden Menschen sagt.

SVEN

Als ich Lara wieder verlasse, ist eine Last von meinen Schultern genommen, zumindest muss ich sie nicht mehr allein tragen. Wir haben lange gesprochen, und dieses Gespräch hat alles verändert. Es hat uns verändert. Sogar der Abschied war anders als sonst. Ohne diesen Schmerz, der ihm ansonsten immer innewohnt. Wir wissen jetzt, woran wir sind, und wir kennen unseren Weg. Mein Weg wird zukünftig nur noch von Tabea und Lara bestimmt sein. Es wird keine Franziska mehr geben, genauso wenig wie ihre Eltern oder die Küste, an der ich mich nie heimisch gefühlt habe.

Nachdem ich auf die Autobahn abgebogen bin, hänge ich mich an einen BMW und lasse mich in seinem Windschatten mitziehen. Das Handy steckt wie immer in seiner Halterung, ein kleiner blauer Punkt leuchtet auf. Ich denke, das könnte Lara sein, aber es ist eine Sprachnachricht, die Franziska über WhatsApp geschickt hat. Widerwillig drücke ich den entsprechenden Knopf und höre sie mir an.

Mit einer Stimme, die so ganz anders als sonst klingt, sagt Franziska, dass sie das Haus verlassen hat und heute Nacht nicht mehr zurückkehren wird. Dann fordert sie mich auf, sofort Tabea anzurufen und sie abzuholen – wo immer unsere Tochter auch ist. Sie klingt fast schon hysterisch, als sie sagt, dass ich das natürlich nicht muss, wenn ich für die Geschichte mit dem Lautsprecher verantwortlich bin, und beginnt, die erste Zeile eines Lieds zu singen. Kurz danach endet die Nachricht.

Ich habe nicht die Spur einer Ahnung, wovon Franziska da geredet hat. In meinen Ohren klang sie vollkommen wirr und irre. Dennoch versuche ich, sie zurückzurufen, aber sie meldet sich nicht. Sie muss ihr Handy ausgeschaltet haben, nur eine Ansage fordert mich auf, eine Nachricht auf der Mailbox zu hinterlassen. Da ich nicht weiß, was ich sagen soll, sage ich nichts.

Keine Ahnung, in was sie sich jetzt wieder hineingesteigert hat. Aber wenn Franziska glaubt, die Nacht bei einer Freundin verbringen zu müssen, soll sie das tun. Ich werde sie sicherlich nicht vermissen. Dennoch macht mir ihr Anruf Sorgen, gerade weil sie auch Tabea erwähnt hat. Sobald ich von der Autobahn abgebogen bin, wähle ich die Nummer meiner Tochter. Es klingelt ein paarmal, dann geht sie ran. Im Hintergrund ist laute Musik zu hören, außerdem viele Stimmen.

»Tabea?«, brülle ich.

»Dad?«, brüllt sie zurück.

»Wo bist du?«

»Mit Leonie im *57er*. Wir wollen gerade wieder heim.«

»Warte dort, okay? Ich komme dich abholen.«

»Aber Leonie ist …«

»Warte einfach, Schatz! Ich brauche nicht lange, okay?«

»Was ist denn los?«, erwidert sie zögerlich, klingt jetzt beunruhigt.

»Das erkläre ich dir, wenn ich da bin. Aber nichts Schlimmes, du musst dir keine Sorgen machen.«

»Okay«, sagt sie lang gezogen. »Dann bis gleich, Dad!«

Ich muss mich geradezu zwingen, ruhig zu bleiben und nicht wie ein Wilder aufs Gas zu treten. Das Schlimmste, was ich jetzt tun könnte, wäre, mich von Franziskas Einbildungen anstecken zu lassen. Nicht ihre Hirngespinste oder irgendein Lautsprecher sind das Problem, Franziska ist es. Für sich selbst und für die Menschen um sie herum.

Als ich vor dem *57er* ankomme, stelle ich den Wagen achtlos im Halteverbot ab und gehe hinein, wo ich Tabea und Leonie an einem Hochtisch in der Nähe des Eingangs sitzen sehe. Die beiden haben zwei halb volle Cocktailgläser vor sich und winken mir zu, nachdem sie mich entdeckt haben. Wir begrüßen uns kurz, dann frage ich Leonie, ob ich sie ebenfalls nach Hause fahren soll.

»Nicht nötig, Herr Hoffmann«, antwortet sie höflich wie immer. »Ich bin selbst mit dem Auto da.«

»Und was ist damit?« Ich deute auf die halb vollen Gläser.

»Ich habe nur Mocktails getrunken«, sagt Leonie. »Kein Alkohol. Ich trinke nie etwas, wenn ich mit dem Auto unterwegs bin.«

»Löblich«, sage ich und muss grinsen. Als Jugendlicher war ich noch nicht so reif.

Dann verabschieden sich die beiden. Leonie will noch in Ruhe austrinken, meint aber, es sei kein Problem, wenn wir jetzt schon gehen wollten. Ich schaue Tabea an, sie nickt, dann verabschieden wir uns und verlassen das *57er*. Die Blicke, welche die Jungs meiner Tochter dabei zuwerfen, ignoriere ich besser.

»Was ist denn los, Dad?«, fragt Tabea, als wir auf den Wagen zugehen.

Ich habe zuvor schon überlegt, was ich ihr sagen soll, wenn ich bei ihr bin. Aus irgendeinem Grund widerstrebt es mir, hinter Franziskas Rücken mit Tabea über ihre Probleme zu reden. So dumm es auch klingt, es käme mir wie ein Verrat vor. Wie etwas Unehrenhaftes, das man einfach nicht tut.

Dennoch muss ich Tabea erklären, warum ich hier bin.

»Warte kurz«, sage ich. »Sobald wir im Auto sitzen, kannst du es dir selber anhören.«

Sie sieht mich verständnislos an, geduldet sich aber. Ich öffne die Türen, dann steigen wir ein. Direkt darauf verbinde ich das Handy mit der Freisprecheinrichtung des Autoradios und lasse Franziskas Nachricht über die Lautsprecher ablaufen, wobei ich Tabea die ganze Zeit über im Auge behalte. Sie sieht verwirrt aus. Vielleicht noch mehr, als ich es war.

»Die Nachricht hat deine Mutter mir vorhin geschickt«, sage

ich, als es im Wagen wieder still ist. »Ehrlich gesagt werde ich nicht schlau daraus. Kannst du dir einen Reim darauf machen?«

Tabea schüttelt den Kopf. Für sie muss es schlimm sein, mitzubekommen, wie aufgelöst ihre Mutter klingt. Normalerweise sollte man so etwas keinem Kind zumuten, auch nicht in Tabeas Alter. Aber ich will sie nicht anlügen und ihr irgendeine bescheuerte Geschichte auftischen, warum ich sie abgeholt habe. Sie soll wissen, was Sache ist. Sie hat ein Recht darauf.

»Was ist denn bloß mit Mama los?«, fragt sie dann. »Sie klingt so gar nicht mehr wie sie selbst. Und warum singt sie am Ende?«

»Ich weiß es nicht, Schatz.« Ich lege den Arm um sie. »Vielleicht ist momentan einfach alles ein bisschen viel für sie. Vielleicht braucht sie nur ein wenig Abstand, und dann geht es ihr besser.«

»Das glaubst du wirklich?«

»Ich weiß nicht, was ich glauben soll«, gebe ich zu, als ich den Motor starte und losfahre. »Ich kann mir auf das Ganze auch keinen Reim machen. Ehrlich gesagt weiß ich noch nicht mal, wo deine Mutter gerade ist.«

Tabea schaut zu Boden und murmelt etwas.

»Was hast du gesagt?«, frage ich.

»Ich habe gesagt, dass ich mir schon vorstellen kann, wo sie ist«, erwidert sie zögerlich. »Mama hat eine Affäre. Ich hab die beiden gesehen. Heute erst.«

Mein Magen verkrampft sich. »Was hast du gesehen?«

»Mama und einen fremden Mann. In seinem Haus. Hinten in seinem Garten.« Sie weint jetzt. »Sei nicht sauer, ja? Ich hätte es dir noch erzählt, ganz sicher, aber ich wusste nicht, wie. Ich konnte doch …«

»Hey, hey«, unterbreche ich sie und streichle beruhigend ihren Arm. »Alles ist gut, du musst dir keine Vorwürfe machen!«

Sie schluchzt nur. Fragt dann: »Glaubst du, dass dieser Kerl für alles verantwortlich ist?«

»Keine Ahnung, aber das finden wir raus. Jetzt. Du musst mir nur noch sagen, wo er wohnt.«

FRANZISKA

Ich bin seit drei Stunden bei Frank, und er weiß jetzt alles. Er kennt nun die wichtigsten Szenen meiner Ehe, alle Geheimnisse und die Vorkommnisse, die mich in dieser Nacht zu ihm getrieben haben.

Ich wollte nie zu einer Belastung für ihn werden und habe dennoch das Gefühl, jetzt eine zu sein. Außerdem habe ich Angst, dass ihm das alles zu viel wird. Eine frische Liebe ist einfach noch nicht reif für solche Dinge. Sie braucht Zeit, um zu wachsen und stärker zu werden. Ich wollte unserer Liebe diese Zeit geben, aber nun hat die Realität meine Pläne eingeholt. Alles, was ich noch machen kann, ist Franks Reaktion abzuwarten und darauf zu hoffen, dass er nicht zurückschreckt. Mein Gott … Ich würde ja selbst vor mir davonlaufen, wenn ich nur könnte!

Er sagt nichts, warum sagt er denn nichts? Frank kneift bloß die Lippen zusammen und legt die Stirn in Falten. Ich schaue ihn fragend an, während die Sekunden zähflüssig wie Honig dahintröpfeln.

»Das ist schrecklich«, sagt er irgendwann leise. »Du tust mir unglaublich leid!«

Ich rutsche auf dem Sofa höher, drücke den Rücken durch. »Ich will dir aber nicht leidtun! Das Letzte, was ich jetzt gebrauchen kann, ist Mitleid. Du sollst nicht den Eindruck haben, dass ich …«

»Psst«, sagt er und zieht mich dichter an sich heran. »So meinte ich das nicht! Ich meine, dass es schrecklich ist, was du heute durchmachen musstest, und ich froh bin, dass du zu mir gekommen bist. Du darfst nicht länger in diesem Haus bleiben, Franziska, hörst du? Ganz egal, ob dein Mann oder jemand anders hinter den Vorfällen steckt. Bleib bei mir. Wir ziehen das jetzt zusammen durch, okay?«

Obwohl seine Worte genau die sind, die ich hören wollte, kommt mir einen Sekundenbruchteil lang der irre Gedanke, ob er vielleicht hinter alldem steckt. Wenn er mich wirklich ganz für sich will, hätte er es nicht geschickter anstellen können. Er würde damit …

Hör auf!, schreie ich mich innerlich an. Du kannst nicht allem und jedem misstrauen! Wenn ich das tue, hätte das Böse endgültig gewonnen. Dann würde ich mich selbst der einzigen Sache berauben, die in meinem Leben momentan noch richtig und gut ist.

Er beugt sich zu mir und küsst mich. Ich sehe in seine warmen braunen Augen, sehe den Vollbart und den kleinen Bauch, der sich unter dem Pullover wölbt. Rein optisch ist Frank sicher nicht mein Traummann, aber es gibt wichtigere Dinge als das Aussehen, das letzten Endes auch nur eine Fassade ist. Ich habe lange gebraucht, um das zu begreifen, dafür ist es mir in dieser Nacht nun umso schmerzhafter bewusst geworden.

»Was machen wir jetzt?«, frage ich dann.

»Nichts«, sagt er. »Oder anders ausgedrückt: nur das, was wir eh schon vorhatten. Jetzt kommt alles einfach ein wenig schneller.«

Ich nicke. Das klingt gut, so herrlich simpel. Es klingt nach einer gemeinsamen Zukunft, nach einem Wir und einem klaren Schnitt. Ich brauche nicht lange, um mich zu entscheiden, welches Leben ich will.

»Magst du noch ein Glas Wein?«, will er wissen.

Ich lächle und nicke. »Gerne! Und danach möchte ich mit dir ins Bett gehen.«

Er lächelt zurück, dann steht er auf, um eine neue Flasche zu holen. Ich werde es ihm später besonders gut machen, denke ich. Auf eine Art, die Sven sich immer gewünscht hat, aber nur selten von mir bekam. Auch das gehört zur neuen Franziska. Sie wird hemmungsloser sein, wilder und experimentierfreudiger.

Erleichtert wird mir das dadurch, dass Frank so anders ist. Bei Sven habe ich immer das Gefühl gehabt, dass er mich zu irgendwelchen Schweinereien drängen will. Bei Frank spüre ich jedoch, dass ihm solche Dinge fremd sind. Bei ihm bin ich diejenige, die die Kontrolle hat. Die Erfahrene, die Fordernde. Nie gibt er mir das Gefühl, dass ich ihm sexuell nicht genüge, also bin ich es, die die Grenzen bestimmt. Das macht es mir leichter, hemmungslos zu sein. Vollkommen von dem Gefühl befreit, Erwartungen entsprechen zu müssen.

Kurz darauf kommt Frank zurück. Er hat keine Flasche Wein dabei und sieht auch nicht mehr aus, als würde er sich auf eine Liebesnacht freuen. Stattdessen deutet er auf das Fenster und sagt: »Ich glaube, wir bekommen Besuch.«

DU

Es ist Nacht, die Zeit ist gekommen. Du hast Marco ein Versprechen gegeben, und dieses Versprechen wirst du jetzt halten. Damit er versteht, was hier vor sich geht, musst du ihm zuerst alles über Miriam erzählen, auch wenn manche Bilder in deinem Kopf nur noch verschwommen sind. Wenn du sie ins Bewusstsein zurückholen willst, musst du dich jetzt gedanklich in eine Zeit begeben, die du in dir trägst, aber viel zu selten aufsuchst. Eine Zeit, in der du noch eine andere warst.

Alle Details von damals sind wichtig, denn aus ihnen speist sich die Erinnerung. Ohne Details würde es keine Erinnerung geben; sie würde sich dann mit der Einbildung vermischen, und das darf nicht geschehen. Niemals. Nie darfst du vergessen, was tatsächlich geschehen ist.

Dann erzählst du. Während du redest, steigen die Bilder und Gefühle dieser Zeit wie Luftblasen an die Oberfläche deines Bewusstseins. Ein paar Dinge mögen sich anders zugetragen haben, aber das spielt in diesem Kontext keine Rolle mehr. Du hast gelernt, dass jede Lüge einen wahren Kern hat, so, wie jede Wahrheit meist auch eine Lüge verbirgt.

Du erzählst ihm von der einzigen Frau, die du jemals geliebt hast, und von dem Traum, den ihr gemeinsam hattet. Eine Bar auf Ko Samui kam darin vor, das Meer und die Sonne. Sonst wolltet ihr nicht viel. Nur ein Leben, das freier verlaufen sollte als das jetzige, losgelöst von sämtlichen Fesseln.

Miriam kam aus Deutschland, aus Emden. Mit ihren Eltern hatte sie keinen Kontakt mehr, aber sie wollte dir unbedingt ihre Heimatstadt zeigen, also seid ihr an einem wolkenlosen Frühsommertag dorthin gefahren. Ihr habt euch vor dem Bahnhof ein Eis gekauft, seid Arm in Arm durch die Gassen geschlendert, habt euch die Kunsthalle angesehen, die Delft und den Hafen.

Irgendwann seid ihr auch an einem Juweliergeschäft vorbeigekommen. Es lag nicht weit vom Maritimen Museum entfernt, und in der Auslage funkelten die Ketten und Ringe wie glitzernde Versprechen. Du hast den Arm um Miriams Schulter gelegt, während ihr lachend darüber diskutiert habt, welcher Ring wohl euer Trauring werden könnte. Dann saht ihr die Preise. Kein Ring unter achthundert Euro, keine Preisgrenze nach oben.

Ihr saht aber auch, dass in der Straße nur wenig Betrieb herrschte und dass nur ein Mensch in dem Laden arbeitete. Ein dürrer Mann mit straff zurückgekämmten Haaren, wahrscheinlich der Inhaber. Vielleicht dachtet ihr in dem Moment schon daran, den Juwelier zu überfallen. Darüber gesprochen habt ihr erst, als ihr wieder in Amsterdam wart. Zuerst nur witzelnd, als sei die Idee bloß ein Spaß, dann immer ernster.

Keine von euch war eine Kriminelle, nicht wirklich zumindest. Ihr wart nur verliebte Kinder, die dachten, dass das Leben sie schon in die richtige Richtung schieben würde. Von der Dunkelheit ins Licht, von der Nacht in den Tag.

Der Tag, an dem ihr nach Emden zurückgekehrt seid, war ein Tag wie jeder andere. Nicht warm, nicht kalt, vor die Sonne hatten sich vereinzelte Wolken geschoben. In deinem Rucksack hattest du zwei Paar Lederhandschuhe, zwei Skimasken und zwei Softair-Pistolen, die erschreckend echt aussahen. Ihr dachtet, ihr bräuchtet nicht mehr. Schnell rein, schnell raus, sehr viel weiter reichte der Plan nicht.

Am Anfang ging alles ganz einfach. Ihr habt euch die Masken über den Kopf gezogen und seid in den Laden hineingestürmt. Habt mit euren albernen Waffen herumgefummelt und den Inhaber angeschrien, dass er euch das Geld und den Schmuck geben soll. Er hat dir in diesem Moment fast leidgetan, der zitternde Wicht; damals, als du noch so etwas wie Mitleid empfunden hast.

Ihr habt die Scheine und den Schmuck in den Rucksack gestopft, dann seid ihr aus dem Laden gerannt. Eine Ecke weiter habt ihr euch die Masken vom Kopf gerissen und gelacht, weil euer schon so lange gehegter Traum endlich zum Greifen nah schien. Aber es ist nur ein Traum gewesen, nicht wahr? Er starb, als Miriam starb. Irgendjemand muss die Polizei gerufen haben, die euch an der Ecke umstellte. Die Beamten hatten die Waffen gezogen, schrien laut und gaben Befehle. Du bist wie erstarrt stehen geblieben, aber Miriam rannte weiter. Mit der lächerlichen Softair-Pistole in der Hand, voller Panik, direkt auf die Polizisten zu.

Als die Schüsse fielen, zerrissen sie euren Traum, sie zerfetzten ihn geradezu. Du sahst, wie Miriam stolperte und fiel. Sahst das Rot auf dem Weiß ihrer Kapuzenjacke und das harte Aufschlagen des Kopfes auf dem Asphalt. Du wusstest sofort, dass sie tot ist, niemand musste es dir sagen.

Ab hier werden die Bilder merkwürdig verschwommen; vielleicht auch, weil alles so schnell ging. Wahrscheinlich haben die Polizisten dich weiterhin angebrüllt, dir Handschellen angelegt und dich auf den Boden geschmissen, du weißt es nicht mehr. Hast die ganze Zeit nur auf Miriams regungslosen Körper gestarrt, der einer Marionette glich, an der man die Fäden gekappt hatte.

Deine nächste klare Erinnerung ist die an eine Frau. Sie stand inmitten der Menge aus Gaffern, die sich um den Schauplatz gebildet hatte. Die Polizei versuchte, die Leute zurückzudrängen, doch die wollten wissen, was da los war, in dieser Stadt, in der ansonsten nie etwas los war. Viele von ihnen schrien dir etwas entgegen und gestikulierten wild mit den Fäusten, aber nur an diese eine Frau kannst du dich erinnern. An ihr Geifern. An ihre wutentbrannten Worte, die Verachtung in dem dezent geschminkten Gesicht.

»Das geschieht dir recht«, zischte sie, als die Beamten dich direkt an ihr vorbei abführten. »Gut, dass es wenigstens das andere Miststück erwischt hat!«

Ihre Worte dröhnten in deinen Ohren, wieder und wieder. Du wusstest nicht, warum sie das sagte, was diesen Zorn rechtfertigte. Weder Miriam noch du hattet der Frau jemals etwas zuleide getan, und dennoch war da dieser Hass, der aus ihrem Mund zusammen mit ein paar Speicheltropfen in deine Richtung flog. Das Bild dieser Frau, ihre Worte und ihr Blick, haben sich tief in dein Bewusstsein gebrannt. Du hast es mitgenommen und in der Zelle des Polizeipräsidiums gesehen, vor Gericht und in den ersten Wochen der Haft. Nur das, sonst nichts. Miriam war tot, der Rest egal.

Auch du, vor allem du.

Du hast nicht mehr gelebt, nur noch stumpf vor dich hin vegetiert, wie ein verwundetes Tier in Gefangenschaft. Nicht die Haft an sich hat dich gebrochen, sondern die Gewissheit, dass da draußen niemand mehr ist, der auf dich wartet. Keine Freunde, keine Familie. Gemeinsam mit Miriam starb auch deine Zukunft.

Es war, als wärst du aus dem Sommer direkt in den Winter gekommen. Als hätte jemand die Sonne einfach ausgeknipst und es in der grauen Dämmerung auf prächtig blühende Wiesen schneien lassen. Es wurde kalt und dunkel, und am liebsten wärst du die ersten Tage in der Haft ohnmächtig gewesen, eingehüllt in Schwärze, weg. Alles tat weh. Du fühltest dich von Tränen aufgeschwemmt, ein Ballon aus Wasser, der beim kleinsten Nadelstich platzen würde.

Obwohl du innerlich taub und nur noch eine leere Hülle warst, bist du trotzdem niemand gewesen, mit dem die Frauen im Knast machen konnten, was sie wollten. Du hast jeden Schlag erwidert und dir nichts gefallen lassen. Als zwei fette Lesben während des Umschlusses in deine Zelle kamen, um ein wenig Spaß zu haben, hast du der einen das Nasenbein gebrochen und den Kopf der anderen so lange gegen die Wand geschlagen, bis ihre eigene Mutter sie nicht mehr erkannt hätte. Ein gnädiger Richter wertete das gerade noch als Notwehr, die disziplinarischen Maßnahmen der Anstalt gingen dir am Arsch vorbei.

»Sie müssen Ihre Gefühle unter Kontrolle kriegen, Frau van Leeuwen«, sagte der Therapeut. »Ihre Haftzeit als Chance begreifen, sich auf das Leben danach vorzubereiten.«

Welches Leben?, hast du gedacht. Wovon redete der Typ da eigentlich?

»Sie können hier eine Ausbildung beginnen«, fuhr er fort. »Oder sich weiterbilden. Bislang haben Sie noch keines unserer Angebote in Anspruch genommen. In der Bibliothek ist beispielsweise gerade eine Stelle frei geworden. Möchten Sie, dass ich mich erkundige, ob Sie dafür infrage kämen?«

Ich möchte, dass du die Fresse hältst, hast du gedacht und trotzdem genickt. Vielleicht auch nur, damit der Kerl mit der rahmenlosen Brille endlich still war.

Fünf Tage später hast du den Job in der Bücherei angetreten. Du hast bestellte Bücher zu den Zellen gebracht und gelesene wieder abgeholt, hast die Regale bestückt und notiert, welche Romane zu stark beschädigt waren, um sie erneut verleihen zu können. Die Arbeit gab dir Routine, einen geregelten Tagesablauf, und bald schon hast du die Tage am meisten gefürchtet, an denen du freihattest. Denn dann kamen die Erinnerungen wieder. An Miriam, an die Schüsse und an das Blut. An die Frau, die in deinen Träumen immer wieder »Miststück« zischte.

Bei den Gefangenen waren Liebesromane und Krimis am beliebtesten. Am besten solche mit ausführlichen Sexszenen oder exzessiver Gewalt. Anfangs kam dir diese Vorliebe bei Menschen, die hinter Gittern saßen, sonderbar vor, aber dann hast du verstanden, dass dies nur natürlich war. Sie wollten lesen, was sie selbst nicht mehr hatten. Große Gefühle spüren oder Abenteuer erleben.

Früher hattest du nie ein Buch gelesen, aber in der Justizvollzugsanstalt fingst du damit an. Anfangs hast du noch ähnliche Bücher wie die anderen Frauen ausgewählt, doch dann bist du auf Werke umgestiegen, die sich mit der menschlichen Psyche beschäftigten, mit Urängsten und antrainierten Verhaltensweisen. Du hast sie aufmerksam gelesen, dir immer wieder Notizen gemacht und die Hypothesen hinterfragt.

Bald schon glich deine Zelle einem Lernraum, überall hingen Zettel an der Wand. Du hast entweder gearbeitet, geschlafen oder gelesen. Dein Vater hatte sich immer gewünscht, dass du eines Tages studieren würdest, und jetzt warst du genau das, eine Studierende. Nur anders vielleicht, als er es sich erhofft hatte.

Dein Kontakt zu den anderen Gefangenen beschränkte sich auf flüchtige Worte im Vorübergehen, auf kurze und belanglose Unterhaltungen. Nur einmal, als du dich besonders einsam fühltest, hast du dich von einer lecken lassen. Sie hieß Nesrin und war ein nettes Mädchen, nicht so heruntergekommen wie die meisten anderen. Sie gab sich wirklich Mühe, als sie mit dem Kopf zwischen deinen Beinen verschwand, und irgendwann bist du sogar gekommen, aber es war ein rein körperlicher Vorgang ohne Bedeutung. Als sie dich danach fragte, ob du dich revanchieren wolltest, hast du ihr gesagt, dass sie sich verpissen soll. Bist dir anschließend vorgekommen, als seist du einer Toten fremdgegangen.

Die Bücher waren jetzt dein Leben, und sie waren das Einzige, das dir nach der Verhaftung wirklich geholfen hat. Sie halfen dir dabei, dich selbst zu verstehen und zu begreifen, was an jenem verhängnisvollen Tag wirklich geschehen war. Du hast viel über Gruppendynamik gelesen, über Eigen- und Fremdwahrnehmung und warum die meisten Menschen sich anderen gegenüber für überlegen halten. Dieses Wissen kombiniertest du mit dem Bild der Frau in der Gruppe der Schaulustigen, mit der Verachtung, die sie dir entgegenbrachte.

Endlich konntest du verstehen, wie diese Frau dazu kam, Miriam nur aufgrund einer einzigen Handlung zu verurteilen – fast so, als hätte Miriams Leben nur aus diesem einen Tag bestanden, als wenn da sonst nichts wäre.

In der Folge hast du weitere Bücher gelesen, die sich vor allem mit der Frage beschäftigten, warum Menschen tun, was sie tun. Warum ihnen das Bild, das andere von ihnen haben, so wichtig ist. Du bist zwischen den Buchseiten in eine Gesellschaft abgetaucht, in der moralisch vorgetragene Denkweisen wichtiger sind als moralisches Handeln und in welcher der Schein über das Sein triumphiert.

In eurer kleinen Welt in Amsterdam hatte das noch anders ausgesehen. Da war jeder nur, was er war. Jetzt jedoch musstest du feststellen, dass dies die Ausnahme darstellte. Oberflächlichkeiten bestimmten das Handeln, und kaum jemand gab sich die Mühe, herauszufinden, was hinter der Fassade des Gegenübers steckt, solange diese nur flach und glatt wie poliertes Glas erscheint. Erst wenn sich darin die ersten Risse auftun, bohrt man nach. Dann wird gesucht und seziert, das Unterste nach oben gekehrt, bis nichts mehr übrig bleibt, nur Trümmerstücke.

»Wir haben es doch schon immer gewusst«, raunt sich die selbstgerechte Menge dann gegenseitig zu, um sich direkt im Anschluss auf den Nächsten zu stürzen, dessen Fassade ebenfalls nicht fehlerfrei scheint.

So vergingen die Monate und Jahre, und irgendwann öffneten sich die Gefängnistore wieder. Du warst frei und bereit für ein zweites Leben, von dem du allerdings noch nicht wusstest, wie es aussehen würde. Nur drei Dinge hast du in der Haft nicht hinter dir gelassen: die Erinnerung an Miriam, euren Traum von Ko Samui und den Hass dieser Frau, die alles verurteilte, für das du und Miriam standet.

Kurz darauf hast du von den Phroggern erfahren und beschlossen, eine von ihnen zu werden. Deine Intelligenz und dein Instinkt kamen dir dabei ebenso zugute wie dein neu erworbenes Wissen. Diese ach so bürgerlichen Menschen in den Häusern, in die du eingedrungen bist, waren der Feind, und jetzt wusstest du auch, wie du ihn bekämpfen kannst. Niemand war sicher vor dir, du bist hinter jedes noch so kleine Geheimnis gekommen.

An dem Tag, als du zum ersten Mal eins dieser Häuser betreten hast, bist du auch zu einem Hai geworden. Tiefe Gewässer sind jetzt dein Zuhause. In ihnen hältst du dich verborgen, wartest und lauerst. Du tust das nicht, um die Bewohner dieser Häuser zu quälen. Du tust es, um ihnen zu zeigen, dass ihre Fassaden eben nur das sind: Fassaden, viel zu dünn, um die Abgründe dahinter vor jemandem wie dir verbergen zu können.

In den meisten Fällen willst du diese Fassaden nur zum Einsturz bringen und den Bewohnern ein wenig Geld rauben, um irgendwann den Traum von Ko Samui allein leben zu können. Manchmal jedoch siehst du in den Häusern auch etwas, das regelrecht leuchtet. Dann ist es nicht mehr der Hass, der dich antreibt, sondern die Neugierde darauf, was passiert, wenn du dieses Leuchten zum Erlöschen bringst.

SVEN

»Du wartest hier«, sage ich zu Tabea, als ich den Wagen vor dem Haus des Fremden zum Stehen bringe.

»Aber ich …«, protestiert sie.

»Ich will nur kurz mit deiner Mutter reden und mich davon überzeugen, dass es ihr gut geht«, unterbreche ich sie. »Nicht mehr.«

»Versprochen?«

»Na klar. Oder meinst du, ich will mich mit dem Kerl prügeln?«

Sie lächelt schwach, wahrscheinlich hat sie genau das gedacht.

Als ich auf das Haus zugehe, öffnet sich bereits die Haustür. Ein mir unbekannter Mann steht mitten im erleuchteten Türrahmen. Er ist ein wenig älter als ich, leicht übergewichtig und ganz sicher nicht der Typ, den ich erwartet hätte. Auf den ersten Blick erinnert er mich an einen Lehrer oder einen Kunstprofessor. Ich hatte ihn mir komplett anders vorgestellt. Vielleicht nur ein weiteres Zeichen dafür, dass ich meine Frau in Wirklichkeit gar nicht kenne.

»Mein Name ist Sven Hoffmann«, sage ich, als ich vor ihm stehe. »Und ich glaube, dass meine Frau hier ist.«

»Das stimmt«, gibt er zu. »Sie hat aber gesagt, dass sie Sie nicht sehen will.«

»Ich will sie aber sehen! Wenigstens will ich wissen, ob es ihr gut geht.«

»Das tut es«, versichert er. »Zumindest besser als bei Ihnen, aber das können Sie sich ja bestimmt vorstellen.«

Keine Ahnung, was er mir damit sagen will, es interessiert mich auch nicht. Ich habe keine Lust auf ein Wortgefecht mit dem Mann, mit dem Franziska ein Verhältnis hat.

»Würden Sie meine Frau jetzt bitte holen, Herr …?«

»Nein, das werde ich nicht tun. Franziska ist hier, es geht ihr gut, und wenn sie es für richtig hält, wird sie sich schon bei Ihnen melden. Bitte verlassen Sie mein Grundstück jetzt. Ich denke, Sie haben ihr genug angetan.«

So langsam macht mich seine herablassende Art wütend. Meine Nerven sind gerade nicht mehr die besten, und der Kerl hier reizt sie aufs Äußerste.

»Jetzt pass mal auf, du Clown«, fauche ich ihn an und deute mit dem Daumen hinter mich. »Dahinten im Auto sitzt meine Tochter, und sie ist gerade das Einzige, was mich davon abhält, mit dir den Boden zu wischen! An deiner Stelle würde ich nicht darauf bauen, dass das lange so bleibt, also schwing jetzt die Hufe und hol Franziska zur Tür!«

»Sie sind genau so, wie Franziska Sie beschrieben hat«, sagt er und legt den Kopf schief. »Aufbrausend und cholerisch, aber damit kommen Sie bei mir nicht weiter. Glauben Sie nicht, dass ich mich von Ihrer unflätigen Ausdrucksweise beeindrucken lasse! Nicht Franziska oder ich sind hier das Problem, Sie sind es. Sie sollten jetzt gehen, schon Ihrer Tochter zuliebe.«

Ich lege den Kopf zurück und atme tief durch. Bereue den Ausfall bereits, weil er genau dem Bild entsprechen muss, das ein Unbeteiligter von der Situation hat: auf der einen Seite der gehörnte und außer sich scheinende Ehemann und auf der anderen der ruhig bleibende Gegenspieler, der seine Geliebte vor ihrem jähzornigen Partner beschützen muss. Es war einfach nur dumm, mich so hinreißen zu lassen.

»Tut mir leid«, sage ich mit erhobenen Händen. »Franziska hat mir vorhin eine Sprachnachricht hinterlassen, die ausgesprochen seltsam klang. Jetzt ist sie bei Ihnen, und das ist okay so. Ich will wirklich nur wissen, ob es ihr gut geht und ob wir kurz reden können. Mehr nicht, versprochen, dann bin ich auch schon wieder weg.«

»Ich werde mit Franziska darüber reden. Wenn sie einverstanden ist, können ...«

Er verstummt, als sich aus dem Inneren des Hauses ein Schatten nähert, der kurz darauf zu meiner Frau wird. Sie trägt Leggings und ihren alten Wollpullover, ich verstehe es nicht. Normalerweise würde sie niemals derart nachlässig bekleidet das Haus verlassen.

»Hallo, Sven«, sagt sie erstaunlich neutral. »Mir geht es gut. Tabea und du braucht euch keine Sorgen zu machen, aber wir müssen reden. Über viele Dinge.«

»Das glaube ich auch.«

»Aber nicht jetzt, okay? Ich bin müde. Und Frank ...«, sie berührt seinen Arm, »... hat heute auch schon genug mitgemacht. Ich komme morgen nach Hause, um ein paar Sachen zu packen. Dann unterhalten wir uns in Ruhe.«

»Du willst also ausziehen?«

Sie zögert kurz, dann nickt sie.

»Alles klar«, sage ich. »Ich werde dir keine Steine in den Weg legen. Wann willst du morgen kommen?«

»Ich muss arbeiten, also danach. So gegen 19 Uhr, einverstanden?«

Während sie redet, denke ich die ganze Zeit, dass das nicht meine Frau sein kann. Nie im Leben würde sie ihre Ehe so kurz und schmerzlos beenden, ganz ohne Drama und Vorwürfe. Ihr Verhalten macht mir wieder mal bewusst, dass Franziska zwei Gesichter hat. Eins für alle anderen und eins, das nur für mich bestimmt ist.

»Ich werde da sein«, sage ich.

»Und bitte mach kein Theater, ja? Lass uns das ganz vernünftig beenden, allein schon wegen Tabea. Es tut mir leid, dass alles so enden muss, aber ich liebe Frank. Bei ihm ...«, jetzt streichelt sie seinen Arm sogar, »… fühle ich mich endlich zum ersten Mal seit langer Zeit wieder sicher.«

Am liebsten würde ich lachen, aber das Lachen bleibt mir im Hals stecken. Ich soll kein Theater machen, meint sie das ernst? Wer von uns beiden ist denn hier die Dramaqueen? Ich habe keine Ahnung, welches Spiel Franziska gerade spielt, aber für heute habe ich es anscheinend verloren. Alles, was ich jetzt noch dagegenhalten könnte, würde die Lage nur verschlimmern.

»Schön, dass ihr beiden so glücklich seid«, bekomme ich noch mit spöttischem Unterton heraus. »Ich hoffe, dass das ganz lange so bleibt.«

»Du musst dir um unser Glück keine Sorgen machen«, faucht sie mich an, endlich wieder die wahre Franziska. »Sei einfach morgen da und lass uns das Ganze zu Ende bringen!«

»Das bin ich«, versichere ich erneut. Anschließend drehe ich mich um, um zurück zum Auto zu gehen.

»Sven?«, höre ich sie dann hinter mir rufen.

Ich drehe mich um. »Ja?«

»Woher wusstest du eigentlich, wo ich bin? Hast du mir wieder hinterherspioniert?«

Ich ihr? So langsam wird es lächerlich.

»Von Tabea«, erwidere ich. Es mag mies sein, aber in diesem Moment kann ich einfach nicht anders, als ihr noch eine kleine Spitze mitzugeben. »Unsere Tochter ist intelligent. Du solltest eigentlich wissen, dass es extrem schwer ist, ihr etwas vorzumachen.«

Dann gehe ich und genieße meinen kleinen Triumph. Auch wenn er im Nachgang irgendwie bitter schmeckt.

MARCO

Als Lydia ihre Schilderungen beendet, weiß ich nicht, was ich sagen soll. Einige Dinge sind mir jetzt klarer, andere nicht. Ich verstehe nun besser, was sie zu dem gemacht hat, das sie jetzt ist, aber immer noch nicht, warum sie gerade für diese Familie eine derartige Obsession entwickelt hat. Das kommt mir trotz aller Erklärungen nicht normal vor.

Schon klar, diese Tabea sieht der verstorbenen Miriam ähnlich, und ihr Anblick muss in Lydia starke Gefühle ausgelöst haben, aber genügt das schon? Ich weiß es nicht. Ich habe einfach keine Ahnung, wie es ist, wenn man die wahre Liebe findet und diese einem dann genommen wird. Ich weiß nur, wie es ist, wenn man unerwidert liebt. Bislang hielt ich das für das Schlimmste, aber nach Lydias Schilderung bin ich mir da nicht mehr so sicher. Was man niemals besaß, kann einem auch nie genommen werden.

Wir sitzen mit angezogenen Beinen auf der Isomatte, die auch unser Nachtlager ist. Lydia hat den Kopf in den Nacken gelegt, ich kann ihr Atmen in der Dunkelheit hören, ruhig und gleichmäßig. Sie wirkt, als ob sie schläft, aber das tut sie nicht. Ich weiß, dass sie nachdenkt, und ich wüsste zu gerne, worüber. Sicher nicht über mich, so, wie ich an sie denke. Wahrscheinlich an etwas, das lange zurückliegt.

Ich hätte Lydia gerne kennengelernt, bevor all das geschehen ist. Vor der Zeit des Raubüberfalls, als sie noch glücklich und unbeschwert war. Wenn sie und Miriam nie den Entschluss gefasst hätten, diesen Raub zu begehen, was dann? Wären sie heute immer noch zusammen und würden sich weiterhin mit dieser Intensität lieben? Vielleicht sogar in Thailand leben? An einem schneeweißen Strand, über dem tiefgrüne Palmenblätter im Wind wedeln?

Wahrscheinlich würden die beiden sich gegenseitig necken und könnten die Hände nicht voneinander lassen, während sie hinter der Theke ihrer kleinen Bar stehen und irgendwelchen Touristen überteuerte Caipirinhas verkaufen. Das ist ein schönes Bild, denke ich, sehr romantisch – das einzig Schlechte ist nur, dass ich darin nicht vorkomme.

Ohne die schreckliche Wendung, die Lydias Leben genommen hat, würde es mich gar nicht geben. Zumindest nicht in ihrer Wahrnehmung.

Ich bin nur da, weil Miriam tot ist, nicht weil ich der bin, den Lydia gerne an ihrer Seite hätte. Damit muss ich leben, und es macht mich noch nicht mal traurig. Wenn man schon nicht bekommen kann, was man begehrt, sollte man mit dem zufrieden sein, was man hat. Ich bin da, und Lydia ist auch da, das genügt fürs Erste.

»Du bist so ruhig, Kleiner«, sagt sie.

Ich mag es nicht, wenn sie mich Kleiner nennt.

»Hmm«, mache ich nur.

»Was ist los?«

»Ich denke nach.«

»Worüber?«

»Über dich. Über das, was du erzählt hast.«

»Und über was genau?«

»Wie war es im Knast? Ich meine, wie ist es dir dort ergangen? Warst du oft traurig?«

»Keine Ahnung«, sagt sie und rutscht höher. »Eigentlich habe ich damals kaum was gefühlt. Anfangs war ich wie tot, später habe ich mich mit Büchern abgelenkt, aber das weißt du ja schon.« Sie schaut mich an. »Wie war es denn bei dir?«

»Ich hatte Angst.«

»Und sonst?«

»Nichts. Nur Angst. Ich war froh, als ich wieder rausgekommen bin.«

»Das mag ich an dir.«

»Was?« Ich lächle. »Dass ich ein Feigling bin?«

Sie lächelt ebenfalls. »Nein, dass du die Dinge beim Namen nennst. Die meisten Männer hätten etwas anderes gesagt, um vor mir besser dazustehen.«

Ich grinse schwach. »Wollte ich auch. Dann aber habe ich mir gedacht, dass du mich ja sowieso durchschauen würdest. Ich bin kein guter Lügner. Sobald ich auch nur anfange, mir eine Lüge auszudenken, werden meine Ohren rot.«

Jetzt lacht sie. »Du bist schon ein sonderbarer Kerl.«

»Das sagt die Richtige!«

Jetzt lachen wir beide.

Wahrscheinlich ist dies das beste Gespräch, das wir je miteinander geführt haben. Das erste auf Augenhöhe, so kommt es mir zumindest vor. Wenn es nach mir ginge, könnten wir ewig auf diesem Dachboden bleiben.

Dann steht Lydia auf, und der Zauber ist dahin.

»Komisch, dass noch niemand zu Hause ist«, sagt sie, und es klingt, als würde sie eher mit sich selbst sprechen. »Es ist schon nach Mitternacht. Normalerweise bleiben sie nie so lange weg. Mir passt das nicht. Es bringt unseren Zeitplan durcheinander, und es ist sonderbar.«

Ich könnte jetzt sagen, dass Lydia zumindest im Fall der Frau alles getan hat, um dafür zu sorgen, dass sie dem Haus zukünftig fernbleibt, verkneife es mir aber.

Eine Zeit lang sagt keiner von uns beiden mehr was, dann halte ich es nicht mehr aus. Eine Sache muss ich einfach wissen. Diese eine Sache, dann lasse ich sie auch in Ruhe, schwöre ich mir.

»Lydia?«, frage ich.

»Was denn?«

»Was hat es mit den Hoffmanns auf sich? Warum bist du so versessen darauf, sie zu zerstören? Ehrlich, ich verstehe das nicht, ich erkenne dich kaum noch wieder. Haben sie dir etwas angetan?«

Mit langsamen Schritten kommt sie auf mich zu. In der Dunkelheit kann ich lediglich ihre Umrisse sehen, noch ein wenig schwärzer als die Nacht dahinter. Ich befürchte schon, dass sie jetzt sauer sein könnte, aber als sie etwas sagt, klingt ihre Stimme ungewohnt weich und nachsichtig.

»Du hast es immer noch nicht verstanden, oder?«

»Nein«, gebe ich zu.

»Ich habe dir doch von der Frau erzählt, die nach dem Juwelierraub in der Menge stand. Von der Frau, die Miriam so hasserfüllt ein Miststück nannte.«

Diesmal nicke ich.

»Es war dieselbe Frau, die ich sah, nachdem ich Tabea zum ersten Mal nach Hause gefolgt bin.«

»Sie war …?«

»Ja«, sagt Lydia. »Diese Frau war Franziska Hoffmann.«

TABEA

Ich sehe Dad mit dem fremden Mann vor dem Haus stehen, die beiden diskutieren. Sie sind ein ganzes Stück weit entfernt, sodass ich trotz des geöffneten Seitenfensters nicht verstehen kann, was genau sie sagen. Ich bekomme nur mit, dass sie sich streiten. Kurz habe ich sogar gedacht, dass Dad dem Typen gleich eine verpassen wird, aber er konnte sich im letzten Moment scheinbar noch zurückhalten.

Schade, denke ich. Ich hätte dem Kerl eine Tracht Prügel gegönnt!

Dann kommt meine Mutter dazu und schmiegt sich an den Fremden, während Dad wild gestikulierend auf sie einredet. Es ist widerlich, das zu sehen. Sie tut fast so, als ob sie und der Unbekannte das Paar wären und Dad nur irgendein Fremder, der die wohlverdiente Ruhe der beiden stört.

Warum bloß tut sie ihm das an? Warum kann sie sich nicht würdevoller trennen, warum dieser Aufstand, diese seltsame Nachricht per WhatsApp? Soweit ich es erkennen kann, wirkt sie jetzt wieder vollkommen normal. Überhaupt nicht panisch, eher ungewohnt ruhig. Sollte das Ganze am Telefon nur Show gewesen sein? Aber warum? Es würde überhaupt keinen Sinn ergeben! Sie wusste ja noch nicht mal, dass ich sie mit dem fremden Mann beobachtet habe.

Je länger ich den dreien zusehe, desto klarer wird mir, dass ich meiner Mutter dieses Verhalten nicht verzeihen kann. Sie hat ja nicht nur Dad hinters Licht geführt, sie hat auch in Kauf genommen, dass ich mir wegen ihres Anrufes vollkommen grundlos Sorgen mache. Ihr muss doch klar gewesen sein, dass Dad mir ihre Nachricht vorspielen wird, nachdem sie ihn aufgefordert hat, mich abzuholen. Aber scheinbar ist ihr das egal gewesen. Es kümmert sie nicht, wie es Dad oder mir geht, sie ist nur noch auf ihren neuen Typen fixiert! Das macht mich sauer. Am liebsten würde ich jetzt aussteigen, zu ihr hingehen und ihr die Meinung geigen. Sie fragen, was sie sich dabei eigentlich gedacht hat.

Ich habe Dad aber versprochen, hier zu warten, und er soll sich wenigstens auf eine Person in seiner Familie verlassen können. Außerdem wird er mit den beiden auch allein fertig. Mein Dad ist großartig, genau genommen hat sie ihn gar nicht verdient. Vielleicht hat sie das noch nie, und mittlerweile ist mir auch vollkommen klar, warum er sich von ihr trennen will.

Dann sehe ich, wie Dad wieder auf das Auto zukommt. Nach ein paar Schritten dreht er sich noch einmal um, sagt etwas und setzt seinen Weg fort. Öffnet die Fahrertür und lässt sich mit einem tiefen Seufzer auf den Sitz fallen.

»Wie ist es gelaufen? Was hat sie gesagt?«, frage ich aufgebracht.

»Kurz gesagt, es ist aus«, meint er, als er den Motor startet und losfährt. »Deine Mutter will ausziehen und bei dem Kerl wohnen. Sie kommt morgen Abend vorbei, um ein paar Sachen zu holen.«

»Ist die jetzt komplett bescheuert geworden?«

»Hey«, ermahnt er mich und wirft mir einen Seitenblick zu. »Sie ist immer noch deine Mutter, vergiss das nicht! Sie liebt dich. Und daran wird sich auch nichts ändern, wenn wir uns tatsächlich scheiden lassen. Also sprich nicht so über sie.«

»Du verteidigst sie auch noch?« Ich fasse es nicht.

Er reibt sich das Gesicht, dann blickt er wieder auf die Straße. »Ich verteidige sie nicht«, sagt er. »Für mich ist das Ganze genauso unverständlich wie für dich, vor allem ihr Anruf und ihr Verhalten gerade eben. Ich habe dir ja gesagt, dass wir uns womöglich trennen, aber ich habe nicht damit gerechnet, dass es so schnell geht und unter solchen Umständen geschieht. Aber nun ist es, wie es ist. Jeder weiß jetzt zumindest, woran er ist.«

Ich kann das Positive in seiner Aussage nicht erkennen, aber momentan verstehe ich eh so gut wie gar nichts. Weder das Verhalten meiner Mutter noch Dads gelassene Reaktion darauf. Mir kommt es vor, als wäre das nur ein Albtraum, aus dem ich jeden Moment erwachen müsste. Vollkommen surreal.

»Und was hat sie gemeint, als sie irgendeinen Lautsprecher erwähnte, und warum solltest du mich unbedingt abholen?«, frage ich ihn, als ich mich etwas beruhigt habe.

»Das kann ich dir nicht sagen«, antwortet er und seufzt. »Darüber haben wir gar nicht gesprochen.«

»Warum denn nicht?«

»Mensch, Tabea …« Er sieht jetzt irgendwie gequält aus. »Es war einfach, keine Ahnung, nicht der richtige Rahmen, um irgendwelche Einzelheiten zu diskutieren. Du musst dir aber keine Sorgen machen. Am Telefon klang sie zwar panisch, jetzt aber wirkte sie verhältnismäßig ruhig, also sollte alles in Ordnung sein.«

»Nichts ist in Ordnung!« Ich kann nicht verstehen, dass er ihr das einfach so durchgehen lässt. »Sie hat dich betrogen! Wie kannst du da so ruhig bleiben?«

»Ich habe deine Mutter auch betrogen, schon vergessen?«

Bevor ich antworten kann, fährt er an den Straßenrand und bleibt stehen. Sieht mir ins Gesicht und sagt: »Ich weiß, dass das alles nicht leicht für dich ist. Für mich auch nicht, und ganz sicher auch nicht für deine Mutter. Unser Leben wird sich jetzt ändern, und kaum etwas wird so bleiben, wie es bis jetzt war.«

Ich nicke nur. Als wenn mir das nicht selbst klar wäre!

»Wenn man nach so vielen Jahren Ehe auseinandergeht, ist das nie einfach«, fährt er fort. »Und es bringt nichts, sich auch noch gegenseitig Vorwürfe zu machen. Das würde alles nur unnötig verkomplizieren. Franziska bleibt deine Mutter, und ich bleibe dein Dad. Du bist unsere Tochter. Und egal, was passiert, wir werden dich immer lieben. Lass uns jetzt also nach Hause fahren und zusehen, dass wir noch ein bisschen Schlaf bekommen. Morgen sieht die Welt sicher ganz anders aus!«

Ich für meinen Teil glaube, dass die Welt morgen noch ganz genauso aussieht, sage aber nichts. Dad wirkt ziemlich fertig, und meine dringendsten Fragen kann er mir sowieso nicht beantworten.

Obwohl in mir weiterhin Tausende davon toben, lege ich ihm die Hand auf den Arm und sage, dass er recht hat. Dass wir jetzt endlich nach Hause fahren können, er und ich.

Es ist halb eins, als wir ankommen. Die Scheinwerfer streichen über die Fassade, lassen Schatten entstehen und wieder verschwinden. Als der Motor ausgeht, herrscht Stille. Wir haben den Rest der Fahrt nur geschwiegen, jeder in seine eigenen Gedanken versunken. Dann steigen wir aus.

Noch nie ist mir unser Haus so groß vorgekommen, so leer und verlassen. Es ist schon immer Mamas Haus gewesen, nicht Dads oder mein Haus, obwohl ich hier aufgewachsen bin. Meine Mutter hat immer alles bestimmt. Welche Couch angeschafft wird, welche Tapete ins Gästezimmer kommt und wie mein Kinderzimmer aussehen soll. Klar, sie hat mich anstandshalber nach meiner Meinung gefragt, um mich direkt im Anschluss von ihrer überzeugen zu wollen. Meist ist sie damit auch durchgekommen. Immer, eigentlich.

Von meinem Dad weiß ich, dass er nach der Hochzeit lieber im Ruhrgebiet geblieben wäre. Ich mag das Ruhrgebiet und bin ein paarmal mit ihm da gewesen, bei meiner Oma. Eine Gegend, die so ganz anders ist, als ich es erwartet hatte. Viel hügeliger und deutlich grüner.

Nachdem wir das Haus betreten und einander Gute Nacht gesagt haben, gehe ich ins Bad, um mich fertig zu machen. Anschließend betrete ich mein Zimmer. Selbst das kommt mir heute irgendwie fremd vor, als wäre ich hier nur noch zu Besuch, und ich merke schnell, dass ich in dieser Nacht nur schwer Ruhe finden werde.

Am liebsten würde ich jetzt Leonie anrufen, aber die schläft sicher schon, ich will sie jetzt nicht wecken. Stattdessen wälze ich mich weiterhin hin und her, bevor ich dann doch wieder aufstehe, um mir in der Küche etwas zu trinken zu holen. Das Licht lasse ich aus, um Dad nicht wach zu machen, der seine Schlafzimmertür nicht ganz geschlossen hat.

Als ich die Tür zur Vorratskammer öffne, um mir eine Flasche Apfelsaft zu holen, stutze ich. Die ersten drei Flaschen, nach denen ich in der Dunkelheit greife, sind leer. Heute Morgen war der Kasten noch voll. Ich verstehe das nicht. Dad war den ganzen Tag auf der Arbeit, und Mama trinkt niemals drei Flaschen Apfelschorle am Tag; egal wie bescheuert sie gerade auch sein mag.

Beim vierten Versuch habe ich endlich Erfolg, eine volle Flasche. Ich öffne sie, trinke ein paar Schlucke und stelle sie in den Kühlschrank, wie wir das immer machen, sobald eine Flasche geöffnet wurde. Da ich immer noch nicht müde bin, schaue ich anschließend gedankenverloren aus dem Fenster. Die Bäume, die davorstehen, wirken in der Dunkelheit wie Geister, die mit klauenartigen Fingern um sich schlagen. Ihre Äste streifen das Haus nicht, sind aber kurz davor, es scheint windig zu sein. Wenn es nachts nicht immer noch so kalt wäre, würde ich gerne hinausgehen, mich auf die kleine Bank im Garten setzen und eine Zigarette rauchen. Ein Joint wäre mir sogar noch lieber, aber den habe ich nicht.

Eigentlich habe ich gar nichts mehr.

Nur Dad und meine Freundinnen. Sie zurückzulassen wäre das Schlimmste, wenn ich tatsächlich mit ihm wegziehen würde.

Ich merke, dass mich der Anblick der Nacht nur noch mehr deprimiert, und wende mich von dem Fenster ab. Auf Zehenspitzen gehe ich die Treppe hoch und den Flur entlang zu meinem Zimmer. Kurz bevor ich es erreiche, halte ich inne. Wenn mich im Dunkeln nicht alles täuscht, steht die Tür zum Dachboden einen Spaltbreit offen.

Zögerlich gehe ich näher ran.

Ja, kein Zweifel, sie ist ein paar Zentimeter weit geöffnet, und das ist merkwürdig, sogar mehr als das. Es ist sicher schon Monate her, dass das letzte Mal jemand dort oben war.

Direkt vor der Tür bleibe ich stehen und lausche. Höre nichts. Ich warte ein paar Sekunden, dann drücke ich sie weiter auf. Sie quietscht nicht. Hat sie das früher nicht immer gemacht? Ich weiß es nicht, bin mir nicht sicher, glaube aber schon.

»Hallo?«, rufe ich leise.

DU

»Hallo?«, hörst du jemanden leise rufen.

Du schaust Marco an und legst den Finger vor den Mund. Er nickt. Das ganze Dilemma hier ist sowieso seine Schuld.

Nachdem Tabea mit ihrem Vater nach Hause kam, habt ihr hinter der leicht geöffneten Tür Stellung bezogen. Ihr habt gehört, wie die beiden sich unterhielten und dann ins Bett gingen. Anschließend hast du dich abgewendet und Marco signalisiert, dass er die Tür schließen soll. Nicht mal das hat er richtig hinbekommen.

Jetzt stehst du am oberen Ende der Treppe, die auf den Dachboden führt, und schaust zur Tür hinunter. Zunächst hast du nur gehört, wie Tabea darauf zuging, dann, wie sie den Spalt weiter öffnete. Egal was jetzt passiert, dieses Versteck ist ab sofort verbrannt. Selbst wenn Tabea nicht heraufkommt, könnte sie ihrem Vater morgen von der offen stehenden Tür erzählen, der dann vielleicht nachsehen würde. Dieses Risiko kannst du nicht eingehen. Dabei hättest du nur noch einen weiteren Tag gebraucht – einen gottverdammten Tag!

Du spürst, wie Marco neben dir zittert, hoffentlich verliert er jetzt nicht die Nerven. Parallel dazu behältst du die Tür im Auge. Siehst, wie sie noch ein wenig weiter aufgeht. Wenn Tabea jetzt wirklich nach oben kommt, wirst du handeln müssen. Du willst ihr nichts antun, sicher nicht, aber noch weniger willst du ein weiteres Mal im Knast landen.

Leise schleichst du zum Rucksack und holst das Messer heraus. Nicht um sie zu töten, sondern um ihr Angst zu machen. Um sie zu bedrohen und notfalls als lebenden Schutzschild zu verwenden, falls ihr Vater auch noch kommt.

Als Marco das Messer sieht, gibt er einen kurzen Laut von sich, kaum hörbar. Du presst deinen Zeigefinger vor den Mund, um ihm zu signalisieren, dass er ja die Klappe halten soll. Er scheint zu verstehen, zumindest nickt er, schnell und hektisch.

Dann stellst du dich wieder seitlich neben den Treppenaufgang, wo man dich von unten aus nicht sehen kann. Spürst das Messer schwer in der Hand liegen und wartest.

TABEA

Hinter der Tür ist nur Finsternis, aber niemand, der mir antwortet. Ich überlege, was ich jetzt machen soll. Hochgehen, um nachzusehen? Noch ein wenig abwarten? Mich einfach wieder ins Bett legen?

Ich habe keine Angst, nicht wirklich, verspüre nur ein seltsames Gefühl von Beklemmung. Ich mag den Speicher nicht, das habe ich noch nie, selbst tagsüber nicht. Er ist staubig, und als kleines Kind bin ich dort mal in einen Nagel getreten, woraufhin sich mein Fuß arg entzündet hat. Jetzt bin ich zwar kein Kind mehr, aber barfuß, und da oben ist es dunkel, sodass man die Hand vor Augen nicht sieht. Es gibt kein Licht auf dem Dachboden, keine Beleuchtung. Ich mag da nicht hoch, und trotzdem öffne ich die Tür jetzt noch ein Stück weiter. Kann nur die untersten Stufen erkennen, die nächsten verlieren sich in der Dunkelheit.

Ich muss mich entscheiden. Umdrehen oder hochgehen. Wenn ich jetzt zurück in mein Zimmer gehe, wird mir das Ganze keine Ruhe mehr lassen. Ich werde dann erst recht nicht einschlafen können. Mich ständig fragen, warum die Tür offen stand und ob da oben irgendwas ist. Ich glaube nicht, dass dort oben *irgendjemand* ist. Meine Mutter hat fürchterliche Angst vor Einbrechern, ich nicht, zumal diese sich garantiert nicht einen fast leer stehenden Dachboden vornehmen würden.

Die Entscheidung ist gefallen. Behutsam steige ich die erste

Stufe hoch, dann die zweite. Halte mich dabei an dem Geländer fest und versuche, so vorsichtig wie möglich aufzutreten, um mir ja nicht wieder etwas in den Fuß zu rammen.

Als mein Ballen gerade die dritte Stufe berührt, halte ich inne und die Luft an. Einen Moment lang glaube ich, von oben etwas gehört zu haben. Viel zu kurz und viel zu leise, um es näher bestimmen zu können.

Ich habe keine Angst, rede ich mir ein, ganz sicher nicht, und wage dennoch kaum zu atmen.

»Hallo? Ist da wer?«, rufe ich nochmals.

Wieder keine Antwort.

Bumm-bumm, macht mein unvorsichtiges Herz. Es schlägt in einem viel zu schnellen Tempo, und dann …

DU

Sie kommt hoch. Stufe um Stufe. Im Prinzip lässt dir das nur zwei Möglichkeiten. Du stürmst hinunter und überrumpelst Tabea einfach. Verpasst ihr einen Bodycheck und rennst anschließend aus dem Haus, bevor Sven aufstehen kann. Das Problem dabei ist Marco. Du kannst ihm nichts mehr sagen, Tabea würde es hören, also wäre er von deinem Fluchtversuch mindestens so überrumpelt wie sie. Er ist sowieso nicht der Handlungsschnellste. Wahrscheinlich würde er wie erstarrt auf dem Dachboden zurückbleiben und einfach nur abwarten, was passiert. Aber was passiert, ist klar. Tabeas Vater wird ihn sich schnappen, ihn vielleicht windelweich hauen und dann die Polizei rufen. Das könnte dir eigentlich egal sein, ist es aber nicht. Aus irgendeinem Grund magst du den Kerl. So, wie man einen kleinen, tollpatschigen Hund mag, den man auch beschützen will, wenn ihn ein Rottweiler angreift.

Die zweite Variante besteht darin, weiterhin unbemerkt hinter dem Aufgang zu bleiben und abzuwarten, was Tabea als Nächstes macht. Sollte sie es sich noch mal anders überlegen und umkehren, ist alles gut. Kommt sie jedoch hoch, müsstest du sie blitzschnell überwältigen, bevor sie Gelegenheit hat, das Haus zusammenzuschreien. Kritisch. Zu viele Unsicherheitsfaktoren.

»Hallo? Ist da wer?«

Wenn Tabea nicht bald den Mund hält, musst du dich gar

nicht mehr entscheiden. Irgendwann wird ihr Vater wach werden und dir damit die Entscheidung abnehmen. Das wäre der Super-GAU. Zwei gegen einen, Marco kannst du nicht mitzählen.

Noch nie hast du dich in einem Haus dermaßen gefangen gefühlt. Noch nie warst du so kurz davor, entdeckt zu werden. Und warum? Weil dieser Schwachkopf nicht mal in der Lage ist, eine Tür richtig zu schließen!

Am liebsten würdest du ihm jetzt schon eine dafür scheuern, aber er ist gerade nicht dein dringlichstes Problem. Das kommt in diesem Moment Schritt für Schritt die Treppe hoch. Du willst es nicht tun, aber du würdest es. Niemand darf sich zwischen dich und die Freiheit stellen, nicht einmal sie. Tabea wäre dann nur noch ein Hindernis, und Hindernisse sind etwas, das du aus dem Weg räumst.

Immer.

Spontan beschließt du, sie zu greifen, sobald sie oben angekommen ist. Ihr das Messer an die Kehle zu setzen, den Mund fest zuzudrücken und dich mit ihr als Geisel bis ins Erdgeschoss vorzuarbeiten. Wenn ihr Vater dabei wach wird, wäre das egal. Er würde sicher nichts unternehmen, solange du sie in deiner Gewalt hast. Er würde dir auch nicht folgen, wenn du sie ihm vor die Füße wirfst, bevor du aus dem Haus rennst.

Denn egal, was du auch sonst von ihm hältst: Er ist ein guter Vater, und gute Väter schützen ihre Töchter. Auch Sven wird seine Tochter schützen, sofern er das kann.

Sofern du ihn lässt.

TABEA

»Tabea?«

Ich stoße einen Schrei aus, zucke zusammen und stolpere gleichzeitig nach hinten. Verliere das Gleichgewicht und kippe die Stufen mehr hinab, als dass ich wirklich falle. Im letzten Moment fangen mich Dads Arme auf.

»Was zum Henker machst du da?«, will er wissen, gleichzeitig ebenso wütend wie besorgt. »Geht's dir gut, hast du dir wehgetan?«

Ich stammle irgendwas, er versteht mich nicht. Dann macht er im Flur das Licht an. »Was war denn los?«

»Die Tür zum Speicher stand offen, und ich wollte nachsehen, ob da oben wer ist«, versuche ich, mich zu erklären. »Da ist aber niemand, und dann hast du gerufen, und ich habe mich erschreckt. Mann, verdammt … Ich dachte gerade schon, ich bekomme einen Herzanfall!«

Es dauert nicht lange, bis die Besorgnis aus seinem Gesicht verschwindet und einem Lächeln weicht. Dann lacht er, er lacht tatsächlich, und es tut gut, ihn an einem solchen Tag lachen zu sehen.

»O Mann«, sagt er und schüttelt sich jetzt regelrecht. »Warst du auf der Suche nach Hui Buh, dem Dachbodengespenst?«

»Lach nicht«, sage ich und boxe gegen seinen Brustkorb, muss aber dennoch mitlachen. »Ich hab echt eine Scheißangst gehabt!«

Langsam beruhigt er sich wieder. Dann schaut er durch die

immer noch offen stehende Tür nach oben, sieht anscheinend nichts und schließt sie wieder.

»Wahrscheinlich nur der Wind«, sagt er dann.

»Ja, oder Mama war heute da oben«, mutmaße ich. »Ich weiß, normal geht sie nie da rauf, aber wann hat sie sich in letzter Zeit schon mal normal verhalten?«

Dieses Mal lässt er mir die Bemerkung durchgehen, lächelt sogar schwach.

»Na komm«, sagt er dann. »Lass uns wieder ins Bett gehen. Warum schläfst du eigentlich noch nicht?«

»Ich konnte nicht. Mir sind einfach zu viele Gedanken durch den Kopf gegangen.«

Er streichelt über meinen Kopf. »Mir auch.«

»Dad?« Ich sehe ihn fragend an.

»Was denn?«

»Wäre das okay, wenn ich heute Nacht bei dir schlafen würde? Ich mag gerade nicht allein sein.«

»Natürlich ist das okay«, erwidert er und schaut mit hochgezogenen Augenbrauen nach unten. »Aber erst, nachdem du dir die Füße gewaschen hast!«

DU

Noch immer pocht dein Herz, während deine Hand Marcos Mund verschließt. Als Tabeas Vater ihren Namen rief, hatte Marco schon Luft geholt und zu einem Schrei angesetzt, den du im letzten Moment noch verhindern konntest. Auch jetzt spürst du, wie er unter deinen Händen zittert. Du bist ein Hai, aber er muss ein Aal sein, ein Zitteraal.

Dann hört ihr, wie Sven und Tabea miteinander reden, wie Tabea anschließend ins Bad geht und danach im Flur das Licht ausschaltet. Im Haus kehrt wieder Stille ein, nur in dir tobt weiterhin das Chaos. Du musst jetzt entscheiden, welche Folgen Tabeas Auftauchen hat und ob ihr hier oben weiterhin sicher seid.

Im Normalfall wäre dir das Risiko, noch länger in diesem Haus zu bleiben, zu groß, aber die Hoffmanns sind nicht der Normalfall. Das waren sie noch nie. Das Ganze hier ist persönlich motiviert, und sie werden dein Meisterstück sein.

Seit ein, zwei Tagen ist dir klar, dass du Tabea nicht für dich gewinnen kannst, und wahrscheinlich wusstest du das die ganze Zeit schon. Die Liebe zwischen Eltern und ihrem Kind ist eben etwas völlig anderes als die Liebe zwischen Partnern. Sie ist bedingungsloser und weniger stark vom Verhalten des Gegenübers abhängig. Paare magst du auseinanderbringen können – Franziska und Sven haben es gerade bewiesen –, bei einem Kind und seinen Eltern gelingt dir das nicht.

Es ist von Anfang an eine Schnapsidee gewesen, die ausschließlich auf einer optischen Ähnlichkeit beruhte. Ein schöner Traum, den du ein paar Tage lang träumtest, weil du dachtest, durch Tabea auch Miriam zurückzubekommen, aber das geht nicht. Tabea ist Tabea, und Miriam bleibt Miriam. Nichts wird sie dir jemals ersetzen können, das weißt du, du wolltest es nur eine Zeit lang nicht wahrhaben.

Was Franziska angeht, ist dein Plan hingegen voll aufgegangen. Du hast ihr Leben so zerstört, wie sie Miriams Leben verachtete. Sie hat sich zwar in die Arme eines anderen geflüchtet, aber diese Beziehung wird keinen Bestand haben, das ist dir jetzt schon klar. Bald schon wird sie erkennen, was genau sie verloren hat und dass der neue Mann an ihrer Seite nur eine Zuflucht war. Ein Mittel, um die Fassade der glücklichen Frau wenigstens noch etwas länger aufrechterhalten zu können.

Eigentlich könntest du das Haus in dieser Nacht verlassen, deine Arbeit ist getan. Bis auf die Dinge, sie sich eventuell noch auf Svens Rechner befinden, hast du alles erkundet, jedes noch so kleine Geheimnis aufgedeckt. Alles, was dich jetzt noch hier hält, ist die Neugierde auf das Ende.

Niemand verlässt das Kino vor dem Showdown. Die Schlussabrechnung, in der sich die beiden Protagonisten noch einmal gegenüberstehen, und morgen Abend ist es so weit. Als Tabea und Sven nach Hause kamen, sprachen sie darüber, dass Franziska am kommenden Tag ihre Sachen holen will. Tabea sagte, dass sie ihre Mutter momentan nicht sehen und deshalb nicht zu Hause sein will. Wenn du Svens Tonfall richtig gedeutet hast, war er sogar froh darüber. Augenscheinlich geht es ihm nur noch darum, die Sache möglichst schnell zu Ende zu bringen.

Aber das wird ihm nicht gelingen, nicht wahr? Nicht bei einer Frau wie Franziska. Mittlerweile kennst du sie gut genug, um das einschätzen zu können. Es wird ein herrlicher Abschluss werden, und du würdest es dir nie verzeihen können, wenn du ihn verpasst.

Dann merkst du, dass deine Hand immer noch auf Marcos Mund liegt. Du ziehst sie weg, schaust ihn an und fragst, ob alles in Ordnung ist. Er nickt, aber es sieht wenig überzeugend aus. Anschließend will er flüsternd wissen, ob ihr jetzt endlich aus diesem Haus verschwinden könnt.

»Morgen«, sagst du.

Jetzt sieht er noch ängstlicher aus.

»Aber was ist, wenn sie doch auf den Dachboden kommen, um sicherzugehen, dass ...«

»Morgen«, sagst du erneut und lässt es wie ein Schlusswort klingen.

Obwohl du ihm keine Erklärung schuldest, erzählst du ihm in groben Zügen, was du vorhast. Natürlich nicht alles, das würde ihn nur überfordern. Du beschränkst deine Schilderungen auf die für ihn relevanten Dinge und vermittelst den Eindruck, dass auch er ein Teil deiner Zukunft ist und dich auf die Insel begleiten kann. Nicht als Paar natürlich, das würde er dir eh nicht glauben, aber als gute Freunde. Du sagst, dass er so etwas wie der jüngere Bruder ist, den du nie hattest.

All das sind Lügen, aber während du sie aussprichst, merkst du, dass ein Teil davon auch wahr ist. Keine Ahnung, warum, aber irgendwie ist dir dieser nutzlose Idiot ans Herz gewachsen. Das Bild des tollpatschigen Hundes fällt dir wieder ein, und einen solchen würdest du auch nicht einfach an der Autobahn aussetzen.

»Alles verstanden?«, willst du wissen, als du fertig bist.

Er nickt.

Gut, denkst du, dann gehst du zu eurem Nachtlager und beginnst schon mal, die meisten der dort liegenden Sachen einzupacken. Du wirst keine vierundzwanzig Stunden mehr in dem Haus bleiben und eventuell schnell flüchten müssen. Nichts soll von dir zurückbleiben; keine Spuren, keine Hinweise. Du bist immer noch ein Hai, und die Menschen dürfen nicht wissen, dass du in ihrer Nähe warst, weil sie sonst Jagd auf dich machen würden. So sind Menschen eben. Sie bekämpfen, was sie nicht verstehen, und verachten, was sie kaum kennen.

So war es auch mit Miriam. Franziska Hoffmann hat sie aufgrund einer einzigen Tat verurteilt und verachtet. Keine Gnade, kein Hinterfragen.

Wenn jemals irgendjemand seine Strafe verdient hat, dann sie.

FRANZISKA

Zum ersten Mal werde ich neben Frank wach. Zum ersten Mal kann ich sein vom Schlaf zerknautschtes Gesicht sehen und seinen Nachtgeruch riechen. Ich betrachte den nackten Oberkörper, die behaarte Brust und den Bauch, der sich im friedlichen Rhythmus seines Atems hebt und senkt. Ich würde jetzt zu gerne seine Wange streicheln, will ihn aber nicht wecken. Soll er ruhig Kraft tanken; in den nächsten Tagen wird er sie ganz sicher noch brauchen.

Ich steige so behutsam wie möglich aus dem Bett und gehe in die Küche, um mir einen Kaffee zu machen. Dabei überlege ich, wie ich diesen Tag angehen soll. Soll ich Frank mitnehmen, wenn ich meine Sachen aus dem Haus hole und Sven gegenübertreten muss? Würde mir das Sicherheit geben oder nur die Gefahr erhöhen, dass die Situation eskalieren könnte? Keine Ahnung, ich weiß es nicht, werde das aus dem Bauch heraus entscheiden.

Noch größere Sorgen macht mir Tabea. Was mag sie von mir denken? Woher wusste sie von Frank und mir? Und wird sie verstehen, dass ich nicht anders handeln konnte, wenn sie irgendwann erfährt, was Sven mir angetan hat?

Ich hoffe es, aber so, wie ich die Lage momentan einschätze, ist es Sven gelungen, sie voll auf seine Seite zu ziehen. Vielleicht ist das ja auch von Anfang an sein Plan gewesen. Sven will mir schaden, und er weiß, wie sehr ich darunter leiden würde, wenn sich meine Tochter gegen mich stellt. Ich weiß noch nicht, was ich dagegen tun kann, aber irgendwas wird mir einfallen. Es muss einfach. Ich werde meine Tochter nicht einfach so kampflos aufgeben.

Nachdem ich den Kaffee ausgetrunken habe, gehe ich kurz duschen und sprühe mir anschließend etwas von Franks Deo unter die Achseln, ein eigenes habe ich hier noch nicht. Nur eine neue Zahnbürste, die Frank vorsorglich gekauft hat, falls unverhofft Besuch kommt.

Anschließend werfe ich einen Blick ins Schlafzimmer, er schläft immer noch, und gehe dann mit einem zweiten Kaffee hinaus in den Garten. Dort setze ich mich auf die Liege, lege die Beine hoch und schaue in die Natur hinaus. Anders als bei uns zu Hause kann man von hier nicht das Meer sehen, und auch sonst gefällt mir mein eigenes Haus besser. Es bietet mehr Platz und ist hübscher gelegen, wohnlicher eingerichtet. Ich weiß zwar, dass Frank an seinem Haus hängt, aber ich habe sicher genug Argumente, um ihn von einem Umzug zu überzeugen, sobald Sven ausgezogen ist. Vor allem, wenn Tabea bei mir bleibt. Frank ist mitfühlend, und er wird verstehen, dass es für Tabea nicht gut ist, wenn sie aus ihrer gewohnten Umgebung herausgezogen wird. Wegen Sven hat sie in letzter Zeit schon genug durchmachen müssen.

Dann höre ich, wie hinter mir die Terrassentür aufgeht.

»Guten Morgen«, sagt Frank, kommt zu mir und küsst mich.

»Guten Morgen«, erwidere ich und lächle ihn an.

Noch immer trägt er seine Schlafanzughose, hat aber wenigstens ein T-Shirt übergezogen. In der Hand hält er eine Tasse, aus der Dampf aufsteigt – scheinbar hat er den Kaffee schon gefunden.

»Und?«, fragt er, nachdem er sich zu mir gesetzt hat. »Schon eine Ahnung, wie du den Tag angehen willst?«

»Ich dachte, wir frühstücken gleich zusammen, falls du dafür Zeit hast. Um kurz vor zwei muss ich zur Arbeit und wollte von dort aus direkt nach Hause fahren, um ein paar Sachen zu holen. Ich hoffe, dass ich dabei auch mit Tabea sprechen kann.«

»Hmm«, macht er. »Ich halte das für keine gute Idee.«

Ich schaue ihn fragend an. »Und warum nicht?«

»Meiner Meinung nach ist es noch zu früh für ausführliche Erklärungen. Gib Tabea noch ein bisschen Zeit, das alles verdauen zu können, und überfordere sie nicht.«

»Das musst du mir nicht sagen«, entgegne ich patzig. »Ich kenne meine Tochter wohl am besten!«

»So habe ich das auch gar nicht gemeint«, fährt er versöhnlich fort. »Aber dein Mann hat gestern gesagt, dass Tabea ihm von uns erzählt hat. Ich habe keine Ahnung, ob das stimmt und woher sie das weiß. Aber wenn dem so ist, wird sie vielleicht denken, dass sie an der Trennung ihrer Eltern eine gewisse Mitschuld trägt, weil sie es ihm gesagt hat. Sobald sie bereit ist, darüber zu reden, wird sie bestimmt von ganz allein zu dir kommen.«

Ich denke darüber nach. Sage dann, dass er wahrscheinlich recht hat.

»Soll ich mitkommen?«, will er wissen.

Scheinbar muss ich meine Bauchentscheidung jetzt schon treffen.

»Besser nicht«, sage ich nach kurzer Bedenkzeit. »Ich habe das Gefühl, dass ich das allein regeln muss. Es kann unschön werden, und wenn du dabei wärst, befürchte ich, dass die Dinge noch schneller außer Kontrolle geraten könnten. Es genügt schon, wenn Sven und ich uns streiten.«

»Du hast keine Angst, dass er gewalttätig werden könnte? Er scheint zumindest jemand zu sein, der zu Überreaktionen neigt.«

»Aber nicht zu Gewalttätigkeiten, da musst du dir keine Sorgen machen! Er geht anders vor, perfider. Keine Angst, ich bekomme das schon hin, und sobald ich da raus bin, komme ich zu dir.« Ich schenke ihm ein Lächeln. »Wäre schön, wenn du dann für mich da wärst!«

»Natürlich bin ich das, obwohl ich bei der ganzen Sache immer noch ein blödes Gefühl habe. Offen gesagt mag ich den Gedanken nicht, dass du mit ihm allein bist und ich im Notfall nicht eingreifen kann.«

Ich nicke beruhigend, um ihm zu zeigen, dass seine Sorgen unbegründet sind. Ich weiß, dass Sven kein gewalttätiger Mensch ist, der zum Zuschlagen neigt. In unserer gesamten Ehe hat er nie solche Tendenzen gezeigt, und außerdem habe ich ja noch die Pistole, die Sven mir nach dem Überfall besorgt hat und von der ich behauptete, sie weggeschmissen zu haben. Das habe ich aber nicht. Ich wollte nur nicht, dass er sie mir wieder wegnimmt. Auch jetzt liegt sie gut versteckt unter dem Fahrersitz.

Um das Thema zu beenden, frage ich Frank, was er jetzt von einem Frühstück hält.

»Gerne!«, sagt er. »Mir hängt der Magen eh schon bis auf die Kniekehlen herunter.«

Ich schaue ihn an und denke, dass es ihm ganz guttäte, das Frühstück mal wegzulassen, behalte den Gedanken aber für mich. Vorerst zumindest. Langfristig gesehen wäre eine moderate Diät sicherlich das Beste für ihn. Wenn er ein wenig abnehmen würde, könnte das seiner Gesundheit nur zugutekommen.

Anschließend bereiten wir das Frühstück vor, essen genüsslich und reden nur wenig. Dafür bin ich in Gedanken auch schon zu sehr mit dem beschäftigt, was am Abend auf mich zukommt. Dabei merke ich, dass ich mich insgeheim auf die Auseinandersetzung mit Sven fast schon freue.

Ich weiß Dinge über ihn, die niemand anderes weiß, und wenn er mich dazu zwingt, werde ich diese Dinge auch gegen ihn einsetzen. Vielleicht denkt er ja, dass er bereits gewonnen hat, aber dem ist nicht so. Bei Weitem nicht. Ich habe immer noch einen Pfeil im Köcher, von dem er nichts weiß. Damit könnte ich ihn vernichten, einfach so, mit einem Fingerschnippen.

In den letzten Tagen mag er über mich gelacht haben, heute werde ich den Spieß herumdrehen. Ihn für das bezahlen lassen, was er mir angetan hat.

TABEA

Die Stunden in der Schule ziehen sich wie Kaugummi, und ich bin kaum in der Lage, dem Unterricht zu folgen. Stattdessen schaue ich immer wieder aus dem Fenster und versuche, die Ereignisse des vergangenen Abends für mich einzuordnen. Nicht mal das gelingt mir, und irgendwann schaue ich nur noch aus dem Fenster, denke gar nichts mehr.

Ich muss so neben der Spur sein, dass selbst Pommes mich in der zweiten Pause darauf anspricht. Das ist in höchstem Maße ungewöhnlich. Pommes fällt ansonsten nie etwas auf, sie ist das genaue Gegenteil von empathisch. Eine Eigenschaft, um die ich sie schon oft beneidet habe.

»Was ist los?«, will sie wissen und stemmt die Hände in die Hüften. »Liebeskummer, oder was?«

Leonie weiß es eh schon, also bringt es nichts, es Pommes und Johanna verschweigen zu wollen. Wir haben keine Geheimnisse voreinander, zumindest haben wir uns das einmal versprochen.

»Meine Eltern haben sich getrennt«, sage ich, ohne groß herumzureden.

Johanna räuspert sich, wie sie es immer tut, wenn sie sich unbehaglich fühlt oder ein Gespräch eine allzu persönliche Entwicklung nimmt. Eine vollkommen nutzlose Angewohnheit, die nur dazu dient, die Stille zu übertönen.

»Krass«, meint Pommes bloß. »Was ist passiert?«

Ich gebe den beiden eine Kurzform der Ereignisse und spare dabei jedes peinliche Detail aus. Am meisten scheint Pommes und Johanna an der Geschichte zu verblüffen, dass meine Mutter eine Affäre hat.

»Ausgerechnet die heilige Franziska«, sagt Pommes und verdreht die Augen. »Ich meine, deine Mutter sieht schon gut aus, aber eher auf eine irgendwie biedere Art. Ich kann mir gar nicht vorstellen, dass sie herumvögelt.«

»Meine Mutter vögelt nicht herum«, widerspreche ich und wundere mich gleichzeitig, warum ich sie in Schutz nehme. »Sie hat einen anderen Mann kennengelernt und will meinen Vater verlassen. Na ja … Eigentlich wollte er sie verlassen, das hat er mir gesagt, und erst dann kam heraus, dass auch sie bereits jemand anderen hat. Ist ein ziemliches Chaos gerade.«

»Das kann ich mir vorstellen«, sagt Leonie und nimmt mich in den Arm. »Ich wäre auch fertig, wenn es bei mir zu Hause so abgehen würde.«

Ich nicke nur, was soll ich auch sagen?

Anders als ich scheint Pommes ihre Sprache nicht verloren zu haben. »Bevor sich hier jemand fragt, wer die Neue von Tabeas Dad ist: Ich bin es nicht! Was nicht heißt, dass ich abgeneigt wäre.« Dann zwinkert sie mir zu und verkündet: »In dem Fall dürftest du mich auch Mama nennen!«

Für Außenstehende mag es seltsam klingen, aber ich weiß, dass dumme Sprüche nur Pommes' Art sind, andere aufmuntern zu wollen. Meistens funktioniert es, und auch jetzt kann ich mir ein Lächeln nicht verkneifen.

»Ich dachte, du wärst gerade an jemand anderem dran?«, entgegne ich.

»Richtig«, sagt Pommes und sieht unglaublich zufrieden aus. »Lasst uns lieber über etwas wirklich Wichtiges reden: über mich! Also, wie Leonie und Johanna ja bereits wissen, war ich gestern in der Bar und habe mich an Nermin rangemacht. Ihr wisst schon … Ein bisschen die Titten nach vorne geschoben, mit den Augen geklimpert und ihm das Gefühl gegeben, dass er

Gottes Geschenk an die Frauen ist. Und was soll ich sagen? Es hat funktioniert! Ehrlich gesagt, ist er sogar ganz nett, obwohl er schon etwas Wildes hat. Garantiert ist er ein ziemlicher Hengst im Bett.«

»Pommes!« Johanna reißt gekonnt die Augen auf. »Du willst mit diesem Typen doch nicht wirklich was anfangen? Sag bitte, dass das nicht wahr ist!«

»Wer weiß?«, gibt Pommes sich geheimnisvoll, um direkt im Anschluss die Dinge richtigzustellen. »Nein, natürlich nicht, du Hirni! An dem Plan hat sich nichts geändert, und nur deshalb gehe ich heute Abend mit ihm aus. Er will mit mir ins *Culinaris*, ganz edel, so mit Vorspeise und Wein und so.«

Dann wendet sie sich uns zu und erinnert dabei an die Anführerin einer Miniarmee, die ihre Mitstreiterinnen auf die nächsten Ziele einschwören will. »Johanna kann heute Abend ja leider nicht dabei sein, weil sie unbedingt zu ihrem Niklas muss, aber Leonie hat versprochen, sich den Wagen ihrer Mutter zu leihen und Nermin und mir zu folgen. Was ist mir dir, Tabea? Bist du dabei?«

»Klar«, sage ich. »Das habe ich gestern schon mit Leonie besprochen! Allerdings halte ich das Ganze nach wie vor für eine blöde Idee. Ich meine, der Typ vertickt Drogen, der ist gefährlich! Glaubst du echt, der würde dir irgendwas von seinen krummen Geschäften oder über Rebecca erzählen?«

»Hat er doch schon«, triumphiert Pommes, um direkt darauf einzuschränken: »Na ja, zumindest so viel, dass ich mir mittlerweile sicher bin, dass die beiden etwas miteinander hatten. Über die Drogen haben wir natürlich noch nicht gesprochen, aber ich werde heute beiläufig erwähnen, dass ich manchmal bei Rebecca ein wenig Dope und ein paar Pillen gekauft habe, und ihn dann mit einem Augenklimpern fragen, ob er vielleicht weiß, wo ich jetzt an so was rankommen könnte. Ich glaube nicht, dass er der Versuchung widerstehen kann, vor mir den großen Macker zu spielen. Vor allem nicht, wenn ich ihm dabei auch noch die Hoffnung vermittele, dass der Abend nicht im Restaurant enden muss. Echt jetzt, Mädels – ich habe die Sache im Griff! Oder gibt es hier eine, die mir das nicht zutraut?«

Wir schütteln im Gleichklang die Köpfe, und ich muss zugeben, dass ihr Plan durchaus plausibel klingt. So könnte es tatsächlich funktionieren. Zumindest, was die Drogengeschichte angeht.

»Hast du denn gar keine Angst?«, will Leonie wissen.

»Nicht die Spur«, entgegnet Pommes. »Mit dem Kerl werde ich locker fertig. Ich bin viel cleverer als er, und notfalls seid ihr ja auch noch da.«

Während sie das sagt, strotzt Pommes vor Selbstbewusstsein und wirkt überhaupt so, als würde sie sich von niemandem einschüchtern lassen. Klug ist sie, das stimmt. Sie hat richtig gute Noten, aber hinter dem Rücken der Lehrer zieht sie über sie her, sodass die anderen Jugendlichen sie trotzdem total cool finden.

Auf eine gewisse Weise bin ich sogar froh, dass sie mich mit ihrem Vorhaben von dem ganzen Mist ablenkt, der gerade bei mir zu Hause abgeht. So bin ich wenigstens beschäftigt, vor allem heute Abend, wenn meine Mutter kommt. Lieber sitze ich stundenlang mit Leonie im Auto herum, als mir Franziskas Erklärungen anzuhören.

Davon abgesehen, glaube ich eh nicht, dass dieser Nermin Rebecca umgebracht hat. Es wäre zu einfach, zu naheliegend, und aus dem Fernsehen weiß man ja, dass die Lösung nie so offensichtlich ist. Es gibt immer eine Wendung. Irgendeinen Twist, mit dem man nicht gerechnet hat, und so wird es auch hier sein.

Ganz sicher sogar.

MARCO

Es ist kurz nach drei, und immer, wenn ich auf die Uhr schaue, scheint es, als hätten die Zeiger sich kaum fortbewegt. Sie scheinen geradezu an dem Zifferblatt festzukleben, als ob es Morast wäre. Tabeas Vater hat das Haus vor zehn Minuten verlassen, Lydia und ich sind jetzt allein. Sie sieht mich auffordernd an, und ich weiß, was sie will. Ich habe schon den ganzen Tag Angst vor diesem Moment.

Wir verlassen den Dachboden und betreten das Arbeitszimmer. Es riecht nach ihm. Nicht auf eine unangenehme Art und Weise, sondern so, als sei der Geruch seines Aftershaves über die Jahre hinweg in die Möbel und Wände des Raums eingedrungen. Es ist ein männlicher Duft, sehr markant. Ich wünschte, ich würde auch so riechen.

»Hey, träumst du?« Lydia stößt mich an und deutet auf den Rechner. »Um den da sollst du dich kümmern! Keine Ahnung, wie viel Zeit wir haben.«

Ich habe mich noch immer nicht getraut, ihr zu sagen, dass ich mit meiner CD in keinen Rechner von Apple eindringen kann. Lydia ist wegen letzter Nacht, als ich versehentlich die Tür zum Dachboden offen ließ, eh schon enttäuscht von mir. Das hat sie nicht gesagt, aber ich kann es ihr ansehen. Eine weitere Enttäuschung würde Ärger bedeuten, das weiß ich, und ich will keinen Ärger mit ihr haben.

Ich weiß allerdings auch nicht, wie ich den jetzt vermeiden soll.

»Also, was ist?«

Ich nicke, dann setze ich mich auf den Stuhl, der vor dem Schreibtisch steht. Schalte den Rechner ein und lege die nutzlose CD ins Laufwerk. Wie erwartet, komme ich nicht weiter als zur Passwortabfrage. Ich tippe planlos auf der Tastatur herum und gebe mir Mühe, beschäftigt auszusehen.

»Klappt alles?«

»Es gibt ein kleines Problem«, gestehe ich. »Ich brauche noch ein wenig Zeit.«

»Die haben wir aber nicht!«

»Ich weiß«, erwidere ich kleinlaut. »Aber es gibt da unterschiedliche Möglichkeiten, die ich einzeln und nacheinander ausprobieren muss.«

Das ist kompletter Blödsinn, aber Lydia versteht zu wenig von Computern, um das zu merken. Sie knurrt nur irgendwas und fordert mich auf, Gas zu geben, dann wendet sie sich anderen Dingen zu. Den Büchern in den Regalen, den Ordnern in den Schränken. Dabei wirkt sie angespannt, als würde sie unter enormem Druck stehen.

»Wie lange noch?«, will sie irgendwann wissen.

»Nicht mehr lange«, lüge ich, während ich verzweifelt nach einem Ausweg suche.

»Ich geh mal hoch, muss pinkeln. Schaffst du es, ein paar Minuten allein klarzukommen, ohne irgendwelchen Mist zu bauen?«

»Hmm, ja klar«, stammle ich und tue so, als sei ich weiterhin in das Knacken des Rechners vertieft.

Ich höre, wie sie den Raum verlässt und mit schnellen Schritten nach oben läuft, dann atme ich durch. Erschöpft lehne ich mich im Stuhl zurück; erlöst, weil ich wenigstens ein paar Minuten lang keine Aktivität vortäuschen muss, die sowieso zu nichts führt.

Wenn Lydia wieder da ist, werde ich ihr gestehen, dass ich nicht in Svens Rechner eindringen kann. Natürlich wird sie sauer sein, kann mir dann aber wenigstens nicht vorwerfen, es gar nicht erst versucht zu haben. Ich kann ja …

Als ich hinter mir ein Geräusch höre, zucke ich zusammen. Im ersten Moment denke ich noch, es ist Lydia, die aus dem Bad kommt, dann wird mir klar, dass es die Haustür war. Jemand ist ins Haus gekommen.

Mist, was nun?

Mein Blick fliegt durch den Raum, immer auf der Suche nach einem geeigneten Versteck. Es gibt keins. Wenn jemand das Arbeitszimmer betritt, sieht er mich, und auch der Rückweg ist verbaut. Ich kann den Raum nicht mehr verlassen, würde sofort im Flur stehen, wo ich mich wie auf dem Präsentierteller befinde. Die einzige Möglichkeit, die mir jetzt noch bleibt, bietet der Schreibtisch selbst. Ich sitze mit dem Rücken zur Tür, aber wenn ich mich auf der anderen Seite dahinterkauere, könnte die unter der Platte angebrachte Rückwand mich verbergen. Notdürftig zumindest und nur so lange, wie niemand auf die Idee kommt, um den Schreibtisch herumzugehen.

Ich bin schon aufgesprungen, als mir einfällt, dass der Monitor noch eingeschaltet ist. Hektisch mache ich den Bildschirm aus, ohne den Rechner herunterzufahren. Der Monitor wird schwarz, ich lasse mich hinter dem Schreibtisch zu Boden gleiten.

Gerade noch rechtzeitig.

Im selben Moment höre ich schon, wie jemand das Arbeitszimmer betritt. Ich wage kaum zu atmen, presse beide Hände auf den Mund. Hat mich dieser Jemand gesehen? Keine Ahnung, ich hoffe nicht. Und wo ist eigentlich Lydia?

Zusammengekauert bleibe ich hinter dem Schreibtisch hocken und warte ab, was passiert. Schwere Schritte nähern sich, dann lässt sich die Person in den Stuhl fallen, in dem ich gerade noch saß. Sven, es kann nur Sven sein. Hoffentlich merkt er nicht, dass die Sitzfläche warm ist. Hoffentlich bekommt er nicht mit, dass jemand an dem Rechner war.

Dann höre ich, wie er tief durchatmet, höre etwas klimpern. Er schaltet den Rechner nicht ein, dafür öffnet er eine der Schubladen in dem Schreibtisch. Er scheint irgendetwas zu suchen, ich bekomme mit, wie Sachen hin- und hergeschoben werden.

Frage mich die ganze Zeit, wo Lydia gerade steckt und was passieren würde, wenn sie genau jetzt ins Arbeitszimmer käme.

Vielleicht hat sie ja mitgekriegt, dass Sven zu Hause ist. Vielleicht wartet sie ab, was passiert. Vielleicht aber ist sie auch schon auf den Dachboden gegangen, um das Messer zu holen. Ich hoffe nicht. Ich will nicht, dass ihm was geschieht, und schon gar nicht will ich, dass ihr Leid zugefügt wird.

Mittlerweile scheint er gefunden zu haben, wonach er suchte, zumindest wird die Schublade wieder geschlossen. Trotzdem steht er nicht auf. Er bleibt in dem Stuhl sitzen und macht … nichts. Als würde er abwarten, was als Nächstes geschieht. Hat er mich vielleicht doch gesehen? Bemerkt, dass sich hinter dem Schreibtisch jemand verbirgt?

Ich glaube nicht, kann mir dessen aber auch nicht sicher sein. Kurz spiele ich sogar mit dem Gedanken, einfach aufzustehen und mich zu stellen. Meine Nerven halten das nicht mehr lange aus, und es würde Lydia die Möglichkeit bieten, unerkannt zu entkommen. Das Einzige, was mich davon abhält, ist die Erkenntnis, dass sie das höchstwahrscheinlich gar nicht tun würde. Sie würde kämpfen, um mich zu befreien, und mich im Anschluss für mein feiges Verhalten niedermachen.

Bitte nicht das Messer, denke ich. Alles, nur das nicht.

Der Stuhl knarrt, und ich denke schon, dass er jetzt aufsteht, aber das tut er nicht. Als kurz darauf seine Stimme ertönt, kann ich mir erst im letzten Moment einen Schrei verkneifen.

»Sven Hoffmann hier«, sagt er. »Ich würde gerne mit Hauptkommissarin Lüders sprechen.«

Was hat er vor? Will er die Polizei rufen, weil er weiß, dass wir hier sind? Will er mich so lange in Schach halten, bis sie da sind? Er kann …

»Ich verstehe«, sagt er, nachdem er kurz zugehört hat. »Können Sie ihr dann bitte ausrichten, dass ich angerufen habe und Sie mich zurückrufen soll?«

Anschließend scheint sein Gesprächspartner etwas zu sagen.

»Nein, darum geht es nicht. Ich habe Informationen für Frau Lüders, die den Mord an Rebecca Sandtner betreffen.«

Wieder eine kurze Pause, dann: »Das würde ich ihr lieber selbst sagen.«

Anschließend: »Danke schön, ich warte dann auf den Rückruf.«

Wieder eine kurze Pause.

»Ja, unter der Rufnummer, die Sie gerade im Display sehen.«

Der andere scheint noch etwas zu sagen, dann höre ich, wie Hoffmann wieder auflegt. Anschließend steht er auf, dann entfernen sich die Schritte, er verlässt das Arbeitszimmer. Ich höre, wie die Tür geschlossen wird, und kann zum ersten Mal seit Minuten wieder durchatmen.

Trotzdem traue ich mich nicht aus meinem Versteck heraus. Ich höre die Haustür wieder auf- und zugehen, kurz darauf kommt Lydia ins Zimmer. Erst, als sie meinen Namen ruft, krieche ich hinter dem Schreibtisch hervor, noch immer starr vor Angst.

»Heilige Scheiße«, sagt sie und lacht. »Das war verdammt knapp, was?«

Wie kann sie jetzt bloß lachen? Ich verstehe es nicht!

»Der Mann hätte mich fast entdeckt!«, stoße ich ungewohnt heftig hervor. »Ich finde das …«

»Ja, ja, schon gut«, erwidert sie und lacht erneut. »Aber er hat es nicht, und das ist das Entscheidende, nicht wahr? Als ich gehört habe, dass er kommt, habe ich mich sofort hinuntergeschlichen und in der Küche versteckt. Wenn er dich entdeckt hätte, dann hätte ich schon eingegriffen.«

»Und wie, bitte schön? Du hast ja nicht mal dein Messer dabei.«

»In der Küche gibt's genug davon«, erwidert sie lässig, um dann wieder ernst zu werden. »Was ist eigentlich mit dem Rechner?«

»Ich war dicht davor, aber dann kam der Mann und ich …«

»Egal«, winkt sie ab. »Vergiss ihn! Wir brauchen den Rechner nicht mehr. Nicht nach dem, was er gerade am Telefon gesagt hat.«

Ich weiß nicht, was sie meint, und sage ihr das auch.

»Heute Abend«, sagt sie. »Ich glaube, ich habe jetzt alles verstanden, und das wirst auch du bald. Lass uns lieber wieder nach oben gehen, bevor Sven zurückkommt. Mein Gefühl sagt mir, dass er nicht lange wegbleiben wird.«

Ich gebe nicht viel auf Gefühle, weil mich meine eigenen schon zu oft betrogen haben, folge ihr aber dennoch. Auf dem Dachboden sind wir sicher, zumindest sicherer als hier unten.

Wenigstens glaube ich das.

FRANZISKA

In den ausgeleierten Leggings und dem alten Wollpullover kann ich mich im Büro nicht sehen lassen. Also fuhr Frank noch schnell in den nächsten Ort, um mir ein paar Anziehsachen zu kaufen.

Ich habe Kleidergröße 36 bis 38, das gab ich ihm noch mit auf den Weg, den Rest sollte er allein entscheiden. Als er wiederkam, hatte er eine hellblaue Bluse und eine graue Stoffhose dabei. Beide Stücke gefielen mir. Die meisten Sachen, die Sven mir im Laufe unserer Ehe gekauft hat, habe ich immer nur ihm zuliebe getragen, auch wenn ich das so nie sagte.

Anschließend habe ich mich bei Frank mit einem Kuss bedankt, mich umgezogen und bin dann zur Arbeit gefahren. Hatte mich noch nicht einmal hingesetzt, als bereits das Telefon klingelte. Anne. Sie hat Grippe, sagte sie, aber zum Glück kein Fieber, nur erhöhte Temperatur. Ich bedauerte sie und wünschte gute Besserung, war aber nicht unglücklich darüber, den Arbeitstag allein verbringen zu müssen. Mir stand nicht der Sinn nach reden oder irgendwelchen Erklärungen dafür, warum ich so geistesabwesend war. Ich wollte nur, dass die Zeit vergeht und ich Sven endlich gegenübertreten kann, um es hinter mich zu bringen.

Ich schaue zur Uhr, es ist jetzt zwanzig nach sechs. Ich bin aufgeregt, natürlich bin ich das, und frage mich die ganze Zeit, wie Sven wohl reagieren wird, wenn wir uns gegenüberstehen.

Wird er versuchen, sich rauszureden, und es wieder so darstellen, als ob ich das Problem sei? Vermutlich. Dieser Mann kann einfach nicht ehrlich sein, das ist mir mittlerweile klar geworden. Er belügt und betrügt mich in einem fort, und wenn ich dahinterkomme, tut er so, als würde ich mir sämtliche Dinge nur einbilden. Immer mit diesem Blick, den er wahrscheinlich extra dafür einstudiert hat, eine Mischung aus Besorgnis und Mitleid.

Dieses Mal jedoch wird ihm das nicht gelingen, das schwöre ich mir. Wenn er nicht offen zugibt, was er getan hat, werde ich ihm das Messer auf die Brust setzen. Im übertragenen Sinne natürlich. Dann werde ich ihn mit dem konfrontieren, was ich weiß. Ich weiß alles.

Vor allem, dass er ein Mörder ist.

Ich weiß es, weil ich ihm in der Nacht, in der Rebecca verschwand, heimlich gefolgt bin. Ich habe mit eigenen Augen gesehen, wie das Mädchen zwei Querstraßen von ihrem Haus entfernt in sein Auto stieg. Wie die beiden anschließend nach Norddeich fuhren und auf einem verlassenen Parkplatz anhielten. Ich sah, was sie zusammen taten. Mir ist klar, was er ihr später angetan hat. Was das angeht, gibt es keinen großen Raum für Spekulationen.

Habe ich deshalb Angst vor ihm? Nicht wirklich, und das erstaunt mich selbst am meisten. Sven mag einen miesen Charakter haben, aber er ist kein Killer. Niemand, der reihenweise und kaltblütig Menschen umbringt. Rebeccas Tod muss eine Handlung im Affekt gewesen sein, anders kann ich mir das nicht erklären. Eine Tat, die sich so nicht wiederholen wird.

Vielleicht fühlte er sich von ihr unter Druck gesetzt, vielleicht ist irgendwas aus dem Ruder gelaufen, keine Ahnung. Ich bin mir nur sicher, dass er mir nichts tun wird. Zum einen bin ich die Mutter seines Kindes, zum anderen wissen Tabea und Frank, dass ich heute Abend bei ihm bin. Ein Umstand, auf den ich Sven auch hinweisen werde, falls er es vergessen haben sollte.

Schnell noch einen Tee. Ein weiterer Blick zur Uhr, kurz nach sieben. Es wird Zeit aufzubrechen.

Ich schließe das Büro ab, steige in den Wagen und fahre los. Insgeheim hatte ich damit gerechnet, den Mazda bei der erstbesten Gelegenheit abzuwürgen, aber dem ist nicht so. Ich bin ruhiger als gedacht. Angespannt, das ja, aber nicht panisch oder keines klaren Gedankens fähig. Ich freue mich fast schon auf die Konfrontation, die mir ja auch die Gelegenheit bietet, Sven mit der neuen Franziska bekannt zu machen.

Dann erreiche ich unser Haus, mittlerweile ist es halb acht. An der Fassade zeichnen sich die Scheinwerferkegel des Fahrzeugs ab. Die Dämmerung bricht herein. Die Schatten werden länger, die Luft kühler.

Ich stelle den Wagen direkt vor dem Eingang ab, die Garage ist tabu. Vielleicht werde ich nie wieder dort parken. Nicht an dem Ort, der mich an die Botschaft erinnert, die Sven auf der Windschutzscheibe hinterließ.

ICH WEISS, WAS DU GETAN HAST, MISTSTÜCK!

Um ganz sicherzugehen, greife ich noch nach der Waffe, die unter dem Sitz verborgen liegt, und stecke sie in die Handtasche. Nicht nur zum Selbstschutz, sondern auch, um sie als ultimatives Druckmittel einzusetzen, sollte er sich uneinsichtig zeigen. Dann steige ich aus, gehe die drei Stufen zur Eingangstür hoch und fühle mich dabei, als ob ich in meinem eigenen Haus nur noch zu Besuch wäre.

Es dauert nicht lange, bis Sven die Tür öffnet. Er steht im Türrahmen. Helle Jeans, dunkles Longsleeve. Warmes Licht fällt aus dem Inneren heraus. Dann sagt er: »Hallo.«

Nicht mehr.

Ich sage gar nichts. Gehe einfach an ihm vorbei und betrete das Haus wie eine Königin, die kurzzeitig aus ihrem Reich vertrieben wurde, es jetzt aber wieder in Besitz nehmen will.

»Ich habe zwei Koffer ins Schlafzimmer gebracht«, höre ich seine Stimme im Rücken. »Du kannst einpacken, was dir wichtig ist. Ich warte solange hier unten. Gib mir einfach Bescheid, wenn du fertig bist.«

So will er es also handhaben, denke ich, während er die Tür

schließt. Er hat vor, sich sang- und klanglos zu trennen, ohne vorher die Erklärungen zu liefern, die er mir schuldet. Aber nicht mit mir. Nicht an diesem Tag.

»Ich denke, wir müssen miteinander reden«, sage ich, drehe mich um und schaue ihm direkt ins Gesicht. »Über das, was du die letzten Tage getan hast.«

»Ach, und was wäre das?«

»Überleg doch selber mal: Gibt es nichts, was du mir erzählen müsstest? Ich denke schon! Eine ganze Menge sogar.«

Er windet sich, dann: »Okay, du weißt es also schon … Ja, es stimmt, auch ich habe jemanden kennengelernt. Offen gesagt, vor einigen Monaten schon. Sie heißt Lara, und wir lieben uns. Ich wollte es dir eigentlich schonender beibringen, aber da du es ja eh schon weißt, ist das wohl überflüssig.«

Mir klappt der Mund auf. Ich hatte mit allem gerechnet, nur damit nicht.

Wie dreist kann ein Mensch eigentlich sein? Er macht mir im Beisein unserer Tochter eine Szene, betrügt mich selbst aber schon seit Monaten und wagt es dann auch noch, von Liebe zu sprechen, obwohl er seine Neue bereits mit einer Minderjährigen hintergangen hat.

»Ich fasse es nicht!«, ist alles, was ich hervorbringe. »Schämst du dich eigentlich nicht? Du bist echt das Allerletzte! Es ist mir egal, dass du eine andere hast, aber diese Frau tut mir jetzt schon leid – sofern sie überhaupt schon eine Frau ist!«

Erst bei den letzten Worten reißt er die Augen auf, davor sah er erstaunlich gelassen aus. Ein schlechtes Gewissen scheint ihm vollkommen fremd zu sein. Ich kann kaum glauben, dass ich mit diesem Mann tatsächlich so lange verheiratet war, ohne zu merken, wie er in Wirklichkeit ist. Ich muss vor Liebe blind gewesen sein, blind und dumm.

»Ich wüsste nicht, wofür ich mich schämen soll«, behauptet er dann auch noch. »Ja, ich habe eine Affäre, und du hast eine Affäre. Das ist nichts, worauf man stolz sein kann, aber es passiert manchmal, wenn zwei Menschen sich auseinandergelebt haben. Gegenseitige Vorwürfe bringen uns jetzt auch nicht weiter.«

Angesichts seiner Dreistigkcit geben sogar meine Beine nach. Mit ist schwindelig. Ich muss mich an der Wand abstützen.

»Alles in Ordnung?«, fragt er und tut so, als ob er besorgt sei. »Soll ich dir ein Glas Wasser holen?«

Ich nicke, um ein wenig Zeit zu gewinnen. Sage dann, dass ich ins Wohnzimmer gehen möchte, um mich kurz hinzusetzen.

Ich setze mich aufs Sofa und versuche, mich irgendwie zu sammeln, während er weg ist. Das gelingt nur teilweise. Zu viele Emotionen prasseln auf mich ein, zu groß ist mein Unverständnis. Scheinbar hat Sven vor, weiterhin einfach auszublenden, was er getan hat. Vielleicht denkt er ja immer noch, ich wüsste es nicht, aber den Zahn werde ich ihm ziehen. Er soll bloß nicht glauben, dass er so einfach aus der Nummer herauskommt.

»Geht es dir wieder besser?«, will er wissen, als er kurz darauf mit einem Glas Wasser und einer Flasche Bier in der Hand ins Wohnzimmer kommt. »Du sahst gerade echt blass aus.«

»Mach dir um mich keine Sorgen«, gifte ich. »Das hast du ja noch nie getan.«

Vielleicht meint er, ich bekomme es nicht mit, aber ich sehe, dass er die Augen verdreht. Soll er nur, denke ich. Gleich wird es für ihn noch deutlich schlimmer kommen.

»Also, worüber wolltest du reden?«

»Vorab möchte ich dir erst mal sagen, dass Frank natürlich weiß, wo ich bin. Er wartet auf mich.«

»Schön für ihn. Magst du jetzt zum Punkt kommen?«

»Frag nicht so dumm! Du weißt genau, worüber ich mit dir reden will.« So langsam werde ich sauer. »Denkst du, ich wüsste nicht, wer meine Anziehsachen durchsucht hat? Wer mir nachts die Haare abschnitt? Wer die Nachricht auf der Windschutzscheibe hinterließ?« Ich schüttle den Kopf. »Du wolltest mich fertigmachen, du Schwein, und als ob das nicht schon schlimm genug wäre, hast du auch noch versucht, Tabea auf deine Seite zu ziehen, indem du mich wie eine Wahnsinnige und dich wie ein

Unschuldslamm darstellst. Ich … ich kann nicht fassen, dass du tatsächlich der Mann bist, den ich mal geheiratet habe. Den ich liebte, verdammt! Auch du hast mal gesagt, dass du mich lieben würdest, aber das glaube ich dir nicht mehr. Wie, um alles in der Welt, solltest du mir dann so etwas antun können?«

Er stellt die Flasche auf den Tisch und sieht mich kopfschüttelnd an. Irritiert. Verworren. Das muss ich ihm lassen – er ist ein grandioser Schauspieler!

»Ganz ehrlich, Franziska«, sagt er dann und seufzt. »Ich habe nicht den Hauch einer Ahnung, wovon du da gerade sprichst. Weder was du mit irgendwelchen Botschaften meinst noch warum ich an deinen Sachen gewesen sein soll. Und was Tabea angeht: Ich habe nichts getan, um sie dir zu entfremden. Das hast du ganz allein hinbekommen.«

Ausreden, Ausreden, Ausreden …

Dieses Mal nicht. Er will es nicht anders. Hat es nicht anders verdient. Ich beuge mich vor und flüstere fast, damit er gezwungen ist, mir genau zuzuhören.

»Dann bin ich mal gespannt, wie Tabea reagiert, wenn sie erfährt, dass du Rebecca getötet hast!« Ich lege den Kopf schief, grinse. »Was meinst du – wird sie ihren Daddy dann immer noch so lieb haben?«

TABEA

Seit einer Stunde schon sitzen wir in Leonies Auto und starren auf das an einem Waldrand gelegene Restaurant, in dem Pommes mit Nermin verschwunden ist. Zum Glück haben die beiden sich einen Platz am Fenster geangelt, sodass wir sie vom Parkplatz aus gut im Auge behalten können. Dabei hilft uns auch das Fernglas, das Leonie ihrem Vater gemopst hat.

»Gib mal her«, sage ich und greife danach, als Leonie es bereits seit geschlagenen fünf Minuten in den Händen hält.

Sie murrt, lässt sich das Fernglas aber abnehmen. Ich halte es an die Augen und drehe so lange an dem Rädchen in der Mitte, bis das Bild scharf ist. Es ist ein tolles Fernglas, das muss ich zugeben. Ich kann Pommes' Brüste im Großformat sehen, die von einem Push-up-BH ins Dekolleté gepresst werden.

»Und?«, fragt Leonie, obwohl sie gerade selbst noch durchgeschaut hat. »Siehst du was?«

»Ja, dasselbe wie vorhin. Einen bärtigen Typen und eine aufgebrezelte Pommes, die zusammen essen. Er hält ein Steakmesser in der Hand, aber angesichts des Ortes, an dem die beiden sich befinden, müssen wir uns wohl keine verschärften Sorgen machen.«

»Sehr witzig«, sagt Leonie und schiebt ihre Hand vor die Optik. »Lass mich wieder schauen!«

Ich gebe ihr das Fernglas zurück, der Anblick langweilt mich sowieso. Keine Ahnung, was wir uns erhofft haben. Ehrlich gesagt gehe ich mittlerweile eh davon aus, dass Pommes einfach nur auf den Typen steht und das ganze Gerede lediglich eine Ausrede war, um ihn kennenzulernen. Keine Ahnung, was das sollte. Wenn sie ein Date mit Nermin haben will, hätten wir dafür nicht im Schlepptau hinter ihr herfahren müssen.

Aber vielleicht ist ja genau das der Grund, denke ich. Der Kerl ist sicher zehn Jahre älter als sie und garantiert nicht nur an einem netten Essen interessiert. Wahrscheinlich wird er insgeheim davon ausgehen, dass Pommes ihren Körper anschließend als Dessert zur Verfügung stellt. Das würde zu ihm passen, nur zu ihr nicht. Pommes mag eine große Klappe haben und sich freizügig geben, aber in Wirklichkeit ist sie eine katholisch geprägte Griechin, die nie mit einem Typen am ersten Abend ins Bett gehen würde. Lieber lässt sie Leonie und mich hier die ganze Zeit warten, um dann so tun zu können, als wären wir uns rein zufällig begegnet. Sie könnte Nermin dann sagen, dass es mir wegen der Trennung meiner Eltern nicht gut geht, sie mit mir reden müsse, und das Date so ganz charmant zum Abschluss bringen.

Das würde zu der Pommes passen, die ich kenne.

»Unfassbar, wie der Kerl sie anguckt«, sagt Leonie in dem Moment. »Der zieht sie fast mit den Augen aus.«

Ich zucke mit den Schultern. »Kein Wunder bei dem knappen Fummel, den sie anhat.«

»Nein, ernsthaft … Mit dem Kerl stimmt was nicht, das spüre ich. Wenn du mich fragst, sollten wir da jetzt reingehen und Pommes rausholen. Was sagst du?«

Ich greife wieder nach dem Fernglas, um es mir selbst anzusehen. Erkenne nichts von dem, was Leonie wahrgenommen haben will. Nur Pommes, die flirtet, und einen Typen, der sich betont lässig gibt. Ein angeberischer Poser, der wahrscheinlich gerade überlegt, wie Pommes nackt aussieht.

Beide halten ein Glas Wein in der Hand und stoßen miteinander an. Mal sagt Pommes etwas, mal er, dann lachen beide, finden sich wohl unglaublich komisch. Das Ganze ist so langweilig anzusehen, dass ich Leonie das Fernglas freiwillig zurückgebe, bevor sie danach fragen kann.

»Da ist gar nichts«, sage ich. »Die sitzen einfach nur da, trinken und quatschen.«

»Bist du sicher?«

»Natürlich, komm mal wieder runter!« Was übertriebene Ängste angeht, könnte sich Leonie glatt mit meiner Mutter zusammentun. »Ich meine, wer sind wir denn? Anstandsdamen? Die Date-Polizei?«

Leonie sagt nichts. Stattdessen starrt sie weiterhin mit zusammengepressten Lippen so angespannt durch das Fernglas, dass ich bei dem Anblick unwillkürlich grinsen muss. Unser Glück ist nur, dass uns bislang niemand hier gesehen hat. Wir würden uns für alle Zeiten lächerlich machen.

»Da, jetzt passiert was!«, stößt Leonie hervor.

»Was denn?«

»Sie zahlen. Das heißt, er zahlt.«

Ich verdrehe die Augen. »Was für eine Entdeckung! Wir sollten das unbedingt der Polizei melden.«

Sie lässt das Fernglas sinken und schaut mich wütend an. »Was ist eigentlich los mit dir? Mir ist schon klar, dass du momentan andere Dinge im Kopf hast, aber trotzdem musst du dich nicht über mich lustig machen. Ich meine, Pommes ist unsere Freundin, und wir haben versprochen, heute Abend auf sie aufzupassen. Wenn du dazu jetzt keine Lust mehr hast, okay, dann geh halt nach Hause. Aber ich werde die beiden weiterhin im Auge behalten.«

Ich sage nichts, habe augenblicklich ein schlechtes Gewissen.

»Was?«, scheint Leonie mein Schweigen falsch zu deuten. »Bist du jetzt auch noch sauer auf mich?«

»Nein«, sage ich. »Du hast ja recht, und es tut mir auch leid. Ich weiß, dass ich nicht so sarkastisch sein sollte, ich bin nur … Keine Ahnung, ein wenig durch den Wind vielleicht. War ganz schön viel die letzten Tage. Und sorry, wenn ich deshalb jetzt blöde rüberkam.«

Sie regt sich sofort wieder ab, nickt mitfühlend. »Ist schon gut, Schnecke.«

»Außerdem glaube ich, dass wir hier wirklich nur unsere Zeit vergeuden«, fahre ich fort. »Ich meine, mal ehrlich, was machen die beiden da schon? Nur das, was tausend andere Menschen bei einem ersten Date auch tun.«

»Aber nicht mit einem Typen, der Drogen vertickt.«

»Das stimmt«, gebe ich zu.

Sie streichelt meinen Arm, lächelt. »Ich kann verstehen, dass es dir gerade nicht gut geht. Wenn du deshalb lieber nach Hause willst, würde ich zwar hierbleiben, dir das aber in keiner Weise übel nehmen. Direkt um die Ecke ist übrigens ein Taxistand.«

»Vergiss es! Wir haben versprochen, auf Pommes aufzupassen, und genau das tun wir jetzt auch. Zusammen!«

Sie lächelt, dann hebt sie das Fernglas wieder und richtet es auf das Restaurant. Schwenkt es anschließend in schneller Folge von links nach rechts und wieder zurück, zieht scharf die Luft ein und sagt: »Scheiße, sie sind weg!«

SVEN

Ich bin perplex. Sprachlos. Mehr als das. Ich weiß nicht, was ich sagen soll, starre Franziska nur fassungslos an. Hätte ich in diesem Moment die Bierflasche noch in der Hand, würde sie zu Boden fallen.

»Was hast du da gesagt?«, stoße ich hervor.

Sie lacht. »Ach, auf einmal sind wir ganz kleinlaut, nicht wahr? Du hast vielleicht gedacht, du hättest mich fertiggemacht, aber das hast du nicht. Damit hast du nicht gerechnet, nicht wahr?«

Sie glaubt es. Sie glaubt es wirklich. Um ganz sicherzugehen, frage ich noch einmal nach: »Du denkst also, ich hätte Rebecca getötet?«

»Was heißt hier, ich denke? Ich weiß es!«

Franziska keift jetzt geradezu, ihr Gesicht ist zu einer hasserfüllten Fratze geworden.

»Du hast Rebecca in der Nähe ihres Hauses abgeholt. Du hast mit ihr rumgemacht, und dann hast du sie aus irgendeinem Grund getötet. Warum, Sven? Wollte sie mir Bescheid sagen? Hast du ihr versprochen, dich ihretwegen von mir zu trennen, und es dann nicht gemacht? War sie schwanger und drohte, ihren Eltern zu erzählen, von wem?«

Noch immer weiß ich nicht, was ich sagen soll, fühle mich vollkommen überrollt. Nichts an ihren Tiraden ergibt Sinn, und dann wiederum doch. Ein paar Fakten, viele Vermutungen, und der Rest sind Hirngespinste. Dennoch klingt sie überzeugt von dem, was sie da sagt. Als hätte sie gesehen, was sie nicht sehen konnte.

Franziska hat schon öfter psychische Probleme gehabt, aber das hier ist eine neue Dimension, denke ich. Sie muss wahnsinnig sein oder an Halluzinationen leiden, anders kann ich mir das nicht erklären. Es sei denn …

Ich muss jetzt vorsichtig sein. Darf sie nicht unter Druck setzen. Sie will reden, also lasse ich sie reden. Je mehr ich erfahre, desto besser.

»Woher weißt du das eigentlich?«, frage ich so beiläufig wie möglich. »Dass ich mich in jener Nacht mit Rebecca getroffen habe?«

»Das wüsstest du gerne, was?«, triumphiert sie. »Ich habe schon seit geraumer Zeit geahnt, dass du mal wieder eine andere hast. Du glaubst vielleicht, ich wäre blöd, aber das bin ich nicht! All deine Ausreden von wegen länger arbeiten und so … Die habe ich dir schon lange nicht mehr geglaubt, und dann wollte ich Gewissheit haben. Als du wieder mal meintest, mitten in der Nacht noch wegzumüssen, bin ich dir gefolgt. Ich musste ganz schön Gas geben, um dich auf der Landstraße noch einzuholen, dann ging es leichter. Ich bin dir einfach mit ein wenig Abstand hinterhergefahren. Du hast mich nicht bemerkt, warst gedanklich wahrscheinlich schon bei dem kleinen Miststück. Verrat es mir, Sven: Habt ihr über mich gelacht, nachdem ihr es miteinander getrieben habt? Euch amüsiert, wie naiv deine Frau doch ist?«

Ich will etwas sagen, aber scheinbar ist Franziska an einer Antwort gar nicht interessiert. Sie ist jetzt in Fahrt. Soll sie sich nur alles von der Seele reden. Ich werde den Teufel tun, sie dabei aufzuhalten.

»Und dann?«, ist alles, was ich sage.

»Was schon? Ich habe gesehen, wie Rebecca in dein Auto stieg und wie ihr losgefahren seid. Bin euch bis nach Norddeich gefolgt, auf diesen Parkplatz. Und falls du wieder behaupten willst, das stimme alles nicht: Du hast direkt am Wasser gestanden, richtig?«

»Richtig«, gebe ich zu. Halte die Luft an.

»Ich bin rechts von der Einfahrt stehen geblieben, neben den ganzen Lkw. Ein ganzes Stück von euch entfernt, um nicht gesehen zu werden, aber immer noch nah genug, um erkennen zu können, wie ihr euch geküsst habt.«

Das ist es. Der Punkt, an dem die Hirngespinste einsetzen. Bis hierhin hat alles noch gestimmt, aber ich habe Rebecca nie geküsst. Niemals. Sie war noch ein halbes Kind, verdammt! Kaum älter als meine eigene Tochter.

Vielleicht ist Franziska tatsächlich irre. Vielleicht stand sie auch einfach nur zu weit entfernt, um wirklich etwas erkennen zu können. Stattdessen hat sie gesehen, was sie dachte, jetzt sehen zu können.

»Und dann?«, frage ich, um ihren Redefluss weiterhin am Laufen zu halten.

»Muss ich das wirklich noch aussprechen?«, giftet sie. »Ihr habt es getrieben, in deinem Wagen! Ich hatte dann irgendwann genug gesehen und bin weggefahren. War total fertig. Wegen dir, du Schwein!«

»Also hast du gar nicht gesehen, wie ich Rebecca umgebracht habe?«

»Ich weiß es aber! Ursprünglich wollte ich nur noch nach Hause, habe es mir dann aber anders überlegt. Ich bin zu Rebeccas Haus gefahren, um sie zur Rede zu stellen, sobald sie zurückkehrt. Aber sie ist nicht zurückgekehrt. Nie mehr, weil du sie umgebracht hast!«

»Ich habe Rebecca nicht getötet«, sage ich so ruhig wie möglich. »Ja, es stimmt, wir haben uns in dieser Nacht getroffen. Wir hatten schon seit einiger Zeit Kontakt, aber dieser Kontakt war immer nur rein beruflich. Sie hat für einen Typen in Aurich Drogen verkauft und wollte aussteigen, gleichzeitig aber nicht mit der Polizei reden. Als sie dann erfuhr, dass ich mich in diesem Bereich gut auskenne, hat sie den Kontakt gesucht. Ich hatte anfangs den Eindruck, dass sie ein wenig Zeit braucht, um sich öffnen zu können. In dieser Nacht sind wir dann einfach nur planlos durch die Gegend gefahren, während sie mir einige Hintergründe erzählte. Es war eine lange Geschichte, deren Details jetzt auch keine Rolle mehr spielen. Irgendwann bin ich auf diesen Parkplatz abgebogen und habe angehalten. Wir haben uns dort vielleicht noch eine halbe Stunde lang unterhalten, dann habe ich sie zurück nach Hause gefahren und zwei Querstraßen entfernt an der Stelle rausgelassen, wo ich sie auch abgeholt habe. Ich weiß nicht, was in dieser Nacht sonst noch passiert ist. Ich weiß nur, dass ich mit Rebeccas Ermordung nichts zu tun habe.«

Franziskas Mundwinkel verziehen sich zu einem Lächeln, es sieht aus wie das einer Wölfin. »Ja, so kenne ich dich. Du warst ja noch nie um eine Ausrede verlegen. Wenn das stimmt, was du sagst, hast du sicherlich auch der Polizei davon erzählt. Oder etwa nicht? Ich hoffe es zumindest, weil ich das ganz sicher tun werde.«

»Das habe ich tatsächlich schon getan«, nicke ich. »Anfangs nur anonym, weil ich gerade jenen Verdacht vermeiden wollte, den du gerade geäußert hast. Mir ist natürlich klar, dass das ein Fehler war, den ich jedoch korrigiert habe. Ich habe Claudia Lüders heute Nachmittag angerufen, die zuständige Ermittlerin. Sie rief mich vor einer guten Stunde zurück und weiß jetzt alles über meine Treffen mit Rebecca und was Rebecca mir über diese Drogengeschichte erzählt hat. Morgen fahre ich aufs Revier, um meine Aussage zu Protokoll zu bringen.«

Sie schaut mich an. Augen groß, Mund offen. Natürlich glaubt sie mir nicht. Sie würde jetzt niemandem mehr glauben, dreht komplett am Rad. Irgendwie tut sie mir leid, so gefangen in dem Nest aus Hirngespinsten, das sie selbst gewebt hat. Sie braucht Hilfe. Kann nicht mehr zwischen dem unterscheiden, was wirklich passiert ist, und dem, was sie sich eingeredet hat. Franziska hat …

Es ist, als würde mich plötzlich Gott küssen. Auf einmal ergibt alles einen Sinn. Einen grausamen. Mir wird schlecht. Das darf nicht sein, und dennoch …

»Wo ist die Waffe?«, stoße ich atemlos hervor. »Die, von der du immer behauptet hast, sie weggeschmissen zu haben?«

DU

Du hockst auf der untersten Stufe der Treppe zum Erdgeschoss, Marco hat sich hinter dich gekauert. Anfangs habt ihr noch hinter der geöffneten Dachbodentür gestanden und gelauscht, konntet dort aber nicht jedes Wort verstehen. Du hast deinen Unterschlupf daraufhin verlassen und bist den Flur entlanggeschlichen, um ja nichts zu verpassen. Marco ist dir nach kurzer Zeit gefolgt, wenn auch nur widerwillig. Als ihr oben an der Treppe standet, konntet ihr sogar noch sehen, wie Sven unten mit einem Glas Wasser und einer Bierflasche in der Hand ins Wohnzimmer ging. Dann seid ihr die Stufen runtergegangen, um alles noch besser hören zu können.

Die nächsten Minuten waren für dich die vielleicht besten der letzten Jahre. Du hattest mit vielem gerechnet, damit nicht. Hast aufgrund der Nachrichten, die du in Rebeccas Handy gelesen hast, kurzzeitig vermutet, dass er der Mörder sein könnte, an sie hast du nie gedacht. Dabei war die Lösung so naheliegend. Die Frau, die Miriam ein Miststück nannte, hat ein Mädchen getötet, das sie ebenfalls für ein Miststück hielt. Und warum? Weil sie glaubte, dass Rebecca ihr einen Mann ausspannen will, den sie längst schon verloren hatte.

Wenn du an Franziskas Stelle gewesen wärst, hättest du eher ihn getötet, weil er dich betrogen hat, nicht sie. Aber so denkt jemand wie Franziska nicht. Vielleicht hat sie Sven zu diesem Zeitpunkt sogar noch geliebt. Vielleicht gehofft, ihn unter Druck setzen zu können, um weiterhin das Bild einer intakten Familie aufrechtzuerhalten. Keine Ahnung, du weißt es nicht, wie solltest du auch? Du bist nicht halb so krank wie sie.

»Wo ist die Waffe?«, hörst du Svens Stimme jetzt aus dem Wohnzimmer. »Die, von der du immer behauptet hast, sie weggeschmissen zu haben?«

»Die hier?«, fragt sie wenige Sekunden später, dann wird es still.

Instinktiv spannst du die Muskeln an und drehst dich zu Marco um. Legst den Zeigefinger vor den Mund, er soll jetzt bloß keinen Blödsinn machen. Du kannst dir lebhaft vorstellen, wie es gerade in ihm aussieht. Du bist ja selbst nervös, deine Hände beginnen in den dünnen Latexhandschuhen zu schwitzen.

»Was soll das?«, fragt Sven jetzt, seine Stimme zittert. »Steck die Waffe weg!«

»Warum? Hast du etwa Angst vor mir? Das ist gut, du sollst auch mal Angst haben!«

»Ich habe Rebecca nicht …«

»Über dieses Miststück haben wir jetzt lange genug geredet«, unterbricht sie ihn grob. »Viel mehr interessiert mich, warum du mir all das angetan hast. Warum wolltest du mich so quälen, mich regelrecht in den Wahnsinn treiben?«

»Ich habe gar nichts getan!«, schreit er, und zum ersten Mal fühlst du in deinem Inneren so etwas wie Schuld. »Du bist ja wahnsinnig, Franziska! Lass uns jetzt einfach die Polizei anrufen, damit die das Ganze klären kann.«

»Das hättest du wohl gerne, was?« Sie lacht, es klingt bitter. »Hast du diese Kommissarin etwa auch schon gevögelt?«

Du glaubst fast sehen zu können, wie er verständnislos den Kopf schüttelt.

»Bitte, denk auch mal an Tabea und lass uns …«

»Erwähne jetzt bloß nicht meine Tochter!«, schreit sie. Dann sagt sie ein wenig ruhiger: »Dieses Mal kommst du nicht so einfach davon. Ich weiß, was du getan hast. Du warst das, du ganz allein! Und jetzt wirst du dafür bezahlen.«

Während sie das sagt, spürst du etwas, das du lange nicht mehr gespürt hast. Ein schlechtes Gewissen. In gewisser Weise warst du diejenige, die Sven durch ihre Handlungen erst in eine solche Lage gebracht hat. Ob seine Frau imstande wäre, auch ihn zu töten? Keine Ahnung, vermutlich schon. Du traust es ihr zumindest zu und weißt, dass du das nicht zulassen kannst. Dein ganzes Denken und Fühlen fokussiert sich auf diese eine Erkenntnis. Kein weiterer Mensch darf sterben, während du tatenlos zusiehst.

Nachdem dein Entschluss steht, achtest du nicht mehr auf das, was die Hoffmanns sagen. Du erhebst dich und stößt Marcos Hand weg, der dich im letzten Moment noch zurückhalten will. Greifst nach dem Wurfmesser, das in der Halterung an deinem Unterarm steckt, und hoffst, dass das Zittern der Hände wieder aufhört, sobald du den Raum betrittst.

In diesem Moment vermischen sich Gegenwart und Vergangenheit, um mit der Wucht einer Atlantikwelle auf dich einzustürzen. Du musst die Augen schließen. Kannst das Juweliergeschäft wieder vor dir sehen, Miriams Gesicht und das winzige Amsterdamer Zimmer, in dem ihr so glücklich wart. Du spürst sogar ihre Küsse, die Berührungen, hörst ihre sanfte Stimme. Aber auch die Rufe der Polizisten, die Schüsse und das Geräusch, das Miriams Körper erzeugte, als er auf den Boden schlug. Dann schüttelst du dich. Verdrängst die Gedanken und Erinnerungen, bis da nichts mehr ist. Nur noch Leere.

Nur noch diese Leere und die Hoffmanns.

TABEA

Ein paar bange Augenblicke lang rutscht auch mir das Herz in die Hose, dann sehe ich Pommes und Nermin aus dem Laden kommen und direkt auf den aufgemotzten Mercedes zugehen, mit dem sie hergefahren sind. Er hat den Arm um sie gelegt, aber es sieht nicht liebevoll aus.

»Was ist denn da los?«, fragt Leonie, die es auch bemerkt hat. »Umarmt der sie nur, oder hält er sie fest?«

»Ich glaube, er umarmt sie nur, wenn auch auf eine besitzergreifende Art«, erwidere ich. »Wenn irgendwas wäre, hätte Pommes doch geschrien oder sonst wie auf sich aufmerksam gemacht. Sie weiß ja, dass wir hier sind.«

Bevor Leonie antworten kann, setzt der Mercedes auch schon zurück. Die LED-Scheinwerfer gehen an, dann nimmt er Kurs auf die Landstraße. Mit einem kleinen Sicherheitsabstand folgen wir ihm.

»Wo wollen die bloß hin?«, fragt Leonie, während sie stärker beschleunigt. »Pommes wohnt doch in der anderen Richtung, und für die Shisha-Bar wäre es auch der falsche Weg.«

»Keine Ahnung.« Plötzlich habe auch ich ein mulmiges Gefühl im Bauch. »Bleib einfach an ihm dran und lass dich bloß nicht abhängen!«

In der Dunkelheit sehen wir nur noch die rot leuchtenden Rücklichter des Mercedes. Obwohl Leonie Gas gibt, kommen wir der Angeberkarre kaum näher.

»Der rast ganz schön«, stelle ich das Offensichtliche fest. »Wenn er auf die Autobahn fährt, haben wir keine Chance mehr.«

»Hmm, ja«, sagt Leonie nur, den Blick starr auf die Straße gerichtet.

Wir haben den Ort nun schon seit einer Weile hinter uns gelassen. Links und rechts der Landstraße fliegen in endloser Abfolge Bäume vorbei, deren Umrisse sich schemenhaft ineinanderschieben. Wenn wir jetzt einen Unfall bauen, ist alles aus. Dann wüsste niemand mehr, wo Pommes ist, sie wäre ganz auf sich allein gestellt.

Mein Herz klopft, und auf einmal bereue ich, dass ich Leonies Drängen nicht nachgegeben habe. Sicher wäre es lächerlich gewesen, einfach so in das Restaurant zu gehen und Pommes herauszuholen, aber es ist immer noch besser, eine Minute lang lächerlich zu sein, als sich ein Leben lang Vorwürfe zu machen.

»Glaubst du, dass er mitbekommen hat, dass er verfolgt wird?«

»Kann sein«, stöhnt sie mehr, als dass sie redet. »Ich weiß nicht. Es sind nicht viele Autos unterwegs.«

»Scheiße«, sage ich.

»Scheiße«, stimmt sie zu.

Stumm jagen wir weiter durch die Dunkelheit, immer den roten Rücklichtern hinterher. Ich versuche, mich mit dem Gedanken zu beruhigen, dass noch nichts passiert ist und auch nichts Konkretes darauf hindeutet, dass bald schon etwas passieren könnte. Genau genommen sind da nur zwei Menschen in einem Auto.

Das Problem ist bloß, dass der eine Mensch unsere beste Freundin ist und der andere ein Typ, der Drogen verkauft und den wir verdächtigen, ein anderes Mädchen umgebracht zu haben. Keine gute Kombination. Mittlerweile ist mir unverständlich, wie wir überhaupt auf so eine hirnrissige Idee kommen konnten. Warum wir das Ganze für einen Spaß hielten, für irgendein Abenteuer.

Wir hätten Pommes' Plan niemals zustimmen dürfen, ihn ihr

stattdessen ausreden und sie aufhalten sollen. Ich weiß nicht, was wir jetzt noch tun können. Außer hoffen und beten, dass sich meine schlimmsten Befürchtungen nicht bewahrheiten und dass alles so harmlos ist, wie es in dem Restaurant noch ausgesehen hat.

Dann kommt mir eine Idee.

»Ich rufe meinen Dad an«, sage ich und greife nach dem Handy. »Ihm fällt sicher etwas ein!«

Leonie nickt nur, während ich darauf warte, dass der Anruf durchgeht. Das tut er, allerdings springt nur die Mailbox an. Wahrscheinlich hat Dad das Handy ausgeschaltet, um in Ruhe mit meiner Mutter reden zu können.

»Mist«, sage ich und lege das Handy wieder weg. »Er geht nicht ran.«

»Sollen wir die Polizei anrufen?«

»Und was willst du denen erzählen? Dass Pommes mit dem Typen essen war und dass die beiden jetzt irgendwohin fahren? Ich glaube nicht, dass die deshalb ein Einsatzkommando schicken!«

»Stimmt, hast ja recht.« Sie wirkt jetzt immer nervöser. »Wir packen das schon, oder?«

»Na klar«, erwidere ich und weiß nicht, ob ich ihr oder mir selbst damit Mut machen will. »Pommes ist nicht in Gefahr, und wenn doch, sind wir da, um sie zu beschützen.«

Während Leonie sich weiter auf die Straße konzentriert, werfe ich einen Blick auf den Tacho, knapp hundertdreißig. Viel zu schnell für diese kleine Landstraße, und trotzdem scheinen wir dem Wagen vor uns nicht näher zu kommen. Wenn mich nicht alles täuscht, ist der Abstand in den letzten Minuten sogar noch größer geworden. Der Smart ist dem Mercedes motorentechnisch hoffnungslos unterlegen und Leonie keine geübte Fahrerin, dafür fehlt ihr die Erfahrung.

»Leonie?«

»Was?«, keucht sie angespannt.

Ich will ihr gerade ein paar aufmunternde Worte sagen, als im

Scheinwerferlicht rechts neben der Straße ein blaues Schild auftaucht. Es weist auf zwei Autobahnauffahrten hin.

Eine nach Wilhelmshaven, eine nach Oldenburg.

Der Mercedes setzt den Blinker.

Er nimmt die erste Ausfahrt.

Biegt um die Kurve und ist verschwunden.

DU

Obwohl du die Hoffmanns die ganze Zeit reden hörtest, konntest du nicht herausfinden, wo genau im Wohnzimmer sie sich befinden. Ob sie stehen oder sitzen. Es wäre besser, wenn du das wüsstest, um dich richtig vorbereiten zu können. So kannst du nur auf das Überraschungsmoment bauen und hoffen, dass dich deine Nerven nicht im Stich lassen.

Ein letzter tiefer Atemzug. Dann stürmst du hinein.

Die beiden sehen dich im gleichen Moment, in dem auch du sie siehst. Franziska öffnet den Mund, auf Sven achtest du nicht. Nimmst ihn wie ein Objekt wahr, als du parallel versuchst, dir einen schnellen Überblick über die Lage zu verschaffen. Franziska steht drei oder vier Meter links von dir. Sie hält eine Pistole in der Hand. Er sitzt vor ihr auf dem Sofa und schaut dich mit weit aufgerissenen Augen an. Beide schreien, egal. Nichts befindet sich zwischen euch. Freie Bahn.

Bevor Franziska reagieren kann, hebst du die Hand mit dem Messer und zielst. Du musst die Frau außer Gefecht setzen, bevor sie den Abzug drückt. Das ist die einzige Chance. Du darfst sie dir auf keinen Fall entgehen lassen.

Ein kurzes Anvisieren, dann schneidet das Messer durch die Luft. Fliegt genau auf ihre Schulter zu. Die Flugbahn gleicht der eines Marschflugkörpers, der mit den passenden Koordinaten gefüttert ist. Exakt, unbeirrbar. Du hast diese Art von Würfen bereits zigfach trainiert, auch über deutlich weitere

Entfernungen, und dein Ziel nur selten verfehlt. Fast nie eigentlich.

Heute schon.

Vielleicht hat Franziska sich im entscheidenden Moment bewegt, vielleicht haben deine Hände kurz gezittert, es spielt keine Rolle mehr. Das Messer verfehlt sie, prallt gegen die Wand und fällt nutzlos zu Boden.

Verdammt!

Die Frau schreit immer noch, hat die Waffe aber nicht fallen gelassen. Stattdessen ist die Mündung jetzt zitternd auf dich gerichtet. Dann wieder auf den Mann, der gerade aufspringen will. Als er sein Vorhaben aufgibt, richtet sie die Pistole umgehend wieder auf dich.

»Wer zur Hölle sind Sie?«, schreit sie, dabei gleichzeitig mit der Waffe aufs Sofa deutend. »Hinsetzen! Sofort!«

Nur widerwillig und langsam folgst du dem Befehl. Registrierst, dass Franziska sich, während du auf das Sofa zugehst, im Halbkreis auf den Punkt zubewegt, an dem du gerade noch gestanden hast. Direkt vor dem Sofa stoppst du. Drehst dich um. Sie wedelt erneut mit der Waffe, sagt irgendwas. Irgendwann gibst du nach und setzt dich. Keine dreißig Zentimeter von Sven entfernt.

Franziskas Augen sind groß wie Untertassen. »Ich habe gefragt, wer Sie sind! Bekomme ich so langsam mal eine Antwort?«

Von dir nicht, du schweigst.

»Ist das noch eine weitere, mit der du was hast?«, herrscht sie ihren Mann an.

Wenn es nicht so ernst wäre, müsstest du lachen. Die Frau kann tatsächlich nur an das eine denken. Sie ist vollkommen paranoid, was das Verhalten ihres Mannes angeht, und sichtlich mit der Situation überfordert. Beides ist nicht gut. Du bist keine Expertin, was das angeht, glaubst aber, dass sie kurz davorsteht, tatsächlich abzudrücken.

Auch Sven schaut dich nur fassungslos an.

»Sorry«, sagst du leise. »Ich musste es wenigstens versuchen.«

Dann passiert etwas, womit du nicht gerechnet hättest. Er greift nach deiner Hand und drückt sie.

»Alles wird gut werden«, sagt er, obwohl er nicht so klingt, als würde er tatsächlich daran glauben.

Du ja auch nicht.

»Ich warte immer noch auf eine Antwort«, schreit Franziska mit überschnappender Stimme und kommt einen Schritt auf euch zu. »Aber ich warte nicht mehr lange!«

Das muss sie auch nicht.

Plötzlich geht alles ganz schnell.

MARCO

Ein entscheidendes Merkmal von Superhelden ist, dass sie für andere einstehen und im Angesicht der Gefahr über sich selbst hinauswachsen. Ich bin schon fast an der Haustür angekommen, als mir das bewusst wird. Superhelden lassen niemanden im Stich. Superhelden kämpfen.

Auf Zehenspitzen schleiche ich zurück, mich dabei immer gegen die Flurwand pressend. Brauche drei Anläufe, bis ich es endlich wage, vorsichtig um die Ecke ins Wohnzimmer zu spähen. Lydia sitzt auf dem Sofa, der Mann direkt neben ihr. Die Blicke der beiden sind starr auf die Frau gerichtet, die in der Mitte des Raums steht und mir den Rücken zugewandt hat.

Vorsichtig schiebe ich den Kopf weiter hinein, um nach einer potenziellen Waffe Ausschau zu halten. Rechts ist nichts, links der Tür befindet sich zumindest das Sideboard. Der tragbare Lautsprecher steht darauf, mit dem Lydia der Frau gestern Abend erst einen solchen Schrecken eingejagt hat. Plötzlich bedauere ich, sie dafür verurteilt zu haben. Jetzt, da ich mitbekommen habe, wie diese Frau wirklich ist.

Ich würde die nächsten Schritte am liebsten Stück für Stück im Kopf durchgehen, aber das darf ich nicht. Ich habe keine Zeit, außerdem kenne ich mich. Wenn ich erst mal anfange, über alles nachzudenken, werde ich morgen noch hier stehen. Ich würde alle möglichen Varianten gedanklich durchspielen, und jede würde damit enden, dass Lydia oder mir etwas zustößt, schlimmstenfalls uns beiden. Superhelden zaudern jedoch nicht, sie handeln.

Jetzt oder nie.

Nie oder jetzt.

Ich schiebe mich langsam immer tiefer in den Raum hinein. Lydia sieht mich, aber ihr Gesicht bleibt ausdruckslos, nur der Mann reißt die Augen auf. Er öffnet den Mund und schließt ihn wieder. Wahrscheinlich ist ihm klar geworden, dass ich ihm nur helfen will, vielleicht hat er mich sogar erkannt. Vom Marktplatz in Aurich oder von damals, als wir uns in der Nähe des Fundorts von Rebeccas Leiche zum ersten Mal gesehen haben.

Von der Frau unbemerkt erreiche ich das Sideboard und greife nach dem Lautsprecher. Er ist etwa so groß wie ein Schuhkarton, sieht aus wie ein kleiner Gitarrenverstärker, und über dem Korpus ist ein flexibler Tragegriff angebracht. Ich hebe ihn an. Er ist schwer, schwerer als gedacht. Nicht gut. Ich muss sowieso die ganze Zeit schon aufpassen, nicht zu keuchen. Vor Anstrengung, vor Anspannung. Habe die Box gerade an mich gezogen, als plötzlich alles ganz schnell geht.

Die Frau muss mich gehört haben, wie von einer Schlange gebissen schnellt sie herum. Ich schreie, sie schreit, alle schreien, es ist das reinste Chaos. Mit dem Lautsprecher in der Hand stürze ich auf sie los. Sie weicht zurück, hebt die Pistole. Kurz bevor ich in die Mündung schauen kann, schlage ich zu, treffe sie aber nicht so, wie ich wollte. Sie taumelt nur, lässt aber wenigstens die Waffe fallen. Ich schlage nochmals zu, jetzt fällt sie. Gleichzeitig springt ihr Mann auf, um sich auf die Pistole zu stürzen. Im letzten Moment kann ich der Waffe einen Tritt verpassen, sie rutscht Lydia vor die Füße. Der Mann wirbelt herum, zu spät. Lydia hat die Waffe aufgehoben und auf ihn gerichtet.

Ich will etwas zu ihr sagen und kann es nicht. Keine Stimme mehr, ich weine.

Nicht vor Angst oder Trauer.

Es ist die pure Erleichterung, tatsächlich ein Superheld zu sein.

TABEA

Wir erreichen die Autobahnauffahrt, dann bremst Leonie hart ab. Die Straße führt endlos geradeaus, aber da ist kein Mercedes mehr, kein Leuchten von Rücklichtern. Nur das ölige Schimmern des Asphalts und die alles verschlingende Nacht.

»Fahr zurück«, sage ich nach ein paar Sekunden.

»Was?«

»Setz ein Stück zurück! Wenn mich nicht alles täuscht, habe ich aus den Augenwinkeln heraus gerade noch einen kleinen Feldweg gesehen. Da müssen sie abgebogen sein.«

»Bist du sicher?«

»Nein, aber tu es einfach!«

Obwohl Leonie irritiert ist, macht sie, was ich sage. Sie legt den Rückwärtsgang ein, stößt hundert Meter zurück, dann schreie ich: »Stopp!«

Der Smart bleibt so abrupt stehen, als hätte jemand den Anker geworfen.

»Da«, sage ich und deute auf einen schmalen Pfad. Er ist nur gut zwei Meter breit und führt in ein Wäldchen, das neben der Autobahn liegt. Ein Forstweg vielleicht. Reifenspuren zeichnen sich im Boden ab.

»Du glaubst, sie sind dort reingefahren?«

»Wohin sonst? Oder hast du eine andere Idee?«

Hat sie nicht.

»Und jetzt?«

»Fahren wir ihnen hinterher. Mach aber erst die Scheinwerfer aus, sonst kann man uns kilometerweit sehen.«

Sie nickt, um uns herum wird es schwarz.

»Meinst du, du packst das?«, frage ich vorsichtig. »Durch die Dunkelheit dem Pfad zu folgen?«

»Ich ... Keine Ahnung. Ich weiß nur, dass ich gerade eine Scheißangst habe.«

»Die habe ich auch, aber was bleibt uns übrig? Hier gibt es niemanden, der uns helfen kann. Wenn der Typ Pommes tatsächlich entführt hat, dann hat sie nur uns, und wir haben versprochen, auf sie aufzupassen. Das hast du selbst gesagt, also lass es uns jetzt auch tun.«

Das Argument scheint Leonie zu überzeugen. Sie schiebt den Schalter der Automatik auf D, der Smart ruckelt los. In Schrittgeschwindigkeit biegen wir anschließend von der Landstraße ab und folgen dem Pfad in den Wald hinein. Wenn es vorher schon dunkel war, ist es zwischen den Bäumen jetzt stockfinster, und sobald Leonie nur leicht vom Weg abkommt, kratzen Äste wie Fingernägel über die Seiten des Fahrzeugs. Es klingt schauderhaft, ich zucke jedes Mal zusammen.

Dennoch kommen wir nach einiger Zeit erstaunlich gut voran. Die Reifenspuren im Boden helfen uns dabei. Verlässt Leonie diese ungewollt, hüpft der Kleinwagen jedes Mal, woraufhin sie ihn wieder zurücksteuert.

Während Leonie mit Fahren beschäftigt ist, versuche ich, in der Schwärze irgendetwas zu erkennen. Keine Chance. Ich weiß noch nicht mal, wie lange wir schon durch den Wald fahren und wie weit wir dabei gekommen sind, habe das Zeitgefühl komplett verloren. Es können zehn Minuten sein, aber auch erst zwei. Vermutlich zwei Minuten, die sich wie zehn anfühlen.

»Tabea?«

»Hmm?«

»Was machen wir eigentlich, wenn wir die beiden tatsächlich finden?«

Eine gute Frage, die ich mir auch schon die ganze Zeit über

stelle. Wir haben nicht mal ansatzweise einen Plan und nichts, womit wir uns im Notfall verteidigen können. Unser einziger Vorteil ist, dass wir zu dritt sind, dass Nermin allein ist und dass er nicht mit Leonie und mir rechnen wird. Andererseits: Er ist älter, er ist deutlich stärker, er ist gewalterfahren, und wenn er Rebecca tatsächlich getötet hat, besitzt er auch eine Waffe. Wenn ich positiv gestimmt wäre – was ich nicht bin –, würde ich unsere Chancen auf maximal zwanzig Prozent schätzen.

»Das wird sich schon ergeben«, sage ich und versuche, zuversichtlicher zu klingen, als ich mich fühle. »Zuerst einmal müssen wir die beiden finden, und dann checken wir, wie die Lage ist. Anschließend können wir uns immer noch entscheiden, wie es weitergeht.«

Leonie stößt die Luft aus, sagt aber nichts. Entweder ist sie mit dem erbärmlichen Witz von einem Plan einverstanden oder hat eingesehen, dass auch ich keine Antworten habe.

Nachdem der Pfad bis jetzt immer nur geradeaus führte, beschreibt er nun einen Bogen, der ihn weiter weg von der Autobahn führt. Er kommt mir jetzt noch schmaler vor, und wenn mich nicht alles täuscht, ist auch der Untergrund unebener geworden. Der Smart hoppelt mittlerweile mehr, als dass er fährt. Ich hoffe nur, dass wir keine Gabelung oder Abzweigung verpasst haben und immer noch auf dem richtigen Weg sind. Sicher bin ich mir nicht. Bei gar nichts mehr.

Wieder hüpft der Smart, im selben Moment streifen Zweige über das Dach. Leonie bremst und bleibt stehen. Steuert den Wagen anschließend vorsichtig zurück, wobei die Räder kurz durchdrehen.

»Ich glaube, hier hat es vor kurzer Zeit noch geregnet«, sagt sie. »Drück mal die Daumen, dass wir nicht stecken bleiben.«

Das mache ich, dann fällt mir noch etwas ein. »Wenn du das nächste Mal bremsen musst, tu es mit der Handbremse.«

»Warum?«

»Weil dann die Bremslichter nicht angehen. Die muss man in der Dunkelheit auch ewig weit sehen können.«

»Was du nicht alles weißt!«

»Hab ich mal in irgendeiner Fernsehsendung gesehen.«

Sie gibt ein undefinierbares Geräusch von sich, wahrscheinlich ein kurzes Lachen, dann versinken wir wieder in angespannter Stille.

Um nicht vollkommen nutzlos zu sein, presse ich die Hände seitlich gegen das Gesicht und gegen die Windschutzscheibe, um besser hinausschauen zu können. Außer unzähligen Bäumen ist nicht viel zu erkennen. Kein Licht und auch keine Zeugnisse menschlichen Lebens. Wenn es hier Hochsitze oder Ähnliches gibt, müssen sie tiefer im Wald verborgen sein, ich könnte sie in der Dunkelheit eh nicht sehen.

Auch von Nermins Mercedes ist noch nichts zu sehen, allerdings muss das nichts heißen. Zum einen hat er einen ziemlichen Vorsprung gehabt, zum anderen kennt er den Weg wahrscheinlich besser als wir. Sofern er überhaupt hier langgefahren ist und wir nicht mitten in der Nacht einem Geist folgen.

Bevor ich mich mit solchen Gedanken irremachen kann, beschreibt der Forstweg eine weitere Kurve. Die Reihen der Bäume lichten sich allmählich. In der Ferne kann ich etwas glitzern sehen.

»Halt mal an«, fordere ich Leonie auf.

Sie benutzt die Handbremse, gutes Mädchen, dann schaut sie genauso angestrengt wie ich nach vorne und fragt: »Was ist das?«

»Ein kleiner See, schätze ich. Irgendeine Wasseroberfläche halt, in der sich der Mond spiegelt.«

Plötzlich klingt sie aufgeregt. »Schau mal, rechts davon. Ist das 'ne Hütte?«

Ich kneife die Augen zusammen. Irgendetwas ist da, das stimmt, aber es könnte alles Mögliche sein. Unmöglich, es von hier aus genauer bestimmen zu können.

Wenn ich nicht komplett danebenliege, sind wir noch hundert Meter vom See entfernt. Wenn wir jetzt weiterfahren, müsste Nermin auch bald schon unseren Motor hören können, wenn er tatsächlich dort ist.

»Wir sollten den Wagen hier abstellen und zu Fuß weitergehen«, flüstere ich Leonie zu, obwohl das Flüstern vollkommen überflüssig ist. »Es ist nicht mehr weit.«

Erschrocken sieht sie mich an. »Du willst hier wirklich aussteigen?«

»Klar. Wenn wir noch dichter ranfahren, bemerkt er uns.«

»Ich will aber nicht aussteigen.«

»Und warum nicht?«

»Weil … keine Ahnung … ich mich hier drinnen einfach sicherer fühle.«

»Dann bleib du hier, und ich gehe.«

»Auf gar keinen Fall!« Panik in der Stimme. »Ich bleibe sicher nicht mitten im Wald allein im Wagen zurück und warte auf dich.«

»Dann musst du mitkommen. Also?«

Sie sagt nichts, schaltet aber kurz darauf den Motor ab, öffnet seufzend die Tür und steigt aus.

Ich folge ihr. Als ich neben dem Fahrzeug stehe, atme ich zum ersten Mal seit Minuten tief ein. Die Luft riecht feucht und erdig. So, wie in meiner Vorstellung frisch ausgehobene Gräber riechen müssen. Anschließend lausche ich nach verdächtigen Geräuschen, höre aber nichts. Es ist still hier. Totenstill.

Ängstlich greift Leonie nach meiner Hand. Ich drücke sie, dann gehen wir langsam in Richtung des Sees. Immer wenn unter unseren Schuhen Zweige oder Tannenzapfen knacken, zucken wir erschrocken zusammen, und als ein herabhängender Ast Leonies Gesicht streift, schreit sie kurz auf.

»Sei leise«, zische ich.

»Sorry«, flüstert sie, und selbst in der Dunkelheit sehe ich, dass ihre Augen riesengroß sind. »Ich habe das ja nicht mit Absicht gemacht.«

»Ich weiß, schon gut«, erwidere ich und streichle mit dem Daumen über ihre Handoberfläche, bis ihr Atem wieder gleichmäßiger ist.

Wir sind noch dreißig Meter von dem Gewässer entfernt, als

klar wird, dass es kein See ist, sondern ein Teich, in dem Angler Forellen oder Karpfen züchten. Die kleine Hütte scheint zu der Anlage zu gehören, und der einzige Fremdkörper in dem Bild ist der prollige Wagen, der danebensteht.

Nermins Mercedes.

Obwohl ich sicher bin, dass er uns bislang nicht bemerkt hat, habe ich ein sonderbares Gefühl im Bauch. Irgendetwas stimmt nicht, das spüre ich. Irgendetwas ist nicht so, wie es sein sollte. Es dauert eine Weile, bis ich dahinterkomme, was es ist. Die Stille. Man hört nichts, überhaupt nichts.

»Warte mal«, sage ich leise.

»Was denn?«, flüstert Leonie aufgeregt zurück.

Ich antworte nicht, sondern lausche erneut, konzentrierter diesmal. Irgendwas sollte man hören. Es muss ja nicht direkt etwas so Großes wie ein Wildschwein oder ein Reh sein, aber irgendwas. Ein Vogel vielleicht oder ein Igel, der durchs Unterholz huscht, von mir aus auch eine Maus oder ein anderer Nager. Ich höre aber nichts, überhaupt nichts. Kein Rascheln von Blättern und kein Knistern von Laub. Da sind nur die Nacht und die Stille; der Wald, die Hütte und das schwache Licht, das hinter dem einzigen Fenster glimmt.

»Irgendwas stimmt nicht«, wispere ich Leonie zu.

Ihre Hand schließt sich fester um meine, es tut fast schon weh.

Ich flüstere: »Hörst du was?«

Sie schüttelt den Kopf.

»Ich auch nicht. Früher habe ich mit meinem Dad manchmal eine Nachtwanderung gemacht, und da war immer was zu hören. So ein Wald ist nicht tot. Da gibt es Leben, auch nachts. Normalerweise zumindest, hier aber nicht.«

»Und was bedeutet das?« Ihre Stimme ist kaum noch verständlich.

»In jedem Wald gibt es Tiere, nur hier nicht. Irgendetwas muss sie vertrieben haben.«

Ihr Griff wird noch fester. »Du machst mir Angst!«, stöhnt sie.

Kein Wunder, denke ich, ich habe ja selbst Angst, eine gottverdammte Riesenangst! Da kann etwas nicht stimmen, da muss es …

Und dann bricht es los, alles auf einmal.

Ich werde von einem grellen Lichtschein getroffen, starke Arme packen mich. Sie reißen mich von Leonie fort und werfen mich zu Boden. Etwas wird auf meinen Rücken gedrückt, ein Knie vielleicht, und ich spüre, wie eine Hand meinen Mund verschließt. Das pure Chaos, überall trommelnde Schritte, dann ein Schrei, der mir tief ins Mark dringt: »Zugriff!«

DU

Du hältst die Waffe auf Sven gerichtet, siehst aber Marco an. Dein Blick ist anders als sonst, du sagst: »Das hast du gut gemacht, Kleiner!«

»Nenn mich nicht so«, erwidert er und hält deinem Blick stand. »Ich bin kein Kleiner mehr!«

Schon lange hast du dir gewünscht, dass er sich mal auflehnt und es sich nicht gefallen lässt, wie ein schusseliges Kind behandelt zu werden. Dass das gerade jetzt passiert, verblüfft dich einerseits, andererseits aber auch nicht.

Mit Marco wirst du später noch reden, momentan jedoch ist anderes wichtiger. Nachdem du Sven dazu gebracht hast, sich zurück aufs Sofa zu setzen, gehst du neben Franziska in die Hocke und prüfst ihre Vitalfunktionen. Ihre Augen sind geschlossen, sie atmet regelmäßig, und auch der Puls ist stabil. Sie ist nur ohnmächtig und hat eventuell eine Gehirnerschütterung abbekommen, mehr nicht.

Jahrelang warst du von dieser Frau wie besessen, und jetzt, wo sie dir gegenüberstand, hat sie dich nicht mal erkannt. Sie hat dich einfach vergessen und aus ihrem Leben radiert, vermutlich noch an dem Tag, an dem Miriam starb. Sie sollte deine Katharsis sein, du wolltest alle negativen Gefühle an ihr ausleben, aber für sie bist du einfach nur ein Nichts gewesen. Ein Miststück, kurz beschimpft und direkt im Anschluss wieder vergessen.

Du bedauerst, dass sie nie erfahren wird, warum all das passiert ist. Nie begreifen wird, was die Ereignisse der letzten Tage auslöste. Nie einsehen wird, welche Schuld sie auf sich lud. Du wirst …

Ein Geräusch hinter dir. Du schnellst herum. Richtest die Waffe auf Sven, der mitten in der Bewegung erstarrt. Schüttelst den Kopf und sagst: »Großer Fehler!«

Zögerlich setzt er sich wieder.

»Wie geht es ihr?«, will er wissen.

»Sie ist nur ohnmächtig«, erläuterst du. »Nichts gegen das, was sie Rebecca angetan hat.«

Jetzt schweigt er.

»Ich will ja nicht meckern, aber ein wenig Dankbarkeit wäre schon angebracht«, meinst du. »Wenn wir nicht gekommen wären, hätte Ihre Frau Sie getötet.«

Er schüttelt den Kopf. »Das glaube ich nicht.«

»Hätten Sie es darauf ankommen lassen?«

Jetzt schweigt er wieder, scheint sich aber ernsthaft mit der Frage zu beschäftigen. Mit vielen anderen wohl auch. Soll er nur. Der Mann ist clever, und mit ein wenig Zeit wird er einige seiner drängendsten Fragen selbst beantworten können.

»Sie waren das, stimmt's?«, sagt er dann und schaut dir in die Augen. »All die Dinge, die meine Frau erwähnt hat … Das Durchsuchen ihrer Sachen, das Abschneiden der Haare, die Nachricht auf der Windschutzscheibe … Das haben Sie getan, nicht wahr?«

Du nickst nur.

»Warum?«, fragt er verzweifelt und mit Tränen in den Augen. »Warum haben Sie uns das angetan? Woher kommt bloß Ihr Hass auf meine Familie?«

Der Drang zu reden ist in diesem Moment fast schon übermächtig. Nicht weil du dich rechtfertigen willst, sondern weil er verstehen soll. Wer Miriam war. Wer du bist. Was seine Frau – was Menschen allgemein – anderen mit unbedachten Handlungen antun. Warum wir so oft verraten, was wir lieben, und warum es uns so schwerfällt, einander zu vertrauen. All das würdest du ihm gerne ins Gesicht schleudern wie verbale Ohrfeigen, aber das darfst du nicht. Nicht wenn du nicht willst, dass die Polizei sehr schnell herausfindet, wer du bist.

Wenn du Miriam und die Umstände ihres Todes erwähnst, müssen die Behörden nur im Polizeirechner nachsehen, um feststellen zu können, welchen Raubüberfall Franziska vor Jahren beobachtet hat. Ein Mausklick mehr, und sie hätten auch deinen Namen. Das willst du nicht riskieren, jetzt nicht mehr. Du willst frei sein, auch wenn das bedeutet, dass er nie begreifen wird.

Noch immer starrt er dich an. Ein wenig ängstlich vielleicht, vor allem jedoch voller Unverständnis.

Du ignorierst seine Blicke, bückst dich und hebst das Messer auf. Sagst Marco dann, dass er nach oben gehen und eure Sachen holen soll. Er verschwindet ohne Widerspruch, ist wahrscheinlich einfach nur froh, aus diesem Haus rauszukommen. Genau wie du. Mit den Hoffmanns bist du fertig. Was getan werden musste, ist getan, die Trümmer sollen andere beseitigen.

Nur eines noch.

»Ihre Tochter ...«, sagst du.

Sein Blick flackert. »Was ist mit ihr?«

»Sie ist ein gutes Mädchen.«

Er reißt den Mund auf. Sein Blick ist zuerst zornig, dann fragend, dann sagt er einfach nur: »Ich weiß. Kennen Sie sie?«

»Ein wenig.«

»Woher?«

Du denkst an das Tagebuch. »Aus ihren Träumen«, sagst du.

Auch mit dieser Antwort wird er nichts anfangen können, aber das ist nicht dein Problem. Du schuldest ihm keine Erklärung. Niemandem in diesem Haus, noch nicht einmal Tabea. Außerdem wird sie ruhiger schlafen können, wenn sie nicht alles weiß. Nicht jeder kommt damit klar, wenn er erfährt, dass er nächtelang im Schlaf beobachtet wurde. Es könnte sie erschrecken. Verstören. Das willst du nicht.

Sie soll ihren Frieden haben, so, wie du deinen gefunden hast. Mittlerweile begehrst du sie auch nicht mehr, hast in ihr sowieso bloß etwas gesehen, das sie nie war. Das war deine Schuld, nicht ihre. Tabea ist nur die Projektionsfläche für einen Traum gewesen, den du einst träumtest und von dem du heute weißt, dass er sich nie erfüllen wird.

Dennoch bereust du deine Handlungen nicht. Keine davon. Franziska hat bekommen, was sie verdient. Mit ihr bist du fertig, um den Rest soll sich die Polizei kümmern. Die Vergangenheit ist jetzt nur noch das, was sie immer sein sollte: Vergangenheit.

Kurz darauf steht Marco auch schon im Türrahmen. Er trägt eure Rucksäcke auf den Schultern, den einen links, den anderen rechts. »Können wir?«

Ein letztes Mal wendest du dich an Sven. »Ich werde Ihnen nichts antun«, versprichst du. »Ich werde Ihnen auch nicht sagen, dass Sie die Polizei erst in einer Viertelstunde rufen sollen, weil sie sich sowieso nicht daran halten werden. Wir werden jetzt einfach aus dem Haus gehen. Folgen Sie uns nicht. Passen Sie auf sich auf. Lernen Sie daraus und wiederholen Sie die alten Fehler nicht. Um Ihre Frau«, du deutest auf Franziska, »wird sich die Polizei kümmern. Sagen Sie denen, dass ich die Waffe später an irgendeinem Bahnhof in ein Schließfach lege. Wo genau, teile ich Ihnen morgen mit.«

»Bitte …«, sagt er flehentlich.

»Bitte was?«

»Warum haben Sie all das getan? Dafür muss es doch einen Grund geben! Wer, zum Teufel, sind Sie?«

Du gehst zu Marco und legst ihm die Hand auf die Schulter. Ihr habt den Raum fast schon verlassen, als du dich noch einmal zu Sven umdrehst.

»Sie wollen wissen, wer wir sind?«

Er nickt. Ganz schnell.

»Ich bin das Schlechte, und er ist das Gewissen. Wir sind die, die wiederkommen, wenn Sie Scheiße bauen.«

TABEA

Mir ist kalt, so kalt. Doch diese Kälte hat nichts mit den nächtlichen Temperaturen zu tun, sie steckt tief in meinen Knochen. Lässt mich bibbern, lässt mich frieren. Vielleicht stehe ich ja auch unter Schock und zittere deshalb pausenlos.

Nachdem die Polizisten Leonie und mich vor der Hütte gepackt hatten, wurden wir stumm durch den Wald geführt, bis wir an eine Lichtung kamen, auf der mehrere Fahrzeuge standen. In einen davon, einen dunklen Van mit getönten Scheiben, hat man uns dann verfrachtet. Und hier sitzen wir nun. Keiner der Beamten hat uns irgendetwas erklärt, nur ein vermummter Polizist ist vor der geschlossenen Schiebetür stehen geblieben. Keine Ahnung, ob er uns beschützen oder bewachen soll.

Noch immer weiß ich nicht, was mit Pommes geschehen ist. Lebt sie noch, geht es ihr gut? Hat Nermin ihr etwas angetan? Die Ungewissheit macht mich verrückt, und Leonie scheint es nicht anders zu gehen. Sie zittert ebenfalls, außerdem weint sie. Obwohl uns beide dasselbe plagt, haben wir noch kein Wort miteinander geredet. Ich könnte es auch nicht, es würde sowieso keinen Sinn machen. Weder sie noch ich haben irgendeine Antwort auf unsere drängendsten Fragen. Nur Befürchtungen, davon aber jede Menge.

Ich nehme sie in den Arm, um sie ein wenig zu trösten, und schaue durchs Fenster nach draußen, um zu sehen, was dort vor sich geht. Jede Menge Polizisten mit Sturmhauben und schusssicheren Westen. Es muss ein Sondereinsatzkommando sein, ich habe das mal im Fernsehen gesehen. Die Sorte Polizei, die nur anrückt, wenn es um Leben und Tod geht oder wenn der Täter als besonders gefährlich gilt. Normalerweise sollte mich die Anwesenheit einer solchen Einheit beruhigen, aber das tut sie nicht. Im Gegenteil, sie macht meine Befürchtungen nur noch schlimmer.

Dann wird es draußen plötzlich hektisch. Ich presse das Gesicht gegen die Seitenscheibe und sehe, wie Nermin von drei Polizisten auf die Lichtung geführt wird, seine Hände sind auf dem Rücken fixiert. Der Barbesitzer hält den Kopf gesenkt, und dennoch kann ich erkennen, dass er ebenfalls weint. Ich reiße am Griff der Schiebetür, um ihm die heuchlerischen Tränen aus dem Gesicht zu kratzen, aber sie ist verschlossen. Wenn er Pommes etwas angetan hat, wenn sie verletzt ist, wenn er sie gar …

Wenn, wenn, wenn.

Plötzlich schreit Leonie irgendetwas, ich kann sie nicht verstehen. Dann zerrt sie wie wild an meiner Schulter, deutet nach draußen, ruft Pommes' Namen. Ich schaue in die Richtung, in die sie zeigt, und dann sehe ich sie endlich. Pommes lebt, und sie sieht unverletzt aus! Jetzt schreie ich ebenfalls, bevor ich Leonie die Arme um den Hals werfe, und wenn wir könnten, würden wir auf den Kunstledersitzen dieses gottverdammten Vans tanzen. Vor Freude. Vor Erleichterung.

Nachdem wir uns halbwegs beruhigt haben, sehe ich, wie Pommes gestenreich auf den Polizisten neben ihr einredet. Ihre Hände flattern wie aufgescheuchte Vögel durch die Luft, sie scheint etwas zu erklären. Dann nickt er, klopft ihr auf den Rücken, als wolle er ihr Mut machen oder sie für irgendwas loben. Anschließend deutet er in unsere Richtung, sie sagt etwas, wieder nickt er, dann rennt sie los.

Als sie den Van erreicht, reißt sie die Schiebetür auf. Sie schmeißt sich regelrecht zwischen uns, gibt wilde Erklärungen ab, Leonie und ich tun dasselbe, alle reden durcheinander, es ist das reinste Chaos. Ich bin nicht mehr fähig, einen klaren Gedanken zu fassen, nur noch den einen: Pommes lebt! Es geht ihr gut, Nermin hat ihr nichts angetan, und alles andere ist momentan nicht wichtig. Weder die Polizei noch die Folgen, die das Ganze womöglich für uns hat.

Irgendwann kommt der Beamte, mit dem Pommes vorhin erst gesprochen hat, zum Van und setzt sich zu uns. Er trägt eine normale Uniform, hat aber viele Sterne auf den Schulterkappen. Unsere Worte prasseln wie ein Wolkenbruch auf ihn ein, er wehrt sie mit erhobenen Händen ab. Wartet, bis wir endlich still sind, und sagt dann, dass unsere Eltern gerade benachrichtigt werden. Anschließend will er noch wissen, ob er uns vorab schon ein paar Fragen stellen darf. Wir nicken. Müssen dabei wie Hühner auf der Stange aussehen, die bereit sind, sich selbst ein Ei ins Nest zu legen.

Der Beamte stellt sich vor, sein Name ist Weber, und er ist der Einsatzleiter. Anschließend belehrt er uns kurz und legt los. Frage um Frage, immer wieder, manche stellt er mehrmals. Wir versuchen, ihm so gut es geht zu vermitteln, was in den letzten Tagen geschah und warum wir taten, was wir taten. Angesichts unserer Aussagen schüttelt er manchmal den Kopf, halb tadelnd, halb fassungslos. Während wir ihm das alles erzählen, kommt mir die ganze Sache noch wahnsinniger vor. Wie wir auf den Irrsinn kamen, den wir dann auch noch »unseren Plan« nannten, und wie sich Pommes nur so unbedacht in Gefahr begeben konnte. Warum wir auch nur eine Sekunde lang glaubten, die Sache im Griff zu haben.

Der Beamte macht sich keine Notizen, hört uns nur zu. Meint, dass der offizielle Teil auf dem Revier kommen würde, wo wir unsere Aussagen zu Protokoll geben müssen. Wahrscheinlich versucht er nur zu verstehen, was unverständlich ist. Mir zumindest, und Leonie scheint es genauso zu gehen. Nur Pommes tut aus irgendeinem Grund so, als sei das alles halb so wild gewesen, als hätte sie die Dinge tatsächlich im Griff gehabt. Vielleicht tut sie das, um sich zu beruhigen, vielleicht glaubt sie wirklich daran. Denkt, dass ihre Rolle nur die einer Schauspielerin in irgendeinem blöden Actionfilm war, bei dem man jede Szene problemlos wiederholen könnte.

Irgendwann sind alle Fragen gestellt. Herr Weber seufzt und stützt die Hände auf den Knien ab, um aufzustehen, als ich wissen will, ob wir ihm auch ein paar Fragen stellen dürfen. Er sieht nicht begeistert aus, nickt aber, während er zurück auf den Sitz sinkt und auf die laufenden Ermittlungen verweist, die es ihm verbieten, uns »den genauen Sachstand« mitzuteilen.

»Wissen Sie denn schon, ob Nermin tatsächlich Rebeccas Mörder ist?«, lasse ich dennoch nicht locker.

»Nicht mit Sicherheit«, sagt er ausweichend. »Es deutet aber vieles darauf hin.«

»Was denn?«

»Zu den Einzelheiten kann ich momentan keine Auskunft geben. Sie müssen die Ergebnisse der …«

»Ja, ich weiß schon. Ich will ja auch keine verbindliche Auskunft haben, sondern nur wissen, was Sie vermuten. Ich finde, das sind Sie uns irgendwie schuldig. Trotz allem, meine ich.«

Ein Seufzen, dann: »Ich kann Ihnen zumindest sagen, dass wir Herrn Ahmadi schon länger wegen etlicher Straftaten im Visier hatten. Neben dem Drogenhandel auch wegen des Verdachts, in die Ermordung von Rebecca Sandtner involviert zu sein. Bei unserer Durchsuchung der Hütte konnten wir auch eine Pistole sicherstellen, deren Kaliber zu dem der Tatwaffe passt.«

»Glauben Sie denn, dass Pommes … ähm, ich meine Marie … auch in Gefahr war?«

Er schüttelt den Kopf. »Nach derzeitigem Kenntnisstand deutet nichts darauf hin.«

»Natürlich nicht«, schaltet sich Pommes jetzt ein, bevor sie uns anschaut. »Ich habe euch doch gesagt, dass ich alles im Griff habe! Nermin und ich sind ganz normal essen gegangen, ich habe ein bisschen geflirtet, und er hat mir im Laufe des Abends von der Hütte erzählt, wo er manchmal angeln geht. Ich wusste ja, dass ihr an mir dran seid, also habe ich ihn gedrängt, sie mir zu zeigen. Ich dachte, dass ich dort noch mehr aus ihm herausbekomme.«

Der Einsatzleiter öffnet fassungslos den Mund. Wahrscheinlich will er ihr sagen, was er von diesem Ausmaß an Ignoranz hält, überlegt es sich dann aber anders. Ich kann den Mann irgendwie verstehen – an Pommes sind schon ganz andere verzweifelt.

Auch Leonie scheint ihr Verhalten nicht zu passen. »Ist dir eigentlich klar, welche Sorgen wir uns gerade gemacht haben?«, giftet sie Pommes an. »Dass wir fast durchgedreht sind, weil wir dachten, er würde dir etwas antun? Dass es nur Glück war, dass wir euch nicht verloren haben? Ich meine, toll, dass du das Ganze nur als Abenteuer betrachtet hast, für uns war es das aber ganz sicher nicht! Tabea und ich sind vor Angst fast gestorben, aber das scheint dich ja nicht …«

»Lass gut sein«, unterbreche ich sie. »Das Wichtigste ist doch, dass heute Nacht niemandem etwas passiert ist.«

»Sie sollten auf Ihre Freundinnen hören und das eigene Verhalten künftig besser überdenken«, mischt sich der Mann mit den vielen Sternen auf den Schultern wieder ein und sieht Pommes direkt an. »Ich denke, dass Sie die Augen gerade vor den Fakten verschließen. Nach derzeitigem Sachstand ist Herr Ahmadi ein gewaltbereiter Drogendealer, der unter Mordverdacht steht. Niemand, mit dem man solche Spielchen spielen sollte.«

Anschließend steht er auf, um den Van zu verlassen, bevor er sich im letzten Moment noch einmal umdreht. »Strafrechtlich gesehen haben Sie nichts zu befürchten, das wollte ich Ihnen abschließend noch mitteilen. Den Rest müssen Sie untereinander ausmachen.«

»Tut mir leid«, sagt Pommes ungewohnt leise, als wir wieder allein sind. »Ich wollte nicht, dass ihr euch solche Sorgen macht. Ich verstehe auch gar nicht so richtig, warum ihr das tut. Im Prinzip lief es doch genau so, wie wir es uns vorgenommen hatten. Okay, kann sein, dass das von Anfang an eine saublöde Idee war, aber warum ihr jetzt deshalb so eine Panik schiebt, verstehe ich nicht. Selbst die Polizei meint, dass ich nicht in Gefahr war.«

»Denen hast du anscheinend ja auch nicht gesagt, dass er dich nach dem Essen in den Wagen gezogen hat!«

»Was?«

»Du hast mich schon richtig verstanden!«

»Aber das hat er doch gar nicht.« Pommes sieht irritiert aus. »Wie kommt ihr denn darauf?«

»Weil wir es gesehen haben«, stößt Leonie hervor.

»Zumindest sah es so aus«, schwäche ich ab.

»Echt jetzt?« Pommes reißt die Augen auf. »Okay, dann kann ich euch verstehen, aber das war nur ein blödes Missverständnis. Wir haben lediglich ein bisschen rumgealbert, und ich dachte nicht, dass ihr …«

»Ein *Missverständnis?*« Leonie rastet fast aus. »Ich glaube, du tickst nicht ganz richtig! Der Kerl ist ein gewalttätiger Arsch, der hat Rebecca getötet, und du laberst hier was von wegen ›rumgealbert‹?«

In der anschließenden Stille geschieht etwas, das ich noch nie erlebt habe. Pommes weint. Vielleicht wird ihr jetzt erst klar, was sie angerichtet hat und welche Sorgen wir uns gemacht haben. Vielleicht begreift sie allmählich, in welcher Gefahr sie schwebte. Ich hoffe es zumindest. Das Eingeständnis eigener Fehler gehört weiß Gott nicht zu ihren Kernkompetenzen, und wenn sie es jetzt nicht tut, wird sie es wahrscheinlich nie tun.

Kurz darauf steigen zwei Beamte vorne in den Van ein und verkünden, dass sie uns jetzt aufs Revier bringen werden, wo wir unsere Aussagen zu Protokoll geben können. Dorthin, wo mein Dad wahrscheinlich schon auf mich wartet. Obwohl es mir vor seinen Fragen graut, freue ich mich gleichzeitig auch auf den Moment, ihn in die Arme nehmen zu können und mich damit an den einzigen Ort zu begeben, an dem ich momentan so etwas wie Wärme spüre.

DER TAG DANACH

SVEN

»War es das jetzt?«

Claudia Lüders nickt. Auch sie sieht fertig aus.

Es ist eine lange Nacht gewesen, ein nicht enden wollender Vormittag.

Nachdem die beiden Eindringlinge das Haus verlassen hatten, habe ich sofort die Polizei verständigt. Franziska wurde ins Krankenhaus gebracht, ich aufs Revier, wo mich ein fremder Beamter vernommen hat. Als ich ihm sagte, dass ich meine Frau für die Mörderin von Rebecca halte, lachte er und sagte: »Ganz sicher nicht!«

Mein Gesicht muss ein einziges Fragezeichen gewesen sein.

»Wir haben den mutmaßlichen Täter bereits festgenommen«, erläuterte er. »Er sitzt ein Stockwerk höher und hat schon gestanden. Außerdem haben wir eine Waffe bei ihm gefunden, die dem Kaliber der Tatwaffe entspricht. Den Rest werden die ballistischen Untersuchungen ergeben. Ach ja, und bevor ich es vergesse: Draußen vor der Tür steht jemand, der sie unbedingt sehen will.«

Wie auf Kommando ging die Tür auf. Tabea kam mit einer Polizistin herein, die ich ebenfalls nicht kannte. Als sie mich sah, weinte sie augenblicklich los, fiel mir um den Hals und stammelte nur, dass ich ihr nicht böse sein solle und dass sie das alles nur für Pommes getan habe. Dabei sprang sie so wild von einem Thema zum anderen, dass ich nur die Hälfte von dem verstand, was sie sagte. Das allerdings genügte bereits, um mir auch im Nachhinein noch die größten Sorgen zu machen.

Ich hielt Tabea im Arm, bis die Polizistin zurückkam und sagte, dass Tabea ihre Aussage jetzt unterschreiben könne und dass ein Streifenwagen sie anschließend zu meinen Schwiegereltern bringen würde. Ich könne dann folgen, wenn Frau Lüders mit mir fertig sei, was allerdings noch eine ganze Weile dauern könnte.

Natürlich protestierte ich. Natürlich sagte ich, dass ich bei meiner Tochter sein und zusammen mit ihr nach Hause wolle. Dass ich ein Recht darauf hätte. Dass sie mich nicht einfach so festhalten könnten. Natürlich nützte es nichts.

Kurz darauf betrat Claudia Lüders den Raum und setzte die Befragung fort. Und sie hatte tausend Fragen. Franziskas Waffe. Die Eindringlinge. Meine Aussage bezüglich Nermin Ahmadi und die Vorfälle in unserem Haus. Es dauerte nicht lange, bis ich selbst nicht mehr durchblickte.

Ganz nebenbei erfuhr ich auch, dass der Barbetreiber schon vor Tagen ins Visier der Ermittler geraten war. Ob das an meinen anonymen Hinweisen lag, weiß ich nicht, die Kommissarin hielt sich diesbezüglich bedeckt. Sie müssen den Mann aber zuvor schon beobachtet haben und so auch auf die Waldhütte gekommen sein, die an einem Teich unweit der Autobahn lag.

Als ich die Kommissarin dann gestern anrief und ihr sagte, was Rebecca mir anvertraut hatte und dass ich bereit war, dies auch vor Gericht zu bezeugen, hat das wohl den Ausschlag für den Zugriff gegeben. Sie haben den Drogenhändler durch ein MEK verhaften lassen, das ihn dann aufs Revier brachte, wo ihm sämtliche Beweise vorgelegt wurden. Die Kommissarin meinte, er hätte anfangs immer nur geweint und ständig behauptet, dass er das nicht habe tun wollen. Ihren Angaben zufolge hat es keine Stunde gedauert, bis sie ihr Geständnis bekam.

Anders als vermutet, haben Drogen bei der Ermordung Rebeccas gar keine Rolle gespielt. Es ist eine ganz banale Eifersuchtsgeschichte gewesen. Ein Mann mit Kontrollzwang und eine Frau, die sich von ihm trennen wollte, verbunden mit einem Streit, der bald schon jedes Maß verlor. Die Hintergründe sind so niederschmetternd belanglos, dass man sich zwangsläufig fragt, warum ein Mensch deshalb sterben musste.

Mehr wollte die Polizistin mir anfangs auch nicht erzählen. Ich musste sie daran erinnern, dass sie mir etwas schuldete, bis sie sich wenigstens ein paar weitere Einzelheiten entlocken ließ. So, wie sich die Sache darstellt, muss Nermin Rebecca keine fünfzig Meter von der Stelle entfernt abgefangen haben, an der Franziska in jener Nacht parkte. Hätte meine Frau in diesem Moment in seine Richtung und nicht auf das Haus geschaut, hätte sie die beiden sogar sehen können.

Was anschließend in Nermins Fahrzeug geschah, ist auch für die Behörden größtenteils noch nicht ganz klar. Vielleicht hat Rebecca dem Drogenhändler gesagt, dass sie sich mit mir getroffen hatte; vielleicht sogar, warum dieses Treffen stattfand. Sicher ist nur, dass Nermin anschließend mit ihr durch die Gegend fuhr, bis Rebecca die Chance sah, aus dem Fahrzeug zu springen und einen Fluchtversuch zu wagen. Er hat ihr daraufhin mit der Pistole, die bei seiner Verhaftung sichergestellt wurde, in den Hinterkopf geschossen und sie anschließend auf das Werftgelände gebracht, um sie wie Abfall zu entsorgen. Einfach so, weil er meinte, das Recht dazu zu haben.

»Kann ich jetzt gehen?«, frage ich, als sie mit meiner Vernehmung durch ist.

»Ich würde Ihnen gerne noch ein paar weitere Fragen stellen, wenn es Ihnen nichts ausmacht. Rein aus Neugierde, sozusagen off the record … Nennt man das in Ihrer Branche nicht so?«

Ich springe auf. »Aber Tabea …«

»Der geht es gut«, beruhigt sie mich. »Ein Kollege hat gerade erst mit Ihrer Schwiegermutter telefoniert. Sie sagt, dass Tabea im Bett liegt und schläft. Lassen wir Ihre Tochter doch noch ein wenig schlafen, was meinen Sie?«

Widerwillig setze ich mich.

»Dann fragen Sie.«

»Die beiden Menschen, die in ihr Haus eingedrungen sind und dort scheinbar ja eine ganze Zeit gelebt haben … Halten Sie die für böse?«

»Keine Ahnung. Ist das Böse nicht eher ein biblisches Konzept?«

»Dann formuliere ich die Frage um: Glauben Sie, dass die beiden gefährlich sind?«

Ich überlege. Rufe mir die Begegnung in Erinnerung. Sage dann: »Nein, eher nicht. Es sei denn, man drängt sie in die Enge. Sie haben bewiesen, dass sie dann entschlossen reagieren können.«

»Wissen Sie, was Phrogger sind?«

Ich schüttle den Kopf. Sie erklärt es mir.

»Das, was Sie uns erzählt haben, klingt nach diesem Phänomen«, meint sie anschließend. »In der letzten Zeit haben Polizeidienststellen in Niedersachsen und Schleswig-Holstein ein paar Meldungen von Menschen hereinbekommen, die vermuteten, dass andere eine Zeit lang unter ihrem Dach gewohnt haben könnten. Wenn dem so ist und wenn Ihre beiden Besucher dazugehören, ist es wichtig für uns, herauszufinden, ob sie eine Bedrohung darstellen.«

Das verstehe ich, kann ihr dabei aber auch nicht helfen.

»Sie sagten, auf Sie habe es gewirkt, als ob die Frau die Anführerin sei.«

»Richtig.«

»Und was ist Ihre Einschätzung über ihn?«

»Schwierig zu sagen. Ich habe mich fast ausschließlich auf sie konzentriert. Jetzt, da Sie mich so fragen, würde ich behaupten, dass er Angst hatte. Es sah aus, als würde ihm die Sache über den Kopf wachsen.«

»Was verständlich wäre.«

»Was verständlich wäre«, bekräftige ich.

Die Kommissarin lehnt sich zurück. Sie scheint über etwas nachzudenken. Sieht mich wieder an, lächelt leicht.

»Haben Sie wirklich geglaubt, Ihre Frau hätte Rebecca getötet?«

»Ja«, gebe ich zu. »Einen Moment lang schon.«

»Warum? Ich meine, sie sind seit fast zwanzig Jahren verheiratet und haben eine gemeinsame Tochter – da sollte man sich doch kennen, denke ich.«

»Vielleicht ist das ja gerade das Problem.«

Sie lächelt erneut.

»Was ist eigentlich mit Ihnen?«, will ich wissen. »Sind Sie verheiratet?«

Sie schüttelt den Kopf. »Nein, und nach dieser Nacht werde ich mir das auch reiflich überlegen, sollte ich jemals auf den Gedanken kommen.«

»Tun Sie das, aber es würde Ihnen nichts nützen. Wir können bei anderen Menschen immer nur den Ist-Zustand abschätzen, nie das, was war, und schon gar nicht das, was noch kommt.«

»Das klingt ja fast schon philosophisch.«

»Für mich klingt es eher nach Erfahrung.«

»Finden Sie das nicht beängstigend?«

Jetzt bin ich es, der lächelt. »Irgendwie schon, aber es macht die Sache auch spannender.«

»Was denken Sie?«, fragt sie und wechselt damit schon wieder das Thema. »Warum haben sich die beiden ausgerechnet in Ihrem Haus eingenistet? So, wie es aussieht, müssen sie ja länger dort gewesen sein.«

»Das weiß ich nicht.«

»Auch keine Vermutung?«

»Nicht die geringste.«

»Kommt es Ihnen nicht sonderbar vor, dass die beiden genau in dem Moment auftauchen, als Ihre Frau Sie mit einer Waffe bedroht? Ich meine, die beiden haben sich dabei ja auch in Gefahr begeben. Warum sollten sie das für einen Wildfremden tun?«

»Keine Ahnung, aber genau so war es. Sie können meine Frau ja fragen, sobald sie vernehmungsfähig ist. Sie wird Ihnen das Gleiche erzählen.«

»Oh, daran zweifle ich nicht. Auch nicht an Ihrer Aussage den Ablauf betreffend. Ich versuche nur, irgendeinen Ansatz zu finden, um hinter deren Motivation zu kommen.«

»Sagen Sie mir Bescheid, wenn Sie ihn haben. Ich wäre auch interessiert.«

Sie nickt. Will dann wissen, was ich jetzt vorhabe.

»Nun, als Erstes werde ich Tabea abholen und dann mit ihr nach Hause fahren. Sie wird mir in den kommenden Tagen einiges erklären müssen, und auch ich bin ihr einige Erklärungen schuldig. Aber ich denke, das hat noch Zeit. Momentan will ich einfach nur bei ihr sein.«

»Das verstehe ich.« Sie schlägt mit den Händen klatschend auf ihre Oberschenkel. »Ich denke, das war's jetzt auch. Was mich angeht, sind wir hier fertig.«

»Danke«, sage ich, ohne genau zu wissen, wofür ich mich eigentlich bedanke. »Können Sie mir vielleicht noch ein Taxi rufen?«

»Kann ich, aber Sie brauchen keins. Draußen wartet jemand auf Sie. Tut mir leid, aber wir mussten Ihre Freundin anrufen, um uns Teile der Aussage bestätigen zu lassen.«

Sie hat den letzten Satz noch nicht ausgesprochen, als ich schon aufspringe, zur Tür laufe, sie aufreiße. Lara sitzt auf einem dieser unbequemen Plastikstühle, den Kopf gegen die Wand gelehnt. Als sie mich sieht, springt sie ebenfalls auf, direkt in meine Arme hinein.

Ich ziehe sie an mich und flüstere dabei immer wieder ihren Namen. Sie legt die Arme um mich. Sagt, dass jetzt alles gut sei, während ich merke, wie meine Wangen feucht werden.

»Lara«, sage ich erneut.

Sie sagt nichts, küsst mich nur.

Ich lege den Arm um sie, dann gehen wir am Büro der Kommissarin vorbei auf den Ausgang zu. Claudia Lüders steht im Türrahmen, schaut uns an und winkt kurz. Ich nicke ihr zu, gehe weiter, will das alles nur noch hinter mir lassen.

Ein letztes Mal denke ich an die Nacht zurück, in der ich

Rebecca zum letzten Mal sah. Daran, dass mein Leben in dieser Nacht das von drei anderen Menschen berührt hat. Den einen kenne ich mein halbes Leben lang, den anderen habe ich nie gesehen, der Dritte ist jetzt tot.

Wahrscheinlich werde ich Rebeccas Tod irgendwann verarbeiten können, nicht aber die Umstände, die dazu führten. Die Mitschuld daran wird mich ewig verfolgen, aber das ist auch gut so. Erst, wenn wir aufrichtig bedauern, sind wir auch in der Lage, daraus zu lernen.

Alles andere sind nur Erfahrungen.

ACHT MONATE SPÄTER

DU

Wenn der Abend hereinbricht, beginnt die schönste Zeit des Tages. Die Farben der untergehenden Sonne vermischen sich mit dem Licht der Bar und tauchen ihre bunten Holzverzierungen in die intensivsten Töne. Schatten legen sich wie Schleier dazwischen, und selbst die geschwätzigsten Touristen halten einen Moment lang die Luft an.

Direkt vor der Bar liegen der Strand und das Meer. Es ist spiegelglatt, die nah am Ufer vertäuten Fischerboote bewegen sich kaum. *Bon bini* steht auf einem bunt bemalten Holzschild, was in der Sprache der Einheimischen »Herzlich willkommen« heißt. Papiamentu, so nennt sich die Sprache, und du findest, dass allein dieses Wort schon einen wunderschönen Klang hat.

Die Insel ist nicht Ko Samui, und sie liegt auch nicht in Asien. Du bist auf Curaçao, am südlichen Rand der Karibik, rund sechzig Kilometer von der Nordküste Venezuelas entfernt. Seit sieben Monaten bist du schon hier und lebst ein Leben, das mit deinem alten nichts mehr zu tun hat. Du bist frei, freier als je zuvor.

Nachdem ihr aus dem Haus der Hoffmanns abgehauen seid, wolltest du nur noch weg und alles hinter dir lassen. Du hattest sogar schon einen Flug nach Bangkok gebucht, als du plötzlich mit einer Sicherheit, die dich auch heute noch verblüfft, gemerkt hast, dass dein Vorhaben so nicht funktionieren würde. Auf Ko Samui wärst du weiterhin nur eine Gefangene deiner eigenen Erinnerung gewesen. Alles hätte dich an Miriam erinnert, obwohl sie nie dort war. Das ging nicht. Es wäre kein Neuanfang geworden, nur eine andere Form der Besessenheit.

Curaçao ist dann die logische Alternative gewesen. Die Insel gehört zum Königreich der Niederlande, viele Holländer leben hier, und noch mehr verbringen ihren Urlaub dort. Niederländisch ist sogar offizielle Amtssprache. Hier würdest du aufgrund deiner Herkunft nicht auffallen und könntest problemlos in der Masse verschwinden. Du wärst in der Karibik, weit weg, und müsstest dennoch deine gewohnte Lebensweise nicht vollständig hinter dir lassen. Curaçao ist das Beste aus zwei Welten, dachtest du, und genau so ist es auch gekommen.

»Dauert das mit dem Essen noch lange?«, will ein Tourist aus der Schweiz wissen, der mit seiner Frau an einem Tisch in der Nähe des Eingangs sitzt.

»Es dauert so lange, bis es fertig ist«, sagst du und zwinkerst der Frau zu, die angesichts der unhöflich vorgebrachten Frage ihres Mannes verschämt dreinschaut. »Schnell geht es hier nur bei McDonald's, aber der ist eine Dreiviertelstunde mit dem Auto entfernt.«

Der Mann nickt und lächelt entschuldigend, während du dich schon wieder abwendest und zu Marco schaust, der vor dem Lokal neben einer Feuerstelle steht. Sie ist mit glühenden Kohlen gefüllt, zwischen denen zwei Dutzend in Alufolie eingewickelte Kokosnüsse liegen. Du hast die Kokosnüsse heute Mittag ausgehöhlt und mit Meeresfrüchten, Hühnchen- oder Rindfleisch gefüllt. Wenn sie in die Glut kommen, dauert es rund anderthalb Stunden, bis die Füllung gar ist, dann werden sie mit Reis und einem kleinen Salat serviert. Die Gäste müssen ihre Wunschfüllung einen Tag vorher bestellen, für spontane Besucher gibt die Tageskarte genügend Alternativen her.

Manchmal kommt es vor, dass Gäste dich fragen, in welcher Beziehung du zu Marco stehst. Du erzählst dann immer, dass er dein Halbbruder sei. Gleicher Vater, unterschiedliche Mütter, deshalb auch unterschiedliche Nachnamen. Ende der Geschichte, und bislang haben sich noch alle damit zufriedengegeben.

Niemand sucht nach euch. Es gibt keine Anklagen und auch keine Haftbefehle. Ihr seid glücklich hier und lebt gemeinsam in einem kleinen Haus, das du in Westpunt gekauft hast, im abgelegensten Teil der Insel. Hier gibt es die schönsten Buchten und Strände, verhältnismäßig wenige Touristen, dafür aber viel Ruhe. Genau das, wonach euch der Sinn stand.

Seit vier Monaten hat Marco jetzt sogar eine Freundin, Sheila. Sie kommt aus Barber, einem Ort, der an der Landstraße liegt, die Westpunt mit dem Rest der Insel verbindet. Ein nettes Mädchen mit schokobrauner Haut und einem schüchternen Lachen. Die beiden sind schrecklich verliebt, haben sogar schon über Hochzeit gesprochen, und du bist sicher, dass sie später mal ganz zauberhafte Kinder bekommen. Tante Lydia, das gefällt dir.

Jeden Tag könnte Marco zu dir kommen und sagen, dass er mit Sheila zusammenziehen will, sobald er um ihre Hand angehalten hat. So läuft das meistens auf Curaçao, in dieser Beziehung sind die Einheimischen recht traditionell. Wenn dieser Tag kommt, wirst du ihm deinen Segen geben und ihm finanziell unter die Arme greifen. Offen gesagt, freust du dich sogar schon darauf. Du brauchst deinen Freiraum, und Marco kann immer noch anstrengend sein.

»Die Kokosnüsse sind fertig«, ruft er in diesem Moment, und ein freudiges Raunen geht durch den Laden. Ihr serviert, dann siehst du dich zufrieden um. Die Gäste essen und trinken, lachen und scherzen miteinander. Später werden sie dich sogar anlächeln, wenn du ihnen die Rechnung gibst, und diese mit einem satten Trinkgeld versehen bezahlen. Sie tun es, weil du nicht gierig bist und die Preise im Rahmen hältst. Die Zeit, in der du immer zu viel auf einmal wolltest, ist vorbei.

Montags und dienstags ist euer Lokal geschlossen. Marco ist dann meistens bei Sheila, während du tagsüber an einen der Strände fährst, nach Cas Abao zum Beispiel oder an den Playa Santa Cruz. Du gehst schwimmen, liest etwas oder beobachtest die Leguane, die auf Steinen in der Sonne sitzen. Wenn du merkst, dass Männer dir dabei Blicke zuwerfen, mit denen sie wahrscheinlich einen Flirt einleiten wollen, schließt du die Augen und wendest den Kopf ab. Das verstehen sie, die meisten zumindest, bei den anderen musst du halt deutlicher werden.

Sobald der Abend kommt, packst du deine Sachen zusammen und fährst zurück nach Hause oder nach Willemstad, der Hauptstadt mit ihren bunten Kolonialhäusern, um dort etwas essen zu gehen. Manchmal fährst du auch noch weiter, in den Osten der Insel, nach Jan Sofat oder Cas Grandi. Dorthin, wo die Reichen wohnen. Dann schaust du dir ihre Häuser und Villen an und fragst dich, was sich hinter den Mauern verbergen könnte. Welche Geheimnisse dort wohl auf dich warten mögen.

Bislang ist es nur ein Gedanke, aber alles beginnt mit einem Gedanken, nicht wahr? Die schönsten Dinge und die grausamsten.

Dein Name ist Lydia van Leeuwen, und du bist ein Hai. Wie jeder Hai, der von tropischen Gewässern umgeben ist, wirst auch du die schützenden Mangroven irgendwann verlassen und die offene See erkunden. Dann wird es dich erneut an Stellen verschlagen, wo das Meer am dunkelsten ist, in einen Lebensraum voller Gefahren und Geheimnisse.

All das wird nicht heute passieren, aber irgendwann.

Ganz sicher.

Es ist deine Natur.

NACHWORT UND DANK

Das war er also, mein neunter Krimi oder Thriller. Ich weiß nicht, ob Sie von dem Inhalt enttäuscht oder begeistert sind, würde mir aber Letzteres wünschen. Ich kann Ihnen nur versichern, dass ich *Die Verborgenen* mit meinem ganzen Herzblut geschrieben habe.

Wie bei jedem meiner Bücher gab es auch dieses Mal eine zentrale Idee, die hinter dem Inhalt stand. Hier, Sie ahnen es schon, geht es um das, was wir alle lieber vor unseren Mitmenschen verbergen wollen. Die Phrogger sind dafür nur ein Sinnbild, obwohl es dieses Phänomen wirklich gibt. Nicht so häufig, wie einem manche Internetforen weismachen wollen, aber öfter, als man es vielleicht wahrhaben will. Am häufigsten kommen Phrogger in Asien oder den Vereinigten Staaten vor; meist in ländlichen Gegenden, in denen große Häuser recht abgeschieden stehen. Wenn man auf YouTube danach sucht, wird man beunruhigende Clips finden, die heimlich aufgenommen wurden. Die meisten dieser Videos mögen Fakes sein, einige sind jedoch echt, und ja, sie machen auch mir Angst. Die Vorstellung, dass ein Fremder in unser Haus eindringt, dort eine Zeit lang lebt und uns unbemerkt im Schlaf beobachtet, ist mehr, als die meisten Menschen verkraften können.

Zu Ihrer Beruhigung kann ich nur sagen, dass ich bislang noch von keinem Fall gehört habe, bei dem Phrogger auch in Deutschland aktiv waren. Dennoch sollten Sie besser die Augen offen halten, wenn Sie das nächste Mal auf den Speicher oder in den Keller gehen. Auf fremde Fußspuren achten oder auf Kleidungsstücke, die nicht an ihrem üblichen Ort liegen. Ich zumindest tue das, aber was das angeht, bin ich auch ein Schisser.

Die Phrogger sind die einen Hauptfiguren in *Die Verborgenen* – die Hoffmanns sind die anderen. Mit ihrer Charakterzeichnung wollte ich eine Lanze brechen für das fehlerhafte Produkt, das sich hinter jedem Menschen verbirgt. Für den Unterschied zwischen dem, was wir andere sehen lassen, und dem, was wir wirklich sind.

Haben auch Sie eine verborgene Seite? Etwas, das Ihre Mitmenschen auf keinen Fall erfahren sollen? Ich schon, aber die werde ich Ihnen natürlich nicht verraten. Wenn Sie es wüssten, würden Sie mich deswegen vielleicht verurteilen. Das will ich nicht, niemand von uns will das. Wir alle machen manchmal Fehler, die wir anschließend bereuen, und treffen Entscheidungen, die wir rückblickend anders fällen würden. Meistens sind es gar keine bedeutenden Dinge, die uns unangenehm sind. Kleine Verfehlungen eher, unangenehme Charaktereigenschaften oder unmoralische Handlungen.

Nehmen wir Miriam, sie ist ein gutes Beispiel. Anders als die meisten von uns hat sie etwas wirklich Schlimmes getan; einen Raubüberfall begangen und den Juwelier mit einer Waffe bedroht. Das macht sie der Leserin oder dem Leser nicht unbedingt sympathisch, aber es ist sicher auch nicht das Einzige, was Miriam in ihrem viel zu kurzen Leben getan hat. Wir wissen schließlich kaum etwas über sie – nur das wenige, an dem Lydia uns teilhaben lässt.

Wir wissen nicht, ob Miriam älteren Damen in Metzgereien heimlich Geld zugesteckt hat, als sie sah, dass diese sich nur wenige Gramm der billigsten Wurst leisten können. Wir wissen nicht, ob sie sich bei Hilfsorganisationen engagiert hat, im Tierschutz oder bei sozialen Einrichtungen wie der Tafel. Gut möglich, dass Miriam sogar ein Mensch war, der immer ein offenes Ohr für die Probleme anderer hatte und der die Gabe des Zuhörens besaß. All das wissen wir nicht. Wir wissen nur, dass sie an einem Tag ihres Lebens eine falsche Entscheidung traf.

Ich würde mir wünschen, dass wir andere Menschen nicht mehr so vorschnell verurteilen. Dass wir uns mehr Zeit nehmen und zumindest versuchen, das Gegenüber in seiner Gesamtheit zu betrachten. Dass wir abwägen. Jeder Mensch ist ein soziales Wesen, aber auch ein Individuum, und niemand ist je in den Schuhen des anderen gelaufen.

Ich möchte auch einigen Menschen danken, es sind recht viele diesmal. Zuerst dem wunderbaren Piper Verlag und dessen Verlegerin Felicitas von Lovenberg, die immer ein offenes Ohr für mich hat und deren kluger Kopf mir manchen Input bescherte. Meiner Lektorin Regine Schmitt, die mit mir ins kalte Wasser geworfen wurde, wo wir dann lernen mussten, gemeinsam zu schwimmen, und meinem Redakteur Lars Zwickies, der den *Verborgenen* den letzten Feinschliff verpasste.

Ich danke dem ganzen Vertrieb und der gesamten Marketingabteilung und möchte euch versichern, dass ich nie vergessen werde, was ihr für meine und all die anderen Bücher getan habt. Insbesondere Sabrina Lessnig und Jennifer Maurer.

Auf gar keinen Fall darf ich die Buchhändlerinnen und Buchhändler da draußen vergessen. Ihr seid die Bühne, die wir Autorinnen und Autoren bespielen dürfen; ohne euch würde es kein Publikum geben und jedes Manuskript nur als elektronische Datei enden. Ich danke auch den Bloggerinnen und Bloggern, die ihre Meinungen auf Facebook, Instagram oder auf liebevoll gestalteten Homepages kundtun. Danke für eure Liebe zur Literatur und dafür, dass ihr so viele Menschen daran teilhaben lasst.

Der letzte Dank gebührt meiner Frau Jana. Keine Ahnung, wie du es schaffst, mich Tag für Tag zu ertragen und dabei mein Leben noch auf so vielfältige Weise zu bereichern.

Seit ich dich kenne, ist alles Vorherige nur noch Vergangenheit.